Eduardo Belgrano Rawson

Rosas Stimme

Eduardo Belgrano Rawson

Rosas Stimme

Roman

Aus dem Spanischen übersetzt
von Lisa Grüneisen

C. H. Beck

Titel der Originalausgabe:
«Rosa de Miami»
Erschienen © 2005 bei Seix Barral, Buenos Aires

Für die deutsche Ausgabe:

Gesetzt aus der Janson Text bei Fotosatz Amann, Aichstetten
Druck und Bindung: Pustet, Regensburg
Gedruckt auf säurefreiem, alterungsbeständigem Papier
(hergestellt aus chlorfrei gebleichtem Zellstoff)
Printed in Germany
ISBN-10 3 406 55064 9
ISBN-13 978 3 406 55064 5

www.beck.de

Garrapatenango
Eine Einleitung

Da sind zwei alte Freunde, die in einem Dorf die Huren bekehren, sich in dasselbe Mädchen verlieben und sich als Bootsflüchtlinge gemeinsam auf den Weg nach Florida machen. Soweit erst einmal dazu. Gleichzeitig ist dies die Chronik der Invasion in einen Küstenort auf den Antillen durch eine Handvoll Fallschirmjäger aus Guatemala, die geschlagen werden, auf einer Schaluppe fliehen, ziellos auf dem Meer treiben und schließlich zu Menschenfressern werden.

Der Titel lautet: Garrapatenango.

Ich kann dich schon hören, Großmutter. «Verdammt noch mal», wirst du zu mir sagen. «Kannst du keine einfachen Geschichten erzählen, von Leuten wie unsereins? Etwas Alltägliches? Eine Liebesgeschichte?» Großmutter, hier wimmelt es nur so von Menschen wie unsereins, angefangen mit Juanjo Arévalo. Welcher Juanjo Arévalo? Der Lehrer meines Vaters, der gleich um die Ecke wohnte, bei den Videlas, unseren langjährigen Nachbarn, alte Freunde der Familie. Während Juanjos Aufenthalt in La Punta waren sie seine Gastgeber. Offenbar saß Juanjo gerade in der Laube und las, als das Telegramm eintraf, in dem man ihm die Präsidentschaft antrug. Ich kann mir vorstellen, wie im Haus gefeiert wurde. Natürlich weißt du, von wem ich spreche. In Zeiten der Dürre hast du Juanjos Frau Regenwasser geschickt. Du stellst dich gerne dumm, Großmutter. Was, wenn der Lehrer deines Vaters eines Morgens ankommt und Präsident von Guatemala ist? Was, wenn sich die Ehefrau die Haare mit Regenwasser ausspült, das du selbst ihr geschickt hast?

Das Haus der Videlas war das mit den Kiebitzen und den Fisch-

reihern. Jedes Jahr Ende Dezember kam der Cousin über die Ferien, ein schmächtiges Bürschlein namens Jorge, das schon damals das Gesicht eines Generals hatte. Es ist schwer vorstellbar, daß die beiden, Jorge und Juanjo Arévalo, damals zusammen im Patio saßen und Mate schlürften. Wer hätte das gedacht, nicht wahr? Wer hätte geglaubt, daß der Cousin aus Buenos Aires später solche Greueltaten begehen würde, nicht zu sprechen von den geraubten Babys und den Menschen, die aus Flugzeugen gestoßen wurden? Was ich dir über Juanjo erzählen soll, weiß ich nicht, du wirst es besser wissen als jeder andere. Ich war damals noch nicht da. Hier erinnert sich niemand an ihn. Man hielt ihn für einen gefährlichen Roten, der mit seiner Boxerstatur die Frauen des Dorfes dahinschmelzen ließ und sich mit Chilikaffee in Form hielt. Meine Mutter erinnerte sich, wie er, den Cowboyhut auf dem Kopf, zusammen mit meinem Vater aus dem Institut kam. Sie verabschiedeten sich vor dem Anwesen der Videlas, und mein Vater ging nach Hause.

Aber sein wahrer Freund war Mario. Mario war Juanjos bester Freund in La Punta. Als Juanjo später Präsident wurde, nahm er ihn als Ehrengast mit nach Guatemala. Es war während des Weltkriegs. An dem Tag, als Mario von diesem Besuch nach Argentinien zurückfuhr, überreichte Juanjo ihm ein Geschenk und bat ihn, es erst im Flugzeug zu öffnen. Es war eine in gelbes Zellophan verpackte Kiste. Der Polizei kam die Sache gleich verdächtig vor, als Mario am Flughafen eintraf. Sie brachten ihn in ein Büro und forderten ihn auf, die Kiste zu öffnen. Marios Hände zitterten, während er das Papier aufriß. Die Polizei war alarmiert. Für sie stand fest, daß irgend etwas da drin war. Mario hob den Deckel ein wenig an. Die Bullen jaulten entsetzt auf. Weißt du, was du da hast? Es war ein toter Vogel, ein einbalsamierter Quetzal. Der heilige Vogel Guatemalas wäre beinahe von einem Ausländer außer Landes geschmuggelt worden, einem Argentinier obendrein! Mario war spinatgrün im Gesicht. Ein Bulle schwang die Handschellen. In diesem Moment ging die Tür auf, und herein kam der lauthals lachende Juanjo. Die Polizisten taten es ihm nach. Dann umarmte der Präsident Mario, daß ihm die Luft wegblieb. Es dauerte eine Weile, bis dieser begriff, daß alles ein Scherz von Juanjo, dem Gast der Videlas, gewesen war.

Dann war Juanjo also Direktor an meiner Schule? Für mich war Mario der eigentliche Direktor, der Juanjo auf dem Posten nachgefolgt war. Jeden Morgen stellte er sich vor uns auf und sagte: «Guten Morgen, Kinder», worauf man zu antworten hatte: «Guten Morgen, Herr Direktor.» Wir trugen alle einen Trauerflor an der Brust, weil Evita gestorben war. Manchmal erschien an seiner Stelle die Konrektorin, doch eines Morgens, es war unglaublich, kam anstelle von Mario oder der Konrektorin mein Vater zum Appell heraus. Da würde man sich am liebsten schon entleiben, wenn man nur mit den Eltern gesehen wurde, und nun stand da die ganze Schule in Reih und Glied auf dem Hof und wurde Zeuge meiner Schmach. Jetzt war mein Vater Schulinspektor, Mario war als Peronist in Ungnade gefallen, und niemand trug mehr einen Trauerflor am Revers.

War es zur Zeit der Los Plateros? Ein bißchen früher vielleicht, in dem Jahr, als die feurigen Mulattinnen aus Havanna kamen, um im Kino Opoa zu tanzen. Es war ein stürmischer Herbst. Auf dem Heimweg von der Schule trieb der Wind uns vor sich her, zusammen mit den Disteln aus der Steppe. Die Esel drehten ihre Hinterteile in den Wind. Das Dorf war voller Esel. Nachts drängten sie sich unter der Straßenlaterne an der Ecke, wir hatten nämlich ein richtiges Elektrizitätswerk, was uns das Gefühl gab, auf der Höhe des Fortschritts zu sein (stell dir vor, die erste Leuchtreklame wurde sogar vom Bischof gesegnet). Wir hatten auch eine Ampel, die von einem Bullen mit einem Schlüssel in Betrieb gesetzt wurde. Der

Herbst war die schönste Jahreszeit. Bei Sonnenuntergang, wenn die Stare in die Platanen einfielen, arbeitete mein Vater im Hühnerstall, während im Hintergrund das Radio dudelte. Immer wieder drangen aus dem Franklin-Apparat in der Küche Nachrichtenfetzen herüber. Ein Reporter von Radio El Mundo meldete sich aus der Sierra Maestra, ein Name, der uns seit dem Film Der Bandit aus der Sierra Madre *unauslöschlich im Gedächtnis geblieben war. Dann begann der* Glostora Tango Club, *während die Hühner schlafen gingen.*

Am Abend verfolgten wir gebannt Abelardo Pardales, *den aktuellen Radioroman, eine Vorstadt-Gaunergeschichte mit viel Tangomusik, als irgendwann ein Brand das Elektrizitätswerk lahmlegte und der Geschichte mittendrin den Garaus machte, während La Punta für den Rest des Winters in Dunkelheit versank. Während des Stromausfalls gab es mehr Esel als je zuvor. Wie zu erwarten schob man dem Gouverneur die Schuld in die Schuhe. Es wurde viel über seine Vorliebe für Grillfeste geredet, für die man ja schließlich Feuer brauche. Eine schaurige Geschichte machte die Runde: Der Vorfall habe ihn in Buenos Aires überrascht, und er habe durch ein Telegramm davon erfahren («Elektrizitätswerk abgebrannt»), das er umgehend beantwortet habe: «Glut warm halten. Bringe Fleisch mit».*

Darauf wollte ich hinaus. La Punta war die Hochburg des Tratsches. Zwei Verrückte, die sich an der Straßenecke trafen, konnten einen wahren Orkan entfesseln. Die größten Verrückten reichten sich die Hände mit den Worten «Zwei Mächte grüßen sich», um dann zum Klatsch überzugehen. Ich nehme an, so wird auch das Gerücht um das Flamingo *entstanden sein, unsere örtliche Spielhölle, auf die wir sehr stolz waren, weil sie angeblich Frank Sinatra gehörte. Damals glaubten wir noch alles. Eine andere Geschichte, die man uns verkaufte, war die von dem Schwarzen von den* Los

Plateros, *der eines Tages im Dorf auftauchte. Er war ein Nichtsnutz, der aus der Band geflogen war, und so landete er als Samstagabendanimateur im* Tropicana. *Er war nicht einmal richtig schwarz. Für uns, die wir von den* Globetrotters *träumten, changierte er eher ins Braune, und zu allem Überfluß traf er keinen Ton. Er war weit davon entfernt, die Höhen von Andy Moss zu erreichen, der einen um den Verstand brachte und dich vor Ehrfurcht erstarren ließ, wenn er* Only You *anstimmte. Jedenfalls dauerte es eine Weile, bis wir den Betrug durchschauten und kapierten, daß er einfach nur ein Brasilianer aus Porto Alegre war. Es ist nicht schwer nachzuvollziehen: Wieso sollte man am Samstagabend auf seine Musik verzichten, wenn man mit seiner Partnerin im Schlepptau über die Tanzfläche schwebte? Die Musik war Nebensache. Man hätte sogar zur Sirene des Krankenwagens getanzt. Das Ziel war nicht das Tanzen, sondern das arme Mädchen an sich zu pressen, bis man es fast zerquetschte, die Illusion von einem Fick, die Eier wie Granit, daß es einen schwindelte und man beinahe den Verstand verlor.*

In Ermangelung der Globetrotters *mußten wir uns mit den schwarzen Mädchen aus dem* Tropicana *begnügen. Ich meine das* Tropicana II *aus Havanna, das die feurigen Mulattinnen auf eine furiose Tournee auch nach Argentinien schickte. Sie kamen von Chile nach La Punta, und alles sprang in Stücke. Das* Ópera *organisierte drei Vorstellungen, zu denen Minderjährige keinen Zutritt hatten. Die Mädchen mußten den Saal unter Polizeischutz verlassen, fast nackt unter ihren Mänteln; es waren die ersten Bikinis, die hier gesichtet wurden. Unter all den vor Lebensfreude sprühenden Mulattinnen waren immerhin zwei, die mit viel Gefühl sangen, Elena Burke und Celia Cruz, was nicht verhinderte, daß ein gottesfürchtiger Mitbürger aus dem Parkett aufsprang und herumbrüllte, alle sollten den Saal verlassen. Was dann folgte, war schwer zu begrei-*

fen, denn in den nächsten Tagen waren nur unzusammenhängende Sätze aufzuschnappen, wie immer, wenn die Erwachsenen sich über wichtige Dinge unterhielten und das Ganze mit Gott zu tun hat. Nicht einmal die Leute, die am nächsten saßen, konnten genau sagen, was passiert war. Celia sang wohl gerade Cao cao, maní picao, als der Gottesfürchtige auf die Bühne sprang und zu zetern begann. Den Mulattinnen erstarrten die Federn, die Show wurde sofort abgebrochen. Nach einer schier endlosen Stille stürzten sie sich auf den Gottesfürchtigen. Der Vorhang fiel, und die Lichter erloschen. Was dann geschah, blieb ein Geheimnis. Auf der Straße brodelte die Gerüchteküche; man tuschelte über die wundervolle Erfahrung, die der Mann den Mulattinnen zu verdanken habe, deren Umrisse sich hinter der Leinwand abzeichneten, als sie sich auf ihn stürzten, bis er der Länge nach auf der Bühne lag und die letzten Scheinwerfer verloschen. Für uns war offensichtlich, daß ihn die Mulattinnen eine nach der anderen vernascht hatten.

Nach der Abreise der Mädchen ging alles wieder seinen gewohnten Gang. Das Tropicana kehrte zu seinem tanzbaren Alltag zurück. Das Ópera erholte sich von dem kubanischen Zwischenspiel, und noch am gleichen Sonntag sahen wir einen Film im Cinemascope. Es gab noch ein zweites Kino gegenüber, aber das betraten wir nie, seit einmal etwas von oben runtergekommen war und einen Zuschauer getötet hatte, angeblich eine Schwarze Witwe. Dieses andere Kino war nicht nur gefährlich, es war außerdem öde, denn dort wurden nur europäische Filme gezeigt. Das Ópera hingegen war das Leben selbst. Ich werde jetzt nicht anfangen und diese Provinzkinos in den Himmel loben, wie es heute gang und gäbe ist, denn im Grunde passierte dort nichts anderes, als daß wir von dem Moment an, in dem sich die Tür zum Einlaß öffnete, bis zum Ende der Vorstellung wie die Wilden grölten. Ich sage lediglich, daß dort immer etwas los war. Wenn man einmal kurz Luft holte, dann nur, um von oben ins

Parkett zu spucken oder ganz hinten im Saal zu pullern und schnell loszulaufen, um zu sehen, wie die Pisse unter den vorderen Sitzen wieder rauskam. Es gab allerdings auch einen Moment andächtiger Aufmerksamkeit, wie sie eigentlich in einem Kinosaal herrschen sollte, und zwar, wenn Cantinflas, der Süßwarenverkäufer, im Gang erschien, um seine Leckereien von Noel anzupreisen («Karamell, Bonbons, Pastillen …»), um dann sein Mißfallen über das Gejohle im Saal zu äußern («Pssssst! Was soll den der Quatsch!»). Dann machte er sich ruhig an das Verteilen seiner Ware, und wir wandten uns anderen Dingen zu – manchmal warfen wir sogar einen flüchtigen Blick auf die Leinwand, solange der Typ in dem Film nicht zu singen anfing, denn dann brach sofort das Pfeifkonzert los. In einer solchen Vorstellung sahen wir zum ersten Mal die Rebellen, und zwar in einer Wochenschau, die auch Bill Haley zeigte, ein Umstand, der in Erinnerung blieb, weil der ganze Saal über die Sitze zu toben begann. Etwas sagte mir, daß die bärtigen Kerle aus der Wochenschau die Guerilleros von Radio El Mundo waren, die meinen Vater so sehr faszinierten, daß er wie gebannt ihren Abenteuern lauschte, während er ein Huhn verarztete oder die Tränken mit Methylblau desinfizierte.

Außer Hühnerzüchter war mein Vater auch Bankangestellter und, dank Juanjo Arévalo, studierter Philosoph. Er arbeitete nie als Philosophielehrer, weil er nicht der Partei angehörte, und so fing er bei der Bank an und baute die Hühnerställe auf. Er ließ Visitenkarten drucken, auf denen stand: «Philosophielehrer» und darunter, in kleinen Lettern: «Verkauf von Hühnern und Eiern».

Ich lungerte dort hinten herum und widmete mich so faszinierenden Dingen wie bäuchlings auf den Säcken zu liegen oder den Arm bis zur Schulter ins Hühnerfutter zu vergraben. Einmal fand ich etwas. Es waren zwei schwarzglänzende Ballester Molinas. Ich verlor nie ein Wort darüber. Ich nahm sie auch nicht aus dem Sack

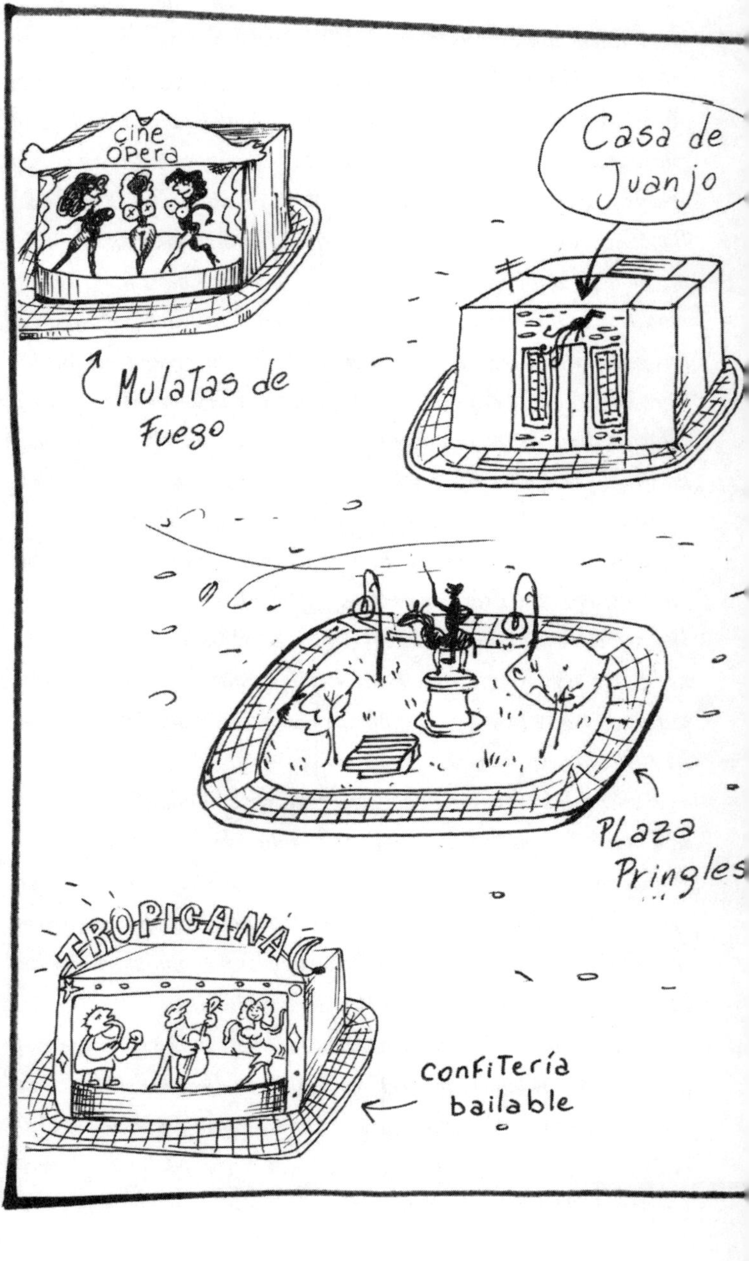
cine opera
Mulatas de Fuego
Casa de Juanjo
Plaza Pringles
TROPICANA
confitería bailable

A Guatemala
5928 Km
Casa del aljibe
calle
Lavalle
calle
Pedernera
La Punta
1940-1968

heraus. Ich hatte eine vage Vorstellung, was hier gespielt wurde. Jetzt hatte ich echte Gründe, mich dort herumzutreiben. Ich vergrub meine Hände, um die Pistolen zu umklammern, und so verbrachte ich Stunden. Eines Tages rief mich mein Vater an und bat mich, zum Schuppen zu gehen, das Paket zu holen und es ihm mit dem Fahrrad vorbeizubringen. Er brauchte es nicht zweimal zu sagen, was ihn zu irritieren schien, denn in der Regel mußte man für mich alles wiederholen, bis man heiser war.

Mein Zuhause war ein Nest von Regimegegnern und in gewisser Weise ein sicherer Hort, weil meine Tante mit einem einflußreichen Peronisten verheiratet war. Die Polizei kam trotzdem, denn über Durchsuchungen wurde in Buenos Aires entschieden. Die Beamten fluchten über den Auftrag, der ihnen zugefallen war. Der Polizeichef von La Punta leitete die Aktion persönlich. Sie traten kleinlaut ein, das Wort Hausdurchsuchung fiel nicht einmal. Fehlte nur noch eine Schachtel Pralinen. Ganz vorsichtig öffneten sie Schubladen und Schrankfächer, ohne überhaupt einen Blick hineinzuwerfen – das Ganze erinnerte weniger an eine Hausdurchsuchung als an die vorsichtige Annäherung liebestoller Stachelschweine. Die Mütze auf den Knien, saßen sie hinterher im Wohnzimmer und tranken Kaffee, mißtrauisch beäugt von meiner Tante, die jung und schön war und ihre Brüder bewunderte und die sich bei der kleinsten Grobheit einen Bullen vorgeknöpft hätte. Man konnte sich mit Perón anlegen, aber nicht mit meiner Tante. Am Ende nahmen sie irgend jemanden mit, meinen Vater oder meinen Onkel, wobei sie sich unablässig entschuldigten und versprachen, ihn sofort zurückzubringen, wenn sich alles aufgeklärt habe, ein Versprechen, das sie tatsächlich auf der Stelle einlösten.

Großmutter, die Welt ist verdammt klein. Weißt du, wo ich das über Juanjo erfuhr? In Buenos Aires, von den Fallschirmjägern in der Pension Primavera, die Hühnchen der Firma San Sebastián verkauften («San Sebastián – mehr Huhn», nicht wahr?). Mir ist nie ganz klargeworden, wie sie dorthin gekommen waren. Sie bezichtigten Juanjo, den Mayas den Kommunismus gebracht zu haben. Deshalb mußten sie in Guatemala einmarschieren und dann in die Schweinebucht, aber da ging etwas schief, und so flohen sie in einem Boot und trieben in der Karibik, bis sie schließlich zu Menschenfressern wurden.

Erinnerst du dich an Bismarck González? Er war mein Zimmergenosse in der Pension Primavera, Venezolaner oder so etwas in der Art, ein ewiger Medizinstudent. Er brachte mich auf die Sache mit den Fallschirmjägern – er kam mir immer mit irgendwelchen Ideen. An jenem Tag hatte er zu mir gesagt: «Ich hab da eine Idee für ein Heftchen.» So sagen sie in Venezuela zu einem Comic. «Ich hab auch schon einen Titel: Garrapatenango.» Abgesehen von seiner Liebe zum Comicgenre war der Venezolaner als Zimmergenosse ein Alptraum. Er schlief immer mit einem kleinen Eimerchen in der Hand. Ständig wachte er auf, um einen halben Liter auszupinkeln. Wenn der Eimer dann irgendwann in der Nacht voll war, ging er zum Fenster, öffnete einen der Läden und leerte ihn in den Hof aus, was einen Heidenlärm machte, wenn der Inhalt unter den Verwünschungen der anderen Hausbewohner vom dritten Stock herunter auf den Boden klatschte. Eines Nachts wachte ich während dieser Aktion auf. Als Bismarck zum Bett zurücktapste, hatte ich schon so eine Vorahnung. Etwas lief da schief, das Platschen hatte anders geklungen als sonst. Hatte Bismarck etwa den Teil mit den Läden vergessen? Ein übler Geruch erfüllte das Zimmer. Aufgeschreckt sprang ich aus dem Bett und machte Licht. Es war schlimmer, als man sich vorstellen konnte. Bismarck hatte sich im Weg geirrt. Der Kleiderschrank stand sperrangelweit offen, sämtliche Kleider troffen vor Nässe. Das Sakko wollte ich mir gar nicht erst ansehen. Bismarck schlummerte selig.

Den ersten Fallschirmjäger lernte ich im Ferro-Stadion kennen, wo Bismarck Baseball spielte. Er hieß Ramón Masvidal, ein blonder Typ mit grünen Augen, der uns zwischen den Abschlägen von seinem Einsatz in der Schweinebucht erzählte. Wie er da hineingeraten war? Die Revolution hatte ihn erwischt, als er gerade die Militärschule absolvierte. Eines Tages hatte man ihnen Besuch angekündigt. Die Kadetten standen auf, und hinein kam der Che, der ihnen während der Mathematikstunde einen Vortrag hielt. Ramón erinnerte sich, daß Ches Hosenstall offenstand. Später war Ramón nach Florida abgehauen und wurde schließlich in Miami für die Invasion rekrutiert. Man schickte ihn in ein Ausbildungslager namens Garrapatenango – der perfekte Titel für einen Comic, der schließlich aber doch Der heilige Vogel von Guatemala *hieß.*

Ich sah ihn schon auf dem Titel der Zeitschrift D'Artagnan. *Das war mein größtes Ziel im Leben, obwohl mir auch etwas in der Größenordnung von* Misterix *vorschwebte. Meine Werke wurden nur von den Typen in der Pension Primavera geschätzt, die gelegentlich sogar namentlich in den Geschichten auftauchten. So wurde aus* El Sapo *Brentano ein Formel-1-Pilot (Mike Brentano) oder ein römischer Legionär (Manlio Brentanus), was mir ein paar Empanadas in der Kneipe unten im Erdgeschoß einbringen konnte.*

Bei D'Artagnan *nahmen sie mich nicht ernst. Eine Bananenflotte? Woher ich das hätte? Und die, die die Flotte versenken sollten, seien also von LAN Chile gewesen? (Das hätte ich besser erklären sollen.) «Ist das ein historischer Comic, Cilento?» trieb mich der Verleger in die Enge. (Cilento war mein Pseudonym bei* D'Artagnan.*) «Es ist ein Kriegscomic», erklärte ich, woraus er schloß, daß es um den D-Day ging. Dann warf er mein Werk auf den Schreibtisch. «Ich rufe Sie nächsten Montag an», sagte er zu mir, und wir sahen uns nie wieder.*

Die von Bala de Plata *antworteten nicht einmal. Ich ging bei weiteren Zeitschriften Klinkenputzen und lernte dabei Vicky Walsh kennen, die wissenschaftliche Artikel schrieb. Sie hatte ein süßes Lächeln und war die Tochter eines Journalisten. Wir tranken einen Kaffee an der Ecke. Um das Schweigen zu brechen, erzählte ich ihr von den Fallschirmjägern. Sie schien nicht beeindruckt zu sein, denn sie wußte von dem Camp. Ihr Vater, Rodolfo Walsh, war damals in Guatemala gewesen. Vielmehr war er es, der den Geheimcode zur Invasion der Schweinebucht geknackt hatte. In diesem Moment sahen wir den blinden Borges, der gerade die Straße überqueren wollte, und lotsten ihn zwischen den Autos hindurch, ohne daß der Alte auch nur einen Moment aufgehört hätte, Cortázar zu kritisieren, etwas, womit er den ganzen Weg bis zur Bibliothek beschäftigt war, wo wir ihn schließlich heil ablieferten. Es war ein Wunder, daß wir bis dorthin kamen – jeder wollte Borges über die Straße führen, so daß ständig jemand versuchte, ihn dir wegzuschnappen. Vicky strahlte. Wenn ich dieses Bild mit Abstand betrachte, wie sie sich biegt vor Lachen, ist es schwer zu glauben, daß dieses Mädchen später einmal, von der Armee umstellt, vom Dach eines Gebäudes mit einem Maschinengewehr um sich schoß, um sich schließlich selbst zu erschießen.*

Ihr Vater war der Autor eines Buchs, das mein Vater im Bett gelesen hatte, die Geschichte eines Blutbads, begangen von der ‹Sekte mit dem schnellen Abzug›. Ich erinnere mich, daß er das Buch verschlang, als handelte es sich um eine Offenbarung. Das Herz meines Vaters verhärtete sich. Er haßte die Generäle mehr als seine klassischen Feinde. Erst nach und nach wurden mir die Zusammenhänge klar. Das Massaker fiel in die Zeit, in der ich die Pistolen entdeckt hatte. Mein Vater konnte keiner Fliege etwas zuleide tun, aber er gehörte den Kommandos an. Da er kurz darauf krank wurde, haben wir nie darüber gesprochen. Danach war ich für alles verantwortlich. Es war eine furchtbare Zeit. Um Mitternacht, ich lag friedlich im Bett und rauchte, fiel mir plötzlich der Hühnerstall wieder ein, und ich lief fluchend und in Unterhosen nach draußen. Die Tiere drängten sich am Zaun, ihre Augen gierten nach Futter. Sie wären dort geblieben, bis die Sonne wieder aufging. Sie hatten den ganzen Tag kein Körnchen bekommen. Von Gewissensbissen gequält, schüttete ich die Eimer mit dem Futter über den Zaun. Und doch kam es immer wieder vor. Ich ertrug die Küken nicht mehr. Es war furchtbar, in den Brutkasten zu greifen, um die zerquetschten Tiere herauszufegen. Von allen perversen Kreaturen waren die Küken am schlimmsten. Wenn eines ein winziges Körnchen Futter vor sich hatte, kam ein anderes und hackte nach ihm, bis ein Tröpfchen Blut kam. Dann stürzten sich die übrigen auf es und hackten es tot. Das war die Art von Monster, die wir im Hinterhof hielten. Ich sah es morgens, wenn ich den Brutkasten aufdeckte. Als mein Vater starb, gingen die Hühnerställe den Bach hinunter. Ich war noch keine vierzehn Jahre alt und sollte mich schon mit so etwas herumschlagen.

Nichts, Großmutter. Ich wollte dir nur hallo sagen. Ich bin im Hotel Dos Venados. *Ich suche nach Spuren, ich würde gerne wieder an diesen Comic anknüpfen. Gestern war ich bei Mario. Er hat mir Juanjos Schriftstücke gegeben und die Kiste mit dem Vogel. Den Quetzal haben die Motten gefressen, sagte er. Dann umarmte er mich und ging. Ein wirklich feiner Kerl. Mein Vater hat ihn auf die Straße gesetzt, weil er Peronist war, aber Mario hat die Sache niemals angesprochen. Als er sich verabschiedete, fragte er mich nach Mimí Trujillo. Auf einmal spricht mich jeder auf sie an. Weshalb sollte ich sie treffen? Weil sie mit Radhamés verheiratet war, erklärte er mir, dem Sohn des Schlächters der Antillen, ein Playboy, der mit den schönsten Frauen der Welt im Bett war. Großmutter, weißt du, was es alles zwischen Guatemala und der Dominikanischen Republik gibt? Ich auch nicht, ehrlich gesagt, aber Palmenstrände und alte Mayastädte haben mehr gemeinsam, als man glaubt. Was ich dir sagen will, ist, daß Mimí nicht weit von hier in einem Ziegendorf geboren wurde. Eigentlich heißt sie Julia Celmira Marín. Sie gelangte irgendwie nach Europa und heiratete schließlich einen Trujillo, der eine Wohnung in Paris hatte und Polopferde züchtete.*

Gestern habe ich sie angerufen. Sie hat eine eindringliche Stimme, eine Mischung aus dem Tonfall von La Punta und karibischem Singsang. Sie ist der Meinung, daß ihr Schwiegervater gar nicht so ein schlimmer Verbrecher war, wie immer behauptet wird. Aber ihre Schwiegerfamilie ist trotzdem in der Fremde geblieben. Mimí führt ein zurückgezogenes Leben; ihr Exmann dagegen wurde, wenn man dem Internet glauben darf, von seinen früheren Partnern vom Medellín-Kartell hingerichtet. Ramfis, der andere Bruder, der schon mit sechs Jahren Oberst der Armee war, starb mit einer Geliebten auf einer Straße in Frankreich. Ramfis und Rhadamés hießen diese Jungs, deren Mutter offensichtlich eine Opernnärrin war. Ramfis' Frau war ebenfalls eine Argentinierin, die in grottenschlechten Filmen mitwirkte. Was Angelita angeht, Mimís Schwägerin, die kleine Schwester der Trujillos, so endete sie als Kassiererin an einer Tankstelle in Florida, obwohl andere behaupten, sie sei Nonne geworden. Daß ich sie erwähne, hat seinen Grund. Erinnerst du dich an die Fallschirmjäger? Die zu Kannibalen wurden? Nun, es war die Jacht dieses Mädchens, die den Schiffbrüchigen auf hoher See begegnete.

Ich gehe ja schon, Großmutter. Wenn du wenigstens den Mund aufmachen würdest. Wenigstens du, die immer eine Geschichte auf Lager hat. Verstehst du irgend etwas von dem, was ich dir hier erzähle? Wo magst du jetzt sein? Soll ich dir das Radio anlassen? Cumbia villera, *Großmutter, die neue Musik der Nation. Es ist die globale Erwärmung. Außerdem regnet es wie in den Tropen. Wenn man bedenkt, daß man früher eine Geldstrafe bekam, wenn man den Gehsteig naß abgespritzt hat! Morgen komme ich wieder vorbei. Würdest du gerne einen Spaziergang machen? Ich könnte dich im Rollstuhl zu meinem puderweißen Sandstrand bringen, wo der Comic seinen Anfang nimmt, in jener Nacht, als sich die* Chiquita Banana *zum Weltkongreß des Salsa der Küste näherte.*

Eines Tages zu Hause in der Sierra
hatte ich furchtbare Angst.
Die Flugzeuge tauchten hinter dem Haus auf
und begannen, mit Maschinengewehren
auf uns zu schießen.
Ich kroch in den Ofen,
aber unter dem Ofen ist man nicht sicher,
denn welchen Schutz bietet ein Ofen,
wenn die Kugeln einschlagen?

Pedro Borbón, 12 Jahre, in einem Schulaufsatz

I
Die Nacht der Krokodile

Etwas erschütterte die Mangroven. Es war ein fernes Grollen, das vom offenen Meer kam. Es wehte durch den Küstenort bis in das Herz von La Ciénaga, wo die Krokodile lebten, die sich bislang noch nicht regten. In der Nacht waren sie aktiv, schwammen hin und her. Mit einer Laterne waren sie leicht zu entdecken: Das Licht spiegelte sich in ihren Augen, die wie Feuer aufzuleuchten begannen. Aber im Moment war kein einziger Krokodiljäger in dem Gebiet unterwegs. So ließen sich die Krokodile bei ihren gewohnten Beschäftigungen nicht stören. Ein Muttertier durchschwamm einen Wasserarm, seine Jungen fürsorglich auf dem Rücken. Friedlich glitt es durch die Dunstschwaden. Die Nacht war empfindlich kalt.

Auf der Krokodilfarm unten an der Flußmündung sah es ganz anders aus. Als die gefangenen Krokodile das Dröhnen registrierten, hoben sie die Köpfe und begannen, sich zu attackieren. Ein vielstimmiges Brüllen erhob sich über dem Sumpf. Vielleicht hielten die Tiere das Dröhnen für das Motorengeräusch der Lastwagen, die das Futter brachten. Es dauerte eine ganze Weile, bis sie sich wieder beruhigten. Unterdessen hatten sie mit ihrem Gebrüll die ganzen Sümpfe unruhig gemacht. Papageien kreischten, und die Reiher flogen auf. Nur die Krabben blieben ungerührt. Um diese Zeit versammelten sie sich zu Tausenden auf der Straße, die am Strand entlangführte. Sie wanderten zur Eiablage ins Wasser, wie sie es seit jeher getan hatten, und begegneten dabei jenen, die aus dem Meer zurückkehrten. Die dicke orangerote Schicht erweckte den Eindruck, als bewegte sich die Straße. Diese lag im Augenblick verlassen da, was eine Katastrophe für die örtliche Wirtschaft bedeutete. Zwischen Februar und April hatte man in der Reifenwerkstatt des Dorfes sonst alle Hände voll zu tun. Das Geräusch, mit dem die Krabben unter die Räder gerieten, war nicht eben poetisch. Der Asphalt färbte sich rot, bis er schließlich von einem Brei bedeckt war. Die Hitze machte alles noch schlimmer. Die Touristen, die im Auto zur Playa Larga fuhren, kurbelten lieber die Scheiben hoch.

Es war gegen Mitternacht. Auch ein Strandbesucher hörte jetzt etwas Merkwürdiges. Es klang nicht wie ein Lastwagenmotor, sondern eher, als fände draußen auf dem Meer ein Bootsrennen statt. Er hätte vielleicht einen Blick riskiert, blieb dann aber eingehüllt in den nächtlichen Lärm im Sand liegen. Er war Kellner in der örtlichen Touristenanlage, eine Karibikschwalbe, einer von denen, die heute als Barmann in den Hotels von Aruba arbeiteten und morgen auf den Virgin Islands, am liebsten aber dort, wo die Verfassung Steuerfreiheit zusicherte. Er hatte nicht vor, in dem Küstenort zu bleiben. Die Erholungsheime für Arbeiter ließen ihn nicht eben vor Begeisterung Luftsprünge vollführen.

An einer anderen Stelle der Küste hielt ein Wachsoldat das Dröhnen vom Meer für eine Musiktruppe, die ihre Instrumente stimmte. Er vermutete, daß es sich um eine Steel Band handelte. Erinnerungen wurden in ihm wach. Einmal war in Pinar del Río, wo seine Mutter wohnte, eine dieser Bands mit ihren *tin drums* vorbeigekommen. Die Schwarzen auf Trinidad hatten diese nach dem Zweiten Weltkrieg aus Benzinfässern gebaut, die die US-Navy zurückgelassen hatte. Jetzt war er in La Ciénaga und registrierte Analphabeten, aber im Moment stand er hier mit einer Maschinenpistole, um jede Bedrohung von See zu melden. Er fand nicht, daß eine Steel Band eine Gefahr darstellte, also nahm er sich eine Zigarre und genoß die Einsamkeit. Er träumte sich in die Regenwälder von Trinidad, in denen es nach Kakao und Fackelingwer roch, während die Steel Band an einem Karnevalsmorgen aufspielte.

In diesem Moment tauchte etwas am Himmel auf. So etwas wie ein Häuflein neuer Sternbilder. Den Nachtschwärmern am Strand kam es wenigstens so vor. Aber es war lediglich das Abbild des gekreuzigten Christus, geformt aus Sternenstaub.

Für die Männer auf der Jacht, die soeben in die Bucht einfuhr, klang das, was die Krokodile so in Aufregung versetzt hatte, wie Vogelschreie.

Das Boot hieß *Shirley*. Sein Besitzer war unter dem Namen Bob bekannt. Er kreuzte mit einem Matrosen aus Kuba durch die Karibik, in den vergangenen Tagen waren sie in Richtung Kuba unterwegs gewesen. Die *Shirley* war eine von vielen Luxusjachten, die zum Hochseeangeln hinausfuhren. Von außen wirkte sie wie das Kreuzfahrtschiff eines Millionärs, das speziell für die Fischerei vor den Antillen ausgerüstet war. Im Heck befanden sich zwei auf Radlager montierte Sessel. Das war auch ratsam, denn ein kräftiger Fisch konnte den Anglern einen stundenlangen Kampf liefern. An den Längsseiten des Schiffes hingen lange Bambusstangen, fein wie Langustenfühler, um die Köder durchs Wasser zu ziehen. Trotz ihrer Größe war die *Shirley* in der Lage, im Zickzack den Vögeln zu folgen, die die Fischschwärme begleiteten: Diese hatten immer einen großen Fisch im Schlepptau.

Neben Bob und seinem Hund war also noch dieser Kubaner aus Siboney an Bord der *Shirley*, der alles Erdenkliche über Fischfang und Philosophie wußte und sich bei jeder Gelegenheit darüber verbreitete. Doch Bob ließ sich auf keine langen Gespräche mit seinem Matrosen ein. Einsilbige Anweisungen und stillschweigendes Einverständnis prägten ihre gemeinsamen Tage. Jeder erledigte seine Aufgaben. Nur hin und wieder trafen sie irgendwo auf dem Schiff zusammen. Nun saßen sie im Heck, offenbar gewillt, eine Art Gespräch zu führen.

Es war eine Sonntagnacht im Jahr der Bildung. Also April 1961, um genau zu sein. Das Meer war ruhig. Der Kubaner hatte gerade den letzten Stummel seines Ganja ins Wasser geworfen, das beste Marihuana in der Karibik. Er hieß Rider D. Bonavena und war erst kürzlich zur Religion der Rastafari konvertiert. Für ihn war Marihuana heiligen Ursprungs, ein Sakrament, das nur aus den Schriften stammen konnte. Er verschränkte die Hände im Nacken und legte die Beine auf die Bordwand, während er in die schwarze Himmelskuppel starrte und sich in Spekulationen über das Universum, die Unendlichkeit, die Lichtgeschwindigkeit und ähnliches verlor. Jetzt stand er vor einem neuen Mysterium. Etwas Fremdes bewegte sich am Himmel. Die Russen hatten einen Mann da oben. Er flog schon seit Stunden dort im All. Rider kam aus dem Staunen nicht heraus. Er beschloß, mit Bob darüber zu sprechen.

«Stimmt das mit dem Russen?»

«Sieht ganz so aus.»

«Er ist da über uns?»

«Zieht seine Kreise um die Erde.»

«Weißt du, wie er heißt?»

«Keine Ahnung.»

«Er heißt Juri. Was bedeutet das, Juri?»

«Das bedeutet gar nichts.»

«Alles hat eine Bedeutung.»

«Okay. Juri heißt soviel wie kosmische Scheiße.»

«Weißt du, was Rider bedeutet?»

«Das bedeutet einen Scheißdreck. Und hör auf, mich zu nerven, als ob du meine Mutter wärst.»

«Wie alt würdest du Juri schätzen? Du wirst es nicht wissen …»

«Natürlich nicht.»

«Dreiundzwanzig.»

«Und?»

«So alt wie ich, kapierst du? Ich bin alt. Der Russe fliegt zu den Sternen, und ich dümple immer noch auf der *Shirley* herum.»

«Wenn du willst, bring ich dich jetzt gleich nach Key West.»

«Nein, Mann. Ich kann dich nicht allein lassen. Du wirst verhungern. Du kannst nicht mal einen Fisch braten …»

«Gib mir mal das Radio.»

«Sollen wir ihm nicht ein bißchen zuhören? Angeblich spricht er mit der Erde.»

«Woher hast du das denn?»

«Das haben sie auf Radio Alegría gesagt.»

«Was hab ich dir über den Senderlauf gesagt?»

«Daß ich die Finger davon lassen soll. Aber ich kann Radio Swan nicht mehr hören, Bobby.»

«Soll ich ein bißchen Boxkampf anstellen?»

«Wer kämpft denn?»

«Luis Rodríguez gegen El Chícharo.»

«Also, das Ergebnis kann ich dir jetzt schon sagen. Dein Luis wird die zweite Runde nicht erreichen.»

«Sein Problem ist seine Statur.»

«Ihr findet immer eine Ausrede.»

«Nein, wirklich. Man sollte Kämpfe in Mexiko verbieten. Wir Kubaner sind die Angeschissenen. Nur Gott kann dir einen Sieg verschaffen.»

«Aber du glaubst nicht an Gott.»

«Ich glaube an Haile Selassie. Ich bin Rasta durch und durch.»

«Letztes Jahr warst du noch Spiritist.»

«Nur ein paar Monate. Weißt du, ich war nie so ganz überzeugt. Ich bin doch eher wissenschaftlich verlangt, und dabei komme ich aus einer Familie von *santeros**. Bei mir zu Hause waren alle *santeros*.»

«Diese Typen, die Gräber mit Hühnerinnereien besudeln.»

«Nein, Mann. Das sind die Haitianer.»

«Ihr seid das. In Miami Dade muß dauernd der Friedhof gereinigt werden wegen der ganzen Schweinereien, die ihr hinterlaßt. Sogar Ziegenköpfe, hat man mir erzählt.»

«Jetzt übertreib mal nicht. Wer hat denn schon eine Ziege in Miami?»

«Du kannst dir gar nicht vorstellen, was du da alles findest. Fehlt nur noch, daß uns der *Chupacabras* in Key West heimsucht.»

«Es gibt dort schon einen, Mann. Scheint so, als hätte ihn ein Mexikaner importiert.»

«Wußtest du, daß es in den Everglades Panther gibt?»

* *Einige Begriffe und Personen, die im Text auftauchen und einer kurzen Erläuterung bedürfen, sind in einem Glossar am Ende des Buches erklärt. Die Begriffe selbst sind im Text nicht weiter markiert.*

«Wirklich?»

«Ja. Und darf man mal erfahren, wer dieser Haile Selassie ist?»

«Das ist der Kaiser von Äthiopien.»

«Findest du es nicht lächerlich, diesen Kerl zu verehren?»

«Dich muß es ja nichts angehen …»

«Besser nicht… Willst du etwa Jesus mit Haile vergleichen?»

Rider fragte sich, ob Bob Baptist war, obwohl er wie ein Mormone aussah. Abends hatte er durch das Bullauge gesehen, wie dieser auf Knien vor seiner Koje betete, die Hände auf die Bettdecke gelegt wie ein müdes Kind.

«Du bist ja nur Rasta, um dich mit Marihuana zuzudröhnen, das ist alles», sagte Bob.

«Wenn ich Ganja rauche, schlafe ich wie ein Baby. Als ich heute aufwachte, dachte ich, wir wären in Havanna.»

«Scheiße, was für ein Alptraum.»

«Weißt du, wie vielen Kubanern es genauso geht?»

«Weil ihr sentimental seid.»

«Du sagst es.»

«Und deshalb flieht ihr haufenweise nach Key West.»

«Ich war in New York, aber nicht lange.»

«Weil du arbeiten mußtest.»

«Nein, Mann. Wer kriegt da schon Arbeit? Du kannst da höchstens putzen gehen.»

«Meine Frau liebt New York.»

«Ich weiß nicht, wie man das lieben kann. Die Leute dort mögen Hunde lieber als Kinder.»

«Wir waren da drei Monate in den Flitterwochen.»

«Du wirst die Nächte nicht im Schnee verbracht haben wie wir …»

«Nein. Wir haben im Village gewohnt.»

«Ich bin in Harlem gelandet. Wenn dir nicht gerade ein Junkie hinterherrennt, um dich zu verprügeln, dann brennt das Haus ab. Harlem ist nicht mehr das, was es mal war.»

«Sicherlich. Seit es dort von Kubanern wimmelt.»

«Nein. Seit die schwarzen Musiker weggezogen sind.»

«Die Altstadt von Havanna dagegen ist traumhaft, eine zweite Côte d'Azur...»

«Hand aufs Herz, Bob, wie kann es dir irgendwo gefallen, wo man nicht auf die Straße gehen kann? Ich hab nicht vor, nach Yuma zurückzugehen.»

«Gib mir das Spika.»

Rider griff nach dem Transistorradio und stellte es neben Bob, der die Lautstärke hochdrehte. Die Ansagerin von Radio Swan, bei ihren nächtlichen Fans als Rosa bekannt, kündigte mit ihrer Mitternachtsstimme das Ende der laufenden Sendung an. Rider schloß die Augen. An wen erinnerte ihn diese Stimme bloß? An eine Hure aus dem *Siebten Himmel*, hätte er schwören können, berühmt für die Erregung, die sie bei ihren Kunden auslöste, schon wenn sie ihnen bloß ins Ohr hustete. Jetzt sagte sie mit ihrer diabolisch rauhen Stimme ein Lied von Moncho Leña an, und so endete die Sendung mit Musik aus Puerto Rico. Das Beste an Monchos Orchester war der Chor:

Mamita llegó el obispo
llegó el obispo de Roma
mamita si tú lo vieras
qué cosa linda qué cosa mona

Dann kam die Stunde des *Fílin*. Boleros ergossen sich über das Schiffsdeck. Rosa sagte Benny Moré an. *Hasta mañana, vida mía* und *Contigo en la distancia*. Rotglühende Leidenschaft. Nacht der gebrochenen Herzen. Verzweifelte Frauen. Eine wollte ihre Lippen mit Weihwasser benetzen, um die Küsse von ihrem unglückseligen Mund wegzuwaschen. Eine andere schwor bei allem, was ihr heilig war, daß er dafür büßen sollte. Rider war zu Tränen gerührt. Das Radio konnte ihn in höchste Höhen entführen. Ihm fehlte Liebe. Ihm fehlte Frieden. Ihm fehltest du. Plötzlich hatte er das Gefühl, wieder in New York zu sein. Er vermißte die Matineen im *Palladium*, dem *Kapitol* des Mambo, dem *Garden* der karibischen Musik, dem einzigen Ort, an dem er in seinen Tagen als Illegaler glücklich gewesen war. Dort hatte er in der ersten Reihe gesessen und Benny mit dem Orchester Pérez Prado gehört. *Fílin*, das war amerikanisierter Bolero, genau die richtige Mischung zwischen kubanischer Sentimentalität und dem Rhythmus aus Yuma. Da war er auf einer Jacht mitten in der Karibik und fand, daß eigentlich Manhattan das Zentrum des Bolero war – ein seltsamer Gedanke, auf den ihn Bobs Transistorradio brachte, dieses kleine menschliche Wunderwerk. Wie hatte man bloß ohne Radio existieren können? Er war froh, in der heutigen Zeit zu leben. In Siboney, das wußte er von seiner Mutter, hatte man sich seinerzeit mit Lautsprechern auf einem Auto begnügen müssen, das im Ort herumfuhr, weil niemand das Geld für ein Philips hatte.

Bob stellte den Ton leiser und spähte in die Dunkelheit, das Transistorradio zu seinen Füßen. Die nächste Sendung auf Radio Swan war Rider zu trocken. Er haßte das Gequatsche, außer wenn es ums Boxen ging. Wenn Rosa von Politik anfing und Bob nicht in der Nähe war, suchte er einen anderen Sender. Er hatte eine Vorliebe für die mexikanischen Programme mit spannenden Boxkämpfen und Hochzeitssendungen. Samstag hörte er Baseballübertragungen. Die Mexikaner hatten einfach die Technik: Ein Kommentator von Radio Emoción schlug mit einer Fliegenklatsche neben das Mikrofon, um seinen Zuhörern den Abschlag zu simulieren. Einmal gab es kurz nach Beginn der Begegnung ein Erdbeben, ohne daß das Spiel unterbrochen wurde. Die Primaten auf der Heimtribüne nutzten das Chaos, um ihre Fahnen zu schwenken: «Das war erst der Anfang, ihr Feiglinge. Ihr werdet euch wundern, was noch kommt», verkündete vollmundig ein Spruchband, das auf der Tribüne entrollt wurde. Der Kommentator beschrieb es auf seine unnachahmliche Art und Weise, ohne auch nur einen Moment die Härte des Spiels aus den Augen zu verlieren, weder auf seiten des Himmels noch der Hölle. Die Hölle, das war die Gästetribüne. Das Spiel am Radio zu verfolgen war sogar besser, als es zu sehen. Rider spürte förmlich, wie ihn die Stoßwellen des Erdbebens durchliefen, er sah die hastig hingekritzelten Plakate vor sich und fühlte, wie der Beton unter der tobenden Meute vibrierte. Aber das war noch zu Zeiten gewesen, als er auf einem Langustenfischer gearbeitet hatte. Jetzt fuhr er auf der *Shirley* und war von Bob abhängig, selbst wenn er sich nur einen Boxkampf anhören wollte. Sein eigenes Bakelitradio war nur noch ein Haufen Schrott, aus dem es rauschte und krächzte. So wartete er sehnsüchtig auf die Morgendämmerung, wenn Bob sich gewöhnlich vom Radio entfernte, um sich in seiner Kajüte zu verkriechen und erst am Vormittag wieder aufzutauchen.

Bob öffnete ein Bier. Hin und wieder war das Lachen eines Vogels zu vernehmen, eine dieser tropischen Sturmschwalben, die sich wie Menschen anhörten und niemals einen Fuß an Land setzten. Der Wind betrug kaum sechs Knoten, das perfekte Wetter, um ein Match im Radio zu verfolgen. Ein Baseballabend auf See mit einem kalten Bier. Das Höchste, was man in Anbetracht der Umstände erwarten konnte. Aber Bob hatte es mit Radio Swan, schon seit elf Uhr rührte er sich nicht mehr von dem Spika weg. Rider hatte eine Vorahnung. Etwas Außergewöhnliches lag in der Luft. Es war einer jener Momente, in denen man, mit Abstand betrachtet, hätte sagen können: «Heute kann alles passieren.»

Unten, am Fuß der Treppe, lag verlassen die Kabine. Die verbotene Zone der *Shirley*. In gewisser Weise zumindest, denn Rider durfte hinein, um unter Bobs Aufsicht gründlich zu wischen. Rider machte dann sauber und verschwand wieder. Der Raum war voller Geräte, aus denen Rauschen und krächzende Stimmen drangen, überall blinkten Lämpchen. Normalerweise schloß sich Bob zum Arbeiten ein. Wenn die Tür doch einmal offenblieb, stiegen die Geräusche aus der Kabine an Deck. Jedes Funksignal wurde von der *Shirley* eingefangen: das Wunder, auf einer Abhörstation zu fahren. Der Rausch des Äthers, die Nacht der brennenden Meere. Geschwätzige Kommentatoren und das Lachen von Ansagerinnen, dazwischen Funktelegramme, die eine Zahlung einforderten oder Onkel Yeyo davon in Kenntnis setzten, daß die Alte gestorben war. Hin und wieder ein derber Fluch. Ein unbekannter Fischer, der sich ein Zotenscharmützel mit den Funkern von Gitmo lieferte, bis erneut Stille einkehrte. Ein Kampfflugzeug kurz vor der Landung. Ein Frachter aus Mariel, der den Schlepper anfunkte. Es schmuggelten sich auch Signale aus anderen Welten jenseits des Hurrikangürtels ein: ein Tanker in Bilbao, das *Delta Papa November* aus Philadelphia, eine Kurzwellennachricht von *La Voz de las Américas*, ein

Privatfunker in Montreal, der um Antwort bat. Es war der Fluß des Äthers, wie es die Radiosprecher nannten, unverzichtbare Substanz, so sagten sie, für Romantik und den elektromagnetischen Verkehr – ein Irrtum natürlich, denn die Atomwissenschaftler hatten bereits herausgefunden, daß der Äther eine Illusion war, wie so viele andere Lügen, die seit Newton verbreitet worden waren. Der Äther der Antillen (was auch immer das sein mochte) war seit einigen Jahren nicht mehr wiederzuerkennen. Die Nacht schwirrte von Fremden. Vor allem befand sich der Hafen der Kubaner nicht mehr in Florida. Früher war noch alles mit der Fähre von Cayo Hueso oder allenfalls New Orleans nach Havanna gekommen, auf diesen gewaltigen *sea trains*, die, vollgeladen mit Heckflossen-Cadillacs und anderen Segnungen, die Meerenge in Richtung Perle der Antillen kreuzten.

Normalerweise war die Kabine der *Shirley* abgeschlossen. Was dort drinnen geschah, war eine unbekannte Größe. Einmal allerdings hatte Bob aus dem Halbdunkel nach ihm gerufen. Rider stieg vorsichtig nach unten. Aus den Lautsprechern drang etwas Zähflüssiges, eine Art degeneriertes Englisch, das nach Papiamento klang. Es war *Die Stimme von Pitcairn*. Bob erklärte ihm, daß Pitcairn in Polynesien lag. Die Inselbewohner waren Nachfahren von Fletcher Christian, dem Anführer der Meuterei auf der Bounty. «Sagt dir das was?» fragte er Rider. Der schaute ihn fragend an, so daß Bob nichts anderes übrigblieb, als ihm die ganze Geschichte zu erzählen. Fletcher war der erste Offizier auf der Bounty gewesen. Sie kamen von Tahiti, den Laderaum voller Pflanzen (Kübel mit Stecklingen des Brotfruchtbaums, einer wundersamen Pflanze, die zur Ernährung der Sklaven nach Jamaika gebracht werden sollte), als sie in den Roßbreiten in eine jener Flauten gerieten, in denen die Kapitäne nicht selten Pferde und Schwarze über Bord warfen, um Süßwasser zu sparen. Und genau dort bestand der Kapitän darauf, daß die Pflanzen auch weiterhin gegossen werden sollten, so daß Fletcher ihn mitsamt seinen Bäumchen ins Wasser warf. Dann nahm er mit seinen Gefolgsleuten Kurs auf Pitcairn. «Die Meuterei auf der Bounty», murmelte Bob dann, so als erstaunte ihn die Geschichte stets aufs neue. Er hielt es für notwendig zu erklären, daß Fletcher von Marlon Brando gespielt wurde. Als Rider schließlich begriff, daß Bob nur von einem Film sprach, verlor er jedes Interesse an der Sache. Trotzdem verfolgte er weiterhin höflich das von Bob eingestellte Programm. Fletchers Nachfahren sendeten montags um 15.00 Uhr auf 14,305 kHz. Sie hatten eine Zeitschrift im Angebot, T-Shirts mit der Silhouette der *Bounty* und ein Buch im Vierfarbdruck über die Geschichte der Meuterei. Weltweiter Versand, Schecks auf den Namen Fletcher Christian. Bob versprach ihm, daß sie in Key West zusammen ins Kino gehen würden.

Solche Unterhaltungen waren selten bei Bob, der sonst nie mehr als zehn Worte am Stück sprach. Was Rider anging, so waren ihm solche Halunken wie Fletcher Christian völlig egal. Er hätte gerne die Frequenz des Russen eingestellt. Bestimmt funkte Juri die Erde an, mit diesem fremden Tonfall, der immer wieder aus Bobs Geräten drang, Botschaften von sowjetischen Frachtern, die *Panzerkreuzer Potemkin* gegen den neuesten Streifen von Cantinflas austauschen wollten oder den Chefmaschinisten der *Tamara Toumanova* aufforderten, dringend zu Hause anzurufen, weil die Genossin Natascha in den Wehen lag. Bob hingegen hatte nicht die geringste Absicht, Kontakt mit Juri aufzunehmen. Rider hielt das für engstirnig:

Da hatten sie all diese Elektronik an Bord und blieben doch an Radio Swan hängen.

Gegen Mitternacht waren sie immer noch an Deck. Auf einmal drang die folgende Meldung aus dem Spika:

Achtung! Achtung! Achtet gut auf den Regenbogen. Chico ist endlich zu Hause. Setzt ein Signal in den Baum. Die Briefe sind gut angekommen. Der Fisch wird bald auftauchen.

Danach sang Brenda Lee *I'm sorry*. Dann wieder Benny. Bob sagte kein Wort. Er schien auch nicht bereit zu sein, auf Fragen zu reagieren, also hielt Rider den Mund. Er haßte es, zugeben zu müssen, daß er etwas nicht verstand. Regenbogen? Signal im Baum? Rosa wurde mit jedem Tag verrückter. Was zum Teufel redete sie da? Aber Bob wirkte ruhig, als hätte er sein Leben lang auf so eine Botschaft gewartet.

Rider hätte alles für ein belegtes Brötchen gegeben. Die Stille machte ihn fertig.

«Weißt du, warum Bennys Hosen so einen hohen Bund haben?» fragte er.

Bob beobachtete das Meer.

«Damit man die Leber nicht sieht», sagte Rider. «Er hat so eine Leber, wegen der Zirrhose.»

Jetzt kam die *Sonora Matancera*. Dann der Wetterbericht. Rosa verlas die üblichen Nachrichten. Die Erschießungen des Tages. Nonnen in der Kirche vergewaltigt. Der Erzbischof von Rebellen geohrfeigt. Zwölf Stunden Schlangestehen für eine Pizza. Die Verordnung zur Abschaffung von Weihnachten stand kurz vor der Verabschiedung. Das Gesetz zur freien Liebe sollte in Kürze in Kraft treten. Dann *Tú me acostumbraste*, das Elena Burke mit dem Unterleib sang. Alles wieder in

Ordnung. Rider wollte sich gerade einen neuen Joint drehen, als eine weitere Meldung kam:

Teodomico: Wenn die ersten Granaten explodieren, stell dich an die Wand. Aber wirf dich nicht auf den Boden. Besorg dir eine Laterne, das Licht wird ausfallen.

Daraufhin verließ Bob seinen Platz und ging in den Funkraum. Rider blieb alleine auf dem Ozean zurück, das Spika auf der Bordwand. Radio Swan hüllte sich in Schweigen. Es war eine unerträglich lange Pause, ganz ungewöhnlich. Keine Brenda. Kein Benny Moré. Das Schweigen eines Radiosprechers vor dem Mikrofon konnte einen verrückt machen, wie ein steter Wassertropfen auf die Stirn. An jedem anderen Abend hätte Rider sich auf den Senderlauf gestürzt, aber jetzt hatte er Angst. Er entdeckte einige flackernde Lichter, wie von verirrten Fischkuttern. In diesem Augenblick begann hundert Meter von der *Shirley* entfernt das Wasser zu brodeln. Begleitet von einem durchdringenden Ächzen, erschien etwas ungeheuer Großes an der Wasseroberfläche. Rider sprang von seinem Sitz auf und stieß mit jemandem zusammen. Eine kräftige Hand legte sich auf seine Schulter.

«Was hast du denn?» knurrte Bob.

«Mann, hab ich mich erschreckt», wimmerte Rider.

Das Ding war jetzt vollständig an der Oberfläche – ein U-Boot. Das Quietschen der Luken war zu hören. Bob bediente die Laterne, und vom U-Boot kam Antwort. Rider ging der Arsch auf Grundeis. Jetzt erst war Radio Swan wieder zu hören. In dem säuselnden Ton, mit dem sie sonst *Los Panchos* ansagte, verkündete Rosas Stimme:

Teodomico: Denk daran, daß sie Kubaner sind, keine Gringos. Wenn sie kommen, schließ dich ihnen an, denn sie kommen im Schutz einer gewaltigen Feuerkraft.

Der Engel von Caimanera, sagte sich Rider.

Jetzt war er sich ganz sicher. Diese vollkommene Stimme. Die Sprecherin war niemand anders als Rosa, die Blondine aus dem *Siebten Himmel*, die Freundin von Tony Savaria, seinem Kumpel auf den Streifzügen durch die Bars von Caimanera, als sie mit der «Brigade gegen die Prostitution» Bordelle registrierten. Tony Savaria, sein Mitschüler an der Schule der Hermanos Maristas. Sein Bruder, konnte man sagen.

Der Lärm kam von einem Schiff, das vor der Küste ankerte. Es war das Geräusch, das die Krokodile verrückt gemacht hatte, weil sie glaubten, die Lastwagen mit dem Futter kämen. Es stammte von den Schiffswinden, als die Boote zu Wasser gelassen wurden. Für einen Augenblick klang es wie ein Lebewesen, irgendwo zwischen Schreien und Klagen. Auch den Männern auf dem Schiff zerrte es an den Nerven. Ein Mann, der an Deck postiert war, überlegte angestrengt, woran ihn das Geräusch der Winden erinnerte. An Katzen, die sich auf dem Dach paaren, befand er schließlich. Das war Nino Giménez, der Schiffskoch. Er fuhr auf der *Blagar*, dem Flaggschiff einer zusammengemieteten Flotte, die in kriegerischer Absicht unterwegs war. Das Kreischen der Ketten wehte über den Sumpf zu den Fischkuttern, die in dieser Nacht ihre Netze auswarfen, und auch zur Besatzung der *Shirley* herüber. Jedes Lebewesen im Umkreis von zehn Meilen wurde vom Rasseln der Winden, die Boote zu Wasser ließen, überrascht. Es dauerte jedesmal eine Ewigkeit, bis das Boot auf der Wasseroberfläche aufschlug. Eines blieb auf halber Höhe hängen, bei einem anderen löste sich der Evinrude-Außenborder und klatschte auf das Wasser. Der Knall ließ alle zusammenfahren. Niemand hätte sich gewundert, wenn die an Land das Feuer eröffnet hätten.

Aber etwas anderes geschah. Entlang der Küste ertönten plötzlich Dutzende von Trommeln, als wollten sie den Weltkongreß des Salsa eröffnen. Die Musik dröhnte aus den Lautsprechern. An Deck der *Blagar* wurde trotzdem weiterhin geflüstert. Nino Giménez beobachtete das, während er an der Reling stand und rauchte. Neben ihm erteilte ein Kubaner mit Cowboyhut seinen Soldaten Instruktionen. Die Männer machten sich bereit, die Strickleitern hinunterzuklettern. «Nicht zu glauben, daß die uns in so eine Scheiße schicken», murmelte einer. Die Boote erschienen schrottreif, wie sie so auf dem Wasser tanzten, auf den Bug waren Totenköpfe gemalt. Eine solche Szene wäre in *Todeskommando Iwo Jima*, den die Besatzung der *Blagar* am Vorabend der Abfahrt in Happy Valley beim Kinoabend an Deck gesehen hatte, unvorstellbar gewesen. *Todeskommando Iwo Jima* war ein richtiger Kriegsfilm. Da glitten die Barkassen aus dem Bauch eines Landungsschiffes heraus. Die US-Marines konnten kaum über die Bordwand sehen, und das, obwohl sie standen. Während einige ihren Gedanken nachhingen, nahmen sich andere Zeit für ein Gebet. »Lieber Gott, schenk mir nur noch einen Tag», erinnerte sich Nino, der die Dialoge aus *Todeskommando Iwo Jima* auswendig kannte – obwohl, vielleicht war das auch aus *Guadalkanal – Die Hölle im Pazifik*. Es tat nichts zur Sache: In jedem Fall prasselte das Geschützfeuer von den japanischen Stellungen an der Küste herüber, das klassische Inferno einer Amphibienoperation.

Hier hingegen waren sie im Mamboparadies gelandet. Es war ein kubanisches Landungsmanöver. Über der Küste leuchteten die Gaslichter des Dorfes, und der Ort machte sich für die Touristensaison bereit. Der Strand bebte unter dem Furor des Festes. Fehlte nur noch ein Willkommensschild an der Küste. Wie jeden Sonntagabend wurde in dem Küstenort getanzt bis zum Umfallen.

Der Strand nordwestlich der Landungsstelle allerdings war ein Geheimnis. Dutzende Bataillone konnten sich dort hinter den russischen Panzern verstecken. In diese Richtung waren Grays Froschmänner unterwegs. Es gab zwei Spezialeinheiten, die der Invasion vorausgeschickt wurden, eine unter dem Kommando von Grayston Lynch, die andere befehligt von Rip Robertson, zwei Paramilitärs, die die Landung anführten. Auf der *Blagar* wartete man gespannt auf ihre Signale. Gray sollte melden, wenn das Gebiet frei von Milizen war. Außerdem sollte er die Landungslichter aufstellen, Leuchtbaken, die nur von See aus zu sehen waren. Aber weder die Baken noch Gray gaben ein Lebenszeichen. Hatte er die Einfahrt gefunden? Dem Kapitän lagen die Nerven blank. Es war kein Geheimnis, daß es in diesen Gewässern von Korallenriffen nur so wimmelte. Der Kommandant der *Blagar* hatte die Fotos gesehen, die der *Zopilote*, das Spionageflugzeug Lockheed U-2, aus dem All aufgenommen hatte. Darauf war das Meer an den Ufern von schwarzen Flecken gesprenkelt. Bei der Auswertung der Bilder wurde behauptet, es handele sich um Wolken oder, falls nicht vorhanden, um Algen. Für den Kapitän waren es Reißzähne, die einen Schiffsrumpf der Länge nach aufschlitzen konnten. Die Augen des *Zopilote*, des Geiers, konnten von der Stratosphäre aus eine Fliege auf einem Teller ausmachen, aber die Männer, die die Bilder auswerteten, blieben stur bei ihrer Meinung. Das war das Problem mit Bildern. Diese Männer verdienten ihr Geld mit dem Beweis, daß die Dinge nie so aussahen, wie sie tatsächlich waren.

Kein Vergleich mit *Todeskommando Iwo Jima*, sagte sich Nino Giménez. Da er gelegentlich am Offizierstisch bediente, schnappte er so einiges an Gerüchten auf, was schließlich einen erfahrenen Analytiker aus ihm machte. Jetzt unterzog er die Ereignisse einem Vergleich mit dem Film. Dort hatten sie den Weg klar vor sich. Die Barkassen flogen geradewegs auf den Strand zu. In *Todeskommando Iwo Jima* war die Küste ein bedrohlicher Streifen, der nur darauf zu warten schien, eingenommen zu werden, aber hier hatten sie es mit einer Hochburg des elektrischen Lichts zu tun, ganz zu schweigen vom Weltkongreß des Salsa. Erleichtert dachte Nino, daß er aufgrund seines Postens nicht an Land gehen mußte, schließlich war er der Schiffskoch. Seit sechs Monaten war er an Bord der *Blagar*, des Flaggschiffs der Bananenflotte. Sobald Männer und Material abgeladen waren, würde die Flotte zum Zulu Point zurückkehren, dem vereinbarten Treffpunkt auf hoher See, hundert Meilen von der feierlustigen Küste entfernt. Sie mußten vor Sonnenaufgang mit der Arbeit fertig sein.

Der Typ mit dem Texashut sah erneut auf die Uhr. Viele aus der Brigade trugen diese Hüte. Ein Uhr morgens, sagte Nino zu ihm. Er überlegte, ob man die Taucher bereits umgelegt hatte. Was sollten sie in diesem Fall tun? Grays Leute waren der Schlüssel zur Landung. Gerade erörterte der Cowboy diese Frage mit einem weiteren Decksoffizier. Nino verfolgte das Gespräch mit größtem Interesse. Er begriff, daß es keinen Plan B gab. Noch ein großer Unterschied zu den Filmen mit John Wayne.

Aber Gray und sein Kommando waren schon fast an Land. Um den messerscharfen Korallen zu entgehen, mußten sie rudern. Den Außenborder hatten sie eingeholt, als sie das Riff erreichten. Unterdessen war das Fest in vollem Gange. Der Strand bebte unter dem Lärm der Lautsprecher. Es war eine eigenwillige Musik, eine Mischung aus Son, Bolero und Cha-Cha-Cha. Was sich Gray wohl als Veteran des D-Day dabei dachte? Wie sollte man sich bei so einem Durcheinander ins Schlachtengetümmel stürzen? Sie beschlossen, im Wasser zu bleiben, solange das Fest dauerte. «Wir warten ab, bis Ruhe einkehrt», teilte er seinen Leuten mit. Früher oder später würde das Elektrizitätswerk des Ortes die Stromversorgung unterbrechen. So verging eine halbe Stunde, in der Gray immer wieder zur *Blagar*, der früheren *Chiquita Banana*, hinübersah, die sich vor der Küste abzeichnete. Es war zunehmender Mond, so daß er sie kaum erkennen konnte. Sie war ein Haufen Schrott, wie die anderen Schiffe auch. In dem Bemühen, sie als karibische Flotte erscheinen zu lassen, erinnerten die rostigen Frachter der Bananengesellschaft an einen maritimen Alptraum. Dabei war das Flaggschiff nicht einmal das schlechteste der Flotte. Verglichen mit dem Rest, war die *Blagar* die *Queen Mary*. Die *Atlántico* zum Beispiel hatte einen Tag früher in Happy Valley die Anker lichten müssen, und trotzdem hatten die übrigen Schiffe sie unterwegs überholt und dann lange auf sie gewartet, bis sie schließlich in der Ferne auftauchte und alle zusammen in die Bucht einlaufen konnten. Gray tröstete sich mit dem Gedanken, daß sie bis an die Zähne mit dem besten Material aus Yuma bewaffnet waren, von M-41-Panzern bis hin zu anständigen Bazookas.

In diesem Augenblick erstrahlte das Wasser so hell wie der

Broadway. Alle erstarrten. Der Effekt des von unten aufflammenden Lichtstrahls war gewaltig, wie eine Taschenlampe, die man sich unters Kinn hält. Jemand war auf eine der Leuchtbaken getreten. Ein anderes Kommando stürzte sich darauf und versuchte, sie zu löschen. Es war eine Sache von Sekunden, aber das Blut gefror den Soldaten in den Adern. Jetzt hielten sie die Luft an, während Gray mit seinem Fernglas den Strand absuchte. Hatte man sie entdeckt? Die Küste war nun wieder schwarz wie ein Wolfsrachen. Um zwei Uhr nachts war wie immer der Strom abgestellt worden. Der Strand lag still da. «Alle liegen im Bett…», raunte Gray. Nach dem Schreckmoment rührten sie sich nun wieder. Plötzlich wurde die Dunkelheit von den Scheinwerfern eines Jeeps durchschnitten, der sich in Fahrt setzte und auf die Taucher zufuhr. Man hielt sie für verirrte Fischer und wollte sie vor dem Riff warnen. Als das Licht noch zehn Meter entfernt war, eröffnete Gray das Feuer. Der Strand war wieder hell erleuchtet, dieses Mal angestrahlt durch die Lastwagen mit Soldaten, die nun von überall her kamen. Jetzt schossen alle. Die *Blagar* beteiligte sich mit ihren Geschützen an dem Tanz. Die Lastwagen schalteten die Scheinwerfer aus, die Soldaten sprangen ab und erwiderten die Schüsse. Das Mündungsfeuer flammte in der Dunkelheit auf. Angesichts des entfesselten Sturms griff Gray zum Funkgerät und meldete der Flotte, daß sie jetzt an Land kommen konnte.

Grays Schußwechsel mit dem Jeep drang abgeschwächt bis zu Cleopatra Velazco, die ihre erste Nacht in La Ciénaga verbrachte. Dieses knattern konnte alles mögliche sein, bis hin zu einem Motorrad, das durch die Nacht fuhr; die hatte sie immer gehört, wenn sie in Mandinga im Bett gelegen hatte. Aber die schweren Geschütze der *Blagar* ließen sie bald ihre Meinung ändern. Nach dem, was sie da hörte, war es möglich, daß schließlich der Krieg ausgebrochen war.

Cleopatra war zehn Jahre alt und befand sich an einem Wendepunkt ihres Lebens. Auf wundersame Weise war sie kurz davor, Lehrerin zu werden. Nach vielen Irrungen und Wirrungen sollte endlich ihr Traum in Erfüllung gehen. Sie war die jüngste Lehrerin der Alphabetisierungskampagne der Brigade der Jungen Pioniere. Sie konnte es kaum glauben. Sie sah sich noch, wie sie zu Hause die arme Gladys hinter sich her in eine Schule zerrte, die sie im Hof mit Hilfe zweier Zwiebackbüchsen errichtet hatte. Gladys war ihre Schwester. Jetzt war Cleopatra Velazco Lehrerin im Dienst der Rebellen. Es war nicht einfach gewesen, so weit zu kommen. Nachdem sie im Rekrutierungsbüro vorstellig geworden war, hatte ihr eine Milizionärin geraten, erst einmal auf eigene Faust zu beginnen. Es war schon von weitem zu erkennen, daß Cleopatra nicht die notwendigen Voraussetzungen für diesen Beruf erfüllte. Trotzdem kehrte sie mit der revolutionären Fibel nach Hause zurück, während sie von einer Brigadistenmütze träumte. Dann machte sie sich auf die Suche nach ihrer eigenen Analphabetin, aber niemand schien darauf gewartet zu haben, von ihr unterrichtet zu werden. Ihre erste Kandidatin war eine Hure aus dem Viertel, die nachts in einem Etablissement mit nur zwei Tischen arbeitete. Cleopatra belagerte sie regelrecht, bewaffnet mit ihrer Fibel. Die Frau konnte sich nie entscheiden und vertröstete sie immer auf morgen. Irgendwann ließ sie sich verleugnen. «Die Señora ist ausgegangen», wurde sie an der Tür von einer anderen Frau abgefertigt, die genauso arm und nuttig aussah wie Cleopatras Schülerin. Schließlich gestand das Mädchen seiner zuständigen Milizionärin unter Tränen, daß es in drei Monaten nichts erreicht habe. Die Milizionärin hatte Mitleid mit Cleopatra und bot ihr an, sie nach La Ciénaga zu schicken. Aus diesem Grund hatte ihre Mutter sie in den Bus an die Küste gesetzt. Der Krieg schien weit weg, und die angehenden Junglehrer sangen, als sie sich auf die Lastwagen quetschten; einige Mütter weinten vor Angst und Stolz, als sie sie zur Ernte aufbrechen sahen – eine Geschichte, die grundsätzlich erklärt, warum sich Cleopatra in den Sümpfen befand, als das Feuergefecht begann.

Ein Boot mit Brigadisten hatte das Mädchen an diesem Nachmittag zur Hütte des Cieneguero gebracht, einem verschrobenen Eigenbrötler, der sie in Cayo Martirio empfing. «Das ist Genossin Cleopatra», erklärte der Milizionär vom Kahn aus, ohne überhaupt einen Fuß an Land zu setzen. «Sie wird dir das Lesen beibringen», verkündete er kurz angebunden. Es wäre übertrieben zu behaupten, daß ihr neuer Schüler Freudensprünge gemacht hätte. Zwischen Cleopatra und dem Cieneguero lag ein halbes Jahrhundert. Die beiden vermieden es, sich anzusehen. Der Cieneguero war nicht weniger entsetzt als seine Lehrerin. Nun war also eingetreten, was er so lange befürchtet hatte. Jetzt hatten sie ihm eine Alphabetisierungsbrigadistin ins Haus gesetzt. Ein wildes Krokodil wäre ihm lieber gewesen. Zu allem Überfluß ließ man sie auch gleich alleine. Das Boot mußte bei Sonnenuntergang wieder in dem Küstenort sein. Es sollten noch einige weitere Lehrer verteilt werden, die ihre Kollegin am Ufer zurückließen, ohne es zu wagen, sich von ihr zu verabschieden.

Als ihr Schüler sie in die Hütte bat, stiegen Cleopatra die Tränen in die Augen. Der Cieneguero tat so, als bemerkte er es nicht. Er gab nicht viel auf das Geflenne der Frauen. Er dachte nur an den Kerl in dem Boot, der Lehrer im Sumpf aussetzte, ohne ihnen auch nur eine Handvoll Bohnen mitzugeben. Er konnte ihr nicht einmal einen Löffel Honig anbieten. Cleopatra kam ihm denkbar ungelegen. Der Cieneguero hatte draußen einen Kohlemeiler brennen, den er ständig beaufsichtigen mußte, damit das Feuer nicht zu hoch loderte. Später wollte er sich auf den Weg zur Laguna del Tesoro machen, um einen Fischreiher zu jagen, der jedoch außer schönen Federn nicht viel hergab. Da es unmöglich war, sie im Flug zu erlegen, lauerten ihnen die Sumpfbewohner bei ihren schwer erreichbaren Nestern auf. Wenn der Schuß traf, mußten sie sich mit den Krokodilen, die alles fraßen, was von den Bäumen fiel, um den Reiher streiten. Es war schwierig, gegen ein Krokodil zu gewinnen, das sich aufbäumte wie ein Pferd, wenn es in Bedrängnis geriet, und das einen Außenborder verschlukken konnte.

Aber der Cieneguero verlor sein Lächeln nicht. Sie saßen schweigend in der Hütte, eingehüllt in den Geruch von La Ciénaga nach Holzkohle und fauligen Mangroven. Cleopatra legte ihre Fibel auf etwas, das einem Tisch ähnlich sah, und verkündete, daß sie zur Toilette müsse. Ihr Schüler blickte betreten drein. Das hatte er kommen sehen. Er faltete seine Baseballkappe zweimal zusammen und wies in die Mangroven. Er müsse zunächst das Gelände nach gefährlichen Tieren absuchen, sagte er, und daß es besser sei, wenn er mit der Flinte in der Nähe bleibe. Cleopatra sah ihn aus großen Augen fassungslos an. Sie hatte weder vor, umgeben von Krokodilen zu pinkeln, noch, sich von dem Cieneguero etwas abschauen zu lassen. Doch das letzte, was ihr Schüler beabsichtigte, war, Cleopatra auf den Hintern zu starren oder sie den wilden Tieren auszuliefern, weniger aus Respekt vor dem Lehrerberuf als vielmehr wegen des bärtigen Milizionärs. Der hatte, nachdem er Cleopatra an Land abgesetzt hatte, als wäre sie eine Reiherfeder, die Kalaschnikow geschultert, um ihm dann zu raten: «Gib gut auf sie acht, *compañero*, diese Mädchen sind sehr empfindlich.»

Als sie auf der Lichtung die Hosen herunterließ, entdeckte Cleopatra eine Luftblase im Wasser. Ihr kamen sämtliche Geschichten über Krokodile in den Sinn, die ihr der Bärtige mit der Kalaschnikow im Boot erzählt hatte, angefangen mit der von ihrem Schüler, der seine Frau im Rachen eines Krokodils verloren habe; das Tier habe sie aus dem Bett gezerrt und in den Sumpf geschleift, um sie auf dem Grund des Morastes zu lagern. Das Schlimmste an den Krokodilen, so hatte der Bärtige erklärt, sei, daß sie nicht kauten; um einen Menschen zu verspeisen, mußten sie ihn zwischen ihren Kiefern hin und her schleudern, bis sich die Gliedmaßen lösten, nachdem sie ihn mindestens einen Monat zum Mürbewerden im Schlamm gelagert hatten. Die Folge dieser Geschichten war, daß Cleopatra kein Tröpfchen herausbrachte. Sie betrachtete den Nakken des Cieneguero, der mit der Flinte Wache stand.

«Genosse», sagte sie schließlich zu ihm, «schauen Sie doch lieber hierher.»

Der Cieneguero drehte sich langsam um, und sein Blick verlor sich auf dem Wasser, ohne auch nur eine Sekunde auf dem Hintern der kleinen Dame zu verweilen. Aber er war schlecht postiert. Er hätte sich zwischen Cleopatra und die Krokodile stellen müssen, die in den Höhlen am Ufer Schutz vor der Sonne suchten. Aber bei dem Gedanken an den Bärtigen aus dem Boot rührte er sich nicht von der Stelle. Zum Glück war Cleopatra bald mit dem Pinkeln fertig.

Während nun die schweren Geschütze am fernen Strand

Laguna del Tesoro
La Ciénaga
Bahía de Cochinos

Sierra del Escambray
Mandinga
cleopatra Velazco
Cayo Martirio
Mulata de Fuego
Mar Caribe
El Balneario
1961 Año de la Educación

donnerten, war Cleopatra alleine in der Hütte. Um Problemen aus dem Weg zu gehen, hatte der Cieneguero beschlossen, draußen zu schlafen. Außerdem hatte er aus Taktgefühl seinem Gast gegenüber das Pferd aus der Hütte gebracht. Zuvor war er drei Stunden durch die Sümpfe zum Haus seines Freundes in Cayo Ramona gegangen, auf der Suche nach einer Büchse gekochter Süßkartoffeln, die er Cleopatra zum Frühstück anbieten wollte. Als er wieder ging, sahen ihm die Kinder seines Freundes schweigend hinterher. Ihre Bäuche waren aufgequollen, und sie erbrachen Würmer, weshalb er so bald wie möglich wieder heimkehrte. Zu Hause angekommen, breitete er ein paar leere Säcke in der Nähe des Meilers aus und stellte sich darauf ein, die Nacht dort zu verbringen. Während er schläfrig das Feuer bewachte, donnerten an der Küste die Geschütze der *Blagar* los.

So endete also die Nachtruhe in dem Küstenort. Es geschahen noch weitere Dinge, die noch immer die Runde machen. Die Geschichten gehen von Mund zu Mund, bis sie schließlich nicht mehr wiederzuerkennen sind. Trotzdem stimmen viele in der Schilderung gewisser Vorfälle überein, wie etwa in der «Zweiten Ankunft Jesu Christi», deren einzige Zeugen ein Milizionär und ein Kellner waren, die sich am Strand aufhielten. Obwohl sie nicht gemeinsam dort waren, erzählten sie die gleiche Version. Der Milizionär schob seit geraumer Weile Wache an der Küste, eingelullt von den Klängen einer fernen Steel Band, als in der Ferne ein Aufleuchten zu sehen war, so als stürzte ein Ufo ins Meer. Das war vor dem Schußwechsel. Er hätte argwöhnen können, daß es sich um ein U-Boot handelte; daß die Blitze und Funken lediglich Leuchtraketen waren, die von Deck eines Angreifers abgefeuert wurden. Aber er hatte den ganzen Tag Radio Swan gehört und war überzeugt, daß es sich um die Ankunft Gottes handelte. Das Bild des Nazareners zeichnete sich am Firmament ab. Der Milizionär stimmte im wesentlichen mit der Radioansagerin überein. Das Schicksal hatte ihn dazu auserkoren, Zeuge eines einzigartigen Ereignisses zu werden: der zweiten Wiederkehr unseres Herrn Jesus Christus, der von See kam, um gegen den Antichristen zu kämpfen und sich bis zum Tag des Jüngsten Gerichts auf dieser Insel niederzulassen.

II
Die Hexenmeister von San Antonio

Der Angriff erstreckte sich über zwei Tage. 48 Stunden bevor Gray mit seinen Tauchern an Land ging, befand sich Diocles Bello Rosabal im Tower eines Luftwaffenstützpunktes in Havanna, als ihm etwas sagte, daß sich von Westen Banditen näherten, also auf Viertel nach zwölf. Banditen, wie man so sagt. In Wirklichkeit schenkte Diocles den beiden Invaders, die sich San Antonio inkognito näherten, zunächst keine Beachtung. Dann tauchte eine dritte Maschine auf. Die drei wirkten nicht eben wie eine Angriffswelle von Japanern, die sich auf Pearl Harbour stürzten. Überdies hätte Diocles geschworen, daß es sich um Maschinen der eigenen Streitkräfte handelte. Nachdem er einen kurzen Blick auf die Hoheitszeichen der Flugzeuge geworfen hatte, vertiefte er sich wieder in seine Lektüre. Das wäre jedem passiert, denn es handelte sich um eine exakte Replik der echten Hoheitszeichen. Das Pech war, daß der Fluglotse Diocles an diesem Tag Dienst hatte. Er hätte sich größere Mühe geben müssen. Erst als die Angreifer ihre Eier legten, packte er die Zeitschrift beiseite. Sie flogen so tief, daß er die Sonnenbrillen der Piloten erkennen konnte. Aus der Geschützluke baumelte das Bein eines Bordschützen in Bermudashorts. Es war klar, daß der Kerl in kriegerischer Absicht kam. Diocles verlor keine weitere Zeit und warf sich kopfüber zu Boden. Kurz bevor er den Fußboden berührte, hörte er das Pfeifen der Bombe. Dann schleuderte ihn eine Explosion wieder in die Luft.

Auf der Landebahn war einer der vier kubanischen Jets

explodiert. Nahezu die gesamte Waffenflotte war auf diesem Stützpunkt stationiert: ein halbes Dutzend Jagdbomber, drei Furys aus dem Zweiten Weltkrieg und die erwähnten Jets. Es waren keine Höllenmaschinen wie die MiGs des russischen Mutterlandes, sondern Übungsflugzeuge, vielleicht die ersten Düsenjets, die man überhaupt eingesetzt hatte. Trotzdem konnten sie zum Alptraum für jeden heimlichen Angreifer werden. Nicht alle flogen, das stimmt. Mehr als eine Maschine war Schrott, je nachdem, wie man es betrachtete. Die Mechaniker von San Antonio hielten sich gottlob nicht fanatisch an die Vorschriften. Im Zweifelsfall gaben sie einem Flugzeug die Starterlaubnis. Wenn der Motor ansprang, dann konnte es auch fliegen.

Daß er ansprang, war eine andere Sache. Ein karibisches Flugzeug in die Luft zu bringen war eine politische Heldentat, eine Mischung aus Santería und Voodoo-Mechanik. Und die unbestrittenen Meister darin waren diese Hexenmeister von Mechanikern. Sie hatten es tausende Male bei den britischen Furys unter Beweis gestellt, bei denen man Zündkartuschen brauchte, um den Motor in Gang zu bringen. Als die Kartuschen verbraucht waren, erfanden sie den Seilzug. Dieser bestand aus einer Lederhülle, die wie ein Kondom über das Propellerblatt gezogen wurde. Am Ende der Hülle war mit einer Metallöse ein Seil angebracht. Auf das Kommando des Piloten rannte eine Truppe fluchender Freiwilliger mit dem Seil los. Diese Technik machte einen Riesensatz, als man die menschliche Zugkraft durch einen Jeep ersetzte. Aber das Talent der Mechaniker beschränkte sich nicht auf das Starten. Der gesamte Flugpark wies solche notdürftigen Reparaturen auf. Wenn ein Flugzeug in bedauernswertem Zustand war, gab man ihm den Namen *Patria o Muerte* – Vaterland oder

Tod. Bei dem letzten Neuzugang in dieser Kategorie handelte es sich um einen Jagdbomber, den man vor dem Verschrotten gerettet hatte. Zunächst einmal mußte man ihn mit dem Wasserschlauch abspritzen, um ihn von den Fröschen und Eidechsen zu befreien, die in dem schlammigen Rumpf hausten. Jetzt stand das Flugzeug kampfbereit auf der Rollbahn. Das war die *Patria o Muerte*, mit der *El Chino* Fernández den Angreifern nachsetzen sollte.

Hätte Diocles den Alarm ausgelöst, dann wäre die Sache anders ausgegangen, aber auch, wenn die Piloten die Maschinen bewacht hätten. War das nicht ohnehin vorgesehen gewesen? Sollten die Piloten nicht nachts bei ihren Maschinen sein? Hätte *El Mulato* Bourzac nicht in einer Hängematte schlafen müssen, die an der Tragfläche festgeknüpft war? Sollten die Flugzeuge nicht auf dem Gelände verstreut stehen? Den ganzen Winter war darüber diskutiert worden. Jedesmal, wenn das Thema einer drohenden Invasion auf den Tisch kam, hatte irgend jemand diesen Punkt angesprochen. Und zwar stets auf karibische Art: Man müßte dies oder jenes machen. Aber als es dann soweit war, lagen alle in ihren Betten.

Als der Angriff begann, waren die Piloten zu Hause, und die Maschinen standen auf einem Haufen. *El Chino* schlief gerade mit seiner Frau, als die erste Bombe explodierte. Zum Glück wohnte er auf dem Stützpunkt. Beim dritten Bombeneinschlag rannte er zum Auto, bei dem nie der Schlüssel steckte. Als er endlich einen anderen Wagen fand, dessen Schlüssel auf dem Armaturenbrett lag, raste er zur Piste mit den startbereiten Flugzeugen. Unterwegs fuhr er in einen Krater, der ihn gegen das Autodach schleuderte. Dabei schlug er sich so den Kopf auf, daß er mit blutüberströmtem Gesicht bei seinem Jet eintraf. Nach mehreren Versuchen gelang es ihm abzuheben.

Unterdessen kletterte *El Mulato* Bourzac nackt in seine Maschine, nur mit seinem Helm und der Sonnenbrille bekleidet. Seine Fury rollte gemeinsam mit der Maschine von *El Chino* zur Verfolgung der Angreifer. Aber es war zu spät. Die Bomber waren schon weit weg. Die Möglichkeiten, sie einzuholen, waren gleich Null. Ihrer Bomben ledig, waren die Invaders so wendig wie ein Nachtjäger, ein Flugzeug, das dir immer entwischte und selbst dann noch flog, wenn es von Einschußlöchern durchsiebt war. Nun kehrten die Angreifer nach Happy Valley zurück, von wo sie gestartet waren.

Hätte Diocles den Alarm ausgelöst und hätten die Piloten die Nacht im Schutz ihrer Tragflächen verbracht, dann hätte die Geschichte einen anderen Verlauf genommen. Aber auch, wenn die Luftabwehr früher geschossen hätte. Sie hatten die Maschinen sofort im Visier, als sie auftauchten. Die Invaders berührten beinahe den Boden; sie flogen so niedrig, daß man die weißen Helme der Piloten erkennen konnte. Aber niemand kam auf die Idee, sie zu beschießen, denn sie schienen von den eigenen Streitkräften zu sein. Sie wackelten sogar zur Begrüßung mit den Tragflächen. Entzückt über so viel Freundlichkeit, erwiderten die Bodenschützen den Gruß und wedelten heftig mit den Händen. Überall in San Antonio waren Flugabwehrgeschütze postiert. Später kamen die Diskussionen: Wer hatte zuerst geschossen? Tatsächlich waren es die Angreifer gewesen. Sofort wurde von überall zurückgefeuert. An den Geschützen standen Jungs, die vor Heldenmut nur so strotzten. Die schweren Waffen waren erst kürzlich aus Prag eingetroffen. Für die Piloten, die die Verfolgung aufnahmen, würde es später problematisch werden, zum Stützpunkt zurückzukehren, bei diesen übereifrigen Buschen, die nach Rache schrien, ohne den Finger vom Abzug zu nehmen. Sowohl *El Mulato*

Bourzac als auch *El Chino* kehrten mit rasenden Herzen zum Stützpunkt zurück. Erst als die Motoren verstummten, wurden sie wieder ruhig. Da erst merkte Bourzac, daß er nackt war; er blieb in der Fury sitzen, bis jemand ein Laken brachte. So entstand die Legende von den Orishas. Als sie aus ihren Maschinen sprangen, der eine in ein Laken gehüllt, der andere blutüberströmt, hielten die Mechaniker sie für ihre berühmten heiligen Krieger, ihren Gott des Feuers und den Gott der Schlacht, die nun in *El Chino* und *El Mulato* Bourzac Gestalt angenommen hatte, auch wenn es nur für einen kurzen Moment war.

Die Bombardierung des Stützpunkts war in den umliegenden Dörfern als Dröhnen wahrzunehmen, wie ein Tsunami im Frühjahr, der im allgemeinen dadurch ausgelöst wird, daß plötzlich ein Vulkan erwacht und am Grund der karibischen See schwarzen Schwefel speit. Amanda Gómez Bollai zum Beispiel nahm im Halbschlaf eine leichte Erschütterung wahr. «Ein Bombenangriff», sagte sie sich. Sie drehte sich um und schüttelte ihren Mann: «He, hast du das gehört?» Ihr Alter war schon wach. «Es donnert», antwortete er. Was sollte er sonst auch sagen? «Was heißt hier, es donnert?» erwiderte Amanda. «Sie bombardieren La Cayuga!» Ihr Alter sah auf die Uhr. «Es donnert, Frau, es donnert. Es ist trocken, da muß es donnern.» Sie blieben schweigend liegen, bis der Bombenangriff vorüber war, dann standen sie auf, tranken ihren Kaffee und gingen los, um unweit von San Antonio Bananen und Papayas zu pflücken. «Was ist nur in Havanna los ...», murmelte sie. «Erst das *Encanto* und jetzt das.» Sie sprach von dem Geschäft, in dem sie neun Jahre als Schneiderin in der Miederwarenabteilung gearbeitet hatte. Das *En-*

canto war das *Harrods* der Antillen. Als sie Tage zuvor im Radio gehört hatte, daß das Geschäft in Schutt und Asche lag, war sie in Tränen ausgebrochen. Im Souterrain war eine mit Sprengstoff gefüllte Puppe explodiert. Die Puppe war aus Thermit, dem neuesten Schrei in Sachen Sprengstoff, das Beton zum Schmelzen bringen konnte. Sie war in einer Werkstatt in Virginia von den besten Experten auf diesem Gebiet hergestellt worden.

Es gab gleichzeitig drei Angriffe auf das Herz der Luftwaffe. In allen Fällen geschah das gleiche: Man hielt die Banditen für eigene Leute. Auf dem Stützpunkt Maceo waren die Luftabwehrgeschütze in der Wartung. In Einzelteilen auf dem Boden ausgebreitet, boten sie ein jämmerliches Bild. Nachdem die Invaders ihre Bomben und Raketen abgeladen hatten, drehten sie rasch ab. Die Verteidiger waren ernüchtert. Radio Swan sendete bereits die ersten Meldungen von der Bombardierung. Aus den Studios auf einer honduranischen Insel, mit dem Titel *Perfidia* als Erkennungsmelodie, meldete die Femme fatale von Radio Swan zwischen einem Bolero und dem nächsten, daß der Alptraum vorüber sei. Sie würden ihre Söhne nicht mit sieben Jahren nach Leningrad schicken müssen, die Luftwaffe der Rebellen sei zerstört. Die MiGs, denen es gelungen sei zu starten, seien abgeschossen worden, und das, wo sie von Chinesen geflogen wurden. In Havanna saßen die Leute atemlos vor den Radioempfängern. Im Vedado war Applaus zu hören. Die Freude übertrug sich auf die reichen Autofahrer auf der Quinta Avenida, die den Erfolg mit einem Hupkonzert feierten.

Aber es stimmte nicht. Keine Chinesen, keine MiGs. Etwa ein Jahr zuvor war eine Handvoll Piloten in die Tschechoslowakei gepilgert, um die Geheimnisse des achten Weltwunders der Lüfte zu ergründen, eines Jagdflugzeugs namens Mikojan Gurewitsch, besser bekannt als MiG-15. Sie reisten heimlich über Mexiko nach Madrid, in der Tasche hundert Dollar vom Che. Das war alles, was sie für ihre Auslagen mitbekamen. Die Ärmsten konnten es nicht glauben. Außerdem hatte man ihnen untersagt, zur kubanischen Botschaft zu gehen. So waren sie nach ein paar Wochen immer noch in Madrid und hatten nichts zu beißen. Die göttliche Vorsehung errettete sie aus ihrer Not, als sie dem Sänger Pedrito Rico wiederbegegneten, dem Engel von Spanien, dem Zigeunerbaron, mit dem sie Freundschaft geschlossen hatten, als er auf einem Platz in Mexiko mit den Mariachis gesungen hatte. Pedrito schickte sie in die Pension einer Tante und kümmerte sich um alle, bis sie nach Prag abreisten.

Den Piloten folgten Männer von der Artillerie und Panzerfahrer. Prag war ein Martyrium für die Kubaner, die sich dort Kenntnisse aneignen sollten. Der Che war so knauserig wie eh und je. Seine Berechnung der Verpflegung hatte sich seit den Tagen in der Sierra nicht geändert. Wenn eine Büchse Milch für zwanzig reichen mußte, was konnte man dann für einen Hundert-Dollar-Schein erwarten, vor allem in den eisigen Steppen des jungen Osteuropas? Und doch versanken Castros Stipendiaten in ihrer knappen Freizeit in Nostalgie, während sie über den Schnee fluchten. Che hier, Che da, Camilo hier, Camilo da. Während sie vor Kälte delirierten, sprachen sie über Haute Cuisine. Die Veteranen aus der Sierra Maestra führten das große Wort. Der Che verfolgte sie wie ein Schatten mit seiner Milchbüchse, die er mit dem Messer auskratzte. Sie erinnerten sich, wie verschieden die beiden Kommandanten gewesen waren. Jemand war während der Wache eingeschlafen? Mindestens drei Tage Essensentzug.

Nur daß Camilo Cienfuegos ein Auge zudrückte, wenn man dem Missetäter heimlich eine Suppe zuschob. Che hingegen war fähig, dich dafür zu erschießen. Sein Zorn war vergleichbar mit einem arktischen Orkan.

In gewisser Weise erinnerte der Winter in Prag an die Sierra: Alle dösten wegen des Hungers und der Kälte vor sich hin. So war es im Artillerielehrgang. Das Aufstehen fiel ihnen schwer. Am schlimmsten waren die freien Tage. Die Artilleristen streunten durch die Stadt wie verlassene Kinder. Sie waren schon ziemlich entkräftet, als Rettung nahte, die ebenso wundersam schien wie Pedrito Ricos Begegnung mit den Piloten. Der Schwarze, der in der Sierra Maestra Fidel Castros Maschinengewehr getragen hatte, freundete sich mit einer Tschechin an. Das Beste war, daß sie mit dem Leiter eines Restaurants verheiratet war. Wenn ihr Mann nicht da war, machte die Frau den Weg frei für die kubanischen Stipendiaten, die im Conga-Rhythmus ausschwärmten und sich, *Guantanamera* schmetternd, den Weg zum Herd bahnten.

Die Piloten hatten es besser getroffen als die anderen. Sie waren eine kleine Gruppe, die die Privilegien des Gremiums genoß. Einige waren die Söhne überzeugter Kommunisten, die darauf hofften, die Luftwaffe zu dominieren. Aber in allen brannte das gleiche Feuer: bei der nächsten imperialistischen Offensive eine Mikojan Gurewitsch zu fliegen, das Flugzeug, das als neue Verheißung für die Arbeiter der Welt erstmals in Korea zum Einsatz gekommen war. Dort hatten sich zwar die Flugzeuge der Yuma durchgesetzt, aber mit bärtigen Rebellen am Steuerknüppel, prahlten sie, würde die Geschichte einen anderen Lauf nehmen. Anders als die Koreaner, die sofort mit dem Fallschirm absprangen, sobald das erste rote Licht im Cockpit aufleuchtete, würden diese halbverhungerten Kubaner bis zum Tod kämpfen. Das schworen sich Pedrito Ricos Piloten in den Prager Nächten.

Aber für die Schweinebucht kamen die MiGs zu spät. An diesem Aprilmorgen im Jahr der Bildung befand sich keine einzige gottverdammte MiG auf der Insel, sagte sich Álvaro Prendes, während er an den Moment dachte, als er auf volle Kraft gegangen war, um mit dem Start zu beginnen. Er verließ San Antonio in Richtung Küstenort. Wegen der häufigen Fehlalarme fiel es ihm noch schwer, sich vorzustellen, daß in diesen Augenblicken in La Ciénaga de Zapata Truppen aus Miami an Land gingen. Es war eine gottverlassene, von Krokodilen verseuchte Gegend, die letzte Station der Zugvögel auf ihrem Rückweg nach Kalifornien. Nicht einmal die Kubaner selbst kannten sich dort aus. Alles deutete darauf hin, daß die Lage ernst war. Álvaro Prendes startete den Düsenjäger, den die Mechaniker mit ihren Zauberkräften wieder zum Leben erweckt hatten, um den Angriff abzuwehren. Weshalb saß er nicht in einer MiG? Er war einer der ersten gewesen, die sie geflogen hatten, als die Reisen nach Prag begannen. Er hatte die Herren Mikojan und Gurewitsch bei den Schulungen auf den sozialistischen Luftstützpunkten persönlich kennengelernt. Während der Vorträge wurden auch Filme gezeigt. Bei einer bestimmten Szene starrten die Väter der MiG wie gebannt auf den Kraftmesser, der die Belastbarkeit einer funkelnagelneuen Maschine zeigen sollte. Sie schwitzten Blut und Wasser, weil das gottverdammte Ding nicht auseinanderbrach, ein untrügliches Zeichen dafür, daß das Flugzeug überdimensioniert und deshalb zu schwer war. Dann erschienen die MiGs in Kampfformation, und das Publikum brach in Applaus aus. Die Orishas verließen den Saal wie in Trance. Das Duo Mikojan-Gurewitsch. Für einen marxistischen Piloten aus den Tropen kam das einer Begegnung mit der leibhaftigen Jungfrau von Cobre gleich.

Aber jetzt saß er nicht in einer MiG. Nach all diesen Fortbildungen hatte er gerade einmal eine T-33, was bedeutete, Schulungsmaterial zu fliegen. Während er Kurs aufs Meer nahm, versuchte er wieder Zuversicht zu gewinnen. Er mußte seine Gedanken sammeln. Ein Pilot mußte seiner Maschine stets einen Schritt voraus sein, um nicht von ihr verraten zu werden. So lautete die Parole des Orishas Álvaro Prendes. Aber bislang hatte er das Gefühl, mindestens drei Schritte hinterherzuhinken, und das konnte gefährlich werden. Er ging seinen Schlachtplan noch einmal durch: «Ich fliege ganz dicht über den Bäumen, bis ich die Küste erreiche. Sobald die Flotte in Sicht kommt, werde ich an Höhe gewinnen. Und dann greife ich im Sturzflug das hinterste Schiff an, die Sonne im Rücken.» Man mußte immer so auftauchen, als käme man direkt aus der Sonne. Nur ein Überflug, lange genug, um seine Bomben abzuwerfen. Mit Glück würde es ihm gelingen, eins von ihren Schiffen zu versenken. Und dann zurück zum Stützpunkt. An die Schiffsartillerie wollte er gar nicht denken, wenn sie entdeckten, daß sich ein einsames Flugzeug über ihrer Flotte blicken ließ.

Bis zu diesem Frühjahrsmorgen waren die Orishas von San Antonio von einem Fiasko ins andere geraten. In fünfzehn Monaten Sabotageakten war ihnen kein einziger Abschuß gelungen. Sie hatten nicht mal ein Schädlingsbekämpfungsflugzeug vom Himmel geholt. Die Banditen kamen von Opa Locka, um das Zuckerrohr in Brand zu stecken oder Ausrüstung und Waffen für die Revolutionsgegner in der Sierra del Escambray abzuwerfen. Da sie kein vernünftiges Radar hatten, kam der Alarm immer zu spät. Die Luftpiraten kehrten nach Yuma zurück, falls sie nicht gleich in Gitmo landeten.

Álvaro Prendes, der ganz in der Nähe des Marinestützpunkts geboren war, nahm sich die Sache sehr zu Herzen. Er träumte nicht nur davon, kleine Flugzeuge abzuschießen, er wollte den *Zopilote*, die Lockheed U-2, erwischen. Dieser Geier spähte seit Monaten die Insel aus, sogar aus dem Inneren von Wirbelstürmen, die bis in die Stratosphäre reichten. Deshalb konnte ihn niemand kriegen. In San Antonio orteten sie ihn durch den weißen Kondensstreifen, den er am Himmel hinterließ, etwas so Alltägliches, daß es nicht einmal eine Erwähnung wert war. Doch eines Tages hatte Álvaro schließlich genug davon und beschloß, den Vogel zur Strecke zu bringen. Er kletterte mit so wenig Hoffnung in seine klapprige Kiste, daß er sich beinahe für seine Dummheit schämte. Immerhin waren seine Sauerstoffmaske angeschlossen und der Fallschirm in Ordnung. Der Sauerstoff durchströmte ihn. Die Kabine roch nach Elektrizität. Als er die Bremsen löste, machte die Maschine einen Satz nach vorne. Álvaro durchströmte ein Gefühl der Dankbarkeit gegenüber den Zauberkünsten der Mechaniker, die es fertigbrachten, Bremsen aus einem Tanklaster in ein Kampfflugzeug einzubauen. Bald war er in der Luft. Erst da bemerkte er, daß er seine Waffen nicht in Bereitschaft gebracht hatte. Er machte sich daran, das Visier und die Fotokamera zu justieren. Wäre er jetzt dem *Zopilote*, dem Geier, begegnet, aus seinem Kaliber 50 wäre nicht einmal ein Wassertropfen gekommen. Die Sicht war perfekt. Havanna war nur noch ein kleiner Punkt am Boden. Eisig kalt war es in der Kabine, aus den Leitungen hinter dem Sitz strömte Kondensdampf. Er schraubte sich in Kreisen nach oben, immer langsamer. Vielleicht hatte er bereits einen Schaden. Vorsicht mit den Fingern. Die Hände auf den Schaltern mußten leicht sein wie eine Feder. Im Grunde wünschte er, der Geier wäre bereits in seinen Horst zurückgekehrt, der sich nach seinen Informationen in Florida befand. Was mache ich hier? fragte er sich. In diesem Augenblick huschte steuerbords ein dunkler Schatten vorbei. Fast hätten sie sich berührt. Es war der gottverfluchte Vogel. Er drehte ab, um ihn zu beschießen, und geriet sofort ins Trudeln. Schließlich gelang es ihm, die Maschine abzufangen, aber er hatte kostbare Sekunden verloren. Der Geier flog träge davon. Álvaro kämpfte, um die Nase oben zu halten, während er ihn anvisierte. Schließlich feuerte er, aber der Geier war außer Schußweite. Er beschleunigte leicht und tauchte in die Wolken über Cayo Hueso. Prendes feuerte weiter, bis er keine Munition mehr hatte. Erst dann merkte er, daß seine Maschine schnaufte wie ein erschöpftes Tier. Er betätigte die Luftbremsen und drosselte die Geschwindigkeit. Einige Minuten später landete er wieder in San Antonio.

Jetzt dröhnte seine T-33 auf die Küste zu. Es war eines der ersten aus Yuma importierten Flugzeuge, völlig veraltet. Wer hätte gedacht, daß sie einmal im Gefecht eingesetzt werden würden? Es waren einfache Schulungsmaschinen, alte Jets des Stenographen, die nicht einmal im Kampf gegen Castro zum Einsatz gekommen waren. Immerhin hatten sie sich in der Vergangenheit als zuverlässig erwiesen. Sie hatten keine gemeinen Tücken wie andere Flugzeuge, die in dem Ruf standen, fliegende Särge zu sein. Man mußte nur aufpassen, daß man keinen Quatsch machte. In Yuma zirkulierten köstliche Geschichten über die Maschine. Einmal hatte ein Kadett bei einem Übungsflug mit seinem Ausbilder den Hebel zum Verstellen des Sitzes mit dem für das Rettungsfloß verwechselt. Entsetzt sah der Kadett zu, wie sich mit einem Knall das Floß entfaltete. Eine Kugel aus orangefarbenem Gummi preßte ihn in den Sitz, als hätte sich ein schwerer Ackergaul auf ihn gesetzt. Der Tölpel war dem Ersticken nahe. Er tastete nach seinem Messer, während ihn Panik erfaßte. Sein Ausbilder gab kein Lebenszeichen von sich. Der Kadett sah nur seinen Hinterkopf. Schließlich stach er verzweifelt sein Messer in das Floß. Als der Ausbilder den Knall hörte, drehte er sich um und bemerkte einen weißen Nebel. Es war das schützende Talkumpuder. Er beschloß, vorsichtshalber die Turbinen abzustellen. Daraufhin fiel dem Kadetten nichts Besseres ein, als sich an die Vorschriften bei Motorenausfall zu halten und den Schleudersitz zu betätigen. Der Fallschirm öffnete sich sofort. Während er so über Arizona schwebte, stellte er fest, daß seine Maschine ihren Flug fortgesetzt hatte und kurz darauf friedlich landete. Schon aus fünfhundert Meter Höhe konnte der Kadett, wie ein Gekreuzigter an seinem Schirm baumelnd, die Meute johlen hören. Er hielt noch das Fallschirmjägermesser in der Hand, das manche Piloten mit sich führen. Ein japanischer Samurai hätte in seiner Schande die Seile durchgeschnitten, um sich in die Tiefe zu stürzen, doch der Kadett beschränkte sich darauf, den Arm auszustrecken und das Messer fallen zu lassen. Zu allem Überfluß war der Ausstieg perfekt gelungen. Sein Flugzeug hatte ihn in die Atmosphäre geschleudert wie Ejakulat. Er stellte sich vor, wie die Horde seiner Mitschüler johlend zu der Stelle lief, an der er landen würde. Hätte er sich doch mit den Füßen im Fallschirm verfangen, so daß er mit dem Kopf gegen einen Hochspannungsmast geknallt wäre! Oder sollte er sich lieber eine Kugel in den Kopf jagen und sterbend der Erde entgegenschweben? Da er keine Pistole hatte, blieb ihm nichts anderes übrig, als zu beten. «Herr Jesus Christus, vergib diesem gottverdammten Idioten», schluchzte der Kadett. Das war die Art von Geschichten, mit denen man sich im Offiziersklub von Luke, Arizona, die Zeit vertrieb, wo Álvaro Prendes, damals Offizier des Stenographen, seine Ausbildung absolvierte, um eines Tages Jetpilot zu werden.

Nun war er eines von Castros Fliegerassen, und seine Maschine berührte beinahe die Wellen. Er hatte soeben die Küste hinter sich gelassen. Gischt sprenkelte die Windschutzscheibe. Er sah Rauch am Horizont. Die Flotte der United Fruit, die mit voller Fahrt das Weite suchte. Er fragte sich, ob er auf ein feindliches Flugzeug treffen würde. Aber besser nicht daran denken. Er mußte sich auf zwei oder drei Punkte konzentrieren. Das Wichtigste war, sich nicht mit der Sonne in den Augen erwischen zu lassen. Und, soweit möglich, nicht in Panik zu geraten. Schließlich war er Álvaro Prendes, der Schrecken von San Antonio, mit seinen über dreißig Jahren ein alter Hase, in Yuma und Prag geschliffen, wo er gelernt hatte, alle möglichen Maschinen zu fliegen, von der Mikojan Gurewitsch bis zur Thunderbolt F-47, in der halben Welt als fliegender Sarg bekannt.

Für eine MiG wäre er schon ein alter Mann gewesen. Ein Pilot in seinen Dreißigern war wie ein Boxer mit Fünfzig. In seinen eigenen Sarg eingepfercht, flog er einem schnellen Tod entgegen. Vielleicht war ein Verrückter wie er in derselben Geschwindigkeit in entgegengesetzte Richtung unterwegs, um ihn zu jagen wie eine Ratte. Wenn er zehn Hände mehr gehabt hätte… Seine Finger legten Schalter um, bedienten überdies den Gashebel und die Steuerung. Seine Augen wanderten hin und her. Es kam oft genug vor, daß er plötzlich pinkeln mußte. Plötzlich ein Gedanke: Hatte er genug Reserven für den Rückflug? Aber er konnte sich nicht mit Treibstoffberechnungen aufhalten. In wenigen Augenblicken würde noch eine weitere Aufgabe auf der Liste stehen: die Waffen justieren, um dem anderen Verrückten eins auf den Pelz zu brennen. Als ob er nichts zu tun hätte. Und wenn er den Schleudersitz betätigen mußte? Und wenn er im Meer landete? Würde jemand nach ihm suchen? Die Piloten, die sich aus ihren Maschinen katapultierten, schlugen mit zermusten Augen und verrenkten Knochen auf dem Boden auf. Wenn du nicht beim Absturz umkommst, verreckst du im Schleudersitz, hieß es. Nur durch ein Wunder kam man heil wieder runter. Zu allem Überfluß war Álvaro Prendes ohne Segen gestartet. Die Macht der Gewohnheit hatte ihn neben dem Flugzeug ausharren lassen, um auf den Geistlichen zu warten. Die Aufgabe der Geistlichen war es, die möglicherweise Todgeweihten zu segnen, die im Morgengrauen in die Luft gingen. Aber der Geistliche kam nicht. Bei der Luftwaffe der Rebellen gab es keine Geistlichen mehr. Das war das Übel der atheistischen Luftfahrt. Ohne Segen ins Gefecht zu starten, war eine zusätzliche Belastung, genau wie eine volle Blase oder ein Streit mit der Frau.

Álvaro Prendes, so könnte man sagen, war ein Boxveteran. Er wußte, wie man zwölf Runden durchstehen konnte, indem man sich an seine Gegner klammerte oder das blutende Auge am Jackett des Schiedsrichters abwischte. Deshalb würde er nicht den Kopf verlieren. Anfänger neigten dazu, bei der ersten Feindberührung durchzudrehen, vor allem wenn jemand versuchte, sie von hinten zu erwischen. Dann versuchten sie, mit allen möglichen Tricks aus den Lehrbüchern zu entkommen, die aber so bekannt waren, daß der Gegner ihnen in aller

Ruhe zuvorkommen konnte. Deshalb achtete Álvaro Prendes darauf, seinem Flugzeug mindestens drei Schritte voraus zu sein, der einzige Weg, die schlechten Eigenschaften der Maschine auszugleichen und gleichzeitig die verrückten Einfälle des Gegners im Auge zu behalten. Er betete, daß die Hexenmeister von San Antonio eine gute Woche gehabt hatten und niemand ihnen Hörner aufgesetzt hatte. Die russischen Mechaniker waren anfällig dafür, zumindest nach Ansicht der Tschechen, die die Kubaner immer vor dieser Gefahr warnten. Ein gehörnter russischer Mechaniker brachte es fertig, sogar das Frostschutzmittel einer MiG zu trinken, was in den Annalen der Fliegerei zu zahllosen Tragödien geführt hatte. Die Mechaniker von San Antonio würden niemals so tief sinken, selbst wenn sie ihre Frauen mit sämtlichen Gebrüdern Wright im Bett erwischen sollten.

Bisher war niemand auf ein Treffen mit ihm aus, sagte sich Álvaro Prendes. Nur ein einziger Überflug, dachte er. Stoß nicht mit dem Schiff zusammen. Dann das Fluchtmanöver, der gefürchtetste Moment für einen Himmelsreiter. Das waren die Gedanken von Álvaro Prendes, Orisha aus Guantanamo, Pilot der Rebellen, eine Mischung aus Kunstflieger und Scharfschütze, an diesem Aprilmorgen, als er in seinem Schulungsflugzeug zu seinem Blind Date mit der Bananenflotte in Richtung Schweinebucht flog.

«Herr, ich begebe mich in deine Hände», sagte er und bekreuzigte sich.

III
Wenn du zurückkehrst

Das Merkwürdige war, daß Tony ausgerechnet in der Nacht des rauschenden Fests, als der Strand unter der Musik der Feier erbebte und die *Shirley* mit Rider D. Bonavena am Steuer auf die Schweinebucht zuhielt, an seinen Freund denken mußte. Merkwürdig deshalb, weil sie sich lange nicht mehr gesehen hatten, aber auch, weil Tony in wenigen Stunden ebenfalls in La Ciénaga sein würde, und zwar mit einer Panzerkolonne, die die Invasoren angreifen sollte. Im Augenblick lag er in der stickigheißen Baracke der Panzerdivision einige Kilometer vor Havanna und versuchte zu schlafen. Tony war gerade ins Bett gefallen, als er an Rider denken mußte.

Das erste, was ihm wieder in den Sinn kam, war Riders Lächeln in Caimanera, während sie ein kaltes Bier nach dem anderen auf das Wohl der Papayona öffneten. Wenn die Erinnerung ihn nicht trog, war dies das letzte Mal gewesen, daß sie sich gesehen hatten. Sie hatten Riders Geburtstag ganz gepflegt in den leeren Räumlichkeiten des *Siebten Himmels* gefeiert, dem bevorzugten Nachtclub der US-Navy, als diese noch in Caimanera stationiert war. Es war erst elf Uhr abends, aber das Dorf lag wie ausgestorben da. Seit dem Sieg der Rebellen waren die Puffs verwaist. Die Idee kam aus Havanna. Die Sieger hatten sich noch nicht richtig im Hilton eingerichtet, als sie auch schon das Glücksspiel und die Huren verboten. Die Anordnung war kaum verkündet, als sich die Hotelhalle mit aufgebrachten Kindern und Müttern von Nutten füllte. Einige Stockwerke darüber ging *El*

*Caballo** die Wände hoch. Wer hatte sich so einen Schwachsinn ausgedacht? Ein moralinsaurer Vollidiot, den *El Caballo* selbst ins Amt gebracht hatte. Nachdem er eine Beratung der Kommandanten einberufen hatte, beschloß *El Caballo*, daß alles wieder so sein sollte wie vorher; lediglich die Groschengräber blieben verboten, weil sie niemandem Arbeit gaben. Aber die Würfel waren gefallen. Die Insel war auf dem besten Wege, das erste Land ohne Nutten zu werden. Die Zielvorgabe war, aus jeder Hure eine Schneiderin oder eine Landarbeiterin zu machen.

Tony Saravia und Rider D. Bonavena waren seit Februar als Ausbilder einer Elitetruppe in Caimanera, der Brigade zur Abschaffung der Prostitution, deren Aufgabe es war, die Bordelle zu registrieren. Jetzt war das frühere Vergnügungsdorf, das in unmittelbarer Nähe zum Stützpunkt Gitmo lag, ein Schulungszentrum. Die Bars waren verwaist, aber Tony und Rider gingen weiter in den *Siebten Himmel*, um mit der Papayona zu schwatzen, der Inhaberin, die Lügenmärchen über ihre glorreichen Tage zum besten gab. In guten Zeiten hatten in Caimanera tausend Mädchen gearbeitet, nicht eingerechnet die Transvestiten auf ihren hochhackigen Schuhen, die in rosafarbenen Negligés herumliefen; auf die waren die US-Marines am schärfsten. Die Huren konnten die Nachfrage kaum befriedigen und arbeiteten auch während ihrer Tage, an denen sie ein Schwämmchen einführten, um das Blut aufzusaugen. Diese Frauen waren die Seele von Caimanera. Da sie nachts zu tun hatten, gab der Kinobesitzer eine Sondervorstellung für sie, die um zwei Uhr mittags begann. *Sabrina* sahen sie sich dreimal hintereinander an. Irgendwann mußte der Filmvorführer den Film anhalten, weil nur noch das Schluchzen der leichten Mädchen zu hören war.

* *Kampfname von Fidel Castro*

Mit der Ankunft der Rebellen änderte sich alles. Die Bordelle wurden geschlossen, die US-Marines machten sich aus dem Staub. Die Mädchen konnten weiterhin in einer Art Stundenhotel ihrem Gewerbe nachgehen, aber sie mußten auch zur Schule. Sie wohnten in dem Heim «Siegreicher Comandante» und hatten täglich Unterricht. Nach dem Hissen der Fahne sangen sie die Nationalhymne und halfen beim Saubermachen. Jedesmal, wenn die Anwesenheitsliste durchgegangen wurde, hatte sich wieder ein Mädchen davongemacht. Neben den üblichen Fächern lernten sie Nähen und Frisieren. Nachmittags hatten sie Politikunterricht, wo sie Reden lasen und Filme über die Sierra sahen. Einmal schickte man sie zum Zuckerrohrschneiden, und alle kehrten murrend zurück. Das Gewerbe war geächtet. Ohne die US-Navy war das Dorf nur noch ein Schatten seiner selbst, wo zuvor das Eintreffen eines Flugzeugträgers genügt hatte, damit in den Straßen der Teufel los war. Die älteren Huren fanden sich damit ab, Tippsen zu werden, die übrigen aber dachten nur an Flucht.

Tony erzählte der Papayona, daß es in Havanna nicht besser aussah. «Was soll nur aus uns werden, Tony?» seufzte die Chefin des *Siebten Himmels*. Doch dann riß sie sich zusammen, denn sie wollte die Feier nicht verderben. In diesem Moment ging das Licht aus, und es erschien eine singende Blondine. Tony kannte das Mädchen aus dem Wohnheim. Sie war das Geschenk der Papayona für das Geburtstagskind. Die Blonde trällerte *Nuestras Vidas*, ohne den Blick von Rider zu wenden. «Sie trifft die Töne nicht besonders gut, aber hör dir diese Stimme an», bemerkte die Papayona. Aber bald wurde klar, daß eigentlich Tony der Auserwählte war, wie die Papayona ihm enthüllte. «Nun lad sie schon ein, worauf wartest du noch?» forderte sie Tony auf, als die Feier dem Ende zuging. Alle kannten sie unter dem Namen Gretchen, aber in Wahrheit hieß sie Clara Bilbao. Schließlich tanzten die beiden alleine vor der Nachtclubbesitzerin, die in einem Sessel eingenickt war. Gretchen schmolz in seinen Armen dahin, auch wenn das kitschig klingt. Tony schloß die Augen. Das Mädchen konnte alles mögliche sein, nur nicht die erfolgreichste Nutte des *Siebten Himmels*. Er schlug ihr vor, sich erneut zu treffen, und sie willigte erfreut ein.

«Ich hätte Lust, ins Kino zu gehen», sagte sie.

«Hast du *Der Galgenbaum* gesehen?» fragte Tony.

«Nein. Ich möchte in einen, der mich zum Weinen bringt.»

«Weinst du viel?» wollte Tony wissen.

«Nur im Kino.»

«Ich hab mal gelesen, daß wir sechzig Liter weinen ...»

«Im ganzen Leben?» flüsterte sie.

«Ich glaub schon.»

«Ich bin ständig im Kino, bei mir könnten es also hundert Liter werden.»

«Gut, gehen wir ins Kino.»

Sie sahen einen Film, in dem der Junge auf alles, was das Mädchen sagte, eine Antwort wußte; er wußte immer, wo es langging, und so erstreckte sich die Unterhaltung über Stunden und sprühte nur so vor Esprit. Und das, wo sie erst festgestellt hatten, was für eine herrliche Nacht es doch sei. Der Film spielte dort, wo Karibu und Waschbär zu Hause waren, es gab Musikboxen und Truthahn zu Thanksgiving, aber die beste Szene spielte in einem College für Teenager aus reichem Hause. Aus den herbstlichen Wäldern stieg eine Hymne auf, gesungen von den Schülern. Es war *America The Beautiful*. Tony verging vor Sehnsucht nach dieser zuckersüßen Welt voller Milkshakes und Cabriolets, in der die Polizisten sogar den Kopf des Verbrechers schützten, wenn sie ihn in die Streifenwagen setzten, und sein ehemaliger Zimmergenosse aus Harvard ihm eine Arbeit bei General Dynamics besorgte.

Da bemerkte er, wie Gretchen ihn in der Dunkelheit ansah. Der Kuß war schon unterwegs. Es war der beste Kuß, den Tony je bekommen hatte. Sie klammerte sich an ihn und verpaßte ihm eine zweite Ladung. Das brachte ihn beinahe um den Verstand. Seinen Mund auf ein Paar reglose Lippen zu pressen war das eine, etwas ganz anderes war es, von einer verruchten Blondine verschlungen zu werden. Bereits nach zwei Minuten war er ein Experte. Als sie sich erneut verknoteten, flüsterte ihm Gretchen ins Ohr: «Laß uns nach Miami gehen.» Tony setzte sich fast auf den Hintern. Er war schon soweit, alles zu schwören, aber das Mädchen sagte: «Versprich mir nichts.» Tony lag eine weitere Lüge auf den Lippen, aber sie hielt ihn erneut zurück: «Schau, ich möchte nur, daß du weißt, daß ich keinen anderen ansehen werde, solange ich mit dir zusammen bin.» «Gut. Gestern abend hast du nämlich Rider angesehen», stotterte Tony Saravia. In dem Film dämmerte der Tag herauf, und so konnte er nun ihre leuchtenden Augen erkennen. «Die Kerle kapieren nie, wo wir hinsehen», seufzte sie, während sie sich erneut aufeinanderstürzten.

«Hast du's mit ihr getrieben?» fragte am nächsten Tag die Papayona. Sie saßen auf dem Gehsteig vor dem *Siebten Himmel* und tranken ein Lager.

«Unmöglich», sagte Tony. «Außerdem hätten sie mich beinahe in Arrest gesteckt. Ich bin aus dem Kino gerannt, aber ich bin trotzdem zu spät in die Kaserne gekommen.»

«Nur die Ruhe. Tu ihr nicht weh.»

«Na ja, sie ist auch nicht die Jungfrau von Cobre.»

«Nein. Sie ist sehr willig. Ich möchte nur nicht, daß du dir falsche Vorstellungen machst.»

«In Ordnung.»

Sie packte ihn am Arm und sah ihm in die Augen.

«Tony, sei kein Dummkopf. Du weißt nicht, was die Liebe für diese Mädchen bedeutet. Sie ist unsterblich verliebt in dich, seit sie dich in der Schule kennengelernt hat. Wer weiß, was sie an dir findet...»

«Sie will nach Yuma.»

«Das wird schon vorbeigehen. Anscheinend hat ihr jemand Versprechungen gemacht.»

«Was denn?»

«In einem Radioroman mitzuspielen.»

Tony lachte laut los. Die Papayona wurde wütend.

«Was hast du denn?» fragte sie.

«Nichts. Ich find's lustig.»

«Hier wimmelt's nur so von künstlerisch begabten Mädchen, sie sind genauso geistreich wie alle anderen. Im Grunde sind wir sehr zerbrechliche Frauen.»

Die Papayona wirkte in etwa so zerbrechlich wie eine sowjetische Traktoristin. Ihre üppigen Titten wogten unter der Bluse. Um das Geschäft wiederzubeleben, war sie zu allem bereit, sie hätte sogar garantiert, daß ihre Mädchen im Moment des Orgasmus «Vaterland oder Tod!» schreien konnten. Jetzt wollte sie ihn mit Gretchen verkuppeln.

Sie saßen eine ganze Weile auf dem Gehweg vor dem *Sieben Himmel*, nachdem sie sich bereits einige Bierchen genehmigt hatten. Es wurde Abend. Zwei Nutten lungerten an der Ecke herum. Trotz der Schließung der Bordelle patrouillierten die Huren nach wie vor durch das Dorf und entwischten der Polizei, um nicht in der Schule oder dem Umerziehungsheim zu landen.

In diesem Augenblick kam sie vom Strand, mit feuchtem

Haar und einem strahlenden Lächeln auf dem Gesicht. Die Papayona betrachtete sie verzückt.

«Sieh dir nur dieses Lächeln an», murmelte sie. «Sie sieht aus wie eine verliebte Frau.»

«Findest du sie nicht ein bißchen mager?»

«Sie ist perfekt», entgegnete die Papayona.

Tony schwieg. Etwas sagte ihm, daß dieses Mädchen sein Leben verändern konnte und daß er bald eine Entscheidung treffen mußte. Er konnte nicht mal mit Rider über die Sache sprechen. Der hatte sich seit zwei Tagen nicht mehr blicken lassen. Tony fragte sich, ob er schließlich doch nach Miami gegangen war, wie er immer wieder erzählt hatte. Er hatte so ein Gefühl. Er stellte sich vor, wie Rider am Strand die Taucherbrille und die Schwimmflossen anlegte und die Ebbe abwartete, um sich in die Dunkelheit zu stürzen. Gretchen hatte ihnen bei einem Spaziergang am Meer die perfekte Stelle gezeigt, um nach Gitmo zu gelangen. Puerto Deseado, *Sehnsuchtshafen*, hatte sie gesagt. Prüfend hatte sie ein Stückchen Mangrove ins Wasser geworfen, das sofort ans Ufer zurücktrieb. Wenn das Mangrovenstück davonschwamm, war die Ebbe im Kommen. Sie waren bis Sonnenuntergang geblieben. Von der anderen Seite der Bucht hatten die Lichter von Gitmo herübergefunkelt. Rider hatte erzählt, daß sein Vater vier Jahre für sie gearbeitet habe.

Während Gretchen nun auf den *Siebten Himmel* zukam und Tony sich vorstellte, wie Rider durch die Dunkelheit schwamm, umringten die Mädchen sie und schnatterten durcheinander. Von Tonys Tisch aus sah das Grüppchen prachtvoll aus: schlanke oder üppige Formen auf Plateauschuhen oder Pfennigabsätzen, dazu knappe Röckchen, die die Pflaume erkennen ließen – wie zu groß geratene, herausgeputzte Schulmädchen, auch wenn es von nahem anders aussah. In der Mitte ging Clamidia García, die noch aktiv war. Clamidia unterwies die Mädchen in der Kunst des Überlebens. Ihre Lektionen begannen damit, wie man einen US-Marine auszog, nämlich ganz langsam und bei Licht, um herauszufinden, ob der Typ eine Waffe bei sich hatte. Clamidia hatte in der Kundschaft einen Seekadetten, der nur in Fahrt kam, wenn er mit der Messerklinge über ihren Bauch bis zur Vagina wanderte, aber im Grunde ein lieber, harmloser Kerl war. Andere Soldaten dagegen fingen plötzlich an zu prügeln, weswegen es sich empfahl, die Mädchen in der Nähe zu haben. Am schlimmsten waren die «Ich bezahle morgen» und die Impotenten, gegen die es keinen Schutz gab. Clamidia war ein wandelndes Lexikon. Verursachte Sperma wirklich Karies? Konnte man abtreiben, indem man feste mit den Hacken aufstapfte? Clamidia wußte auf alles eine Antwort, und die Mädchen kamen mit ihren Fragen zu ihr.

Schließlich ging Gretchen mit ihrem strahlenden Lächeln auf ihren Freund zu; ihre Kolleginnen konnten ihre Augen nicht von ihr wenden. Es war unglaublich, wie gut sie ohne einen Hauch von Schminke aussah. Tony sah ihr entgegen. Er trug jetzt einen schmucken Bart, was nicht ganz leicht gewesen war. Er war der Star des Dorfes. Er war mit der Registrierung der Bordelle beauftragt, und dann war da seine Aura eines Guerillero. Er hatte Camilo am Río Zorzal kennengelernt. Aber dem Mädchen schienen seine Verdienste als Rebell fürs erste gleichgültig zu sein. Ihre Hand glitt über den Tisch, bis sie sich mit Tonys Fingern verschränkte.

«Wie schön du bist», hauchte sie.

Sie sagte es ernst und direkt, so als existierte die Papayona gar nicht, so als wären Unrecht und mangelnde Liebe aus der Welt verschwunden.

Jetzt regnete es. In den frühen Morgenstunden, als die Nachricht von der Landung in Havanna eintraf, träumte Tony, sie würden am Río Zorzal Fußball spielen. Ein Platzregen, der im Traum an einen Wasserfall erinnerte, prasselte gerade auf die Wellblechdächer. In einem anderen Teil des Traums befand sich Tony mit den übrigen Guerilleros in der Sierra, wo sie im Schein der Blitze miteinander flüsterten. In Reichweite von Camilo stand ein Eimer mit Wasser, um im Falle eines Luftangriffs das Feuer zu löschen. Was der Unterschied zwischen einem Guerillero und einem Banditen sei, hatte er Camilo einmal gefragt. «Du bist ein Guerillero, wenn die Bauern dich akzeptieren. Andernfalls bist du ein Bandit.» Dann begann Camilo im selben Traum seine Geschichten aus der Bronx zu erzählen, dem Land des Vergnügens, wo er im *Puerto Rico Theatre* das Tanzbein schwang. Alle liebten diese Geschichten am Lagerfeuer. Camilo konnte selbst mitten in einem Sturm quasseln. Einmal hatten sie bei einem Bombenangriff schwatzend zusammengesessen, während die Kampfflugzeuge herabstießen und sie unter einem Felsvorsprung Schutz suchten. William Gálvez zum Beispiel plauderte mit Camilo über alles mögliche, von der Zeit, als dieser als Ladenschwengel im *El Arte* (dem Geschäft in der Calle Reina, zwischen Calle Ángeles und Calle Amistad) angefangen hatte, bis zu dem Tag, an dem er als illegaler Einwanderer nach Yuma ging. Tony, damals fünfzehn Jahre alt, saugte ihre Sätze förmlich auf, während er im Dunkeln kauerte. Camilo war sein unbestrittenes Idol. Obwohl erst fünfundzwanzig Jahre alt, war er bereits Kommandant der Rebellen, aber sein Umgangston war immer noch so kumpelhaft wie in den Tagen, als er in Brooklyn Böden gefegt hatte. Er war mit neunzehn Jahren nach Yuma ausgewandert, erzählte er, und zwar zusammen mit Rafael

Sierra, jenem Busenfreund, der ihm nie in den Kampf folgen würde. Es fiel ihnen schwer, das Geld für die Reise zusammenzukratzen, und in einem Akt der Verzweiflung beschlossen sie, eine Uhr zu verlosen, die zum Glück niemand gewann. Sie erhielten ein Visum für neunundzwanzig Tage, und so gelangten sie mit dem Strom von Kubanern in die Staaten, den sogenannten B-29, die damals als illegale Einwanderer New York überschwemmten. Dort, so dachte Tony, als er ihm zuhörte, hatte Camilo sofort begonnen, jene Taktiken zu erproben, die er später in der Sierra anwenden sollte: sich den Bauch vollschlagen, sooft er konnte, immer wieder den Standort wechseln und ständig in Bewegung bleiben, um der Einwanderungsbehörde zu entgehen.

Aber der Camilo aus Brooklyn war weit davon entfernt zu rebellieren; er war vollauf damit beschäftigt, eine feste Arbeit zu finden, die es ihm ermöglichte, Geld nach Hause zu schikken. Er lebte unter falschem Namen und paßte sich mit verblüffender Geschicklichkeit den Gegebenheiten an. Bald nähte er für elf Dollar am Tag Röcke auf der Maschine zusammen, aber da ausgebildete Schneider das Doppelte verdienten, fuhr er nach der Arbeit mit der U-Bahn nach Long Island hinaus, wo ihm jemand die Kniffe des Bügelns beibrachte, was unverzichtbar war, wenn er irgendwann Schneider werden wollte wie sein Vater. Camilo schien glücklich zu sein, seine Briefe strotzten vor Optimismus. Einmal schickte er ein Foto nach Hause, das auf dem Times Square gemacht worden war; es zeigte ihn in Anzug und Krawatte, mit kurzem Haar und ohne Bart. Als Camilo dieses Foto in der Sierra herumreichte, gab es ein großes Hallo. Tony hätte sich ihn unmöglich rasiert vorstellen können, aber während das Foto von Hand zu Hand ging, konnten alle feststellen, daß er darauf wie stets lächelte.

Er sah aus wie ein blonder Collegeboy aus Queens, ein Umstand, der ihm oft geholfen hatte, der Einwanderungsbehörde zu entwischen. Camilo hatte ein Faible für Fotos und unterschrieb seine Briefe mit KMilo 100Fuegos. Einige dieser Briefe waren regelrechte Romane. Seine Mutter war glücklich und glaubte, ihr Camilo lebe endlich in geordneten Bahnen. Sie schmiedete bereits Pläne, ihn zu besuchen. Nur eine Sache machte sie nervös. Camilo hatte sich als Freiwilliger bei der US-Marine beworben. Jetzt wartete er auf seinen Bescheid. Seine Mutter betete, daß er nie Antwort erhielt. Mit Waffen spielt man nicht. Sie träumte davon, ihn eines Tages zu besuchen, und fragte sich, ob er dann wohl verheiratet wäre und in einem kleinen, auf Raten gekauften Häuschen lebte.

Aber Camilo war in Chicago, wo es so unbarmherzig kalt war, daß die Bäume völlig kahl waren, schrieb er. Sie waren aus Brooklyn abgehauen, weil ihnen die Einwanderungsbehörde auf den Fersen war. Von der Kälte einmal abgesehen, war alles besser und sauberer, aber eine Arbeit zu finden erwies sich als Drama. Es kostete ihn viel Rennerei, bis er schließlich dank eines gefälschten Dokuments, das ihn als gebürtigen Puertoricaner auswies, in die Gewerkschaft aufgenommen wurde. Sein gewinnendes Lächeln half ihm, mit seinen Lügen durchzukommen, bis er schließlich in einer Werkstatt anfangen konnte, in der er zwölf Stunden am Tag Hosentaschen zusammennähte. In der ersten Woche verdiente er fünfzig Dollar. Nun konnte er sich kleine Annehmlichkeiten leisten, er kaufte sich einen Mantel und ging mit Rafael zum Boxen, um sich anzuschauen, wie Kid Gavilán Braton erledigte. Doch nicht lange, und sie waren wieder in Brooklyn. Sein Aufenthalt in Chicago hatte kaum einen Monat gedauert, nachdem er seine Arbeit in der Schneiderei verlor, weil, so murrte

Camilo, «diese Leute nichts Besseres zu tun hatten, als ständig nach Papieren zu fragen». Dort kostete alles das Doppelte, angefangen mit dem Essen. Als er im Zug nach New York saß und die verschneite Landschaft betrachtete, träumte Camilo bereits von den Weingütern in Kalifornien, wo ein fleißiger B-29 gutes Geld verdienen konnte. Wenn er in diesen Monaten etwas gewonnen hatte, dann Selbstvertrauen. Er konnte sich überall durchschlagen, dachte er.

New York kam ihnen einladender vor denn je. Von der Einwanderungsbehörde keine Spur. Sie lernten einige Kubanerinnen kennen, die in Yonkers lebten und sie samstags ins *Palladium* mitnahmen, um zu Tito Rodríguez und dem Orchester Pérez Prado zu tanzen. Das *Palladium* am Broadway/Ecke 53. Straße war der angesagteste Nachtclub. Ohne Anzug kam man nicht rein, dafür sorgten zwei gewaltige Türsteher. Wer einmal hinausgeworfen wurde, brauchte nicht wiederzukommen, erst recht nicht, wenn er dabei erwischt wurde, wie er auf dem Klo etwas rauchte. Ansonsten kam jeder rein, vor allem Dominikaner, denn New York war damals die größte Stadt der Dominikanischen Republik. Traditionell war der Mittwoch den Juden und den Italienern vorbehalten, aber samstags wimmelte es von *nuyoricans*, den Puertoricanern aus der Bronx, die sich auf der Tanzfläche drängten, ohne daß ein spanisches Wort über ihre Lippen kam, und die nur Verachtung für die armen Teufel übrig hatten, die erst kürzlich aus Puerto Rico eingetroffen waren und kein Wort Englisch sprachen. Auch das Bebop-Publikum durfte nicht fehlen, die Fans von *Machito y sus afrocubans*, die den verjazzten Rhythmus dieser kubanischen Bands liebten. Andere waschechte New Yorker kamen nur, um sich die Latinowelt des Mambo anzusehen, die hier weniger gefährlich war als die übliche Klientel in den Spelunken von Harlem. Das *Palladium* wurde zu einem beliebten Programmpunkt nach dem Theater. Alle hatten stets die Hoffnung, Frank Sinatra einmal persönlich zu sehen, der oft mit Dizzy Gillespie oder Marlon Brando dort versumpfte und, bevor er sich an seinen Tisch setzte, eine Ehrenrunde drehte und jedem Kellner, der die Hand aufhielt, eine doppelt gefaltete Hundert-Dollar-Note in die Hand drückte.

Aber der Frieden währte nicht lange für Camilo. Die Einwanderungsbehörde nahm ihre Jagd wieder auf. Unter den B-29ern machten häßliche Gerüchte die Runde; so hieß es, dreihundert Kubaner seien in Gefängnisbussen zum Flughafen gebracht worden, um sie nach Havanna abzuschieben. Ansonsten hielt unter strahlendem Himmel der Frühling Einzug in Brooklyn. Während Camilo sich fragte, wie lange seine Glückssträhne anhalten würde, begann er mit Hilfe eines Wörterbuchs *A Sergeant Named Batista* zu lesen. Es waren die Memoiren des Stenographen, geschrieben von Edmund A. Chester, seinem Angelfreund aus Daytona Beach, wo die Batistas einen zweiten Wohnsitz hatten. Der Stenograph hatte nie seinen Glauben an die Schriftstellerei verloren, trotz des Satzes «Schriftsteller bezahlt man oder läßt sie bezahlen», den er auf seinen Spaziergängen über die Fifth Avenue geprägt hatte, wenn er die Regale bei Barnes & Nobles durchstöberte in der Hoffnung, seine autorisierte Biographie dort stehen zu sehen. Wenn er etwas bereute im Leben, dann, daß er kein Schriftsteller war. Trotzdem hatten ihn seine eigenen Fähigkeiten als Schreiber ganz nach oben gebracht. Sergeant Fulgencio Batista hatte seine kometenhafte Karriere als Stenograph des Generalstabs begonnen, nachdem er seine Ausbildung an der Pitman Academy in New York mit Auszeichnung abgeschlossen hatte. Bald stellte er fest, daß er an der

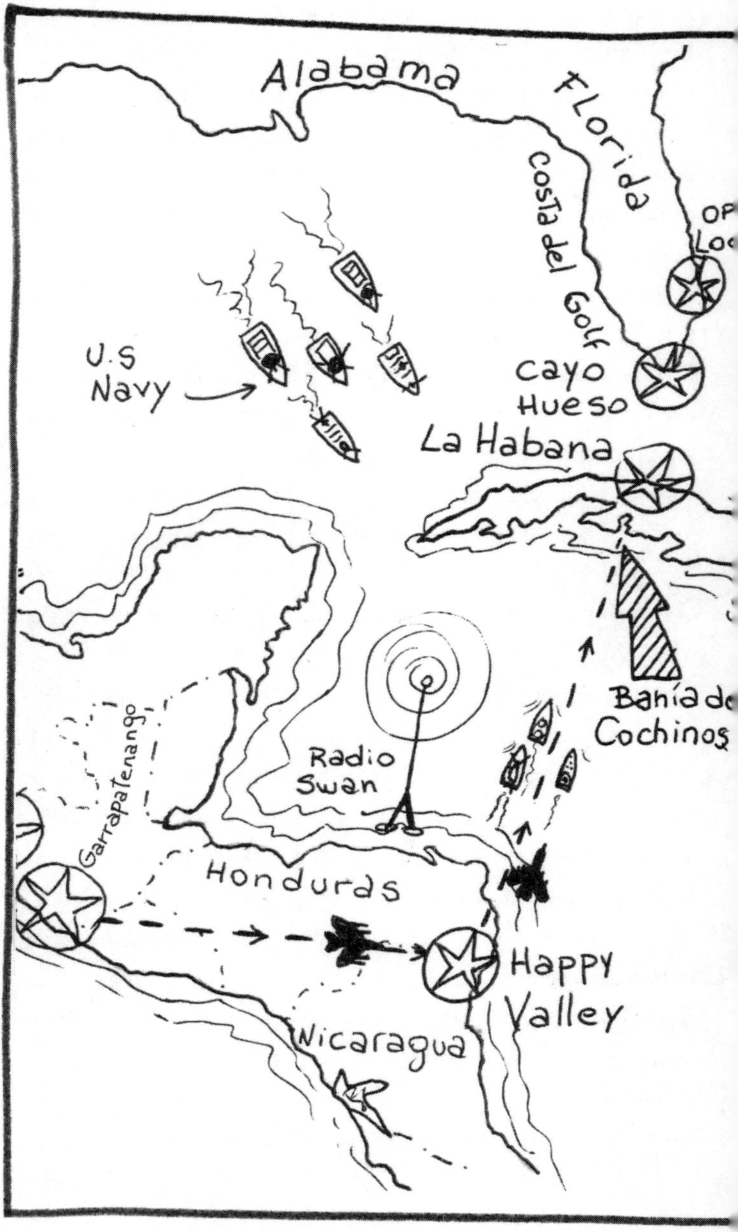
Alabama
Florida
Costa del Golf
U.S
Navy
Cayo
Hueso
La Habana
Radio
Swan
Garrapatenango
Honduras
Happy
Valley
Nicaragua

La Noche de
los Cocodrilos
17 de abril de 1961
U-2
El Zopilote
Dominicana
yuri
CCCP

einflußreichsten Schaltstelle der Armee saß: Die Verlautbarungen der Generäle trugen stets die Unterschrift des unbedeutenden Sergeanten. So war niemand überrascht, als Depeschen von Fulgencio selbst zu zirkulieren begannen. Dieser hatte herausgefunden, daß er alle möglichen Befehle durchgeben konnte: Er konnte ganze Regimenter in Bewegung setzen und sogar die Köpfe von Generälen rollen lassen. Keiner blieb ungeschoren, und von einem Tag auf den anderen war er Oberbefehlshaber. Während eines der häufigen Sergeantenaufstände ernannte er sich selbst zum Oberst.

Der Stenograph war ein ständiger Schatten im Haus der Cienfuegos, denn der Familienhund hieß ebenfalls Fulgencio. Zu Weihnachten schickten sie Camilo ein Foto, auf dem der Hund zusammen mit seiner Mutter zu sehen war. Camilo war entzückt. «Wie gut Fulgencio getroffen ist», schrieb er in einem Brief, der in Queens aufgegeben wurde. Bei einer Hausdurchsuchung fand die Polizei den Brief und wollte mehr über diesen famosen Fulgencio wissen. Sein Vater gestand die Wahrheit. Fulgencio war niemand anders als der Hund. Als die Polizisten abrückten, lag die Frage in der Luft, was nun wohl passieren würde.

Camilos Vater hieß Ramón. Er war natürlich Schneider. In Camilos Erinnerungen saß er stets an seiner Singer und trat das Pedal, weil er einen Eilauftrag für *El Encanto* oder *Los Precios Fijos* hatte. Ein weiteres inniges Bild war sein Vater, der Kleidung für die Waisen des Spanischen Bürgerkriegs nähte. Die Cienfuegos waren Republikaner. Damals war Camilo sechs Jahre alt, ein blonder Wonneproppen. Seine Mutter hatte keine ruhige Minute, weil diese Kinder das ideale Opfer für die Zigeuner waren. Die Angst ließ sie nie los. Eines Nachts träumte sie, sie hätten ihn geholt; sie wachte schweißgebadet auf und lief zu seinem Bett, um nach ihm zu schauen, aber Camilo war schon längst viele Kilometer von Havanna entfernt und kämpfte gemeinsam mit Rafael Sierra darum, sich eine Zukunft in Yuma zu schaffen.

New York war das konspirative Nest für die Karibik. Es verging keine Woche, ohne daß sich eine Gruppe von Latinos in einem gemieteten Hinterzimmer versammelte, um gegen das Trio von den Antillen zu wettern, also den Stenographen, Somoza und Trujillo. Gelegentlich war auch ein argentinischer Perón-Gegner mit von der Partie. Dann schwoften alle bis zum Umfallen. Camilo, der ein guter Tänzer war wie seine Mutter, ließ sich kein Fest entgehen, aber er schrieb auch Haßtiraden auf Fulgencio in *La Voz de Cuba*. Allerdings erhoffte er sich nie allzuviel von diesem Protest im Rumbarhythmus.

Im heißen Sommer 1954 beschlossen Camilo und Rafael Sierra umzuziehen – vielmehr machten sie sich überstürzt auf den Weg nach Kalifornien, weil die Einwanderungsbehörde erneut zuschlug. Camilo traf mit neuen Plänen in San Francisco ein, wie zum Beispiel, sein Glück bei einer Baseballmannschaft in Florida zu versuchen, doch dann bekam er einen Job als Kellner im Hotel *Fairmont*. Für Rafael Sierra bedeutete Camilos neue Beschäftigung eine Revolution. Er brauchte sich nur hinzusetzen, damit Camilo ihm unauffällig ein Sandwich nach dem anderen hinstellte, dazu riesige Kannen mit Milchkaffee, die Rafael ohne Gewissensbisse hinunterschlang. Sie wohnten im Latinoviertel an der Utah Street und schlossen neue Freundschaften. Sonntags spielten sie Fußball mit Nicaraguanern und Mexikanern. So trat Isabel Blandón in sein Leben, eine US-Amerikanerin, die ursprünglich aus El Salvador stammte. Schon bald würde er sie heiraten, obwohl ihm im Augenblick nichts ferner lag als eine Ehefrau mit Papieren. Camilo putzte auch Büros, denn er war immer auf der Suche nach einem Zweitjob. Er brauchte neue Kleider und wollte Geld nach Hause schicken. Aber als gerade alles seinen Weg zu gehen schien, wurden sie von der Einwanderungsbehörde geschnappt. Man brachte sie nach Chulavista an der mexikanischen Grenze, wo sie eine Zeitlang im Knast saßen. Dann wurden sie nach Kuba ausgewiesen. Als niemand mehr mit ihm rechnete, tauchte Camilo wieder in Havanna auf und arbeitete erneut in dem Geschäft. Isabel kam später nach, und sie heirateten im Bacardi-Haus. Camilo konnte sich diesen Schritt nie erklären. Isabel kehrte bald nach San Francisco zurück, und somit hätte sich Camilo jederzeit in Yuma niederlassen können. Doch noch verließ er Havanna nicht. Damals war sein jüngerer Bruder Osmany – derselbe, dem Camilo Briefmarken aus New York geschickt hatte – immer stärker in den universitären Kampf verstrickt. Auf den Protestmärschen gegen den Stenographen ließ man Fidel Castro hochleben. Die Leute riefen «Revolution!», bevor sie von der Polizei auseinandergetrieben wurden. Bei einem dieser Märsche wurde Camilo von einer Kugel in den Fuß getroffen. Von da an sprach er nur noch davon, nach Mexiko zu gehen, um sich *El Caballo* anzuschließen – so würde er später in der Sierra erzählen, während im Hintergrund ein Wasserfall rauschte. Daran erinnerte sich Tony jetzt in der Kaserne des Panzerregiments, während der Regen auf das Wellblech prasselte und er von den Rebellen am Río Zorzal träumte.

Es war der Abend, an dem die Bananenfrachter in der Schweinebucht aufkreuzten.

IV
Weiß Gott

Es gab zeitgleich drei Bombenangriffe auf die wichtigsten Flughäfen. Um 6.40 Uhr flogen die Angreifer zur Costa Miskita in Nicaragua zurück. Dann folgten einige ruhige Tage, auch wenn die Leute öfter ängstlich in den Himmel sahen. Der Montag änderte alles. An der Küste, in Höhe von Pálpite, brach ein wolkenloser Tag an. Als die Sonne aufging, tauchten auf einmal überall am Himmel kleine Punkte auf. Lola Quesada war die erste, die sie entdeckte, als sie auf dem Weg zur Schule mit ihren beiden besten Freundinnen eine Weide überquerte. Sie liefen schnell zur Straße. Die grüne Wolke schwebte genau in Richtung La Ciénaga. Lola hatte eine Idee: Und wenn das die legendären Spielzeuge waren, die *El Caballo* einmal an Heiligabend über der Sierra abgeworfen hatte? Dies war eine von vielen Geschichten, die im Umlauf waren. Deshalb wollte Lola die erste sein, die die Straße erreichte.

Es handelte sich aber nicht um eine große Wolke aus Puppen, wie sie geglaubt hatte, sondern um Fallschirmjäger mit geschwärzten Gesichtern, die im Wind trieben, nachdem sie von den Invaders abgesetzt worden waren. Einer dieser Soldaten entdeckte die Mädchen, die mit ausgebreiteten Armen angelaufen kamen, eine Geste, die jeder als Willkommensgruß verstanden hätte. Aber der Mann traute dem Frieden nicht. Sein Name war Manolo Pérez. Es war der erste Fallschirmsprung seines Lebens, im Gegensatz zu anderen aus der Truppe, die schon drei Sprünge hinter sich hatten. Aber was Sturmgewehre anging, hatte Manolo mehr praktische Erfahrung als all seine Kameraden. Er hatte für die Yuma im Krieg gekämpft, was ihm einen Orden einbrachte, weil er dreiundachtzig Japaner umgelegt hatte. Danach war er nach Havanna zurückgekehrt, aber als seine Frau starb, nahm er seine Kinder und ging nach Florida. Eine Zeitlang zog er von hier nach dort und wartete schwere Maschinen, bis er eines Tages eine Anzeige las, in der Mechaniker für die Tropen gesucht wurden. Nach einem Vorstellungsgespräch in Miami setzte man ihn in ein Flugzeug mit zugeklebten Fenstern, eine Sicherheitsmaßnahme, die, wie er später erfuhr, ausnahmslos immer angewendet wurde. Den Grund dafür verstand niemand, denn um das Flugziel zu erfahren, brauchte man nur die Piloten zu fragen: «Nach Guatemala, Mann. Was glaubst du denn?» beschieden sie jedem, der es wissen wollte. In Garrapatenango angekommen – so nannten sie das Dschungelcamp –, sollte er die Lastwagen des Bataillons reparieren, aber aufgrund der ständigen Desertionen war er bald zum Kämpfen gezwungen.

Das war in groben Zügen die Geschichte von Manolo Pérez García, der nun mit einem Sprung ins Ungewisse nach Hause zurückkehrte. Neben seiner M-1 umklammerte er noch ein weiteres Bündel Sturmgewehre, um sie an die Zivilisten zu verteilen, die sich ihnen anschließen wollten. Jeder Fallschirmspringer hatte die gleiche Ausrüstung. Aber zuerst einmal mußten sie lebend runterkommen. Manolo ging noch einmal in der Theorie durch, was man ihnen im Camp beigebracht hatte, etwa die fünf Punkte, über die man abrollen sollte, das Wichtigste nicht zu vergessen: auf den Fallschirm zu treten, sobald er den Boden berührte. Manolo hatte das Gefühl, daß ihm die Insel gefährlich schnell entgegenkam. Er beobachtete die drei Mädchen, die atemlos angerannt kamen. Dann fesselte ein anderer Vorfall seine Aufmerksamkeit: Einer der Männer zerschellte fast ungebremst auf der Straße, sein Fallschirm flatterte hinter ihm her wie ein verrückt gewordener Papierdrachen. Manolo hatte sich kaum von dem Anblick erholt, als er sah, daß zwei andere Fallschirmspringer im Sumpf feststeckten. Aber am schlimmsten traf es den Oberstleutnant, der exakt an der vorgesehenen Stelle niederschwebte, einer Kreuzung von zwei Straßen, die zur Küste führten. Dort erwartete ihn ein Junge, die Pistole im Anschlag, ein hoch aufgeschossener Rotzlöffel von vielleicht zwölf Jahren. Er stand breitbeinig da und hielt die Waffe mit beiden Händen umklammert. Seine ganze Haltung war die eines erfahrenen Schützen, denn er stand frontal und nicht seitlich, ein Bein vorgeschoben, wie es ein Polizeinovize getan hätte. Als sein Opfer zwanzig Meter über dem Boden war, begann er zu schießen. Der Fallschirmspringer zeigte keine Regung. Er hielt das Bündel mit den Gewehren gegen die Brust gedrückt, bis er den Boden erreichte. Da war er bereits tot.

Den Rest konnte Manolo nicht mehr sehen, denn eine Böe trug ihn davon. Er sah noch, wie eine Invader im Tiefflug einen dunkelroten Lastwagen angriff. Verzweifelt sprangen kleine Gestalten von dem Lastwagen. Dann kehrte das Flugzeug zurück und beschoß den Laster mit seinem Kaliber-50-MG. Beim dritten Überflug warf die Invader eine Bombe ab. Manolo stellte erstaunt fest, daß es dasselbe Flugzeug war, das ihn hergebracht hatte. Dann purzelte er unbeholfen, aber zumindest mit heilen Knochen auf die Erde. So schnell wie möglich legte er das Gurtzeug ab. Aus Richtung Playa Larga knatterte ein Maschinengewehr. Er sah auf die Uhr. Sieben Uhr morgens, nach offizieller Inselzeit. Bevor sie in Happy Valley ins Flugzeug gestiegen waren, hatten sie ihre Uhren auf kubanische Zeit umgestellt. Es war die vorgesehene Uhrzeit zur Landung, aber irgend etwas lief schief. Erneut waren Schüsse zu hören. Was zum Henker war da los? Laut Plan sollten sie abspringen, um die drei Zufahrtstraßen zur Küste so lange abzuschneiden, bis die Lastwagen und Panzer der eigenen Einheiten eintrafen. Es sollte nicht lange dauern, eine reine Vorsichtsmaßnahme für den Fall, daß ein Verrückter zur Küste durchstoßen wollte, um das Feuer zu eröffnen. Ein Szenario, das nicht eintreten würde, weil *El Caballo* zu diesem Zeitpunkt bereits in die mexikanische Botschaft geflohen sein würde und der Che sich das Hirn weggepustet hatte. Außerdem hatten sie die halbe Flotte der Yuma dabei, sogar Flugzeugträger. Falls etwas schiefging, stand das Atom-U-Boot bereit. Ihre Ausbilder hatten es wochenlang wiederholt: Sobald die Fallschirmspringer am Himmel zu sehen waren, würde unten der Tanz losgehen. So lief das in Kuba, Kamerad. Ehe sie sich versahen, würden sie in der Hauptstadt sein, über den Malecón marschieren und unter einem Konfettiregen ins *Hilton Havanna* einziehen. Das klang nicht schlecht, und das für dreihundert Dollar, die alle vierzehn Tage auf sein Konto in Miami eingezahlt wurden. Aber gerade eben hatte ein zwölfjähriger Bengel mit einem veralteten Schießprügel seinen Chef abgeknallt, während ein weiterer Fallschirmspringer auf der Straße aufschlug. Manolo sah, wie die schwere Ausrüstung vom Sumpf verschlungen wurde, auch das Gewehr und die Granatwerfer. Er spürte einen stechenden Schmerz im Schlüsselbein. Es war ein Wunder, daß er es überhaupt noch hatte. Seine ganze Ausbildung hatte darin bestanden, von einer Tonne zu springen, um ordentlich über die fünf Kontaktpunkte auf dem Boden abzurollen, unter anderem den Hintern. Er warf einen Blick auf die Karte und ging über die

Straße zu dem vereinbarten Treffpunkt, vorbei an den Mädchen mit den Puppen. Völlig verängstigt beäugten sie diesen schwarz angemalten Teufel, der aus dem Straßengraben kletterte. Obwohl sie kurz davor waren, die Hoffnung zu verlieren, grüßten sie ihn. «Guten Tag, *compañero*», stotterte Lola. Der Fremde grummelte etwas vor sich hin. Jede Bewegung war ein Sieg. Mit sechzig Kilo Ausrüstung auf dem Buckel, dachte er, sah er wahrscheinlich ungefähr so gelenkig aus wie Queen Elizabeth beim Rumbatanzen. Manolo Pérez García, Held des Zweiten Weltkriegs, ausgezeichnet mit der Medaille des Kongresses, weil er dreiundachtzig Japaner erledigt und einen General gerettet hatte, stapfte schimpfend die Straße entlang, während er sich dafür verfluchte, daß er auf diese Zeitungsannonce geantwortet hatte, in der Mechaniker für schwere Maschinen gesucht wurden.

El Gallego Fernández, bei seinen Schülern besser bekannt als Panfilow, war einer der ersten, den die Nachricht erreichte. Ein Klingeln in der Nacht hatte ihn aus dem Schlaf gerissen. *El Caballo* war am Telefon. «Steh auf, sie landen gerade», hörte er ihn von ferne sagen. Solche nächtlichen Anrufe klingen immer nach Unheil. Die Worte klangen abgehackt, aber die Botschaft war angekommen: Er sollte zur Küste aufbrechen, um die Invasion abzuwehren. Obwohl er schon immer mit so etwas gerechnet hatte, ahnte er, daß alles schlimmer kommen würde als gedacht.

Er suchte im Dunkeln nach der Hose, während er auf die Uhr schaute: 2.30 Uhr. Die denkbar schlechteste Uhrzeit, um mit Einheiten, die nicht einmal Lastwagen besaßen, in unbekanntes Sumpfgebiet vorzustoßen. *El Gallego* unterstanden die Militärschulen, folglich sollten seine Kadetten die Feinde an der Landung hindern. Ciénaga de Zapata?, überlegte er. Hätte er gewußt, daß *El Caballo* die Gegend wie seine Westentasche kannte, wäre er beruhigt gewesen. Es war sein bevorzugtes Angelrevier, und außerdem hatte er einen geheimen Hubschrauberlandeplatz an der Laguna del Tesoro, am Rand der Sümpfe. Aber *El Gallego* Fernández war ein einfacher Hauptmann, den diese Gerüchte nicht erreichten. Jetzt brauchte er seine Karten. Da klingelte erneut das Telefon. Er noch einmal. «Was machst du?» brummte er. «Ich ziehe mir die Hose an, *comandante*.» «In diesem Tempo wirst du nie loskommen», seufzte *El Caballo*.

Der Kartenraum war abgeschlossen. Natürlich wohnte der, der den Schlüssel hatte, drüben im Dorf, also ließ *El Gallego* die Tür eintreten. Just in diesem Augenblick traf ein Soldat ein. *El Caballo* war wieder am Telefon. «Bist du immer noch da?» knurrte er. «Ich sag dir eins», setzte er hinzu, «wenn du so weitertrödelst, braucht ihr gar nicht mehr loszufahren.»

Es war schon witzig – *El Caballo* trieb Panfilow zur Eile an. Seine Kadetten hätten ihren Spaß an der Sache gehabt. Denn für *El Gallego* Fernández konnte sonst nie etwas schnell genug gehen. Jetzt raste *El Gallego* in seinem Jeep zur Militärschule in Matanzas. Am Tor erwartete ihn ein Soldat. «Sie haben einen Anruf, Señor.» «Da bist du ja endlich», sagte *El Caballo*. «Sind die Männer schon auf den Beinen?»

Sie waren mehr als wach. *El Caballo* hatte selbst dafür gesorgt, und so konnte sich *El Gallego* mit dem Transportproblem befassen. Sie hatten ein einziges Fahrzeug für siebenhundert Kadetten. Es fehlten dreißig weitere Lastwagen. Er lief hinaus auf die Straße und begann Lastwagenfahrer anzuhalten. Bald stapelten sich im Hof Kartoffeln, Säcke mit Zucker und Eier. Eine halbe Stunde später stand der Konvoi mit seinen Schülern bereit. Just in diesem Moment rappelte erneut das Telefon. «Ich dachte, du wärst schon unterwegs», sagte *El Caballo*.

«Wir halten nicht eher an, bis wir in Playa Larga sind», verkündete *El Gallego* Fernández seinen Adjutanten, während der Toyota losfuhr, ohne auf die Schule zu warten. Sie waren kaum unterwegs, da tauchten die Umrisse einer Gestalt im Regenumhang auf der Straße auf. Es war ein Offizier, der mit erhobenem Arm dastand, ohne sich von der Stelle zu rühren, bis der Jeep wenige Zentimeter vor ihm zum Stehen kam. «Telefon, Señor», sagte er zu *El Gallego*, der mit einem Seufzer aus dem Wagen stieg und zu dem öffentlichen Telefon trottete, betend, daß dieser Krieg so schnell wie möglich vorbeisein möge. Aber *El Caballo* wollte lediglich wissen, wie er die Lage einschätzte. «Ich schätze gar nichts, ich bin gerade unterwegs», sagte *El Gallego*. «Gut, sobald du in Playa Larga bist, fährst du zur Central Australia; das Telefon im Büro ist direkt mit mir verbunden.»

El Gallego war ein Exot in der Rebellenarmee. Zunächst einmal war er ausgebildeter Soldat. Zweitens war er ein ehemaliger Offizier des Stenographen, der allerdings beim Einmarsch der Rebellen schon seit drei Jahren als Gefangener auf der Isla de las Cotorras einsaß. Man hatte ihn beschuldigt, gegen das Regime konspiriert zu haben, und so ließen die neuen Machthaber ihn frei und übertrugen ihm die Verwaltung einer Zuckerfabrik. Er war glücklich mit seinem Leben, als *El Caballo* ihn ins Hauptquartier bestellte, um ihm mitzuteilen: «Ich will, daß du die Militärschulen organisierst. Komm morgen früh zu mir.»

Die Guerilleros wußten nicht einmal, wie man salutierte. Das war die Wahrheit. Der Sprung von der Sierra in die Regimenter war gewaltig gewesen. Vom Granatwerfer zu den tschechoslowakischen Panzern. Vom Molotowcocktail zur Panzerfaust. Von Camilos waffenbestücktem Traktor zur Lenkwaffe. Zwischen der Rebellenarmee und einem seriösen Heer lagen Welten. Da brauchte man nur die Journalisten zu fragen, die beim Einmarsch der Rebellen in Columbia dabeigewesen waren. Havanna war bezwungen. Den Bauern gingen die Augen über, während sie ins militärische Zentrum der Insel vordrangen. Es war totenstill. Durch Tore, die weit offenstanden, so als wollten sie auch das letzte Geheimnis offenbaren, fielen ihre Blicke auf die Waffendepots und Panzerhallen, die Schwimmbäder und den Offiziersclub, die Pferdestallungen der oberen Ränge. Die Besiegten staunten nicht minder. Vom Gefreiten bis zum General kamen alle herbeigerannt, als die Rebellen vorbeizogen. An deren Spitze marschierte Camilo Cienfuegos, früher Verkäufer im *El Arte* (Ecke Ángeles/Amistad) und illegaler Einwanderer in Yuma, derselbe, der in Brooklyn für elf Dollar am Tag Röcke zusammengenäht hatte. Der neue *Comandante en Jefe* war siebenundzwanzig Jahre alt. Er wußte nicht, wie man salutierte. Angesichts der jubelnden Menge behalf er sich, so gut er konnte, indem er linkisch an seinen Rangerhut tippte. Lediglich *El Caballo* beherrschte das Protokoll. Ihn fuchsten die Blamagen der Rebellen in Etikettefragen, wie sie so typisch waren für die Guerillakämpfer in den Tropen. (Jahre später sollte *El Caballo* einen nicaraguanischen Kommandanten, der ihn einlud, seine Truppen abzuschreiten, leise, fast flehentlich darauf hinweisen, er möge doch bitte nicht salutieren, wenn er keine Mütze auf seinem sandinistischen Sturschädel trage.)

Von den unzähligen Offizieren des Stenographen, die Camilo an jenem Nachmittag begeistert zujubelten, war schon bald keiner mehr übrig, und so übernahm es *El Gallego* Fernández, die Kadetten zu drillen, bis zu jener Nacht der Invasion.

Die Militärschule war keine Sache für jedermann. Die Ausbildung war schnell zu Ende. Die zukünftigen Kadetten schliefen in Hängematten unter den Bäumen, trainierten ununterbrochen, kochten im strömenden Regen, robbten durch die Dornen und schoben nachts Wache. Alle klagten über die strenge Disziplin. Ein denkwürdiges Ereignis war die Übergabe des Sturmgewehrs, das noch mit Fett imprägniert war. Man mußte es auseinandernehmen, die einzelnen Teile in heißes Wasser tauchen, die Fettreste entfernen und alles wieder zusammensetzen. Zum Schluß erhielt der fertig ausgebildete Soldat eine grüne Baskenmütze.

Zur Aufnahmeprüfung gehörte auch ein sechzig Kilometer langer Gewaltmarsch, der in der Militärschule begann und dort auch wieder endete. Der erste Marsch fand im strömenden Regen statt. Dabei entdeckten die vom Vorauskommando einen Mann in der Uniform der Rebellen, der schnaufend im Zug mitmarschierte. «Hör mal, ist das nicht *El Caballo*?» flüsterte einer. Er war es tatsächlich. Nach kurzer Zeit begann er, Ratschläge zu erteilen. «Nicht so schnell, der Weg ist noch lang. Kommt bloß nicht auf die Idee, unterwegs stehenzubleiben. Und schlagt euch nicht den Bauch mit Wasser voll. Wer sich hinsetzt, ist erledigt. Den läßt nicht mal der liebe Gott wieder aufstehen.» Sobald der Regen nachließ, erschienen Leute an der Strecke, um die Anwärter anzufeuern; sie schütteten ihnen zur Abkühlung Wasser über die Köpfe und boten ihnen Limonade an.

El Gallego hatte gesagt, die ersten müßten gegen Tagesanbruch ankommen, aber als es soweit war, blieb das Ziel leer. Erst im Laufe des Vormittags begannen die ersten einzutrudeln. Alle waren völlig am Ende, einige spuckten Blut, andere hatten sich von oben bis unten vollgeschissen. Am Nachmittag rief *El Gallego* die Teilnehmer zusammen, und *El Caballo* kam, um sie zu begrüßen. Für die ersten dreißig gab es eine große Neuigkeit: Sie würden zur Stoßtruppe kommen, einer Kampftruppe mit leichten Waffen. Die übrigen wurden in die Militärschule aufgenommen. Diejenigen, die aufgegeben hatten, konnten nach Hause gehen, es sei denn, sie wollten es noch einmal probieren. Alle waren einverstanden. Zwei Tage später wurde der Marsch wiederholt, und diesmal kam die Truppe vollständig ins Ziel.

Bald würden auch die Frauen zum Zug kommen, sofern sie fünfzehn Jahre alt waren und es auf den Pico Turquino geschafft hatten. Olga Ferrer, um ein Beispiel zu nennen, hatte nach zwei Wochen Fußmarsch zusammen mit einigen anderen Mädchen den Berg in der Sierra erklommen. Aber nach einigen Monaten hatte die Militärschule immer noch nichts von sich hören lassen! Olga war am Boden zerstört. Das mit dem Turquino war nur ein Märchen. Eines Tages schlenderte sie mit Blanca Melchor durch das Sportzentrum, als sie *El Caballo* bei einigen Studenten stehen sahen. Blanca war genauso niedergeschlagen wie Olga, denn auch sie hatte den Turquino bestiegen. Die Mädchen beschlossen spontan, mit *El Caballo* zu reden. Es war die Zeit, als man ihn noch ansprechen und mitten in der Rede unterbrechen durfte, als die Leute ins Stadion gingen, um ihm beim Volleyballspielen zuzusehen und von der Tribüne aus mit ihm zu scherzen. Die Mädchen kritzelten zwei Zeilen: «Wir haben den Turquino bestiegen, aber niemand will etwas von uns wissen. Werden wir Frauen nicht gebraucht?» *El Caballo* lehnte an einem Volkswagen und schwang große Reden, als es Blanca gelang, ihm das Briefchen zuzustecken. Er sprach seelenruhig weiter, das Papierchen in der Hand. Die Minuten vergingen, ohne daß er sich dazu herabließ, es zu lesen. Blanca wurde zunehmend blasser, bis schließlich ein verzweifelter Schrei aus ihrer Kehle drang: «Jetzt lies schon die Nachricht, Fidel!» Es wurde ganz still. Für dieses Mal war *El Caballo* sprachlos. Er sah das Mädchen an. Vielleicht bemerkte er einen solchen Kummer in ihren Augen, daß er einen Blick auf das Zettelchen warf. Als sie kurz davor waren, vor Anspannung zu platzen, faltete er das Papier zusammen und steckte es in seine Jacke, während er zu ihnen sagte: «Wenn ihr den Turquino bestiegen habt, werdet ihr auch auf die Militärschule gehen.» Der Turquino war nicht gerade der Himalaja, aber immerhin. Wer ihn fünfmal bestieg, durfte sich *Cincopicos* nennen und trug ein Abzeichen auf der Schulter. So erzählten es die Mädchen einem französischen Besucher, der in jenen Tagen vorbeikam.

In Matanzas verschlug es den anderen die Sprache. Soldatinnen an der Militärschule? Bald machten die ersten Witze die Runde. *El Gallego* war nicht begeistert. Seine Leute begehrten bereits gegen den Ansturm von Frauen auf. «Keiner wird einen Oberst ernst nehmen, der seine Tage hat», murrte einer. Man traute ihnen auch nicht zu, Geschütze zu bedienen oder schwere Munition zu schleppen. «Wenn schon eine Traktoristin eine Fehlgeburt hat, dann stell dir erst mal die Panzergrenadierinnen vor», nörgelten die machistischen Leninisten, wie man sie damals nannte. Aber *El Gallego* erstickte die Proteste im Keim und machte sich bereit, die Frauen aufzunehmen. Allerdings wies er sie darauf hin, daß er keine Unterschiede machen werde. Die Mädchen sollten sich schon sehr bald selbst davon überzeugen, was er damit meinte. Wenn es um die Ausbildung ging, war es *El Gallego* egal, ob er eine

Marientochter oder einen Sergeanten der Fremdenlegion vor sich hatte. Schon bei der Vorstellung, wie er auf der Plattform stand und durch sein Fernglas spähte, machten sich die Mädchen vor Schreck in die Hose. Aus irgendeinem Grund wurde er Panfilow genannt, wie jener kasachische General, der Moskau gegen die Deutschen verteidigt hatte, der Held eines Romans, der in den kubanischen Einheiten die Runde machte. In jenen schweren Zeiten kam es weniger auf militärische Ausbildung als auf eine gewisse Mystik an. Das Vaterland, das war nicht die Regierung und auch nicht die Sowjetunion. Das Vaterland, das waren du und deine Familie. Deswegen mußte man jene töten, die einen selbst töten wollten. *General Panfilows Reserve* stärkte die Kampfbereitschaft.

El Gallego hatte es sich in den Kopf gesetzt, aus seinen Anstalten perfekte Kriegsschmieden zu machen. Er hatte hunderttausend Exemplare des Romans verteilen lassen. Kein anderes Buch, fand er, war so begeisternd: Der Aggressor hatte keine Milde zu erwarten, nur erbarmungslosen Krieg. Er war hingerissen von diesem gütigen, nachdenklichen Genossen General, der Deserteure auf der Stelle erschoß. *El Gallego* war immer wieder erstaunt darüber, welche Wendung sein Leben genommen hatte. Was war aus seinen Träumen geworden, eine olympische Medaille im Zehnkampf zu gewinnen?

Der Kampf der Mädchen, die zur Armee wollten, war eine Geschichte, wie sie General Panfilows würdig gewesen wäre. Was mochte im Kopf einer Tochter Mariens vorgehen, wenn sie im olivgrünen Tarnanzug in ihrer Schule erschien? Es war eine makabre Szene. Die übrigen Schülerinnen wichen ihr aus, als wäre sie die letzte Hure. Die Nonne zitterte in frommer Empörung und verdrehte die Augen, während ihr die Spucke wegblieb. Ganz zu schweigen davon, wenn das Mädchen gar zur Kommunion gehen wollte. Pilar Cabrera zum Beispiel wurde eines Tages vom Pfarrer übergangen, als sie auf die Kommunion wartete. «Er wird zerstreut sein», schloß sie, während sie wieder zu ihrem Platz ging. Bald stellte sie fest, daß sie sich geirrt hatte. Der Priester überging sie erneut. Beim dritten Mal hielt sie ihn am Arm fest. «Padre, Sie haben mir keine Hostie gegeben», beschwerte sie sich. «Sie leben in Todsünde», antwortete daraufhin der Priester. «Aber ich habe erst gebeichtet!» protestierte Pilar. «Sehen Sie doch nur, was Sie anhaben», murmelte der Priester. Pilar steckte in einer grünen Tarnjacke, da sie gleich zur Parade mußte. Dies geschah am 1. Mai in der kleinen Kirche San Juan de Letrán in der Calle 19, als sich bereits der Weltkongreß des Salsa am Horizont abzeichnete. Pilar schossen die Tränen in die Augen. Sie wußte nicht, ob sie hinauslaufen oder laut losheulen sollte. Statt dessen stand sie auf und sagte: «Das also ist meine Sünde?» Und sie schlug dem Padre den Kelch aus der Hand, der unter einem Hostienregen durch den Mittelgang rollte. Dann ging sie hinaus, verfolgt von dem Gezeter der Betschwestern und den Verwünschungen des Priesters, der ihr das schlimmste Höllenfeuer prophezeite. Aber Pilar glaubte nicht mehr an die Kirche; nur an Gott und die Revolution. So erzählte sie es Laurette Séjourné, einer französischen Archäologin, die sich, nachdem sie das spirituelle Leben der Mayas erforscht hatte, nun in Havanna aufhielt, um die Seelen jener begeisterten Anhängerinnen der Rebellen zu ergründen – Milizionärinnen, Lehrerinnen des Alphabetisierungsprogramms oder Hurenbekehrerinnen –, deren Stimmen sie auf Tonband aufnahm. «Kurz vor der Invasion war ich als Wachsoldatin im Sumesa-Gebäude», berichtete eine andere Milizionärin, eine gewisse Eneida Ríos, der Französin. «Damals war ich spindeldürr und sagte zu meiner Kameradin: ‹Rosaria, ich hab nicht mal genug Kraft, das Gewehr zu halten, stell dir vor, wenn wir mal schießen müssen...!› Aber wir standen die ganze Nacht da, ohne an irgend etwas zu denken. Wir waren allein, ganz allein, alle vier Stunden kam eine Streife vorbei... Einmal waren wir sehr müde und setzten uns einen Augenblick. Als wir plötzlich Geräusche hörten, sprangen wir sofort auf und griffen nach den Gewehren. Ich nahm also in der Eile mein Gewehr und schrie: ‹Halt, stehenbleiben!›, aber es war nur der Milchmann, der mich verdutzt ansah und dann zu mir sagte: ‹Sie halten das Gewehr falsch herum, Genossin.›»

So machten sich *El Gallegos* Kadetten an jenem frühen Morgen mit Lastwagen, die eigentlich für den Transport von Gemüse und Eiern gedacht waren, auf den Weg nach La Ciénaga, um den Angriff zurückzuschlagen. Es waren die Besten der Insel, die richtigen Leute, um das Geschmeiß aus Miami zu stoppen. Aber als *El Gallego* in der Zuckermühle ankam, war seine Militärschule noch unterwegs. Im Augenblick stand lediglich ein hastig zusammengewürfeltes Bataillon aus Matanzas zur Verfügung, mit zwanzig Schuß pro Mann und ohne die geringste Ausbildung an der Waffe. Er schickte sie trotzdem an die Front. Sie mußten unbedingt Pálpite einnehmen, einen Strandabschnitt auf der anderen Seite von La Ciénaga, wo sich die Brigadisten sammelten. Plötzlich klingelte das Telefon. «Hast du Pálpite genommen?» wollte *El Caballo* wissen. «Wir sind dabei», sagte *El Gallego*. «Wenn wir Pálpite nehmen, gewinnen wir den Krieg», erklärte sein Kommandant. *El Gallego* schluckte. Wozu ihm sagen, daß die Männer, die er nach Pálpite geschickt hatte, noch nie einen Schuß abgefeuert hatten? Er blickte abschätzend zu der mittäglichen Sonne und hoffte inständig, daß die Soldaten aus seiner Schule bald auf der Straße auftauchten. Die riesige Zuckerfabrik lag verlassen da. Bevor er wieder in die Armee eingetreten war, hatte er selbst eine Zuckerfabrik verwaltet. Damals hatte sein Leben eine andere Richtung genommen. Zunächst einmal hatte er den Militärdienst quittiert. Er sei nicht mehr in Form, hatte er sich bei *El Caballo* entschuldigt, als sie ihm später anboten, wieder zurückzukommen. Das war ganz am Anfang gewesen, als die Regierung im *Hilton* residierte, das jetzt *Habana Libre* hieß. Aus dem obersten Stock sah man das karibische Meer. Eine Handvoll ehemaliger Offiziere des Stenographen, die damals wegen Verschwörung entlassen worden waren, waren zum Hauptquartier bestellt worden. Sie waren die einzigen, die die Säuberungsaktion überstanden hatten. Nun bekamen sie die Möglichkeit, sich der Rebellenarmee anzuschließen. *El Caballo* unterbreitete *El Gallego* das Angebot, aber der drehte und wand sich. Er verwalte eine Zuckerfabrik. Er verdiene wirklich nicht schlecht. 1100 Pesos, um genau zu sein, obwohl das nicht der entscheidende Punkt sei. *El Caballo* fiel ihm ins Wort: «In der Armee wirst du noch weniger verdienen. Also komm mir nicht mit dieser Scheiße – dann geh du wieder in die Zuckerfabrik, ich schreibe ein Buch über die Sierra, und die Revolution kann zum Teufel gehen.» Das Gespräch war beendet. *El Gallego* salutierte und ging.

So begann die Fahrt von *El Gallego* Fernández, auch bekannt als Panfilow, nach La Ciénaga de Zapata, einer krokodilverseuchten Gegend, zu der in jener Aprilnacht im Jahr der Bildung ein Kreischen vom offenen Meer herüberwehte, wie chinesische Trompeten oder liebestolle Katzen auf dem Dach, das die Krokodile in der Aufzuchtstation für die Lastwagen mit dem Futter hielten, das aber in Wirklichkeit von den Ketten der früheren *Chiquita Banana* herrührte, als sie zu Beginn der Invasion ihre Boote zu Wasser ließ.

V
Du hast mir gefehlt

Man hatte *El Gallego* versprochen, ihm so viele Panzer zu geben, wie er brauchte, aber da es nicht genug Transporter gab, waren lediglich fünf unterwegs. Diese Panzer, letztes Jahr aus Sibirien eingetroffen, besaßen jene typischen Anhängerkupplungen für die Truppen, denn offenbar benutzten die Russen ihre Panzer auch als Transporter, wobei nicht auszuschließen war, daß man sie zu anderen Zeiten auch dazu verwendet hatte, den Pflug zu ziehen. Hinter dem Schreibtisch des Chefs in der Regimentskaserne hatte Tony ein Foto von einem Stalin-Panzer in den zerstörten Straßen Berlins gesehen, an dem sich eine ganze Traube von Russen festhielt. Diesen Männern waren die Freude und das Vertrauen in die Kraft des Ungetüms anzusehen. Tony hingegen packte schon nach ein paar Minuten im Innern des Gefährts die Platzangst. Jetzt rollten die Lader mit den Panzern auf die Küste zu. Es waren fünf Mann pro Einheit. Da keiner von ihnen eine militärische Ausbildung hatte, würde man sie unterwegs einweisen, hieß es. Tony wurde zu seinem Erstaunen als Schütze eingeteilt. Ob er mal einen Probeschuß mit der Kanone abfeuern könne? Sie fragten ihn, ob er verrückt sei. Allerdings durfte er durch das Sehrohr schauen und die Munitionskästen inspizieren. Er testete auch die seitlich angebrachten Nebelwurfbecher für den Fall, daß sie auf feindliche Panzer trafen. Das war die ganze Einweisung. Tony erfuhr, daß sie nur bei Nacht vorrükken würden und die Fahrt holprig und geräuschvoll werden würde, so ganz ohne Stoßdämpfer, die Schläge abfedern konnten. Während der Unterhaltung hatte der Sergeant nicht aufgehört, die Russen zu kritisieren. Für diese Leute gelte: je häßlicher, um so besser. Alles müsse plump und unbequem sein. Allerdings erkannte er auch an, daß darin die Stärke der Panzer lag. Wenn sie vorüberfuhren, bebte die Erde. Die Leute nahmen schon Reißaus, wenn sie sie nur heranrasseln hörten.

Wie man sich im Panzer auch bewegte, man stieß immer gegen etwas Hartes. Das war bislang Tonys wichtigste Erkenntnis, die ihm aber genügte, um sich als Panzerfahrer aufzuspielen, als er bei einem Halt einen Reporter von Radio Rebelde traf. Der war plötzlich im Straßengraben aufgetaucht und hatte mit seiner Akkreditierung gewedelt. Die Kolonne hatte in einem Dorf angehalten. Durch den Sprühregen war der Sergeant in der Pizzeria zu sehen. Er organisierte etwas zu essen, wie jeder Streifenpolizist. Neben den Panzern stand jeweils ein bewaffneter Mann. Der Reporter hatte außer seinem Empfehlungsschreiben auch eine Kalaschnikow dabei. «Seid ihr auf dem Weg nach La Ciénaga?» fragte er. Er war ein typischer Reporter im Kampfanzug, vielleicht in Tonys Alter. Der Journalist wußte nicht, wohin mit der Waffe, während er sich seine Notizen machte. In seiner Rolle als Berichterstatter schien er sich genauso unwohl zu fühlen. Tony beschloß, die Gelegenheit zu nutzen, und antwortete auf seine Fragen, als wäre er vom Afrikakorps.

Er hatte eine gewisse Erfahrung mit diesen Leuten. Damals in seiner Zeit in der Sierra war es seine Aufgabe gewesen, die Journalisten zu führen, die zu ihnen hinaufkamen. Der erste war, soweit er sich erinnerte, ein Korrespondent von *Paris Match* gewesen. Dann war Herbert gekommen. «Es kommt jemand von der *New York Times*», hatte ihm Ciro gesagt. Er sollte zusammen mit einigen anderen von Santo Domingo aus eintreffen. Tony erhielt den Auftrag, den Aufstieg der Gruppe zu begleiten, um den Kontakt herzustellen. Unter denen, die den Hang hinaufkraxelten, konnte er ein Mädchen ausmachen. Später erfuhr er, daß es sich um Yeyé Santamaría handelte, die in den ersten Kriegsjahren beim Überfall auf eine Kaserne den Bruder und den Freund verloren hatte. Bei dieser Aktion waren sie damals alle drei festgenommen worden. Ihr hatte man ein Paar Augen auf einem Teller in die Zelle gebracht, und ein Wärter hatte sie gefragt: «Gehören die zufällig deinem Bruder?» Dann, so berichtete ihm Ciro Redondo, seien auf gleichem Wege die Hoden ihres Freundes gefolgt.

Jetzt tauchte dieses Mädchen mit dem *New-York-Times*-Journalisten im Schlupfwinkel der Rebellen auf. Am nächsten Tag brachte sie Bob Taber mit einem Team von der *CBS*. Für Herbert gab es eine Sondervorstellung. «Dann tun wir mal so, als ob», hatte *El Caballo* zu seinen Leuten gesagt und war dann im Dickicht verschwunden. Herbert sollte warten, bis er aus dem «zweiten Camp» zurückkam. Dabei war *El Caballo* nur wenige Schritte entfernt und schmökerte hingebungsvoll in dem Büchlein eines Professors von der Columbia-Universität über die modernen Nordamerikaner. Aus dem Lautsprecher, der in einem Baum hing, tönte Radio Rebelde. Der Sprecher schimpfte über eine Schmutzkampagne aus den Reihen der «Dritten Kolonne», um dann dringend zur Spende von Waffen aufzurufen. Auf der anderen Seite des Flusses lungerte eine Handvoll Kämpfer herum. Tony lief ständig an Herbert Matthews vorbei, um irgendwelche Nachrichten zu übermitteln, so als herrschte in der Sierra rege militärische Aktivität. Herbert war nicht aus der Ruhe zu bringen. Ahnte er, daß er an der Nase herumgeführt wurde? Jedenfalls machte er einen entspannten Eindruck. Er besaß Haltung. Im Spanischen Bürgerkrieg war er einer der Großen gewesen, aber die *New York Times* hatte ihn auf Druck der Rechten, die ihn bezichtigten, Kommunist zu sein, nach Hause zurückrufen müssen. Nun erfüllte sich für ihn der Traum aller Kriegsberichterstatter: Er befand sich tief in der Wildnis einer aufständischen Insel und war kurz davor, ein Exklusivinterview mit einem sagenumwobenen Kommandanten zu bekommen. Die Landpolizei hinters Licht zu führen war ein leichtes gewesen. Herbert hatte sich als Investor ausgegeben, der eine Finca kaufen wollte. Während er auf *El Caballo* wartete, blätterte er in seinen Notizen: «Er ging bewaffnet zur Universität, um sich gegen die Kommunisten zu verteidigen, er hat einen jüngeren Bruder mit den Augen eines Japaners und einen Sohn namens Fidelito. Sein Schwager arbeitete für den Geheimdienst des Stenographen; unter seinen Unterstützern in den Städten gibt es eine Reihe von Frauen, die verrückt nach ihm sind ...» War er ein Mensch aus Fleisch und Blut? Herbert Matthews stellte sich diese Frage, seit er in Havanna gelandet war.

Nach Herbert Matthews Besuch riß der Strom der Journalisten nicht mehr ab. Bald darauf tauchte ein Mexikaner vom *Excelsior* auf; er ritt auf einem Maultier, das Che auf den Namen Martín Fierro taufte und das später auf dem Grillrost enden sollte. Dann kam ein Argentinier. Wer sich nie blicken ließ, waren die von der *TASS*, denn die Sierra war damals noch der letzte Winkel der Welt, in den die Russen Reporter geschickt hätten. Alle Besucher waren bei ihrer Ankunft völlig erschöpft. Es war Regenzeit und der Aufstieg schwierig. «Runter kommt man immer!» witzelte Efigenio Amejeiras und ahmte den Tonfall der Bauern nach. Tony hatte sich inzwischen vom Boten zum Pressebeauftragten gemausert. Er stieg gerne auf eine Anhöhe, wo er das Stromaggregat von Radio Rebelde hören konnte. Das Sendestudio war in einer mit Farn getarnten Hütte ganz in der Nähe untergebracht und verfügte über einen Plattenspieler und einen zusammengeflickten Sender. Später würde das Quinteto Rebelde live spielen, dessen Titel *Que se vaya el mono* der Hit des Jahres 1958 war. Aber an dem Morgen, an dem das Radio auf Sendung gegangen war, hatte es nur einen einzigen Hörer gehabt, einen Bauern namens Pelencho, der in den Bergen lebte.

Tony machte es Spaß, diese Besucher zu begleiten, vor allem wenn die Typen ein Notizbuch dabeihatten und seine Eindrücke aufschrieben. Manchmal stellten sie schwierige Fragen. Eine Anekdote? Das Rezept der *caldosa*, des Fleischeintopfs? Wer sich zuerst einen Bart hatte wachsen lassen? Als man ihm diese Frage stellte, mußte Tony Ciro Redondo fragen, der einige Theorien zum besten gab, während er an seiner Zigarre zog. «Der von *El Caballo* zählt nicht», urteilte Ciro; lange Zeit waren es nur ein paar dünne Flusen gewesen. Camilo habe einen richtigen Bart, befand er, aber auch der Che kam nicht über ein paar armselige Härchen hinaus. Andere begnügten sich mit etwas, das lediglich vorgab, ein Bart zu sein; das konnte von einem Ziegenbärtchen bis zu ein paar vereinzelten Härchen am Kinn reichen. Ein anderer berichtigte Ciro Redondo: Die ersten Bärtigen in der Sierra seien Fajardo und *El Guajiro* Crespo gewesen, die beschlossen hätten, sich nicht mehr zu rasieren, solange der Stenograph lebe. Sowohl Fajardo als auch *El Guajiro* bestätigten diese Version, doch *El Caballo* erklärte die Sache auf seine Weise: «Es war schwierig, sich dort oben zu rasieren. Außerdem nimmt es fünfzehn Minuten in Anspruch. Das sind mindestens dreitausend Stunden deines Lebens, die du mit etwas anderem verbringen kannst.» *El Caballo* löste alles mit Zahlen und Statistiken.

Durch den Artikel in der *New York Times* wurden die Aufständischen auf der Karibikinsel zu den Guerilleros des Jahres. Als Herbert sein Interview führte, waren sie gerade mal zwanzig Mann gewesen. Jetzt wurden es immer mehr. Auch die Journalisten aus dem Süden des Kontinents träumten von der Sierra. Im *La Paz*, einem Café in Buenos Aires, trafen sich regelmäßig drei Freunde, um über alte Zeiten zu plaudern. Ihnen allen war eine kurze Zeit in der katholisch-nationalen Bewegung gemeinsam. Es waren drei Journalisten, die vorhatten, nach Havanna zu reisen: Jorge Masetti, Rodolfo Walsh und Pajarito García Lupo. Schließlich war Masetti der erste, der sich als Korrespondent von Radio *El Mundo* auf den Weg machte. Er hatte einen Brief für den Che dabei, mit dem er sich Zutritt zu den Lagern der Rebellen verschaffen wollte. Nach einem mörderischen Aufstieg bekam er schließlich sein Interview mit *El Caballo*, aber zurück in Havanna, teilte ihm sein Kontaktmann mit, daß das Band auf dem Weg nach Argentinien verlorengegangen sei. Entsetzt begriff Masetti, daß er noch einmal in die Berge mußte.

Nur ihm war klar, was das bedeutete. Für den Aufstieg von den ersten Ausläufern der Sierra bis La Otilia, wo er eine Aufnahme des Che machen konnte, hatte er zwei Wochen gebraucht. Bis La Fragata eine weitere Woche, mit einem sechs Kilo schweren Grundig-Gerät im Rucksack, neben Kleidung und der Fotokamera. Sein Grundig war das leichteste Gerät, das man damals bekommen konnte. Aber das Allerschlimmste waren die neuen Stiefel gewesen, ein Fehler, der ihn am Ende des Tages teuer zu stehen kam. Er war genauso bärtig wie die anderen. Er trug ein Medaillon der Jungfrau von Cobre um den Hals und hatte ein Stück Holz dabei, um bei Luftangriffen draufzubeißen, damit seine Trommelfelle nicht platzten. Seine Kleider rochen nach Süßkartoffel, einer Knolle, die so fettig war, daß es einen würgte. Was Masetti nie verlor, war sein argentinisches Aussehen, etwas, auf das man ihn stets aufmerksam machte. Als sein Kontaktmann ihn mit Jackett und dunkler Krawatte aus dem Flugzeug steigen sah, hatte er sofort zu ihm gesagt: «Zieh das um Himmels willen aus, alle starren dich an.» Nun waren ihm seine Führer aus der Sierra eine große Hilfe. Die Studenten waren die langhaarigsten und schmutzigsten Rebellen. Die Kerle machten sich in die Hose vor Lachen, wenn er nur den Mund aufmachte, und die Besitzer der Hütten, in denen sie übernachteten, stimmten mit ein. Alle hielten ihn für einen Bruder des Che. Aber er war wie benommen vor Erschöpfung. Masetti aß einen Happen und rollte sich dann auf dem Boden zusammen, bis jemand aus Mitleid eine Decke über ihn warf. Es würde eine Weile dauern, bis er sich an diese abendliche Rast gewöhnte, an den Geruch nach Süßkartoffeln und gebratenem Huhn und die mit Flüchen gewürzten Gespräche am Lagerfeuer, während es kälter wurde und die Konturen der Schweine, die eines nach dem anderen hereingetrottet kamen, um zusammen mit ihnen die Nacht zu verbringen, immer unschärfer wurden. Eines Morgens stellte er fest, daß die Ratten seinen Bleistift gefressen hatten. Sein Gastgeber war am Boden zerstört. Die Bauern waren wirklich reizend und überschlugen sich förmlich, um ihre Gäste zu ehren. Sie überraschten ihn immer mit irgendeinem Leckerbissen. In einem Gehöft lud man ihn zu Kaffee mit Papaya ein. Der Besitzer des Hauses erklärte ihm, daß die Leute in Havanna «Kugelfrucht» dazu sagten, weil Papaya dort etwas anderes bedeute, was Masetti nie begriff, weil sie zu der anderen Sache auch «Kugelfrucht» sagten. Er war ganz anders als diese Leute, die aus allem ein Problem machten. Der Bauer hatte aus seinem Gehöft ein Trainingscamp gemacht. Jetzt war er Oberst Panchito. Sogar seine Frau und seine Tochter trugen die Uniform der Rebellen.

Eines Nachts wurde Masetti wach, weil ihm jemand mit einer Laterne ins Gesicht leuchtete. Sie übernachteten in einer Hütte, von der kaum noch zwei Wände standen. Masetti lag auf einem zum Bett umfunktionierten Stück Hühnergatter. Die Stiefel hatte er anbehalten. In alte Zeitungen eingewickelt, hatte er die Beine in einen Mehlsack gesteckt. Neben ihm lag eine Schweinefamilie, die in der Dunkelheit unaufhörlich schmatzte. Tausendmal lieber hätte er die Nacht im Freien verbracht. Er war wohl schon eingeschlafen, als das Licht der Laterne auf ihn fiel und er eine eigentümliche Stimme hörte, wie die eines heiseren Kindes, die, als sie sich entfernte, zu einem mürrischen Murmeln wurde:

«Laß ihn schlafen, ich komme später wieder.»

Endlich hatte er *El Caballo* getroffen.

Diese Begegnung war ein Wendepunkt in seinem Leben. Schon bald sollte er Kubas einflußreichster Journalist sein. Nach dem Sieg der Rebellen wurde er Direktor von *Prensa Latina*, der Agentur, die er gemeinsam mit dem Che gründete, um es mit den Großen der internationalen Presse aufzunehmen. Er war gerade einmal dreißig Jahre alt. Seine erste Amtshandlung bestand darin, seine Kumpels aus der Bar *La Paz* einzustellen. Pajarito übernahm als Lediger die Nachtdienste. In den verwaisten Büros war nur das Summen der Maschinen zu hören, die von den Chinesen installiert worden waren. Hin und wieder klingelte das Telefon. Manchmal rief der Che an.

Eines Nachts erkannte er Pajaritos Stimme und fragte, was es Neues aus Buenos Aires gebe, wo die Generäle gerade zum neunten Mal in diesem Jahr putschten. Der Che erkundigte sich immer nach dem Irrenhaus Argentinien. Andere Male kam er persönlich vorbei, um Masetti zu besuchen; er hatte zwei bewaffnete Bauern dabei, die sich draußen vor der Tür des Aufzugs postierten.

Dann traf ein weiterer von Masetti verpflichteter Berichterstatter in Havanna ein, ein Kolumbianer namens Gabriel García Márquez. Die Vorzeichen für eine Invasion häuften sich, und der Argentinier setzte alles daran, mehr über die Ausbildungslager in Erfahrung zu bringen. Eines Nachts, es war um Weihnachten, spuckte der Fernschreiber ein verschlüsseltes Telegramm aus Zentralamerika aus. Die Papierrolle wanderte von Schreibtisch zu Schreibtisch, bis sie schließlich Walsh in die Hände fiel, der recht gut im Entziffern von Geheimschriften war und sich daranmachte, sie mit Hilfe eines alten Handbuchs der französischen Armee zu dechiffrieren. Das Telegramm war eigentlich für Miami bestimmt, war aber irrtümlich in Havanna angekommen. Es kam aus einem Camp in den Kaffeeplantagen einer guatemaltekischen Familie, deren bekanntestes Mitglied Botschafter in Washington war. Jorge Masetti schickte Walsh ins guatemaltekische Retalhuleu mit dem Auftrag, sich als evangelischer Prediger in das Lager einzuschleichen. Der Plan scheiterte in Panama, wo ihn die Einwanderungsbehörde erwischte. So kam Walsh um Haaresbreite davon, denn die Dschungelbrigade verfügte über ihre eigenen Militärpfarrer, bei denen es sich Masetti zufolge um franquistische Priester handelte, die ihn einen Kopf kürzer gemacht hätten.

Doch Walsh konnte es nicht lassen. Kurz darauf befand er

sich mit García Márquez auf einem Flug nach Mexiko, als sie durch einen unvorhergesehenen Zwischenstopp in Guatemala aufgehalten wurden. Aus purer Langeweile und um sich die Wartezeit ein wenig zu verkürzen, schrieben sie eine Glosse über die berüchtigten Camps, die auf dem von Walsh entschlüsselten Telegramm basierte, und unterzeichneten als Korrespondenten von *Prensa Latina*. Dann warfen sie den Brief am Flughafen in den Briefkasten, neben dem ein als Wachposten verkleideter Indio schläfrig hin und her schwankte und, García Márquez zufolge, größte Mühe hatte, sich auf seinen Karabiner zu stützen. Um jeden Zweifel über die Identität der Absender auszuschließen, machten sie an Ort und Stelle ein Foto mit dem unvermeidlichen Vulkan im Hintergrund und steckten es ebenfalls in den Umschlag.

Als der Diktator den Brief bekam, brach im Präsidentenpalast die Panik aus. Die Regierung steckte bis zum Hals in der Sache mit dem Camp. Daß es kein Geheimnis mehr war, bewies der Brief. Retalhuleu lag hoch droben in den Wolken, umgeben von schlammigen Dörfern mit barfüßigen Indios, die zwischen Werbeplakaten von Coca-Cola und Texaco neben ihren Eseln hertrotteten. Ringsum erstreckten sich die Kaffeeplantagen eines Millionärs, in dessen Diensten ganze Heerscharen von Mayas standen. Hier lag Garrapatenango, das Ausbildungslager der Fallschirmjäger. Am selben Ort befand sich auch Base Trax, mit einer Landepiste, unzähligen Baracken, einer Schießanlage und einem Exerzierplatz. Oben auf dem Berg wohnten die Ausbilder und die Agenten der Firma. Sie hatten ein eigenes Kino und verkehrten nie mit den Kubanern. Als der Druck der Medien auf die guatemaltekische Regierung zunahm, führte der Diktator persönlich die Journalisten zu dem geheimen Camp, wo sie lediglich ein Grüppchen lokaler Soldaten dabei antrafen, wie sie in Turnschuhen Rumpfbeugen machten, ein untrüglicher Beweis für die kommunistische Verleumdungskampagne. Dann wurden der Presse Häppchen gereicht. Unterdessen hockten die Kubaner samt ihrer Ausbilder stundenlang im Dschungel. Aber das Geheimnis war gelüftet. Fehlte nur noch, daß bald die ersten Touristen eintrudelten. Der Lokführer des Zugs nach Retalhuleu, der allmorgendlich vorbeikam, hatte seinen Spaß daran, langsamer zu fahren, wenn sie das Camp passierten, einen Umstand, den die Fahrgäste nutzten, um *El Caballo* hochleben zu lassen und die Fallschirmjäger zu beschimpfen. Wenn ein Lastwagen von der Base nach Retalhuleu kam, um Verpflegung zu beschaffen, wurde er von einer Horde von Kindern verfolgt, die lauthals schrien: «Da sind die Fallschirmspringer aus Miami!»

Tony sagte sich immer, daß sich die Probleme dieser Insel auf drei Punkte reduzieren ließen: das Frühstück, das Mittagessen und das Abendessen. Daran dachte er, während neben ihm die Hühner wild umherflatterten. Die Panzer hatten den Küstenort erreicht und hielten neben der zukünftigen Kantine, als das Debakel losging, so als hätten sich sämtliche Bewohner des Sumpfgebietes vorgenommen, ihre Hühner zu schlachten. Ein glückseliger Schauder durchlief die Truppen, die neben ihren Panzern Hunger schoben. Offensichtlich sorgten die Frauen für ihre Soldaten. Bald würde der Duft von Brathähnchen durch die Luft ziehen. Mit einem reichgedeckten Tisch sah der Krieg gleich ganz anders aus. Deshalb, so überlegte Tony, kämpften die Invasoren mit vollem Einsatz. Er stellte sich vor, wie sie an der Playa Larga in der Mittagspause ihre dampfenden, soeben mit dem Hubschrauber eingeflogenen Tabletts öffneten, das Steak, die üppige Gemüsebeilage und der Nachtisch in Zellophan eingeschweißt, daneben das Plastikbesteck und die eiskalte Cola, während sie selbst lauwarme Brause schlürften, die nach Hustensaft schmeckte.

Das war der Vorteil, wenn man auf der Seite des Imperialismus stand. Der Erfolg beruhte darauf, daß man nicht ständig damit beschäftigt war, an die nächste Mahlzeit zu denken, sondern sich auf den bevorstehenden Kampf konzentrieren konnte. Was ist das Entscheidende im Leben eines Kämpfers? hatte der Che einmal gefragt, als er am Rande einer Schlucht eine politische Schulung abhielt, hinter sich einen Berg, der fast so hoch war wie der Turquino. Er kopierte bereits *El Caballo* darin, laut zu denken, die Pfeife zwischen den Zähnen. Was vermag ihn mit größter Freude zu erfüllen? Der bevorstehende Kampf. Das war die Krönung des Guerillalebens.

Falsch, dachte Tony. Die Krönung des Guerillalebens ist ein duftender Kochtopf am Ende des Tages, wenn das Maschinengewehr neben einem liegt und man sich für ein Weilchen die Stiefel auszieht, um sie dann mit einem Seufzen wieder anzuziehen, denn der Befehl lautet, in Stiefeln zu schlafen, falls die Polizei angreift.

In der Sierra, sagte sich Tony, überschattete die Sache mit dem Essen jede Bewegung. Sie verleitete zur Unbesonnenheit. Eine Feuerstelle in der Ferne genügte, um auf Abwege zu geraten. Er erinnerte sich, wie er einmal mit ein paar Neulingen in die Ebene hinuntergegangen war. Sie sollten Proviant kaufen. Da sahen sie Rauch von einem Gehöft aufsteigen. Es war um die Mittagszeit. Drinnen sang jemand. Sie versteckten sich im Gebüsch, während ihnen quälend der Geruch nach Fritiertem in die Nase zog. Zuerst war der Duft nach frisch aufgebrühtem Kaffee zu ihnen herübergeweht, dann stieg ihnen der Duft von Maisbällchen und Zicklein in Paprikasoße in die Nase. Was die nächste Duftwelle betraf, so gingen die Meinungen auseinander. Hühnertopf oder Hühnerfrikassee? Egal – zu viele Köstlichkeiten auf einmal, um wahr zu sein. Alles sah nach einer Falle aus. Das Gehöft lag in strahlendem Sonnenschein. Keiner seiner Bewohner hatte sich blicken lassen. Einmal streckte ein Kind den Kopf heraus und verschwand dann wieder, als wäre es von dem Haus verschluckt worden. Jedenfalls rührten sie sich nicht vom Fleck. Seit dem Vortag hatten sie lediglich einen Löffel Honig, aufgelöst in heißem Wasser, in den Magen bekommen. So verstrichen die Stunden. Schließlich zogen sie sich zurück. Auf dem Weg ins Tal spekulierten sie darüber, was es in dem Gehöft zu essen gegeben haben mochte.

Das waren die typischen Gespräche der Partisanen, wenn sie durch die Gegend streiften. Sie waren daran gewöhnt. Häufig tauschten sie am wärmenden Lagerfeuer Rezepte aus. Jeder hatte dabei seine fixe Idee. *El Caballo* träumte von Eis, gebratenem Redsnapper-Filet und Languste, also allem, was es in der Sierra nicht gab. So lange machte er seine unglaublich schlechten Nudeln, wie die Tauchsieder-Spaghetti, die er zu Beginn des Kampfes gegen den Stenographen hin und wieder in seiner Zelle auf der Isla de las Cotorras gekocht hatte. Was den Che anging, so träumte dieser von Gegrilltem: auf Holzkohle, über offenem Feuer, am Spieß, auf dem Rost. Monatelang drohte er mit einer solchen typisch argentinischen *parrillada*. Die Gelegenheit bot sich schließlich, als sie den Bauern eine junge Kuh abkauften (eine Kalbkuh, sagte der Che). Dabei stellte sich dann heraus, daß der Mann kein begnadeter Koch war. Die eine Hälfte des Fleisches war roh, die andere verbrannt. Trotzdem wurde alles aufgegessen. In den folgenden Tagen sollten sogar die madenverseuchten Reste ihre Abnehmer finden, nachdem man sie zuvor in grüne Bananen und saure Orangen eingelegt hatte.

Wenn es ans Essen ging, genügte alleine Ches Gegenwart, damit es entspannt zuging. Er war nicht geneigt, sich auch nur den geringsten persönlichen Vorteil zu verschaffen. Der Che kannte nur allzu gut den kritischen Blick eines Guerilleros, wenn es darum ging, die Größe der Portionen abzuschätzen, deshalb stellte er sich als letzter in der Schlange an, wie stets schlecht gelaunt. Obwohl Tony an einer Hand abzählen konnte, wie oft der Che sich dazu herabgelassen hatte, ihn zu grüßen, empfand er eine Mischung aus Bewunderung, Unwillen und Mitleid, wenn er ihn dort als Nachhut stehen sah, um mit seinem verbogenen Löffel den Topf auszukratzen. Niemand bestritt seine stoische Haltung, nicht einmal jene, die später den Mund vollnehmen und behaupten würden, er habe gestunken wie ein Bär, sei unverhältnismäßig grausam und ein Draufgänger, aber, davon abgesehen, ein miserabler Kämpfer gewesen. In der Sierra murrten sie über einige seiner Spinnereien, etwa die, immer ein Dutzend Schweine für die Zeit nach dem Sieg zurückzuhalten; sie sollten die Basis für den Schweinereichtum der Nation bilden. Sie waren sein Produktionskapital, das der Che hingebungsvoll hegte und pflegte. Aber selbst seine größten Getreuen mit ihrer beschränkten antillanischen Visionsfähigkeit arbeiteten bereits hinter seinem Rücken daran, ein Barbecue zu veranstalten. Es war die erste Verschwörung gegen den Che. Sie wollten mit größtmöglichem Fingerspitzengefühl vorgehen, damit er nicht fuchsteufelswild wurde. Die Gelegenheit bot sich bei einem Bombenangriff, als Harry, seine rechte Hand, ihn nicht ganz wahrheitsgemäß darüber informierte, daß vier Schweine im

Kampf gefallen seien. Che bekam einen Anfall. Ob etwa nur auf die Schweine geschossen worden sei? Harry wollte ihm erklären, daß die Leute zum Unterstand gelaufen seien, aber der Che verlangte bereits eine ballistische Untersuchung. Es war nicht leicht, ihm begreiflich zu machen, daß dies ein Ding der Unmöglichkeit war, weil die Schweine bereits auf dem Grill lagen, wie Camilo angesichts des unwiederbringlichen Verlusts mit zwingender Logik vorgeschlagen habe.

Camilo war derjenige, der am meisten über das Essen fluchte. Einmal suchten sie während eines schlimmen Unwetters Zuflucht in einem Gehöft, wo sie mit dem Kampf gegen die Flöhe die Zeit totschlugen, bis der Hunger sie wieder nach draußen trieb. Der Erkundungsgang führte sie über einen Pfad zu einem weiteren Gehöft. Den Spinnweben nach zu urteilen, war es seit einiger Zeit verlassen. Drinnen fanden sie lediglich ein bißchen Salz und eine alte Ausgabe der Zeitschrift *Selecciones*, die sich *El Caballo* in die Tasche steckte. Sie wollten eben wieder aufbrechen, als etwas aus einer Ecke geflattert kam. Es waren einige aufgeregte Hühner, die in der Hütte hausten. *El Caballo* schrie, sie sollten die Tür zumachen, während sich Efigenio auf die Tiere stürzte, aber er bekam nur ein paar Federn zu fassen. Verfolgt von Camilo, räumten die Hühner in einem ungeordneten Rückzug das Feld. *El Caballo* geriet mit dem Schwarzen aneinander und warf ihm an den Kopf, er sei nicht einmal dazu zu gebrauchen, ein lahmes Huhn einzufangen. Efigenio war eingeschnappt und machte für den Rest des Tages den Mund nicht mehr auf, wie er später dem Reporter von Radio Rebelde erzählen würde. Zum Glück kam Camilo nach einer Treibjagd durchs Gebüsch mit den Hühnern zurück. Unterwegs war er einem Bauern begegnet, der sich anbot, zu einem nahegelegenen Bauernhof einkaufen zu gehen, und ihnen außerdem einige schwarze Bohnen überließ. Während Camilo mit dem Bauern verhandelte, kehrten die übrigen in die flohverseuchte Hütte zurück, wo sie völlig schlammbespritzt ankamen. Nachdem sie Wachen an einem Bach aufgestellt hatten, beschlossen sie, Feuer zu machen. Es wurde schon dunkel. Die Sierra hüllte sich in Nebelschleier. Zumindest in dieser Nacht würden die Flugzeuge nicht kommen.

Der Bauer kam mit zehn Büchsen Milch, sechs Pfund Schokolade und vier Paar Stiefeln vom Einkauf wieder. Auf dem Feuer kochte das Wasser. Sie tranken gerade einen Tee, als Camilo mit einem weiteren Huhn und einer alten Ente sowie einem Säckchen mit Gewürzen ankam. Efigenio übernahm die Küche, und bald köchelten in einer riesigen Büchse die drei Hühner und die gut gewürzte Ente. In einer weiteren Dose garten die Bohnen mit den Kochbananen, gewürzt mit Knoblauch, einem Korianderzweig und sämtlichem verfügbaren Paprika. Als die Bohnen weich waren, war Efigenios Zorn verraucht. Sollten sie mit den Bohnen beginnen oder lieber warten, bis die Hühner fertig waren? Die Hütte war ein Hort der Glückseligkeit. Deshalb klang *El Caballos* Anweisung um so mehr nach purer Grausamkeit. «Verteil die Bohnen, koch die Hühner fertig und heb sie für morgen auf», sagte er. Als Camilo diese schrecklichen Worte hörte – so berichtete Efigenio dem Reporter von Radio Rebelde später –, wurde er blaß und stapfte leise fluchend davon. Die Hühner für morgen aufheben? Diese Leute waren verrückt. Deshalb zog man in den Krieg? Die Bohnen waren allerdings köstlich, und die Truppe gab sich zufrieden, während einer erklärte, nicht mal bei den Basken habe er besser gegessen. Dann tranken sie Kaffee, den sie durch einen zerschlissenen, aber sauberen

Strumpf gefiltert hatten, und bald sprachen sie davon, sich die Trujillos vorzuknöpfen, sobald sie den Stenographen gestürzt hatten, und um die Sache komplett zu machen, würden sie danach noch einen Ausflug nach Nicaragua machen, um Somoza aus dem Amt zu treiben. Es regnete immer noch, und bald waren alle eingeschlafen, alle bis auf Efigenio Amejeiras, der die letzte Glut schürte, während er prüfte, ob die Hühner gar waren – so zumindest erzählte er es Carlitos Franqui, dem Reporter von Radio Rebelde, als sie auf den Vorfall mit den Hühnern in der Hütte zu sprechen kamen.

(An manchen Tagen gab es nur Zuckerrohr, das sie im Zuckerrohrfeld versteckt kauten, während die Landmiliz die Gegend durchkämmte und die Flugzeuge eine Bombe nach der anderen abwarfen. Manche Tage waren so schlecht, daß der Che dabei beobachtet wurde, wie er ein Lakritzbonbon in vier Stücke teilte. Andere Male gab es gar nichts. Camilo ernährte sich von lebenden Krebsen, nicht zu vergessen das rohe Pferdefleisch, das sie auf dem Weg nach Pinar del Río aßen. Aber der Hunger mochte noch so groß sein, an Affenfleisch trauten sie sich nie heran, nicht einmal zerlegt, denn ein Affe sah aus wie ein gegrilltes Kind.)

VI
Alter, unter dir ist ein Zerstörer

Die Orishas hatten ihre Lektion gelernt. Seit der Bombardierung des Stützpunkts schliefen alle neben den Flugzeugen. Enrique Carreras und *El Mulato* Bourzac knüpften ihre Hängematten an die Furys, während sie dem Chilenen ein Bett neben die B-26 stellten. Diese war damals der einzige leichte Bomber der Schwadron, den der Chefmechaniker Sergeant Douglas Amores vor dem Verschrotten gerettet hatte. Er war ein alter Schatzgräber, der sich auf dem Schrottplatz vergrub, um Tage später mit dem passenden Ersatzteil wieder aufzutauchen. Nachdem er die Wespen entfernt hatte, die auf dem Bomber herumkrabbelten, hatte Amores neue Motoren, ein Funkgerät und sechs Geschütze vom Kaliber 50 in die Plexiglasnase eingebaut. Dann pinselte er «Jacques Lagas» auf den Rumpf und daneben das chilenische Wappen.

Lagas war früher bei der chilenischen Fluggesellschaft LAN Chile gewesen, einer der Ausbilder, die aus Begeisterung für *El Caballo* auf die Karibikinsel gekommen waren. Der *Comandante* empfing sie persönlich, und nachdem er ihnen reichlich Honig ums Maul geschmiert hatte, platzte er mitten in der Unterhaltung mit der großen Frage heraus, wie sie sich im Notfall verhalten würden? (Damit meinte er, ob sie bereit waren zu kämpfen.) Den Chilenen rutschte das Herz in die Hose. Darüber hatte sich niemand Gedanken gemacht. Ein solcher Zusammenstoß mit *El Caballo* war der denkbar schlechteste Anfang. Schließlich stammelten sie, ihr Auftrag sei ausschließlich technischer Natur. Von Einsätzen sei keine Redde gewesen. *El Caballo* verhehlte seinen Ärger nicht. Er salutierte wortlos und ging. Nach der Säuberung der Luftwaffe brauchte er Piloten um jeden Preis. Wenn ihm jemand das Leben vergällt hatte, dann die Piloten, die ihn beinahe am Rednerpult bombardiert hätten. Er hatte seine ganzen Hoffnungen in die chilenische Mannschaft gesetzt. Jacques Lagas bereute schließlich sein Schweigen. Eines Tages nahm er seinen Mut zusammen und schrieb an Juan Almeida, einen Veteranen aus der Sierra Maestra, der nun die Luftmacht der Rebellen befehligte, und bot seine Dienste an. Schließlich wurde er zum Kapitän der Luftstreitkräfte ernannt.

So verließ der Chilene an jenem Aprilmorgen sein Feldbett im Schatten des Jagdbombers und rannte zur Einsatzzentrale. Die Kokospalmen zeichneten sich im Morgengrauen gegen den Himmel ab. Von den Feldern roch es nach frischem Salat. Der Ort schlief noch. Es war ein typisches Straßendorf mit staubigroten Pisten. Durch die geöffneten Fenster drang das Flappen der Ventilatoren, deren Größe die wirtschaftliche Stellung ihrer Besitzer zum Ausdruck brachte. An der Dorfeinfahrt stand ein Schild: «Willkommen in San Antonio de los Baños». Später sollte der Ort bekannt werden für seine Filmschule und für seinen Sohn, den Sänger Silvio Rodríguez, vor allem aber als neue Heimat der MiGs.

Doch an besagtem Aprilmorgen im Jahr der Bildung war San Antonio noch ein bescheidener Flughafen, auf dem die zaubermächtigen Mechaniker das Sagen hatten. Jacques Lagas ging zum Tresen der Einsatzzentrale. Er wollte eben um Anweisungen bitten, als er ein verdächtiges Dröhnen hörte. Es war seine kostbare B-26, die dem Sonnenaufgang entgegenflog wie ein lebensmüder Falter der Flamme. Die Maschine war seit seinem Eintreffen auf dem Stützpunkt noch nie geflogen, denn sie hatte als Ersatzteillager gedient, bis die Mechaniker schließlich im Schrott wühlten und sie aus ihrer beschämenden Lage erretteten. Am Steuerknüppel saß der ‹Alte›, der früher auf den Beinen gewesen war als Jacques Lagas, weil er der erste sein wollte, der sich der Flotte entgegenstürzte. Lagas war außer sich. Er sagte, der ‹Alte› habe blutende Magengeschwüre und werde das Bewußtsein verlieren. Er verlangte, daß man ihn zurückbeorderte, denn es sei ein Verbrechen, ihn so in den Kampf zu schicken.

Aber für solche Überlegungen war es zu spät. Die Orishas flogen bereits der Flotte entgegen. Das Geschwader wurde von Carreras' Fury angeführt. In der anderen saß Bourzac. Kurz zuvor war bereits der ‹Alte› gestartet. Es war fünf Uhr morgens. Nach nur zwanzig Minuten erreichten sie ihr Ziel.

Carreras konnte es nicht glauben. Als er von der Invasion erfuhr, hatte er an eine große Jacht gedacht, eine Art *Granma*, die Saboteure an der Küste absetzte. Aber das hier erinnerte eher an die Landung in der Normandie. Es handelte sich um einen Konvoi von acht Schiffen, umgeben von einem Schwarm kleinerer Boote, die unermüdlich zwischen der Flotte und dem Strand hin- und herfuhren. Carreras suchte sich einen Truppentransporter, der gerade in die Bucht fuhr, als Ziel aus. Es war die *Houston*, ein Frachter der Liberty-Klasse, der von einer Fregatte begleitet wurde. Das Problem war, daß Carreras noch nie auf etwas geschossen hatte, abgesehen von einigen ungezielten Salven in die Wellen. Deshalb verfolgte er, nachdem er in den Sturzflug gegangen war, mit ungläubigen Augen die Flugbahn seiner Geschosse, bis sie in den Schiffsrumpf einschlugen. Er bekam den Mund nicht mehr zu vor Staunen. Auch seine Kameraden landeten Treffer, während sie aus Dutzenden von Flakgeschützen beschossen wurden. Carreras brauchte ein paar Überflüge, um seine Fracht abzuladen. Dann sah er, daß die *Houston* in Flammen stand und brennend auf den Strand zuhielt, wo man sie auflaufen lassen wollte. Als er Kurs auf den Flughafen nahm, sah er die Männer vom Schiff springen. Nahezu außer sich vor Begeisterung, landete er in San Antonio. Er wollte es der ganzen Welt erzählen. Er war so aufgeregt, daß niemand ihn verstand. Aber es war ganz einfach. Aus dem Sitz eines Kampfjets schien alles möglich. Man drückte einen Knopf, und etwas zerbarst in tausend Stücke.

So geschah es mit der *Río Escondido*. Der Pilz der Explosion stieg neunhundert Meter in die Höhe. Eine Fury hatte das Deck getroffen, wo fünfhundert Fässer Benzin darauf warteten, ausgeladen zu werden. Der entzündete Brennstoff griff auf den mit Sprengstoff gefüllten Laderaum über. So kam es, daß der Explosionspilz einen Durchmesser von einer Meile hatte. Für einen Augenblick erstarrte jede Bewegung in der Schweinebucht. Vielen blieb vor Staunen der Mund offenstehen. Rip Robertson funkte Gray von der drei Meilen entfernten Playa Roja an, um zu fragen, was da los war. Zu diesem Zeitpunkt drehte sich die Schraube der *Río Escondido* bereits außerhalb des Wassers.

Die Orishas flogen den ganzen Tag zwischen San Antonio und dem Strand hin und her. Den ‹Alten› erwischte es schließlich. *El Mulato* Bourzac stieß einen Schrei aus. «Du hast einen Zerstörer unter dir!» warnte er ihn über Funk, aber die Maschine des ‹Alten› erhielt einen Volltreffer. Jacques Lagas, der von Westen in seinem Jäger auftauchte, wurde von der Explosion geblendet. «Alter! Alter!» heulte er. Die Typen aus Miami, die auf seiner Frequenz waren, machten sich über ihn lustig. «Du hast deinen Alten verloren? Frag deine Mutter, die

Hure, vielleicht kann sie dir bei der Suche helfen.» *El Mulato* Bourzac, der sich bereits auf dem Rückflug befand, verfolgte aufmerksam den Funk. In diesem Augenblick hefteten sich zwei Invaders, die, wer weiß woher, gekommen waren, an seine Flügel. Der Mulatte hatte keine Munition mehr, und ihm blieb nichts anderes übrig, als zum Stützpunkt weiterzufliegen. Das war genau das, worauf seine beiden Begleiter warteten: daß die Fury sie zu ihrem Schlupfwinkel führte, damit sie dort ihre Bomben abwerfen konnten. Also setzte sich *El Mulato* mit dem Flughafen in Verbindung. Er kündigte an, daß er Gäste dabeihabe, «macht schon mal die MiGs mit den Luft-Luft-Raketen bereit». Die Eindringlinge entschieden sich zum Rückzug. Der Mulatte war schweißgebadet. Die Angreifer hatten ihm das Glücksgefühl der Rückkehr genommen. Er hatte keine Freude mehr an seinem wendigen Flugzeug. Es war eine Maschine mit schwenkbaren Tragflächen, butterweich zu fliegen, das Schätzchen der Marineflieger. Als er den Schiffen entkommen war, hatte er gesehen, wie sich die Tragflächen gebogen hatten. Im Gegensatz zu anderen Maschinen soffen die Furys Gott sei Dank nicht ab, wenn man sie aus dem Sturzflug hochzog.

VII
Der ausländische Presseclub

Unterdessen fuhr am Boden ein Bus mit Reportern über die Straße in Richtung Küste. Je näher sie der Front kamen, desto mehr verloren sie von ihrer Arroganz, wie so viele andere Kollegen auch, die in Bussen, Taxis oder was auch immer zur Schweinebucht reisten, eingereiht zwischen Militärfahrzeugen, denen unter dem Dröhnen der Flugzeuge die flüchtende Bevölkerung entgegenkam. Sie fragten sich, wie weit sie gehen würden, falls sie ankamen und ihnen nicht eine mitleidige Seele die Weiterfahrt verwehrte, eine Möglichkeit, die sich bislang in Wohlgefallen aufgelöst hatte. «Bis wohin können wir fahren?» hatten die Reporter bei einem Halt gefragt. «So weit euer Mumm reicht», hatte *El Gallego* Panfilow erwidert. Nachdem er einen Blick auf ihre Akkreditierungen geworfen hatte, stieg er wieder in den Toyota und verschwand in der Ferne, während der Bus hinterherkeuchte.

Der Kameramann im Bus hatte sein Gerät im Anschlag wie eine schußbereite Waffe, bereit, das Unbeschreibliche festzuhalten. Später würde ohnehin alles im Strom der Nachrichten untergehen. Trotzdem sah er sich schon neben dem Filmprojektor stehen und das Gemecker eines gestreßten Sendeleiters über sich ergehen lassen. Er konnte ihn förmlich hören: «Ist das alles?» «Nichts, nicht mal ein verdammter Panzer …» «Wann kommt denn der Angriff auf die Flotte?» «Diese drei Explosiönchen nennt ihr Kampf?» «Wollt ihr mich verarschen?» Der Kameramann hielt durch das Fenster auf einen Transport mit Soldaten. Ein Mädchen, die Kalaschnikow über der Schulter, zeichnete sich vor dem Himmel ab. Für einige Augenblicke hatte er sie im Sucher. Sie hatte schöne Augen. Sie lächelten sich zu. Der Lastwagen und der Bus fuhren nebeneinander her, bis der Konvoi beschleunigte. Daraufhin setzte der Kameramann seine Bolex ab, ohne abgedrückt zu haben.

Neben ihm schnarchte ein Zeitschriftenreporter friedlich vor sich hin. Von diesen Schwachköpfen verlangte niemand etwas. Es war einer von der Sorte, die ein paar Tage im Hotel herumlungerten und dann für den Rest ihres Lebens vom Dritten Weltkrieg erzählten. Nebenbei schrieben sie ein Buch und erhielten dafür den Pulitzerpreis. So dachte der Kameramann, als der Bus plötzlich von der Straße abkam, der Fahrer abrupt bremste und einen Satz aus der Tür machte. Ein Flugzeug donnerte über sie hinweg und feuerte auf alles, was sich bewegte. Die Passagiere warfen sich zu Boden. Außer den Journalisten und den Leuten, die zu ihren Familien an der Küste wollten, war dies ein Milizionär auf der Suche nach seinem Bataillon, der sich nun dafür verfluchte, den Bus genommen zu haben. Es war das einzige zivile Transportmittel, das nach Südwesten fuhr, in die falsche Richtung also. Immer wieder waren sie von Militärkonvois überholt worden. Der eine oder andere Offizier hatte abwesend zu ihnen herübergesehen, während er sich fragte, was dieser Bus voller Zivilisten in der Hölle zu suchen hatte, um dann den Blick wieder abzuwenden und sich auf die Linie zu konzentrieren, die zur Schweinebucht führte.

Nun war die Straße verlassen. Der Bus lag im Straßengraben, die Invader kam nicht zurück. Die Fahrgäste begannen sich aufzurappeln. Der Soldat brüllte, sie sollten raus aus dem Bus, und so rannten sie zu einem kleinen Wäldchen aus Regenbäumen. Der Kameramann hielt die Bolex bereit, falls die Invader doch noch einmal zurückkam. «Hast du sie drauf?» fragte der Reporter, der neben ihm in einen schlammigen Graben gefallen war. «Geh zum Teufel», dachte der Kameramann. Plötzlich gingen alle auf den Busfahrer los. Der versuchte sich herauszureden, ohne dabei den Kopf zu heben: «Ich hab Ihnen doch gesagt, Sie sollen aussteigen. Haben Sie nicht gehört?» «Du bist ein Mistkerl», gab ein alter Mann zurück, der ihn außerdem einen Feigling schimpfte. «Zweimal hab ich's gesagt», beteuerte der Busfahrer. «Halt's Maul, du Arsch», sagte eine Frau. «Hören Sie mal, gute Frau...», protestierte der Fahrer. «Sei lieber still, ich hab heute einen schlechten Tag», entgegnete sie. Der Busfahrer wandte sich an den Reporter. «Du hast es aber gehört, oder?» fragte er. «Nein, ich hab nichts gehört», sagte der Reporter. «Warum brennst du ihm nicht eine Kugel auf den Pelz, schließlich ist Krieg», schlug der Alte vor. Der Soldat blieb dabei, daß sie nicht mit dem Bus weiterfahren konnten. Alle protestierten im Chor: «Na hör mal, womit sollen wir denn sonst fahren?» «Ich weiß nicht. Haltet einen Militärlaster an», murmelte der Soldat. «Wir sind von der Presse, *compañero*», schaltete sich der Reporter ein. «Komm mir nicht damit», erwiderte der Soldat. «Die Reise ist zu Ende, sage ich.» Aber der Alte hatte es immer noch mit dem Busfahrer: «Du bist also ein Konterrevolutionär?» «Was zum Henker redest du da?» stammelte der Angesprochene. «Du hast schon richtig gehört», beharrte der Alte. «Euch sollte man in den Steinbruch schicken, zusammen mit den Schwulen und den Kifferbrüdern.»

In diesem Augenblick fuhr ein Pressejeep mit einem Militärchauffeur vorbei. Der Reporter sprang hoch und fuchtelte mit den Armen, aber der Jeep verschwand, ohne anzuhalten, im Nirgendwo. «Wißt ihr, wer das war?» fragte er. «Das war Bob

Taber.» Dann hockte er sich wieder hin und steckte sich eine Zigarre an. Alle schauten dumm aus der Wäsche. Wer war Bob Taber? Nicht einmal der Alte traute sich zu fragen. «Bob Taber von der *CBS*», erklärte der Reporter. Sein Gesicht sagte alles. Irgendein Starreporter. Die anderen schwiegen. Wenn die *CBS* zur Schweinebucht kam, war nichts weiter zu sagen.

Aus der Ferne näherte sich etwas Seltsames. Zuerst hielten sie es für eine Busflotte, aber bald sahen sie, daß es sich um eine Kolonne von Tiefladern mit fünf Panzern handelte. An Bord eines der Panzer befand sich Tony Saravia, dessen Oberkörper aus der Luke schaute. Als sie an dem Bus vorbeifuhren, bemerkte Tony, daß sie gefilmt wurden. Der Kameramann hatte die Bolex auf diesen lächelnden Zwanzigjährigen gerichtet, der aus dem Turm herausschaute. Den Tieflader brachte er nicht aufs Bild, um eine gute Aufnahme von der Gegenoffensive der Panzer zu haben. Es wären gute Bilder für die Nachrichten am nächsten Tag gewesen, aber vielleicht waren sie dazu verurteilt, in klimatisierten Archiven zu schlummern, denn die Geschichte hielt sich nicht an das offizielle Drehbuch. Der Mann an der Bolex war im Auftrag der Firma unterwegs, obwohl ihn seine Akkreditierung als Kameramann der Movietone ausgab. Er hielt die Operation seit der Abfahrt in Happy Valley fest. Jetzt fragte er sich, ob er überhaupt das Ende der Produktion erreichen würde.

Tonys Panzer wurde als Kommunikationsverbindung in Pálpite stationiert. Die anderen vier Panzer setzten sich um Mitternacht in Bewegung. Dahinter rückte die Infanterie vor. Tony hörte über Funk, daß man die Panzerfahrer dringend aufforderte, auf der Straße zu bleiben, damit sie nicht im Schlamm versanken. An ein fächerförmiges Ausschwärmen wie bei Rommels Panzern in der Wüste war gar nicht zu denken. Wenn sie die Straße verließen, würde der Sumpf von La Ciénaga sie schlucken. Nun näherten sie sich dem Gebiet, wo die Militärschule kämpfte. Die Brigadisten waren an mehreren Stellen gelandet, aber *El Caballo* hatte nur Pálpite im Sinn.

Der Panzer war ein Eisschrank. Um sich ein wenig aufzuwärmen, probierte Tony die Hebel und Pedale aus. Beim letzten Halt hatten die Schützen eine fünfzehnminütige Einweisung in das Lenken von Panzern für den Fall bekommen, daß der Fahrer getötet wurde. Diese Panzer aus Sibirien waren nicht besonders gut ausgestattet. Die Befehle wurden per Handzeichen gegeben. Auf den Rücken klopfen hieß «Vorwärts». Eine Hand an der Stirn «Rückwärts».

Dann schlief er ein. Tony träumte, er wäre noch in der Sierra und sie marschierten unter einem Laubengang aus Farn. Im Eingang einer Hütte stand *El Caballo* in Baseballklamotten. Ein Gebirgler bat sie feierlich hinein. Wie viele in der Region war er eine Mischung aus Spanier und Yukateke. In seiner Hütte fand ein Festessen mit *El Caballo* und dem Che statt. Dieser spielte mit einer Hündin, die auf seinem Schoß saß. Während sich alle betranken, beobachtete Tony, wie der Che mit der Hand über den Rücken des Tieres strich, bis seine Finger schließlich dessen Kehle zusammenpreßten. Die Hündin versuchte sich zu wehren, die Augen auf den Argentinier gerichtet. Sie strampelte noch ein paarmal mit den Pfoten, dann starb sie. Der Che legte den Körper auf den Tisch und wickelte ihn in die Serviette. Dann hielt er eine improvisierte Rede über das Opfer. Er trug eine bestickte *guayabera* und Ledersandalen.

Tony wachte schweißgebadet auf. Er saß nun seit einer Stunde in dem Panzer und wartete auf den Befehl zum Aufbruch. Er überlegte, ob er wegen des Alptraums im Schlaf geschrien hatte. Es war nur bis zu einem gewissen Punkt ein Traum gewesen, denn er selbst war in der Sierra tatsächlich Zeuge eines solchen Opfers geworden. Aber es gab Unterschiede zwischen seinem Traum und der Wirklichkeit.

Zunächst einmal war es kein weibliches Tier gewesen, sondern ein schwarzer Welpe. Er war hinter der Gruppe hergelaufen, seit sie das Haus verlassen hatten. Ein Kämpfer namens Félix wollte ihn zur Umkehr bewegen, aber der Welpe blieb hartnäckig. Er blieb einen Moment mit gespitzten Ohren stehen und trottete wieder hinter ihnen her, sobald sie außer Sicht gerieten. «Soll ich ihn dir bringen?» fragte Tony, aber sie befahlen ihm weiterzugehen. Dann wurde das Gelände schwierig. Sie kamen durch ein Gebiet mit lauter umgestürzten Bäumen. Der halbe Wald lag auf dem Boden, und es war schwer voranzukommen. Der Hund begann zu bellen, weil er im Dickicht eingeschlossen war. Félix ging ihn holen, und sie setzten ihren Weg fort. Dann blieb der Hund erneut zurück. Die Kämpfer gingen an einem Flußbett entlang, in Sichtweite des Feindes, als sie sein Gebell hörten. «Er hat Angst, zurückgelassen zu werden», wisperte Félix. «Und wenn wir ihn wieder holen gehen?» Sie mußten ganz leise sprechen, jedes Flüstern war zu hören. Schließlich stimmte der Che zu. Diesmal war Tony an der Reihe, der Félix das Tier übergab. Der Welpe war so glücklich, daß er Félix abschleckte. Félix spielte ein bißchen mit ihm, bis er Ches wachsamen Blick im Nacken spürte. Schließlich begriff Félix, daß er ihn töten mußte. Er sah seinen Chef mit ausdruckslosen Augen an. Der Che hielt seinem Blick schweigend stand. Also zog Félix ein Seil hervor und legte es dem Tier um den Hals. Der Hund verendete winselnd, nachdem er noch ein paarmal mit den Pfötchen gestrampelt hatte.

Obwohl der Feind abgezogen war, sprach eine Zeitlang niemand ein Wort. Es dauerte, bis das Eis brach. «Erzähl mir, wie es in Havanna so ist», bat der Che. Félix versuchte es, so gut er konnte. Der Che hörte schweigend zu, die Mütze in die Augen geschoben. Es war Ciros Mütze, von der Witterung ausgebleicht, das erste Modell aus der Schneiderei. Tony erinnerte sich, wie der Che sie unter allgemeinem Gejohle vorgeführt hatte, denn sie erinnerte in der Tat an eine Busfahrermütze. Schließlich gelangte sie in Ciros Besitz, bis er von einem Kopfschuß niedergestreckt wurde. «Als der Che die Nachricht erhielt, daß sie Ciro getötet hatten, brach er zusammen», erzählte ein anderer Kämpfer. «Ich hatte geglaubt, dieser Mann würde nicht weinen, aber an jenem Tag war er wie versteinert, sein Gesicht tränenüberströmt», erklärte er. Später würde der Che Ciros Mütze im Kampf verlieren, und das war ein weiterer Schlag.

Diejenigen, die ohne anständige Waffe kamen, wurden wieder weggeschickt. Jetzt standen die 22er und Flinten auf dem Index. Der Che persönlich übernahm es, sie abzuweisen. Die Ärmsten konnten es nicht fassen: Sie sollten in die Ebene hinunter, einem Ranger das Garand abnehmen und dann wieder in die Berge zurückkehren, falls sie dann noch immer Lust hatten, in den Krieg zu ziehen. Aber der Che war es leid, sich mit kaputten Schießprügeln mit wunderlichen Kalibern herumzuschlagen. Seine Truppe von Flintenschützen war weniger lachhaft als bemitleidenswert, angefangen mit den zusammengeschusterten Stiefeln, an deren ranzigem Leder mit Draht Sohlen aus Autoreifen befestigt waren. Die Feuchtigkeit ruinierte alles; sogar das Dynamit troff vor Wasser. Selbst die beste automatische Waffe versagte unter diesen

Umständen irgendwann ihren Dienst. Es war unmöglich, auf Waffen zu vertrauen, die mittendrin Ladehemmungen hatten.

Deshalb verursachte das Auftauchen eines Waffenschlossers einen solchen Aufruhr unter den Rebellen. Es war ein Junge aus Banes, dem Geburtsort des Stenographen, einer Siedlung der United Fruit, die jahrelang das einzige Unternehmen im Dorf gewesen war. Der Junge erklärte, er habe sein Leben lang mit Waffen und Werkzeug zu tun gehabt. Mit elf Jahren habe er mit einer Flinte aus einem Rohr und einem Schlagbolzen Tauben gejagt. Später kam er in die Sierra und eröffnete in einem Dorf eine Werkstatt, wo er die Zinkschüsseln der Bauern flickte und ihre Flinten reparierte. Dort hatte er seine erste Begegnung mit den Rebellen, als sie kaum mehr als dreißig Mann zählten und wie ein Haufen abgerissener Bettler in die Berge zogen. Obwohl der Waffenschlosser auf der Suche nach ihnen war, war es eine unerwartete Begegnung an einem Morgen, an dem sich die Sonne nicht entscheiden konnte, ob sie herauskommen sollte.

Die Guerilleros tauchten aus dem Nebel auf, blaß vor Erschöpfung. Die Hälfte von ihnen waren Bauern, die erst kürzlich zu den Kämpfern gestoßen waren. Sie trugen nicht einmal eine Armbinde, die sie von der notleidenden Bevölkerung der Sierra unterschieden hätte. Damals hatten die Menschen in der Sierra Maestra drei mögliche Alternativen: die Aufständischen denunzieren, sich ihren Truppen anschließen oder die Gegend verlassen. Angesichts der Schlagkraft der Militärgerichte des Stenographen schien letzteres am vernünftigsten. Der Waffenschlosser war beruhigt, als er so viele Bauern unter den Rebellen sah, seine Kundschaft aus der Werkstatt. Ihnen gefiel der Stil der Rebellen, die für das, was sie verzehrten, bezahlten und keine Frauen vergewaltigten. Lediglich einer hatte sich als Arzt ausgegeben, um ungestört nackte Mädchen betrachten zu können; er war von den Rebellen selbst hingerichtet worden. Der Waffenschlosser fragte nach dem Anführer. Die Bauern deuteten auf einen bebrillten Hünen, der am Ende der Truppe ging. Als der Waffenschlosser ihm seinen Wunsch darlegte, sich ihm anzuschließen, führte der Typ ihn die Straße entlang, in dieser Mischung aus Abtasten und Umarmung, mit der er Besucher nach Waffen absuchte. Dabei plauderten sie über dies und das, bis der Waffenschlosser seine Werkstatt in der Ebene erwähnte und *El Caballos* Augen zu leuchten begannen. Er war wie angewurzelt stehengeblieben. «Eine Werkstatt, sagst du?» «Ja, Señor», wisperte der Waffenschlosser. Eine Werkstatt für die Zinkschüsseln und Flinten der Bauern.

Ehe er sich's versah, saß der Waffenschlosser im Schatten eines Baumes und hielt *El Caballos* große Liebe zwischen den Knien, eine störrische Maxim, die er vorsichtig öffnete und mit einem feinen Schmirgelpapier säuberte, bis sie so glatt war, als wäre sie mit Creme überzogen. Dann reichte er sie *El Caballo* und lächelte glücklich. Das beredte Maschinengewehr des *Comandante*.

Damit war er der offizielle Waffenmeister der Sierra. Die Werkstatt wurde in einer Höhle an einem Fluß eingerichtet, unweit einiger kleiner Wasserfälle, die das Hämmern übertönten. Wenn er nicht gerade Patronen auffüllte oder Eisenkugeln goß, fertigte der Waffenschlosser Granaten an. Dann erfand er eine Wurfmaschine zum Abfeuern von Brandbomben, mit Benzin gefüllten Flaschen, aber sein Meisterwerk war das Sputnik, ein Granatwerfer mit einer Viertelmeile Reichweite; die Geschosse bestanden aus Kondensmilchbüchsen, die mit Zinkspänen gefüllt waren. Das Problem dabei war nur, Splittermaterial für die Granaten zu beschaffen. Als keine Blecheimer und ähnliches mehr verfügbar waren, begannen sie, verlassene Hütten abzudecken. Sie nahmen auch Blindgänger auseinander, nachdem sie geprüft hatten, daß das TNT aus den Flugzeugen des Stenographen nicht scharf war. Die Werkstatt blieb in dieser Höhle, bis die Januarunwetter es nötig machten, sie an die Ufer des Río Zorzal zu verlegen. An der neuen Stelle errichteten sie eine Hütte aus Palmwedeln, die Wände verkleideten sie mit Sackleinen. Da der Che seit der Einweihung der Werkstatt seinen Besuch versprochen hatte, beschlossen sie, die Wände mit Kalk und Kleister anzustreichen. Aber zuerst kam Camilo mit dem Einfall, eine Supermine zu bauen, um damit ein Kriegsschiff in die Luft zu jagen. Der Waffenschlosser war begeistert von dem Plan. Bis dato hatte er einschüssige Pistolen mit roséfarbenen Griffschalen speziell für Damen hergestellt, mit denen er die Huren des Dorfes versorgte, aber es war schon immer sein Traum gewesen, eine galaktische Pistole mit fünfundzwanzig Schuß zu konstruieren. Doch verglichen mit der Idee, eine Fregatte des Stenographen zu versenken, erschien ihm das nun eine Spielerei. Als der Che von dem Plan erfuhr, stellte er sie ordentlich in den Senkel und stapfte dann den Hang hinauf, ohne mit Kommentaren hinterm Berg zu halten, die, wie niemandem entging, so frostig waren wie ein unbewohntes Haus. Daß die Kriegsproduktion endlich in Gang gekommen sei, heiße nicht, daß jetzt jeder machen könne, was er wolle, und sich irgendwelchen Blödsinn ausdenke.

Es war das Jahr des Wirtschaftlichen Aufbaus. Aber nicht nur die Waffenwerkstatt wurde eingerichtet. An anderen Stellen im Tal, geschützt vor den Flugzeugen, arbeiteten bereits die Krankenstation, die Bäckerei und die Maschine zum Rollen von Zigarren, die der Waffenschlosser konstruiert hatte. Der Presseraum befand sich in einer baufälligen Hütte, die sich von den übrigen lediglich durch ein Schild unterschied, das Camilo an die Tür genagelt hatte: «Ausländischer Presseclub».

Es war herrlich, bei Sonnenuntergang auf dem Hügel zu sitzen und die Gehöfte in der Ferne zu betrachten. Der Waffenschlosser dachte, wie schön doch die Sierra im letzten Abendlicht aussah. Als sie noch in der Ebene gewesen waren, hatte *El Caballo* ihn einmal durch das Fernglas schauen lassen. Der Turquino, der fast nie zu sehen war, tauchte hinter den Nebelschwaden auf. Der Waffenschlosser hatte die Zedernwälder mit den wilden Bienenstöcken betrachtet, um dann seinen Blick über die heimlichen Marihuanapflanzungen und die Kaffeeplantagen im Tal schweifen zu lassen. Das war am Anfang gewesen, als sie noch auf dem Weg nach oben waren und der Waffenschlosser seine Werkstatt im Dorf hatte und nicht einmal im Traum daran dachte, daß er sich den Aufständischen anschließen würde. Die Leute in der Ebene nannten sie Mau-Maus. Ihnen sprossen gerade die ersten Bartstoppeln. Unterdessen hatte sich *El Caballo* den Ruf eines Hexenmeisters erworben. Ein Blick in deine Augen genüge ihm, um zu entscheiden, ob du ein Mann warst oder ein gewöhnlicher Dreckskerl. So erzählten die Leute unten. Aber man erzählte sich auch andere Dinge. Er habe zwei linke Füße. Niemand hatte ihn jemals tanzen sehen – höchst ungewöhnlich in den Tropen. Vom Che erzählte man sich dasselbe, aber wer gab schon etwas auf einen Argentinier. Das mit *El Caballo* war etwas anderes. Wenn ein Tanzmuffel das Kommando hatte, konnte alles passieren.

Während Tony nun in Pálpite auf Anweisungen wartete, überlegte er, daß die Panzer nicht dafür gedacht waren, in einer Reihe die Straße entlangzufahren, wo ein Maschinengewehr genügte, um sie aufzuhalten. Aber das war nicht das Schlimmste. Damit eine Panzereinheit effektiv war, mußte ihr vor allem die Angst vorauseilen, damit sämtliche Lebewesen die Flucht ergriffen. Die Deutschen waren Meister darin gewesen. Deshalb hatte Panfilow, als er die letzte Verteidigungslinie zwischen Moskau und den Nazis errichtete, nichts vom Vaterland erzählt, wenn er mit seinen Soldaten sprach. General Panfilow war der Ansicht, daß man sehr zurückhaltend mit der Erwähnung des Vaterlands umgehen sollte. Hingegen mußte man immer wieder über die Angst sprechen. Er versprach ihnen, daß die Angst verschwinden würde, sobald sie das Blut des Feindes schmeckten. Wenn sie an dieser Stelle des Buches angekommen waren, war es *El Gallegos* Kadetten kalt den Rücken hinuntergelaufen. Tony hatte es in einem Zug durchgelesen, mit einer Taschenlampe unter der Bettdecke. *General Panfilows Reserve*.

Während er an diesem Abend in Pálpite die Hebel und Pedale des kalten Panzers ausprobierte, fragte er sich, ob sie die letzte Front zwischen Havanna und Miami waren.

VIII
Laß uns weiter sündigen

Die Insel hieß Useppa und lag im Südwesten Floridas, an der sogenannten Golfküste. Es war ein geheimes Paradies, das die Firma für ihre verdeckten Operationen gekauft hatte. In dem kleinen Club House hatte Bob zum ersten Mal von dem Küstenort gehört. Dort hatten die Brainstormings zur Ermordung *El Caballos* stattgefunden, das erste Mal vor einem Jahr, wenige Tage vor Ostern. Bob war mit der *Shirley* von Key West gekommen. Er verließ seine Wohnung nach einem verheerenden sonntäglichen Streit, der seinen Anfang genommen hatte, als Nicole um sieben Uhr morgens vor seinem Bett gestanden und gesagt hatte: «Ich weiß nicht, warum ich mich nicht gleich jetzt umbringe.» Das war der erste Krach gewesen. Bob würde erst gegen Abend auslaufen, und so hatten sie den ganzen Sonntag Zeit, um sich nach Herzenslust niederzumachen. Nicole kämpfte nackt, wie die Wilden, die früher in den Sümpfen Floridas gelebt hatten. Im übrigen machte die Wut sie schöner. Das war das Bild, das Bob während der gesamten Überfahrt nach Useppa vor Augen stand. Hatte er noch eine Frau? Er konnte es nicht beschwören. Waren sie zu weit gegangen? Er betrachtete das Foto am Steuerruder. An der Kajütentür hing ein weiteres Foto aus längst vergangenen Tagen, als sie noch planten, Machu Picchu zu besuchen oder den Sommer in einem Kibbuz zu verbringen, um am Ufer des Sees Genezareth Limonen zu pflükken. Dann wollten sie weiter durch Südamerika reisen und als freiwillige Helfer auf einem Sanitätsschiff den Guayamas hinauffahren, einen jener Flüsse, die aus dem Paradies entsprangen – damals, als alles möglich war und man nur davon träumen mußte. Auf dem Foto in der Kajüte der *Shirley* saß sie mit ihren Wahnsinnsbeinen im Minirock auf einem Grab. Bob hatte die Aufnahme bei einem Spaziergang gemacht, der sie zu einem Friedhof geführt hatte, wo sie jene Grabinschriften bestaunten, die Hemingway so gut gefallen hatten, als er in Key West lebte. («Deine Daddys, die dich nie vergessen werden. Genausowenig wie deine Mutter» – «Jetzt weiß ich wenigstens, wo du die Nacht verbringst» usw.) Bei jener Gelegenheit hatte Nicole die Gräber einiger ihrer Vorfahren entdeckt. Als waschechte Bewohnerin der Keys stammte sie von hinterhältigen Räubern ab, die Schiffe auf die Felsen lockten, um sie zu plündern. Dann hatten sie den Sonnenuntergang betrachtet, und Nicole hatte wie immer gesagt, dieser sei der schönste in den Tropen wegen dieses sauren Zeugs in der Luft, und ganz davon abgesehen, sei der Sonnenuntergang in Key West auch der teuerste. Sie hatten überlegt, den Spaziergang bei *Sloppy Joe's* ausklingen zu lassen, wo Nicole das Privileg genoß, hinter den Tresen zu dürfen, um ihre eigenen Drinks zu mixen. Es fand sich immer jemand, der ihren Hemingway Hammer trinken wollte, eine widerliche Mischung aus Rum, Bananenlikör, Erdbeerlikör, Limettensaft, Brombeerbranntwein und einem Schuß Wodka.

Zu dem heutigen Treffen in Useppa fuhr Bobby etwas entspannter, denn mittlerweile lebte Nicole in Miami und plante ihre Reisen allein, vielleicht nach Indien zu diesem Guru, wie er gehört hatte, aber er hatte nach wie vor ihr Foto am Steuerruder hängen. Nachdem er die *Shirley* an der Mole vertäut hatte, ging Bob zum Club House. Wie alle Brainstormings, so begann auch dieses mit einem Frühstück, aber es war weniger entspannt als sonst, denn von oben hagelte es Memos, die verlangten, daß gehandelt wurde. Den halben Vormittag gingen die Anwesenden noch einmal alle Pläne durch, die fehlgeschlagen waren, vom Gas in den Sauerstoffflaschen beim Tauchen bis hin zu Botulinkapseln, die ein Koch des *Habana Libre El Caballo* ins Essen mischen sollte. An die vergifteten Zigarren schien sich niemand mehr zu erinnern, genausowenig wie an die anthraxverseuchten Mücken. Damals allerdings war die Sache mit den Zigarren auf große Begeisterung gestoßen. Mindestens zwei Kisten Partagas waren via Guantánamo auf die Insel gelangt. Es genügte, sie eine Sekunde zwischen den Lippen zu halten, um einen Raucher zur Hölle zu schicken. Die Sache hörte sich an, als hätte sie ein Hirn vom Massachusetts Institute of Technology beim Technischen Service ersonnen, wie die Puppe, die das *Encanto* in die Luft gejagt hatte, oder die Katze, der man ein Mikrofon unter das Fell implantiert hatte (sie wurde von einem Lastwagen überfahren, als sie aus dem Labor ausbüchste), aber schließlich ging sie in dem Berg aufgegebener Projekte unter.

In diesem Frühling war die Operation Partagas wieder ausgegraben worden, als *El Caballo* nach Manhattan gekommen war, um mit der UNO zu verhandeln. Aus diesem Anlaß entschloß man sich, sie zu reaktivieren. Seiner Akte nach zu urteilen, hätte der Kubaner sogar die Abgaswolke eines Überlandbusses geraucht. Der Technische Service sandte einige Zigarren in gepanzerten Behältern; ein als Fotograf getarnter Mexikaner sollte sie übergeben. Von ihm würde die Wahl des Zeitpunkts abhängen. Er solle lieber Abstand wahren, warnte man ihn: Beim ersten Zug werde der Schädel des *Comandante* in Stücke springen, oder aber er werde wirres Zeug reden. In Wirklichkeit wußte es niemand genau. In der

Firma gingen die Meinungen auseinander; überdies existierten von jedem Plan zur Beseitigung *El Caballos* zahlreiche Varianten. Den Agenten fiel es oft schwer, zwischen der Realität und ihren eigenen Geschichten zu unterscheiden, obwohl letztlich alles dazu beitrug, Verwirrung zu stiften. Einige Operationen wurden über die Piratensender gesteuert. Es waren die glorreichen Tage von Radio Swan. Die Sierra del Escambray schlief nicht. Viele Bauern aus den Bergen wurden von dieser freundlichen Stimme auf den Pfad der Wahrheit gebracht. Früher waren sie ins Dorf hinuntergegangen, um die Musiksendung *La Feria de la Alegría* zu hören. Jetzt kamen sie nur noch wegen Rosas Stimme. Schließlich wurde ihnen durch die Radiosendungen einiges klar, zum Beispiel der Plan, Russen aus ihnen zu machen. Deshalb weigerten die Bauern sich mittlerweile, ihre Kinder gegen Polio impfen zu lassen. Ein Tropfen Impfstoff genügte, damit das Kind alles vergaß, sogar die eigene, geliebte Mutter; aber das Schlimmste war, daß es von da ab kein Kubanisch mehr sprechen würde.

Die Aktion mit den Zigarren schlug fehl, als *El Caballo* aus dem Hotel geworfen wurde. Es war reiner Zufall. Ein Attentat mag noch so gut geplant sein, aber niemand kann voraussehen, daß das Opfer plötzlich ohne Bleibe dasteht. Das Fernsehen zeigte, wie er das *Shelburne*-Hotel an der Lexington *Avenue*/37. Straße verließ, während ihn zwei alte Damen beschimpften. Die Krise hatte sich über mehrere Tage hingezogen: Zuerst hatte man ihn gebeten, im voraus zu zahlen. Als er gewissenhaft bezahlte, lautete die nächste Ausrede, seine Begleiter brüllten herum und aschten auf den Teppich. Die Agenten rauften sich die Haare. Welcher Schwachkopf war das gewesen? Das paßte nicht in ihre Pläne. Den Rucksack über der Schulter, im Kampfanzug und mit einem breiten Grinsen, machte *El Caballo* Anstalten, in einer Grünanlage der UNO zu kampieren, so als wäre er wieder in der Sierra – die einzig glückliche Epoche seines Lebens. Die Firma beschloß, ihm eine Unterkunft zu beschaffen, wo auch immer er wollte, im *Waldorf*, wenn es sein mußte, aber die Muslime kamen ihnen zuvor und riefen ihn an, um ihm ein Zimmer in Harlem anzubieten. Ehe man sich versah, wohnte *El Caballo* bereits im Hotel *Theresa*. Er war der erste weiße Politiker, der im Viertel übernachtete. Zu allem Überfluß traf kurz darauf Malcolm X ein, das neue Idol des Islam. Danach war es einfacher, Leningrad zu bombardieren, als *El Caballo* eine Zigarre anzubieten. Ein neuer Stern leuchtete am «Himmel auf Erden», wie Malcolm Harlem nannte. Nun beherbergte das Viertel den Kommandanten einer unbesiegbaren Armee, in der es ein schwarzer Analphabet bis zum General bringen konnte.

Ganze Familien drängten sich vor dem Hotel, um die Rebellen zu sehen, während die Leute ihm von den Dächern herunter zujubelten. Die Jungs, die Drogen verkauften, um zum häuslichen Lebensunterhalt beizutragen, unterbrachen ihre Geschäfte. Bald machte unaufhaltsam ein Gerücht die Runde: Der sowjetische Premierminister sei bereits auf dem Weg, um sich mit dem Kubaner zu treffen. Sogar Cartier-Bresson, der beste Fotograf der Welt, war mit seiner Kamera eingetroffen. Er machte als erster dieses Foto, auf dem Nikita in seiner typischen Haltung (wie ein Schwein am Trapez, so ein Reporter), auf Zehenspitzen stehend, den Kubaner auf Höhe des Bauchs zu umarmen versucht, ohne daß sich seine dicken Händchen hinter *El Caballos* Rücken treffen. Malcolm, er sei gelobt und gepriesen, brachte wieder einmal Glanz in die Kloake von New York. Die Menge sang glücklich. Nicht nur Muslime waren gekommen, sondern auch ehemalige Sträflinge, die Malcolm noch aus der Zeit, als er Drogen verkaufte und Wohnungen in Harlem ausraubte, bedingungslos ergeben waren. Als *El Caballo* zusammen mit dem Schwarzen erschien, tobte die Menge vor Begeisterung. Sie waren wegen Malcolm aus dem Häuschen, aber der Mann des Tages war der Kubaner. «Man wird dich nie wieder aus dem Hotel werfen», flüsterte Malcolm X ihm zu. Die Kubaner waren sehr aufbrausend. Ganz wunderbare Leute, aber ihnen fehlte ein bißchen die Lockerheit. (Als man übrigens kurz darauf dem neuen Ministerpräsidenten der Insel, einem begnadeten Redner, in der UNO das Wort zu entziehen versuchte, nahm dieser die Zigarre aus dem Mund und brüllte, die Saalglocke übertönend: «Ich scheiß auf deine Mutter! Ich scheiß auf deine verdammte verfickte Mutter!»)

El Caballo war in seinem Element. Fehlte nur noch, daß er Malcolms schwarze Anhängerschaft mit einem *Salam alaikum* begrüßte. Den Arm um seinen neuen Gefährten gelegt, wandte sich der Anführer der Black Muslims mit den altbekannten Ideen an seine Brüder, bei dieser Gelegenheit mit seinen Geschichten von Hannibal gewürzt, der, wie jeder wisse, mit seinen Elefanten die Alpen überquert habe, um Rom zu erobern. Aber keinem sei bewußt, daß der Karthager Hannibal schwarz gewesen sei. Deshalb, so erklärte Malcolm den Zuhörern, seien so viele Italiener in Brooklyn halbe Mulatten. Besser, sie würden sich dessen bewußt, denn in einigen Jahren, so sagte er voraus, beginne seinen eigenen Berechnungen zufolge der Niedergang der Bleichgesichter, gefolgt von der erneuten Blüte der schwarzen Welt.

So sprach Malcolm X.

Und nun? Seit dem Alptraum von Harlem waren erst sechs Monate vergangen, aber den Agenten auf Useppa kam es vor wie tausend Jahre. Fürs erste waren die Pläne zur Ermordung *El Caballos* in den Hintergrund gerückt. Man hielt nicht einmal mehr an dem Plan fest, die Arbeit der Mafia zu überlassen, auf die man seinerzeit so große Hoffnungen gesetzt hatte. Der stellvertretende Leiter der Firma, der die Ausgaben genehmigte, hatte sich persönlich um die Übergabe des Geldes gekümmert, aber der ausgewählte Bewerber hatte angeboten, *El Caballo* gratis umzulegen, so daß sie ihm lediglich die Spesen zahlten. Sein Name war Sam Giancana, ein Psychopath in den Diensten der Mafia von Chicago. Seine größte Obsession damals war es, sich bei den Demokraten einzuschmeicheln, ein Ziel, für das er sogar seine Freundin mit dem Iren geteilt hatte. Sie war eine drittklassige Schauspielerin, die Frank Sinatra an Giancana abgetreten hatte (eines von Sams größten Vergnügen war es, Sinatra, seinen Strohmann, elend lange in seinem Büro warten zu lassen). Aber obwohl die Idee, *El Caballo* zu ermorden, von dem Iren kam, wurde bald klar, daß Giancana sich keine sonderlich große Mühe gab und auch nicht den gleichen Enthusiasmus an den Tag legen würde, als wenn es darum ging, dem Präsidenten Frauen zuzuführen oder dessen Wahlkampf zu finanzieren.

Der beste Vorschlag in jener Zeit stammte von General Edward Lansdale, einem der wahren Begründer von Radio Swan, einem Experten in der Niederschlagung von Aufständen, der sich im Labyrinth von Washington so sicher bewegte wie ein Fisch im Wasser. Er plante ein simples Projekt, das auf etwas ganz Einfachem basierte: der zweiten Ankunft Christi. Es bedurfte lediglich eines geringen Aufwands, um unter den Einwohnern Havannas das Gerücht zu streuen, die Experten im

Vatikan seien endlich zu der Überzeugung gelangt, daß *El Caballo* niemand anders sei als der Antichrist. War das erledigt, brauchte man nur noch ein Datum für die Ankunft Gottes festzusetzen, die bei Nacht stattfinden sollte. Zur angekündigten Uhrzeit würden sich die Massen auf dem Malecón drängen. Dann sollte, umringt von Flammen, am Horizont ein U-Boot auftauchen, Blitze und Funken würden den Himmel erhellen, und es würde zu einem Volksaufstand kommen. Lansdales Plan war so genau durchdacht, daß er sogar festlegte, welche Leuchtraketen benutzt werden sollten und wieviel Öl man auf dem Meer verteilen mußte, damit der Feuerring von überall auf dem Malecón zu sehen war.

Sicher ist, daß die Ankunft Christi trotz unzähliger Besprechungen niemals konkret wurde, ebensowenig wie der Thallium-Plan, der darin bestand, die Stiefel des *Comandante* mit Rattengift zu präparieren, um den alten Bart vom Leben zum Tode zu befördern. Das war ein weiterer Einfall von Lansdale. Die Sache mit dem Küstenort hingegen geriet ins Rollen. Nun waren alle zur Lagebesprechung auf Useppa Island versammelt. Bobs Chef erstattete Bericht über den Stand der Dinge. Der stellvertretende Direktor, informierte er, sei sehr verärgert über den Iren, der sich ständig überall einmische. «Wißt ihr was?» fragte er. «Er will, daß es nachts passiert. Er bevorzugt eine diskrete Vorgehensweise.» Bob kannte den Punkt schon. In Anbetracht dieser erstaunlichen Weisung hatte man ihn damit beauftragt, beim Generalstab anzurufen, um Näheres in Erfahrung zu bringen. Landung bei Nacht? Seid ihr noch ganz dicht? hatte er zu hören bekommen. Während des ganzen Weltkriegs hatte es so etwas nicht gegeben. Aber dieser irische Schwachkopf, der sich für einen Experten hielt, nur weil er ein Schnellboot im Pazifik kommandiert hatte, hatte es so beschlossen. Das sagte Bob seinem Kontaktmann beim Generalstab. Auf Wiedersehen also mit der Idee, Saboteure und castrofeindliche Bauern in der Sierra del Escambray zusammenzuziehen. Nun würde es eine konventionelle Landung werden, mit Schiffen, Flugzeugen und allem Drum und Dran, dazu eine Truppe von Fallschirmjägern, um die Straßen zu blockieren und den Milizionären, die zur Küste wollten, den Weg zu versperren. Sie würden in einem Konvoi gecharterter Frachter von Nicaragua kommen, von unten eskortiert von den U-Booten, von oben von den Super Sabres, ringsum von der Fünften Flotte und aus dem Weltraum vom Heiligen Geist, nicht zu erwähnen der Gouverneur von Alabama, der bis zum Hals in der Sache mit drinsteckte. Erst kürzlich hatte ein US-Marine, der mit näselndem Südstaatenakzent sprach, das Kommando in Guatemala übernommen. Alle fragten sich, wer er war. Die Antwort lautete, das sei Jack Hawkins, Codename Frank, ein Veteran aus Iwo Jima.

Iwo Jima? Coronel Hawkins? Was zum Teufel hatte das zu bedeuten? Bob, der seine letzten Tage in der Projektentwicklung verbrachte, wurde damit beauftragt, es herauszufinden. Als typischer Absolvent von Columbia begann er in der Bibliothek, fand aber bald heraus, daß der Schlüssel im Nachbarhaus zu finden war, und zwar dank Nicole, der bei der Erwähnung von Iwo Jima folgende Bemerkung herausrutschte: «Lindas Mann ist dort gewesen.» Also stattete Bob seinem Nachbarn einen Besuch ab, den er nur vom Sehen kannte, wenn dieser mit dem Hund spazierenging. Major Thompson öffnete ihm die Tür, zur Abwechslung mit einer halben Flasche intus. Bob kam direkt zur Sache. Obwohl sein Nachbar sich kaum auf den Beinen halten konnte, erzählte er ihm in groben Zügen von dem Plan, ohne näher ins Detail zu gehen – eine überflüssige Vorsichtsmaßnahme, denn selbst die Presse war voll davon. Die Kubaner in den Ausbildungscamps in Guatemala bombardierten ihre Verwandten mit Fotos, und diese ließen sie in der Zeitung abdrucken. Darauf posierten die Brigadisten bis an die Zähne bewaffnet wie alte Wegelagerer. Jeder hatte irgendeinen Angehörigen in der Truppe, es gab also reichlich Material. Die Legenden von der geheimen Brigade im Dschungel wurden immer abenteuerlicher. Die ewig Neidischen hatten allmählich genug davon. An den Unentschlossenen, die sich entschieden hatten, in Florida zu bleiben, ging der Ruhm vorüber, während die Begeisterung wuchs. Ein bekannter Medienmogul kaufte in einem Secondhandladen eine Militärausrüstung und marschierte mit dem Karabiner über der Schulter in die Everglades, um dann mit den unvermeidlichen Fotografien seines Überlebenstrainings in Miami aufzukreuzen, die er im Verlauf einer Pressekonferenz zeigte, deren Höhepunkt darin bestand, daß er seine Sekretärinnen mit der Mütze durchs Publikum schickte. Niemand wunderte sich darüber, denn in Miami verging kaum ein Tag, ohne daß irgendwo Geld zum Sturz von *El Caballo* gesammelt wurde. Zudem waren die Aktivitäten der Firma nicht eben dazu angetan, das Geheimnis zu wahren. Allein in Little Havana gab es ein Dutzend Häuser, die für das Projekt angemietet wurden und die stets überfüllt waren. Wenn Not am Mann war, wichen die Agenten auf ruhig gelegene Hotels aus. An einem langen Wochenende, als alles belegt war, hatten sie einen Saboteur, der später über dem Küstenort abspringen sollte, so lange vom Dach einer Pension springen lassen, bis die Nachbarn den Streifenwagen riefen. Zu diesem Zeitpunkt hatte nicht einmal der stellvertretende Direktor einen genauen Überblick über das, was da im Gange war (vom Direktor ganz zu schweigen). Die Koordination war ein einziges Chaos. Die Panzereinheiten trainierten in Fort Knox, die Infanteristen in Base Trax, die Fallschirmjäger in Garrapatenango, die Taucher in Puerto Rico, die Funker auf Useppa Island und die Piloten in Nicaragua. Aber das Gros der Brigade hockte weiterhin zwischen verlassenen Maya-Ruinen im Dschungel, gedrillt von Ausbildern, die sich als Touristen ausgaben und bei denen vom gealterten Nazi bis zu Spaniern aus der Fremdenlegion alles vertreten war. Und nun hatte sich überraschend Coronel Hawkins, der Veteran aus Iwo Jima, der ganzen Sache angenommen. «Finde heraus, wer er ist», beauftragten sie Bob. Deshalb stand Bob nun im Haus von Linda, Nicoles Yogabekanntschaft, deren Mann, ein gewisser Major Thompson, wahrscheinlich Informationen über Hawkins hatte. Bob sollte sie ihm entlokken, ohne ihm die Gründe zu erklären.

Als Bob mit seinen Ausführungen am Ende war, begann der Major zu weinen. Linda kam hineingestürzt, um ihren Mann zu beruhigen, indem sie ihn in den Arm nahm wie eine große Schwester. Bob war bestürzt. Ihm fiel nichts Besseres ein, als leise an das große Fenster zu treten. Der Garten der Thompsons war eines Admirals würdig. Bob hörte noch ein Weinen, das genauso durchdringend war wie das von Thompson. Es war das Schluchzen eines Kindes. Eine Frau mit einem Kind auf dem Arm verschwand zwischen den Beeten. Offenbar bestand ein Zusammenhang zwischen beiden Vorfällen. Je leiser das Jammern des Kindes wurde, desto ruhiger wurde Thompson. Seine Frau lächelte gezwungen. «Er ist immer so, wenn sein Enkel weint. Sobald Johnny nur das Gesicht verzieht, weint Thompson bitterlich. Das sind die Folgen des Krieges.» Bob stand auf. «Es wird besser sein, wenn ich gehe», sagte er.

«Bitte, bleiben Sie doch», bat Linda. «Er spricht gerne über Iwo Jima. Sonst starrt er nur aus dem Fenster.»

Thompson kehrte mühsam in die Realität zurück, aber seine Aussagen waren nicht sonderlich erhellend. Er erzählte eine verworrene Geschichte über Iwo Jima, von der Bob nicht besonders viel verstand. Iwo Jima war eine von Taifunen heimgesuchte Vulkaninsel, die genauso aussah, wie man sich den Mond vorstellte. Die Söhne des Zyklons tauchten unablässig aus den Wolken auf und stießen in ihren schrecklichen Zero-Jägern im Sturzflug auf den Strand nieder. Gleichzeitig feuerten die Japaner pausenlos. Es war allen unbegreiflich, wie sie nach neun Monaten mit dreißig Bombardements täglich noch am Leben sein konnten. Thompson wirkte ratlos. Was konnte er seinem Besucher noch erzählen? Der erbittertste Widerstand wurde auf dem Suribachi geleistet, einem von schwarzem Staub bedeckten Schwefelvulkan. Das Foto, auf dem die US-Marines die Fahne hissen, war auf dem Gipfel gemacht worden. Thompson selbst war an der Aufnahme beteiligt gewesen. Es wurde als bestes Kriegsfoto mit dem Pulitzerpreis ausgezeichnet. Gemacht hatte es ein gewisser Joe Rosenthal, der bis dato Negative für die AP archiviert hatte. Am Tag von Suribachi war Rosenthal in einer Flotteneinheit und wartete darauf, an Land gehen zu können, als er hörte, wie jemand an Bord kam, um nach einer Fahne zu suchen. Der damalige Leutnant Thompson war es, der nach einer großen Fahne fragte, um sie auf dem Gipfel zu hissen. Bereits seit einigen Stunden wehte die Flagge der US-Navy über dem Vulkan, aber Thompson wollte offenbar etwas Besonderes. Ohne lange zu überlegen, schloß sich Rosenthal Thompson an. Während sie im Boot übersetzten, waren sie sich rasch einig. Die Größe der Fahne war nicht das Problem. Der Leutnant brauchte ein neues Foto, auf dem die US-Marines die Flagge auf dem Vulkan aufpflanzten. Ohne Foto gab es gar nichts. Nicht ohne Grund befand sich auf der Insel Guam ein Labor, in dem zweihundert Angestellte Tag und Nacht Fotos entwickelten. Auf dem Gipfel angekommen, würde Joe alle Zeit der Welt haben und über die notwendigen Soldaten verfügen, um seine Speed Graphic aufzubauen und das Foto nachzustellen, was schließlich nach vielen Versuchen gelang. Das war nichts Neues. Die Fotografen machten das seit dem Spanischen Bürgerkrieg. Für ein paar Zigaretten ließen sich die Kämpfer so oft zu Boden fallen, wie es nötig war, und das in jeder erdenklichen Haltung. Der Unterschied lag im Aufwand der Produktion.

Und dann? Thompson wirkte erschöpft. Es fiel ihm schwer, den Faden wiederzufinden. Worüber hatten sie gerade gesprochen? Iwo Jima? Ach ja, das berühmte Foto. Bob schüttelte den Kopf. Er fragte ihn erneut nach Hawkins. Aber Thompson interessierte sich nur für Suribachi. Er erzählte, daß es dort keinen Tropfen Wasser gab. Der japanische General habe eine Tasse am Tag gehabt, um sich zu waschen. Dann habe sein Bursche das Wasser des Generals weiterbenutzt. «Aber sie haben sich trotzdem nicht ergeben. Sie haben sich in den Höhlen verschanzt. Wir mußten Giftgas einsetzen», erklärte er. Den General habe man nie gefunden. Dann erinnerte er sich wieder an seinen Besucher. Bob wollte gehen. Thompsons Blick blieb leer. «Wo, sagten Sie, soll die Landung stattfinden?» fragte er dennoch und versuchte sich zu konzentrieren. «Wer weiß», antwortete Bob. «Die Kubaner haben die Insel mit Gängen und Höhlen durchlöchert wie einen Käse», setzte er hinzu. «Ich müßte in meinen Karten nachschauen», murmelte Thompson. Dann sah er nach draußen.

Sein Enkel kam mit dem Kindermädchen durch den Garten. Bob entschloß sich aufzustehen. Er hoffte, daß der Junge sich zusammennahm. Ein schluchzender Major in Uniform war schwer zu ertragen. Er beschloß, die Sache zu beschleunigen. «Sie waren mit Hawkins zusammen in Iwo Jima, nicht wahr?» «Hawkins?» murmelte Thompson. «Coronel Hawkins», sagte Bob. «Der die Aktion in der Schweinebucht leitet», setzte er hinzu. («Du hast Schweinebucht gesagt, du Blödmann», dachte Bob.) «Ah, Hawkins...», wiederholte Thompson. Er hatte nicht die geringste Ahnung, von wem die Rede war. Nach einer Weile sagte er: «Es ist schrecklich, im Dunkeln eine Insel zu stürmen...»

Auf einer Insel gibt es keine Möglichkeit zum Rückzug.

Das war das letzte, was Bob von ihm hörte.

So war Bob mit leeren Händen nach Useppa gekommen. An der Rampe der Mole trafen sie Wilson. Sie seien zusammen in Südamerika gewesen, erklärte Wilson, als er ein wenig mit Rider scherzte. An diesem Morgen dort unten an der Golfküste waren sie die einzigen, die zwei Wörter Spanisch konnten. Bisher war es ihre Aufgabe gewesen, Gespräche mit Freiwilligen zu führen. Ihre erste Begegnung mit ihnen hatte in Miami stattgefunden. Wilson hatte sich um den Lügendetektor gekümmert, während Bob für den Psychologen übersetzte. Bob legte den Kandidaten die Abbildungen des Kleckstests vor und fragte sie, was sie darauf erkannten. Der Psychologe bedachte jede Antwort mit einem gequälten Lächeln. Er warnte Bob, diese Kerle würden mit allen Tricks arbeiten und versuchten, ihn reinzulegen. Wo jeder einen Vampir sehen würde, entdeckten sie lediglich Schmetterlinge. Keinem von ihnen kam es beispielsweise in den Sinn, bei den Klecksen auf einem

Bild könnte es sich um «wilde Bestien» handeln, die «inmitten von Blutspritzern mit Zähnen und Klauen kämpfen». Nichts dergleichen; für sie reduzierte sich alles auf «Bärchen, die sich küssen». Wenn man nach ihrem Geschwätz ging, befand sich kein einziger Psychopath unter den sechsundzwanzig Kandidaten oder wenigstens ein zwanghafter Masturbierer oder ein verkappter Schwuler. Dem Psychologen gingen die Sicherungen durch. Es war offensichtlich, daß die Kandidaten den Ablauf kannten. Unter diesen Freiwilligen befanden sich neben einigen Gaunern berüchtigte Polizisten des Stenographen, wahre Folterkünstler, die ihr Können in Nordamerika perfektioniert hatten, wie aus den Akten der Firma hervorging. Der Psychologe warf ihnen vor, die Antworten vorbereitet zu haben. Die Frau eines Bewerbers arbeitete als Sekretärin in einem Zentrum für Psychodiagnostik in Orlando. Sie hatte ihnen die Fotokopien gemacht. Wie auch immer, alle wurden angenommen.

Das war die erste Phase gewesen, als die Kandidaten in deprimierenden Hotels befragt wurden, bevor man schließlich von einem millionenschweren Verleger Useppa Island kaufte («Ein Stück Neuengland in den Tropen») und die Abteilung für Verdeckte Operationen ihre Treffen dort abhielt. Der Ort war ein Traum. Der Pub ging auf die Krocketbahn hinaus. Nach dem Essen spielte jemand auf dem Klavier, es herrschte Campusatmosphäre. Wilson hätte gerne über Philosophie geredet. Die Bücher in der Bibliothek sahen aus wie von Sotheby's. Diese Uniabsolventen in den Dreißigern verbrachten eine elegante Woche. Danach würde Bob wieder auf der *Shirley* aufs Meer hinausfahren und Wilson an seinen Schreibtisch in Panama zurückkehren, wo der Geheimdienst einen Ableger unterhielt. Dort warteten einige Monate eintöniger

Arbeit auf ihn, wie Sprecher für Radio Swan zu suchen oder die Konten der *Bohemia Libre* auszugleichen, die immer im Minus waren, obwohl die Zeitschrift eine doppelt so hohe Auflage hatte wie *Reader's Digest*. Sein nächstes Projekt war ein Comic, der mit Fallschirmen über der Provinz Oriente abgeworfen werden sollte.

Früher einmal hatte Wilson große Erwartungen in diese Aktionen gesetzt, denn er besaß nicht nur einen Abschluß in Literaturwissenschaft, sondern schrieb auch an einem Roman. Bald hatte die Realität ihn wieder. Jetzt wollte er weg aus der Karibik. Er hoffte, in die Abteilung für kulturelle Koordination versetzt zu werden, wie er Bob anvertraute, auch wenn er es dann mit Schriftstellern zu tun habe, Leuten, die, so behauptete er, für ein Ticket der KLM oder eine Kreuzfahrt auf dem Rhein zu allem fähig waren. Er sah sich schon mit Hemingway oder Mary McCarthy im *Waldorf* speisen. Ein Schriftstellerkongreß war die Krönung. Sogar der Ire setzte auf diese Karte, wenn er launig feststellte, das Weiße Haus sei auf dem besten Wege, sich in ein literarisches Café zu verwandeln. Wilsons Traum war es, einen Palazzo am Comer See zu leiten, den eine Principessa der Rockefeller Foundation gestiftet hatte. In dieser Traumvilla verwöhnte die Firma mit Hilfe einer Legion von Zimmermädchen und Kellnern ihre Gäste, unter denen sich stets der eine oder andere Agent mit Frau und Kindern auf Urlaubsreise oder eine angehende Schauspielerin befanden. Doch noch deutete nichts darauf hin, daß Wilson seine bescheidene Werkstatt für antikubanische Comics verlassen würde, in denen Woche für Woche alle möglichen Mäuse und Kater *El Caballo* um den Verstand brachten.

Von denen, die sich an diesem Nachmittag auf Useppa befanden, um noch einmal den Einsatzplan für den Küstenort durchzugehen, war sich niemand außer Bob über seine Beteiligung an dem Projekt im klaren. Von Anfang an hatte der Befehl gelautet, die besten Leute zu engagieren, und wenn sie sich in Grönland befänden. Aber es geschah, was immer geschieht. Niemand kümmerte sich um die Anweisungen. Die fünfundfünfzig Abteilungschefs stellten die Mannschaften auf die bekannte Weise zusammen, das heißt, sie engagierten Typen, die keine Gefahr für ihre eigene Karriere darstellten und mit denen man unter Umständen ein Gläschen heben konnte. Andere waren gerade aus dem Ausland zurückgekehrt, und man wußte nicht, wohin mit ihnen. Das hatte zur Folge, daß einige Dinge in die Hände von Versagern gerieten, was vor allem den nautischen Bereich betraf.

Die *Sea Gull*, ein Serviceschiff für die Ölförderung, war ein typisches Beispiel. Sie hatte Arbeiter zur Plattform und zurück zur Küste gebracht. Nun stand sie in Coral Gable zum Verkauf. Ein Schnäppchen, hieß es, und so gab der Einkaufsleiter seine Unterschrift. Das Schiff lief schon bald in Richtung Karibikinsel aus, um Saboteure einzuschleusen, gab aber nach kurzer Zeit den Geist auf. Seither wanderte es von Werft zu Werft, bis man beschloß, es ganz neu zu überholen. Die Leute aus der Nautischen Abteilung hangelten sich von einem Kostenvoranschlag zum anderen. Schließlich hatten sich die Kosten verfünffacht, ohne daß die *Sea Gull* jemals einen Agenten auf die Insel gebracht hätte. Einer aus der Abteilung für Verdeckte Operationen beschrieb es folgendermaßen: «Das war ja zu erwarten. Die Paramilitärs sind furchtbar, aber die von der Nautischen Abteilung sind die letzte Scheiße.»

Das war Bobs neue Aufgabe. Die *Sea Gull* lag abgewrackt auf einer Insel bei Key West, bis jemand den Vorschlag machte, sie in die Geisterflotte aufzunehmen, wie die Schiffe mit Ziel auf den Küstenort damals noch genannt wurden, bis sie dann später die Flotte der United Fruit bildeten.

So kam Bob an die *Sea Gull*. Es war sein erstes Boot bei der Firma. Das zweite würde die *Shirley* sein.

Er hatte an Deck gestanden und den Kompaß ausgerichtet, als Rider ihn ansprach: «Die von der weißen Jacht rufen nach dir!» rief er ihm von seiner Jolle aus zu, während er zur *Shirley* hinüberdeutete. Wie so häufig lungerte Rider in der Bucht herum, um ein Bier oder ähnliches aufzutreiben. In schlechteren Zeiten zog er die Schwimmflossen über und verschwand in der Dunkelheit, um die Schraube einer größeren Jacht zu lockern. Dann tauchte er rechtzeitig wieder an der Mole auf und bot sich an, sie abzuschleppen. Aber in letzter Zeit waren Vermutungen über Riders wahre Rolle bei der Sache mit den Schiffsschrauben aufgekommen, so daß er eine Zeitlang pausiert hatte. Nun witterte er Geld und trieb sich in der Nähe der Geisterflotte herum, um seine Dienste anzubieten. So hatte er Bobs Bekanntschaft gemacht.

«Wenn du willst, bringe ich dich zur *Shirley*», hatte er ihm aus seiner Jolle angeboten. Bobby kletterte die Leiter an der Mole hinunter, und Rider half ihm ins Boot. Rider bedauerte es, daß Bob ohne die Frau gekommen war. Nicole gefiel ihm besser als Bob. Sie lebten zur Zeit in einer Hütte mit Blick über den Golf, von deren Fenstern eine Straße zu sehen war, die auf dem Wasser zu schwimmen schien. Nicole kam regelmäßig mit dem Fahrrad zur Mole, um gemeinsam mit Bob zu essen. Wenn er sie kommen sah, war Bob jedesmal aufs neue verzaubert. Sie hatten sich in einer Cafeteria kennengelernt. «So ein Mädchen kann nicht solo sein», hatte er sich gesagt, während er sie von seinem Tisch aus beobachtete. Es war Examenszeit, und das Mädchen sah bekümmert aus. Schließlich stellte sich heraus, daß sie tatsächlich solo war, und so ging Bob zum Entern über, genau im richtigen Moment. Wenn Bob eine Fähigkeit hatte, dann die, keine Gelegenheit zu verpassen. Es war der Beginn zweier intensiver Jahre, für Nicole die maximale Dosis für eine passable Liebesgeschichte. Dann war alles in der tristen Gegenwart geendet, auch wenn sie noch zusammenwaren. Das Witzige war, dachte Bob, daß Nicole ihn zu der ganzen Sache gebracht hatte. Es hatte wie ein Spiel begonnen, als sie schon in Bobs Appartement zusammenlebten. Sie war sehr zufrieden aufgetaucht, die Taschen voller Dollarscheine. Das Beste an der Sache war, sagte sie, während sie ihn umarmte, daß jeden Monat so viel hereinkommen würde, nur damit man die Ohren offenhielt und ein paar Gerüchte weitergab. Am Abend hatten sie in einem Bistro gefeiert. Es dauerte nicht lange, und auch Bob war der Gruppe beigetreten. Sie hatte ihn zum Vorstellungsgespräch begleitet. Anders als in Harvard, wo Anwerbungen auf dem Campus verboten waren, wurde in Columbia alles laxer gehandhabt. Sie ließen es sich gutgehen. Sie aßen jeden Abend auswärts und fuhren regelmäßig nach Neuengland, wo Bob ein Segelschiff mietete. Die Arbeit war leicht und ließ sich mit dem Universitätsalltag vereinbaren. Die Firma unterstützte Linguistikseminare, finanzierte Büchersammlungen und organisierte Desinformationsvorträge. Soweit Bobby herausfand, hatten auch einige Professoren mit der Sache zu tun. Bis zu Paulines Selbstmord nahm Nicole ihre neue Arbeit ganz selbstverständlich. Sie war ein glückliches Mädchen, das die Liebe kennenlernte. Doch der Tod dieses Mädchens stellte alles auf den Kopf. Am Anfang gab Nicole sich die Schuld;

schließlich hatte sie Bobby da mit reingezogen, und Pauline hatte Nicole reingezogen. Sie hatten ihr, als sie aussteigen wollte, damit gedroht, ihren Namen überall auf dem Campus hinzupinseln, bis sie sie schließlich so weit hatten, daß sie sich vom Balkon stürzte. Erst da begriff Nicole ihren Fehler. In jenen Jahren wurde es in gewissen Kreisen noch als entwürdigend angesehen, für diese Leute zu arbeiten, aber das bemerkte sie zu spät.

Niemand in Key West konnte übersehen, daß eine große Sache bevorstand. Man brauchte nur zum Ufer zu gehen, um auf die Flotte zu stoßen. In der Nähe des Kais, wo früher die Fähre nach Havanna abgelegt hatte, konnte man unentwegt die Pötte einlaufen und ablegen sehen, vor allen Dingen nachts. Da auch die Garnelenfischer in der Nähe anlegten, war die Geisterflotte kein Geheimnis. Es gab Privatboote, und die Pier wurde von Sonnenuntergangsromantikern frequentiert. Zwei neue Schiffe vergrößerten die Flotte. Es handelte sich um riesige Kähne aus Kriegszeiten, die die United Fruit angemietet hatte. Wie die frischgepinselten Lettern auf dem Rumpf verrieten, waren sie umgetauft worden. Nun hießen sie *Blagar*, früher *Chiquita Banana*, und die glückselige *Barbara J*, an deren früheren Namen sich niemand erinnerte. Warum *Barbara J*? Angeblich war Poppy, einem Typ aus der Abteilung für Verdeckte Operationen, der mit der Anmietung der Schiffe beauftragt war, nichts Besseres eingefallen, als ihm den Namen seiner Frau zu geben, ein Gerücht, das allerdings nie bestätigt wurde. Poppy hatte zwar tatsächlich eine Frau namens Barbara, aber er sah nicht so aus, als sei er zu einer solchen Geschmacklosigkeit fähig. Jedenfalls war Key West in Aufruhr. Immer standen irgendwelche Gaffer an der Mole, um die Fortschritte der Invasion zu verfolgen. Schließlich, so bemerkten die Schaulustigen, sind wir hier näher an Kuba als an Miami. Die Leute schienen diesen ganzen Tanz um Kuba leid zu sein. Vom Kommunismus einmal ganz abgesehen, erschien es ihnen eine gute Gelegenheit, sie aus dem Universum zu schießen. Das war zumindest der Standpunkt des örtlichen Sheriffs, der zwischen den Scharen von Technikern herumschnüffelte, die Motoren warteten und Antennen auf den Schiffen anbrachten. Der Kommandant der *Blagar* grüßte ihn von der Brücke. Er war Schwede oder so etwas, und er war völlig ahnungslos. Niemand hatte ihm je etwas über eine bewaffnete Landung erzählt. Er war sein ganzes Leben bei der Handelsmarine gewesen, wie auch all seine Offiziere. Bis in jener Nacht im Küstenort der Weltkongreß des Salsa gefeiert wurde, kam es den Angestellten der United Fruit nicht in den Sinn, daß sie in Kampfaktionen geraten würden. Sie ahnten allenfalls, daß sie als Begleitschiffe eine Operation der Yuma unterstützen sollten.

Als sie dann in Happy Valley waren und die Stunde der Abfahrt nahte, begriffen sie die Wahrheit. Auf der *Blagar* wurden zwölf zusätzliche Luftabwehrgeschütze montiert. Der Kapitän stellte den Chef der Kommandos zur Rede. Das diene lediglich dazu, die Leute nervös zu machen, beschied dieser ihm. Gray gab ihm erst gar keine Antwort. Scheiß auf die Besatzung, dachte er. Bald sollte es vor Beweisen für das Inferno, das ihnen bevorstand, nur so hageln. Bereits auf der Fahrt zu dem Küstenort wurden die Luftabwehrgeschütze täglich an Fässern ausprobiert, die sie im Schlepptau hinter sich herzogen. Die Schiffe schüttelten sich, die Kaminabzüge der Kombüse lösten sich und bedeckten alles mit Ruß. Die Truppen schliefen an Deck. Während sie die kubanische See erreichten, klang vielen noch die Rede Tachitos in den Ohren, des letzten der Somozas, der zur Mole gekommen war mit dem Auftrag, ihm ein Haar aus *El Caballos* Bart mitzubringen. Doch zuvor sollten sie sich vergewissern, daß sie ihn tatsächlich getötet hatten, denn sonst hätten sie ihn bis in alle Ewigkeit am Hals.

Aber die Brigadisten verloren nie die Zuversicht. Keiner kam auf den Gedanken, daß etwas schiefgehen könnte. Die Moral war ungebrochen. Diese Leute würden bis zuletzt an das Projekt glauben. Eine Aktion der Yuma konnte nicht scheitern. Die Firma stand hinter ihnen, die Armee und der Ire persönlich. Überdies lag das Unternehmen nun in den Händen eines Helden von Iwo Jima. Mit nur einem Sechstel der Mittel war Guatemala ein Spaziergang gewesen, ganz anders als das, was sie in dem Küstenort erwartete.

Der *Guatemalazo*, die Invasion in Guatemala, war Bobs erster Auftrag nach dem Abschluß des College gewesen. In seinen Augen war es ein Fluch für die Zukunft gewesen, die viele auf lange Sicht als Generalprobe für die Schweinebucht sahen. Der Erfolg überraschte selbst die Organisatoren. Ein paar Bomben und einige über den Feldern abgeworfene Puppen hatten genügt, damit sich im Land wie ein Lauffeuer das Gerücht verbreitete, Guatemala werde von zwanzigtausend Fallschirmjägern angegriffen. Unterdessen sorgten Bobs Teams in der Hauptstadt dafür, daß das Chaos noch größer wurde. Seine Elektriker hatten in der Nacht Lautsprecher auf den Dächern verteilt, die einen verheerenden Bombenangriff simulierten. Gleichzeitig rückte die Befreiungsarmee in Esquipulas ein, der Heimat des schwarzen Christus, dem man sich anempfehlen mußte, wenn man es im Leben zu etwas bringen wollte. Der Anführer sprang von seinem Jeep und warf sich vor dem Kreuz nieder. Er war ein ehemaliger Oberst der guatemaltekischen Armee, den die Firma angeheuert hatte, um die Operation zu befehligen. Er hatte mit Auszeichnung eine Militärakademie in Kansas abgeschlossen. Sein Name war Castillo Armas. Seine Truppen knieten nieder und bekreuzigten sich, während sie riefen: «Gott zuerst!» Sie waren aus Nicaragua einmarschiert, nachdem sie auf Tachitos Finca ausgebildet worden waren. In diesem Moment tauchte ein Bombergeschwader am Himmel auf, das die Dörfer dem Erdboden gleichmachte. Drei Tage lang waren sie unermüdlich im Einsatz, und nach jedem Angriff zogen sie sich wieder auf die andere Seite der Grenze zurück. Sie trugen keine Hoheitszeichen. Kein guatemaltekischer Jäger konnte etwas gegen sie ausrichten. Nach zwei Wochen war alles vorbei. Der Außenminister John Foster Dulles, der Präsident der United Fruit, sowie Allen Dulles – Direktor der Firma, zugleich Teilhaber der United Fruit und Bruder des besagten Außenministers, welcher ebenfalls ein hohes Tier im Konzern gewesen war – hatten hervorragende Arbeit geleistet. Der Botschafter wiederum war so bei der Sache, daß er während der Gefechte im Kampfanzug und mit Pistole im Halfter herumlief.

Das also war der *Guatemalazo*? Wie man es nimmt. In der Firma erzählte jeder eine andere Version. Alles Lüge, behauptete jemand aus der Psychologischen Abteilung. Diese Gefechte hätten gar nicht stattgefunden. Das alles sei eine Finte von Bob und seinem unmittelbaren Vorgesetzten, Howard Hunt, gewesen. Die Invasion habe nur in der Phantasie der Mayas stattgefunden. Die Befreiungsarmee, so brüsteten sie sich, habe lediglich aus hundert Mann bestanden, die man eilig in Tegucigalpa rekrutiert habe. Die Flugzeugflotte habe sich auf zwei klapprige Maschinen aus dem letzten Weltkrieg beschränkt. Als ihnen die Bomben ausgingen, hätten sie Benzinkanister und sogar leere Flaschen abgeworfen. In jedem Fall habe es ausgereicht, um das Land in Panik zu versetzen. Das sei von Anfang an die Idee gewesen: zu demonstrieren, daß der Präsident nicht einmal seine Frau unter Kontrolle hatte. Sein Name war Jacobo Arbenz, Protegé Juanjo Arévalos, eines Roten aus Argentinien, der ebenfalls getötet werden sollte. Am Ende ließen sie ihn am Leben, denn das Land befand sich in einer kollektiven Resignation.

So hatte ein Mikrofon genügt, um die Apokalypse auszulösen. Orson Welles hatte die New Yorker von der Ankunft der Marsmenschen überzeugt, Howard machte es in Guatemala genauso. Seit seinem Philosophiestudium in Rhode Island war er ein Fan von Orson Welles. Der war eines Tages auf dem Campus erschienen, um *Julius Cäsar* aufzuführen, einen modernisierten Shakespeare mit Typen in Trenchcoat und Hut. Howard meldete sich auf einen Aushang und wurde als Statist genommen. Es sollte gleichzeitig sein Abschied von den Brettern sein, denn als er am Ende des Stückes zusammen mit der großen Masse von der Bühne abging, verhedderte er sich in den Kabeln und ging kopfüber zu Boden, eine Szene, die von der Kritik ebenfalls Orsons Wagemut zugeschrieben wurde, dabei war Howard ausgeknockt und mußte auf einer Bahre abtransportiert werden. Im darauffolgenden Jahr strahlte Orsons Truppe über den Radiosender *CBS* den *Krieg der Welten* in New York aus. Howard war beeindruckt von dem Chaos, das er verursachte. Es war ein Hörspiel über die Ankunft der Marsmenschen. Unglaublich, wie viele Leute die Sache mit den Strahlen für bare Münze nahmen. Jemand hatte beim Sender angerufen, um zu berichten, daß von seiner Wohnung aus das Feuer des Gefechts zu erkennen sei. «Die Straße riecht verbrannt. Das sind diese Wärmestrahlen, nicht wahr?» fragte eine ältere Dame auf der Park Avenue. Auf der Brooklyn Bridge stauten sich die Autos derjenigen, die aus der Stadt fliehen wollten. Sie hatten Orsons Hörspiel für eine echte Nachrichtensendung gehalten. Die Zuhörer mußten wirklich dumm sein. Sobald sich etwas nach Nachrichten anhörte, schluckten sie wirklich alles.

Armer Orson, sagte Howard nach der Aktion in Guatemala zu Bob. Verglichen mit ihrer Arbeit, war die Marsinvasion ein Bauernschwank. Dennoch verdankte er Orson unvorstellbar viel. Um den Marseffekt zu wiederholen, hatte Howard ein Studio auf Tachitos Landgut eingerichtet, während letzte Hand an den Swan-Sender gelegt wurde. «Mein Landgut? Welches Landgut?» hatte Tachito gespottet, als er die Zeitungen las. «Mein einziges Landgut ist Nicaragua», hatte er gesagt und sich gebogen vor Lachen. (Tachitos Einfälle führten in Washington zu allgemeiner Erheiterung. «Ist er nicht wirklich ein Schweinehund? Aber er ist *unser* Schweinehund», sagten diese Beamten seit den Tagen seines Herrn Papa, als noch der gelähmte Präsident Roosevelt im Amt war.) Dann kam die Anlage für Guatemala, die vom Dach der US-Botschaft aus Arbenz' Radiosender stören sollte. Die Sprecher und Journalisten waren von Howard in dem alten, nun heruntergekommenen Offizierskasino in Opa Locka geschult worden. Während seine guatemaltekischen Mitarbeiter ihre Aussprache perfektionierten, schliff Howard die Redakteure. Ab Mai waren sie dann auf Sendung; angeblich sendeten sie von einem erloschenen Vulkan, dabei saßen sie immer noch dort auf dem Dach.

In allen Sendungen machte sich Howards früheres Metier

bemerkbar: Bevor er als *Life*-Reporter im Weltkrieg gewesen war, hatte er es fertiggebracht, von seinen Spionageromanen zu leben. Sein Geheimnis lag darin, sich haargenau an die Lehre von Orson Welles zu halten: Um den Zuhörer zu pakken, ist alles erlaubt. Schon bald hatten sie die höchsten Einschaltquoten. Howard beherrschte die Magie des Hörspiels. Es gab typische Szenen. Da kündigte der Sprecher zum Beispiel gerade Glenn Miller an, als das Publikum von einem Türenschlagen aufgeschreckt wurde und jemand ins Mikrofon schrie, sie seien von der Armee umstellt, während Maschinengewehre knatterten und irgendwelche Typen «Hände hoch» brüllten. Nach einigen undefinierbaren Geräuschen wurde die Übertragung unterbrochen.

Am nächsten Tag waren sie wieder auf Sendung. Die Radiostation sei zurückerobert worden, erklärte der Sprecher von droben auf dem Dach und erging sich in Lobeshymnen auf die Truppen der Befreiungsarmee, während weitere Siege im Gebirge gemeldet wurden. Die Hörer von *Radio Liberación* kamen nicht zur Ruhe. Jedes Kapitel war Spannung pur. Plötzlich nahm Howard die guatemaltekischen Piloten ins Visier, die als einzige die Pläne der United Fruit durchkreuzen konnten. Er unterschätzte das Militär nie. Man mußte ihnen Feuer unterm Hintern machen, sie mit allen Mitteln davon überzeugen, daß sie bald arbeitslos sein würden und ihre Aufgaben von Milizen übernommen werden würden. Seine Drehbuchschreiber sparten nicht mit Lobeshymnen auf die sowjetischen Flieger, Helden des Zweiten Weltkriegs, die in Massen in den Westen desertierten. Was war die Idee dahinter? Arbenz' Piloten zu motivieren. Wenn alles in Scherben lag, blieb nur noch das Vaterland; draußen gab es eine Zukunft; die Karriere und deine Familie, dein wahrer Reichtum usw. Die Botschaft unterstützte einen Schulungsaufenthalt für guatemaltekische Piloten samt Familie in Miami, zu denen der Attaché für Luftfahrt einlud. Gleichzeitig überschwemmte Howard den Kontinent mit seinen Artikeln über Arbenz und seine Kommunisten, die von den Zeitungen abgedruckt wurden, ohne daß ein Komma verändert wurde.

Der erste, der anbiß, war ein Oberst, der mitsamt seiner Maschine nach Managua desertierte. Zwei von Howards Radiosprechern besuchten ihn in Nicaragua, um ihn zum Sender zu bringen. Der Pilot weigerte sich rundheraus, weil ihm die Presse nicht geheuer war. Howards Leute gaben sich verständnisvoll. Um die Stimmung zu entspannen, luden sie ihn zum Essen ein. Als sie bei den Zigarren angekommen waren, war der Oberst betrunken. Die Radiosprecher lenkten das Gespräch in die von ihnen gewünschte Richtung. Ohne daß man ihn danach gefragt hätte, rechtfertigte der Oberst seine Flucht mit patriotischen Motiven. Natürlich wurde alles aufgezeichnet. Nach der Bearbeitung wurde aus den Geständnissen des Obersts eine flammende Ansprache an seine Kameraden, der die Auswirkungen des Trinkens kaum anzumerken waren. Radio Liberación strahlte sie den ganzen Abend lang aus.

Entgegen aller Erwartungen bewirkte die Geschichte mit dem Oberst nur einige wenige Desertionen, hatte jedoch verheerende Wirkung auf Arbenz, der sofort ein Startverbot für seine Flugzeuge verhängte. Durch diesen Befehl des Präsidenten konnten die beiden Maschinen der United Fruit ungestört in Guatemala einfallen und ihrem zerstörerischen Werk nachgehen. In Howard Hunts Büros in Opa Locka wurde bereits im voraus gefeiert.

Howard zufolge war das alles also einem gewieften Propagandachef zu verdanken, der Lifesendungen von inexistenten Kämpfen übertrug und von dem unaufhaltsamen Vormarsch Oberst Castillo Armas' auf die Hauptstadt berichtete, während dieser Esquipulas nie verlassen hatte und seine Söldner vor Langeweile umkamen. Howard konnte kaum glauben, daß sogar der Präsident die Sache schluckte. Arbenz hörte nicht mehr seine eigenen Sender, sondern den des Feindes. Er ging davon aus, daß ein Bombardement bevorstand, und ordnete einen großen Stromausfall an. Damit wollte er den Funk der United Fruit lahmlegen, aber er hatte nicht mit den batteriebetriebenen Empfängern gerechnet. Daraufhin forderten Howards Radiosprecher die Einwohner auf, Kerzen auf ihren Dächern aufzustellen, um die Flugzeuge zu lotsen, die in die Berge flogen. Die Stadt glich einer riesigen Geburtstagstorte. Arbenz konnte nichts weiter tun, als die Kerzen zu verbieten, während Radio Liberación den Patrioten auf den Dächern seine Dankbarkeit aussprach.

Als die Bomben herabregneten, flüchtete eine verängstigte Menschenmenge aus Guatemala City. Howard frohlockte. Sein Sender forderte die Leute auf, die Straßen für die Lastwagen freizumachen, die kamen, um die Hauptstadt zu besetzen. Es kam natürlich kein einziger Lastwagen. Es war ein weiterer von Howards Schachzügen. Die Befreier rührten sich nicht aus Esquipulas weg. Aber der Präsident war mit den Nerven am Ende. Abends verkündete er, daß er die Regierung verlassen werde, um seinen Beitrag zum Frieden zu leisten. Howard Hunt konnte die Rücktrittsrede nicht hören, weil er bereits auf dem Weg zu seinem nächsten Auftrag war.

In den Trümmern der Stadt tauchte eine schmutzige Gestalt auf und betastete die Leichen, um festzustellen, ob noch jemand am Leben war. Es handelte sich um den Pfleger einer

Leprastation, der in einer Pension in der Calle 5 zur Miete wohnte und sich nun den Staub abklopfte, ohne sich erklären zu können, warum diese Leute sich ergeben hatten, statt in den Bergen weiterzukämpfen. Als sich die Nachricht vom Rücktritt des Präsidenten bestätigte, verließ der Pfleger den Kampf, spuckte den Mundschutz weg und machte sich auf die Suche nach einem Telefon, um seine Freundin anzurufen und ihr einen Heiratsantrag zu machen. Die Gründe dafür liegen nach wie vor im dunkeln. Auch wenn einige behaupten, seine Freundin sei eine exotische Schönheit gewesen, ließ sich dieser überstürzte Antrag für andere nur durch die Niedergeschlagenheit oder einen furchtbaren Rausch erklären. Sie war unter dem Namen *La China* bekannt, eine peruanische Maoistin, studierte Ökonomin, eine Mischung aus Indianerin und Orientalin. Der Pfleger wurde *El Che* gerufen. Ihm würde die Firma von da an nichts als Verdruß bereiten. Fürs erste setzte Bob ihn auf die Liste der noch zu Erschießenden, aber der Che hatte sich bereits in das argentinische Konsulat geflüchtet.

«Was ist das alles?» würden später in Virginia die Buchhalter der Special Services fragen, während sie die Kosten aus Guatemala abrechneten. Es war ein Wust von Quittungen aller Art, von Fotomontagen des Präsidenten mit nackten Prostituierten bis zum Kassenbeleg eines Geschäfts in Honduras für zweihundert lebensgroße Stoffpuppen, schwer genug (mindestens 40 Kilo, so stand dabei), um mit dem Fallschirm abgeworfen zu werden. Wozu das Ganze? Niemand wußte es genau. Offenbar ging es um Land. Tatsächlich? Die brachliegenden Felder der United Fruit waren beschlagnahmt worden, was die Hinwendung des Landes zu den Russen bewies. Darüber hinaus wollten die Guatemalteken als Entschädigung nur den Nennpreis gemäß der Selbsteinschätzung der United

Fruit in ihren Steuererklärungen zahlen, oder wie der Leiter der Buchhaltung erklärte: Wenn das kein Kommunismus war, was dann?

Für die Firma war der *Guatemalazo* ein glänzender Erfolg, der allerdings durch Billy Robertson getrübt wurde, einen Agenten der Abteilung für Verdeckte Operationen, der auf den Spitznamen Rip hörte. Er war mit der Überwachung der *Alfhem* betraut, jenes Schiffs, das, beladen mit von den Kommunisten erworbenen Waffen, auf dem Weg in die Karibik war. Mit der Verladung der Waffen aus der Tschechoslowakei war der Startschuß für die Operation gefallen. Dieses Schiff spielte eine zentrale Rolle in den Plänen der United Fruit. Sie war das *corpus delicti*, der schlagende Beweis, daß die Mayas etwas im Schilde führten. Da änderte es nichts, daß die *Times* die Ladung der *Alfhem* als Militärschrott bezeichnete. Ein Abgeordneter aus Boston, ein früherer Mitarbeiter der United Fruit, formulierte es folgendermaßen: «Das ist, als würde ein sowjetisches Schiff in den Hafen von New York einlaufen, um eine Atombombe zu zünden.» Unterdessen ersuchte der Botschafter Guatemalas um eine Audienz im Weißen Haus, um dem Präsidenten darzulegen, daß die Lieferung der *Alfhem* notwendig sei, um die Einsatzfähigkeit der Armee zu erhalten, die nicht einmal über Übungsmunition verfüge. Wenn man sich verbotener Quellen bedient habe, dann nur wegen der bereits seit Jahren andauernden Blockade. Aber es wäre einem Wunder gleichgekommen, wenn der Präsident den Botschafter empfangen hätte. Erst recht mit einer Hardlinerin wie Anne Whitman als persönlicher Sekretärin, die, wie jeder wußte, mit einem hohen Tier von der United Fruit verheiratet war.

So war Rip der *Alfhem* auf den Fersen. Ihm war nie klar, ob sie das Schiff auf hoher See aufbringen oder beim Ausladen der Waffen im Hafen überraschen sollten, aber er stellte auch keine Fragen. An die ständige Ungewißheit gewöhnt, handelte er nach dem Motto: «Wer fragt, verliert.» Er sollte die ganze Zeit die Position der *Alfhem* auf den Monitoren überwachen, bis ihm eines Morgens das Frühstück im Halse steckenblieb, als man ihm mitteilte, sie sei spurlos verschwunden. Bei der Atlantikflotte schrillten die Alarmglocken. Wie war es möglich, daß sich mitten im elektronischen Zeitalter ein kommunistischer Frachter in Luft auflöste? Die Hysterie legte sich erst, als die *Alfhem* schließlich in einem Hafen in Guatemala lokalisiert wurde, wo sie die Waffen ablud. Ohne lange zu überlegen, schickte Rip eine Mustang, die eine Rakete auf das Schiff abfeuerte und es im Handumdrehen versenkte.

Grundgütiger! Es war nicht die *Alfhem* gewesen, sondern ein englischer Frachter. Schlimmer noch: das Schiff war bei Lloyd's versichert. Als der Direktor davon erfuhr, standen ihm die Haare zu Berge. Guatemala war das eine, aber Lloyd's war etwas ganz anderes. Die Engländer forderten alles bis auf den letzten Penny zurück. Rip wurde gefeuert. Es dauerte nicht lange, und er war ein Wrack, das jeden Kontakt mit seinen früheren Kollegen vermied, bis dann die Sache mit der Schweinebucht anstand und sie ihn wieder nahmen. Ehe er sich's versah, war Rip wieder in Key West und übernahm das Kommando über einige Kubaner, die in einem unbenutzten Schwimmbad Unterwasseraktionen trainierten. Zusammen mit seinem Freund Gray Lynch würde er der erste sein, der den Küstenort betrat. Es gibt immer eine Entschädigung im Leben, sagte sich der gute Rip, wenn er an den Reinfall in Guatemala dachte.

Dort fragte man sich immer noch, wie diese armseligen Söldner den Sieg davontragen konnten, als sie bereits von der Armee umstellt waren. Für Howard, den Chef der Abteilung für Psychologische Operationen, lag die Antwort klar auf der Hand: Die Guatemalteken hatten den Kampfgeist verloren, als ihnen klar wurde, daß hinter all dem die Yuma steckte und jeder Widerstand zwecklos war. Auch nach den Bomben waren die Straßen nahezu verwaist, die verängstigte Bevölkerung fühlte sich schuldig, wie es typisch war für Menschen, die man hintergangen hatte.

In der Firma indessen waren die Erklärungen alles andere als einhellig. Es hatte einiges mehr gebraucht als einen Radiosender und ein paar Lautsprecher, um diesen Erfolg zu erzielen. Zwei altersschwache Jagdbomber? Erzählt doch keinen Scheiß, sagte einer von der Abteilung für Operationen aus der Luft, als er Howards Berichte einsah, die im typischen Stil der von Soziologen oder Schriftstellern geleiteten Abteilungen verfaßt waren. Die Firma, behauptete er, habe über schier unerschöpfliche Mittel für die Aktion in Guatemala verfügt, außerdem über eine komplette Luftwaffe. Sechsunddreißig Maschinen, um genau zu sein. Es war eine zusammengewürfelte Flotte von Flugzeugen, die, sowie sie eintrafen, in Happy Valley stationiert wurden. Die meisten waren freundlicherweise von Unternehmen zur Verfügung gestellt worden, die von der Firma kontrolliert wurden, Unternehmen zur Schädlingsbekämpfung aus der Luft etwa oder Fluggesellschaften. Die United Fruit steuerte ein paar Cessnas bei, aber von Mustangs und Thunderbolts bis hin zu Maschinen der Air Force war alles vertreten. Die Texaner schickten eine F-51. Das alles wurde über komplizierte Dreiecksverbindungen abgewickelt, um jede Spur zu verwischen. Das Material sollte von Tachitos Piloten nach Nicaragua geflogen werden, aber in dem herrschenden Durcheinander wurde schließlich jeder genommen. So geschah es mit drei New Yorkern, die sich anboten, die von Puerto Rico zur Verfügung gestellten F-47 zu überführen. Sie waren mit einem Linienflug gekommen, soffen wie die Löcher, landeten im Gefängnis und mußten von der Botschaft ausgelöst werden. Mit sechs Tagen Verspätung erschienen sie bester Dinge in Happy Valley. Immerhin waren von den Flugzeugen nicht nur die Hoheitszeichen und die Seriennummern entfernt worden, sondern sogar der Herstellerhinweis auf den Sitzen.

Zu diesem Zeitpunkt war die Invasion bereits in Gang. Die Befreier kamen von überall her, sogar aus El Salvador, aber die Polizei verhaftete sie an der Grenze und nahm ihnen die Waffen ab, so daß ein halber Tag damit verlorenging, sie wieder freizubekommen. Eine andere Kolonne verlief sich und mußte nach Honduras zurückkehren. Unterdessen taten die Invasoren in Guatemala nichts anderes, als um Deckung aus der Luft zu bitten, aber die Flugzeuge waren vollauf damit beschäftigt, Flugblätter über der Hauptstadt abzuwerfen. Der Leiter der Luftaktionen war Fred Sherwood, Pilot der United Fruit, der beste Kontakte in der Fliegerwelt besaß. Einige Telefonanrufe und der Geruch von Bargeld genügten, und Happy Valley füllte sich mit arbeitslosen Piloten. Charlie Chessman und Jerry Delarm erhielten den Auftrag, die ersten Einsätze zu fliegen. Die beiden waren Veteranen der Air Force und mit allen Wassern gewaschen; wenn die Zünder versagten, warfen sie eben Handgranaten und Dynamitpatronen ab, vor allen Dingen aus den Cessnas. Wenn die Bomben ihre Aufgabe erfüllten, waren die Schäden enorm, auch wenn es wie immer unerwünschte Nebeneffekte gab. Bobby Wade, der von der Bombardierung des Flughafens zurückkam, erhielt

El Guatemalazo
1954
México
Guatemala
Guatemala City
EL
Sa

Radio
Swan
Hondurds
La
Frutera
Happy
Valley
Nicaragua

den Befehl, unterwegs noch den staatlichen Radiosender anzugreifen, ein Auftrag, der von tausend Hinweisen bezüglich eines bestimmten Hauses begleitet war. «Rotes Dach, auf der gegenüberliegenden Straßenseite», erklärte man ihm. Es war der Sender eines Freundes. Bobby brauchte nur einen Überflug, und natürlich traf er das falsche Gebäude. «Was hast du gemacht, du Vollidiot?» brüllten sie ihn aus dem Tower an, ohne abzuwarten, bis er gelandet war. «Die Sendestation mit dem roten Dach bombardiert», entgegnete Bobby. «War das nicht der, den ihr meintet?»

Aber nicht die Piloten waren schuld, sondern die Abteilung für Verdeckte Operationen. Was das bedauernswerte Schiff anging, so war Rip Robertson der Sündenbock. Der Befehl, es zu versenken, war von Tachito persönlich gekommen. Seine Leute hatten ihm gesagt, ein mit Waffen beladener kommunistischer Frachter sei auf dem Weg nach Guatemala. Als Rip zögerte, den Befehl auszuführen, bekam Tachito einen Tobsuchtsanfall. «Hör mir mal gut zu, du Scheißkerl», brüllte er. «Ihr benutzt meine Flughäfen, also werdet ihr es jetzt auf der Stelle versenken!» Also erteilte Rip der Mustang den Startbefehl, um das Schiff zu bombardieren. Der Pilot setzte eine Bombe ins Meer, um die Besatzung zu warnen, eine Maßnahme, mit der sie sich bislang nie aufgehalten hatten. Als er sah, daß die Männer ins Wasser sprangen, warf er die restlichen Bomben ab.

Es war nicht die *Alfhem*, sondern die *SS Springfjord*, die bei Lloyd's gegen alle Risiken versichert war. Das kostete Rip den Job, aber Tachito sorgte persönlich dafür, daß er wieder in Dienste kam. Später sollte die Beziehung zwischen Rip Robertson und Somoza für die Firma von entscheidender Wichtigkeit sein. Durch ihn konnten sie erneut die Flugpiste in Happy Valley benutzen. Das war zumindest die Version, die Rip erzählte. In Wirklichkeit hätten sie die Piste so oder so bekommen. Diese Operationen waren nicht nur wegen des Bargelds sehr rentabel für Tachito, sondern vor allem auch was Rüstungswerte anging.

Die Firma wurde von dem Sieg überrascht. Niemand hatte so schnell damit gerechnet. Die Flugzeuge in Happy Valley wurden ihnen bald zu heiß. Der Direktor tobte in seinem Büro, man solle die Spuren verwischen, falls nötig, indem man die Flugzeuge im Meer versenkte. Jede dieser Maschinen verriet, wer alles die Finger im Spiel hatte, vom Amtsinhaber im Weißen Haus bis zu den Ministern in Puerto Rico. Aber nun stritten sich ihre Verbündeten um die Reste. Tachito geriet außer sich, als er hörte, daß die Beute durch drei geteilt werden sollte. Schließlich gingen nur die P-38 nach Honduras, während Tachito sich die Cessnas, die Mustangs und die Thunderbolts unter den Nagel riß. Nur Castillo Armas ging leer aus. Ehe er sich's versah, hatte sich seine kostbare Luftwaffe in Wohlgefallen aufgelöst. Zum Trost schenkten sie ihm eine Piper, um Ausflüge mit seiner Familie zu machen.

IX
Erzähl mir nichts

Ein Raunen ging durch die Menge, und einige brachen in Tränen aus, denn anstatt es dem nassen Wetter zuzuschreiben, befürchteten sie weit Schlimmeres. Es regnete in Havanna. Der Mann flüsterte eine ganze Weile, immer leiser werdend, als fiele er in einen Brunnen, bis offensichtlich wurde, daß seine Stimme versagte. Die Stille brach wie ein Donnerhall über den Platz herein. Die Leute, die auf dem Boden hockten und picknickten, erhoben sich. Bislang hatten sie der Rede keine sonderliche Aufmerksamkeit geschenkt: Bei Saft und Sandwiches hatten sie ein Schwätzchen gehalten, das sie nur gelegentlich unterbrachen, um die Kinder zurechtzuweisen oder pinkeln zu gehen. Nun warf sich eine erschütterte Frau in die Arme ihres Mannes. Ihre Kinder verbargen die Gesichter in ihrem Rock. Nicht weit von der Tribüne bekamen einige Rebellen, die verloren in der Menge standen, feuchte Augen. Unsicherheit machte sich auf dem Platz breit. Mit der Zeit würden viele darüber lächeln oder sogar ungehalten daran zurückdenken. «Wenn ich daran denke, daß ich wegen des Schweinehundes beinahe in Tränen ausgebrochen wäre», würde ein Flüchtling viele Jahre später sagen, als er mit seinem Boot Miami erreichte. Für die meisten hingegen war es eine nette Erinnerung, typisch für jene Tage, als alle voller Begeisterung für die Revolution waren und kein Mädchen ohne etwas Rotes und Schwarzes an der Kleidung auf die Straße ging und die Geschäfte auch noch den letzten Stoffitzel in diesen Farben loswurden. «Du hattest dieses Trägerkleid an, erinnerst du dich?» sagte eine Frau zu ihrer Freundin, während sie die Eiskarte im *Coppelia* studierte, ohne sich zwischen einem Becher «Vaca Negra» oder Fruchteissalat entscheiden zu können. «Ja, und du hast es mit deiner Wimperntusche verschmiert», antwortete die andere lachend. Wann war das noch mal gewesen? Mit der Zeit vergaß man das. Es waren zu viele Reden. Waren es überhaupt Reden? Für den Briten, einen häufigen Gast in Havanna, waren sie laut gedachte Revolution. Die Wörter vermischten sich. Wann hatte ihn die Stimme im Stich gelassen? In der Nacht der Atomraketen? Im Jahr der Landwirtschaft? Im Jahr der Entscheidenden Anstrengung?

Nein. Es war ganz zu Beginn der Verwicklungen, als auf einen Schlag die Unternehmen aus Yuma kubanisiert wurden. Für den vorliegenden Fall tut dies nichts zur Sache. *El Caballo* verlor im Nieselregen die Stimme. Als das Raunen verstummte, legte sich eine dunkle Wolke der Besorgnis über den Platz, durchbrochen nur von einer Frau, die rief: «Zieh dir was an!» Alle waren gekommen. Soeben aus der Sierra eingetroffene Rebellen und als Milizionäre verkleidete Bürschlein. Rehabilitierte Huren, die jetzt Näherin lernten, und vom Stenographen kastrierte Männer. Vierzehn Hausangestellte der «Zukkergräfin» Revilla Camargo, die sich ins *Waldorf* nach New York abgesetzt und die vierzehn mit der Instandhaltung ihrer Residenz betraut hatte, bis sie entschieden hatte, wie es weitergehen sollte. Da waren mehr Taschendiebe als Huren. Bauern aus Baracoa, die eine Woche zuvor noch nicht die geringste Ahnung gehabt hatten, daß sie am äußersten Zipfel eines Landes namens Kuba lebten. Unternehmer, die kurz davor standen, sich mit dem Flugzeug nach Miami abzusetzen, weil sie ihr Vermögen mit nie zurückgezahlten staatlichen Krediten gemacht hatten. Sie rechneten damit, in spätestens sechs Monaten wieder zurück zu sein. Angehörige der Mittelschicht, die mit aller Macht am kubanisch-amerikanischen Traum von der Million festhielten, auch wenn sie ihn in immer weitere Ferne rücken sahen. Da war ein Kellner aus dem *Tropicana*, der damit prahlte, es Liberace auf dem Konzertflügel besorgt zu haben. Da waren ausländische Journalisten, die allwöchentlich über die Hinrichtungen berichteten. Da waren französische Intellektuelle. Da war ein Universitätsprofessor, der, sein Notizbuch in der Hand, über den Platz spazierte, während er beunruhigt an die täglichen Erschießungen dachte. In diesem Moment verlor *El Caballo* die Stimme. «Revolutionen sind nicht besonders liebenswerte», bedauerte der Professor. Aber sie erwuchsen auch nicht aus der Willkür einiger weniger, dachte er weiter. Sie erwuchsen aus dem Elend. Der Kopf des Professors dröhnte wie ein Kampfjet. Sein Name war Charles Wright Mills, Soziologe an der Universität von Columbia. Hätte er sich in seinem Arbeitszimmer befunden, hätte er an diesem Abend mindestens vierzig Seiten zu Papier gebracht. Fürs erste vertrieb er sich die Zeit damit, die Kubanerinnen zu beobachten, die den Anschein erweckten, als wären die Reden ein Kaffeeklatsch. Er war seit zehn Tagen auf der Karibikinsel und hatte vor, ein Buch zu schreiben.

Er dachte: «Wir (damit meinte er seine Landsleute) geben mehr für Maniküre aus, als all diese Leute in einem Jahr verdienen. Ist es da nicht idiotisch, von aggressiver Wirtschaftspolitik uns gegenüber zu sprechen?» Dabei mußte er an einen Generalmajor der US-Marineinfanterie denken. Ein aufrechter Mann, konnte man sagen. Es handelte sich um Smedley Butler, einen beliebten Mann im Korps. Dieser kleine, stämmige Mann, der aus einer Quäkerfamilie stammte, hatte über dreißig Jahre in der US-Navy gedient. «Ich trug dazu bei, den Weg für unsere Interessen in Mexiko freizumachen», erklärte Smedley nach seinem Abschied. «Ich habe aus Kuba ein Paradies für die Citybank gemacht. In Nicaragua habe ich das Terrain für die Brown Brothers Bank bereitet. Ich habe Honduras für die United Fruit geräumt und in der Dominikanischen Republik den Weg für unsere Zuckergeschäfte geebnet. Man dekorierte mich mit Orden, und ich stieg bis zum General auf. Heute denke ich, daß ich meine Laufbahn mit dem Posten als Berater Al Capones hätte krönen können. Mit einem großen Unterschied: Während Al Capone nur drei Distrikte Chicagos beherrschte, operieren wir in der halben Welt.»

Aber Smedleys Worte gingen ins Leere. Sie machten keinen Eindruck auf die Leser des *Time magazine*, einer Zeitschrift, die dem Professor zufolge auf Fiktion spezialisiert war. Sie machten auch keinen Eindruck auf seine Regierung oder die politischen Beobachter. Das Problem dieser Leute war, so dachte er, davon auszugehen, daß die Entscheidungsträger wußten, was sie taten, daß sie die Folgen ihrer Entscheidungen kannten und rational handelten. Dabei war ihr Irrtum offenkundig. Nach der Flucht des Stenographen dachte niemand in Havanna an Smedley Butler. Schon gar nicht die Unternehmer in Florida, die besorgt waren wegen einer Revolution, die ihnen bislang nichts anderes gebracht hatte, als ihre Bilanzen zu versauen. Deshalb waren sie so empört über die Hinrichtungen. Eine Einstellung, die sie dem Professor zufolge bei den Blutbädern, die der Stenograph anrichtete, nie an den Tag gelegt hatten. Sie waren wie besessen von dieser Insel. Es fiel ihnen schwer anzuerkennen, daß sie fremdes Eigentum war. Denn sonst, so folgerte er, hätten sie zumindest eine Sekunde zu verstehen versucht, wo das eigentliche Problem lag, statt weiterhin Druck auszuüben. Was es zum Beispiel bedeutete, ein Leben lang zu hungern. Aber wer wollte sie kritisieren? Seit undenklichen Zeiten wurden sie von unbescholtenen Denkern dazu aufgefordert, sich der Insel zu bemächtigen; wie ein reifer Pfirsich nach den Gesetzen der Physik irgendwann zu Boden falle, so tönten sie, werde Kuba Teil des Gelobten Landes werden, ob nun im Guten oder im Bösen. Die Insel werde der Yuma gehören oder keinem.

Sobald der Professor zurück in seinem Haus in Rockland County war, vergrub er sich in sein Buchprojekt. Er wollte es in zwei Monaten fertig haben. Yara verwandelte sich in einen Schatten. Sie war seine dritte Frau, eine New Yorker Künstlerin, die aus der Ukraine stammte. Sie war klug genug, alles von ihrem schreibenden Ehemann fernzuhalten, der ganz und gar in seine Kapitel vertieft war. Sie kam ihm nicht mit Problemen und hielt ihm die Kinder vom Hals. Der Professor lebte in seiner eigenen Welt. Die damals fünfjährige Katie durfte allerdings so oft ins Arbeitszimmer kommen, wie sie wollte, um ihm eine Puppe zu zeigen oder ein soeben erfundenes Wort zu präsentieren. Der Professor schrieb Katies Wörter immer in sein Notizbuch, um ihr zu zeigen, wie sie aussahen. Sie war stolz auf die Beziehung zu ihrem Vater. Später würde Katie sich immer daran erinnern, wie sie als einziges Kind von Rockland auf dem Motorrad zum Kindergarten gebracht wurde, wo der Professor sie absetzte, bevor er zu seinen Vorlesungen fuhr. Damals fuhr er eine BMW und besaß ein von der Fabrik ausgestelltes Mechanikerdiplom. Auf seinen Mechanikertitel war der Professor stolzer als auf all seine Doktortitel. Jenen Sommer in Rockland verbrachte er mit seinen Kindern Pam, Kathryn und Nick, der damals erst wenige Monate alt war. Alle drei stammten von verschiedenen Müttern. Es war eine herrliche Zeit, voll von jenem irrationalen Enthusiasmus, der einen Schriftsteller bei jedem neuen Projekt ergreift.

Und das, obwohl SIE bereits da draußen waren und sein Telefon abhörten.

Der Professor erhielt beunruhigende Hinweise. Daß man ihn umbringen wolle, zum Beispiel. Bei seiner nächsten Reise nach Havanna werde ihm ein «südamerikanisch gekleideter Agent» zwei Kugeln verpassen. Aber der Professor fürchtete vor allem einen Überfall im eigenen Haus. Yara gegenüber verlor er kein Wort, aber eines Nachts stieg er aus dem Bett und warf einen Blick auf seine Waffen. Er besaß eine 22er, eine Winchester 30-30 und eine Garand, wie sie in Iwo Jima verwendet wurde. Es waren die Überbleibsel seiner Jagdausflüge, die er als Zwölfjähriger mit seinem Vater unternommen hatte, als sie noch in Texas lebten.

Im November erschien *Listen, yankee! The Revolution in Cuba*. Die Zeitschrift *Harper's* veröffentlichte einen Vorabdruck, der auf dem Titel angekündigt wurde. Damit würde der Professor der Star einer Debatte über Kuba werden, die von der *NBC* von Küste zu Küste getragen wurde. Aber dazu kam es nie. Eines Abends, als er mit Kathryn *Der Zauberer von Oz* anschaute, erlitt er einen Herzinfarkt. Der Professor kam zwei Wochen in ein Sauerstoffzelt. Der nächste Infarkt werde ihn umbringen, sagten die Ärzte.

Die Firma änderte ihre Strategie. Es würde genügen, Mutter Natur nachzuhelfen. Im Januar wurde der Professor von einem Handelsunternehmen, das in *Listen, yankee!* des Drogenhandels und anderer schmutziger Geschäfte zu Zeiten des Stenographen bezichtigt wurde, auf eine Summe von fünfundzwanzig Millionen Dollar verklagt.

Aber der Professor war fest gewillt zu leben. Er gab das Trinken auf und nahm mehrere Kilo ab. «Glaubt nicht, was die Zeitungen über mich schreiben», bat er seine Eltern in einem Brief, während sein Buch in immer neuen Auflagen erschien. Seine mitreißenden Worte machten den Jungen der neuen Linken, die aus den dunklen fünfziger Jahren hervorgegangen war, Hoffnung. «Er sagte uns nicht nur, wie die Dinge waren, sondern wie sie sein sollten und was wir tun konnten, um sie zu verändern», erinnerten sich seine Schüler. Andere hingegen waren empört, vor allem die Kritiker, die sein Buch verrissen hatten. «Die moralische Feigheit dieser Typen widert mich an», wetterte der Professor. «Ich erwarte nicht, daß sie mir beipflichten, sondern daß sie endlich etwas gegen die Scheinheiligkeit dieser Nation unternehmen.»

Ihm blieb nicht mehr viel Zeit. Die Offensive in der Schweinebucht stand kurz bevor.

X
Cayo Confites

Wenn drei Kubaner fröhlich beisammensaßen, war das genug, um den Abend mit einem Befreiungsplan enden zu lassen. Dieser Eifer, andere von ihrem Joch zu befreien, war kubanischer als der Mambo, vor allem, wenn es um ihre karibischen Brüder ging. Diese Neigung war ein wichtiger Antrieb in den letzten Tagen in der Sierra, als Camilo und der Che davon träumten, den Kampf anderswo fortzusetzen. Mittlerweile verstanden sie sich besser. Eine Zeitlang war das ein Ding der Unmöglichkeit gewesen. Der Che konnte mit Camilos Humor nichts anfangen, und er war nicht bereit, ihn zu tolerieren. Der Che haßte es, wenn dieser mitten in der Nacht in ein Laken gehüllt aus dem Gestrüpp sprang, um die Wachposten zu erschrecken, oder wenn er jemandem die Hängematte losband oder Theaterstücke aufführte, in denen er eine Rumbatänzerin gab. *El Caballo* verstand genausowenig Spaß wie der Che, aber er hatte eine Schwäche für Camilo. Aus irgendeinem Grund stellte er ihn an die Spitze der Armee, als sie Havanna einnahmen, während der Che in La Cabaña Erschießungen durchführte. Eine Zeitlang hatte die beiden eine enge Freundschaft verbunden, nachdem sie auf einer verlassenen Finca Baseball gespielt hatten. Der Trockenplatz diente als Spielfeld, auf das gerade einmal zwei Bases paßten. Sowohl der Che als auch Camilo spielten als Pitcher. Da das Gelände abschüssig war, verwunderte es nicht, daß der Verteidiger schließlich den Hang hinunterkugelte.

Die Mutter aller Befreiungsexpeditionen war die *Legión del Caribe*, die in Cayo Confite den Kampf übte, um Trujillo zu stürzen, und dies schon lange vor der Sierra Maestra, als die Salsa noch Mambo hieß. *El Caballo*, der damals einundzwanzig Jahre alt war, hatte sich im Sportpalast, in dem die Rekrutierung stattfand, in die Listen eingetragen. Unter den Freiwilligen befanden sich zahlreiche Exildominikaner, aber die meisten waren Kubaner. Die Leute schienen Feuer und Flamme zu sein angesichts der Aussicht, sich von dem schlimmsten Kretin der Antillen zu befreien, aber auch, weil Trujillo einen Staatsstreich in Havanna förderte. Jedenfalls war in der Legion alles vertreten: von hoffnungslosen Romantikern wie dem Schriftsteller Juan Bosch bis zu Mitgliedern der kubanischen Mafia, die auf den Plänen von Ciudad Trujillo die Banken und Juweliergeschäfte bereits mit Kreuzchen gekennzeichnet hatten. Die Expedition sollte zu großen Teilen aus Mitteln des Erziehungsministeriums finanziert werden, das sofort den Kauf der Flugzeuge in Auftrag gab. Glücklicherweise waren die Steuerkontrollen nicht besonders streng. Dadurch, daß der Minister die Gelder des Ministeriums lieber bei Banken in Florida anlegte, waren die Mittel rasch verfügbar. Als Ausbildungszentrum hatte man die Polytechnische Universität von Holguin ausgesucht, bis die Firma Wind davon bekam. Schuld daran waren die Mütter der jungen Freiwilligen, die in einem fort bei den Radiosendern anriefen und verlangten, daß die Aktion gestoppt werde. Der amerikanische Botschafter in Havanna stellte ein Ultimatum: Was zum Teufel da vorgehe? Die Yuma habe nicht das geringste Interesse daran, Trujillo abzusetzen. Nachdem das klargestellt war, mußten die Legionäre auf eine entlegene Landzunge umziehen, auch als Cayo Confite bekannt.

Ein paar Palmen und eine Pinie waren die einzigen Schattenspender. Es gab nur einen Bewohner, einen Illegalen, der mit vier Ziegen und seiner Familie dort hauste. Beim Anblick der Flotte, die auf die Küste zukam, und der Legionäre, die johlend aus den Beibooten sprangen, begannen seine Kinder zu weinen, während der Mann sich fragte, ob die United Fruit nun gekommen war, um ihn zu vertreiben.

Im Laufe der Stunden würde er sich beruhigen. Einer der Störenfriede versicherte ihm, daß sie lediglich auf dem Weg in die Dominikanische Republik seien. Der Mann atmete erleichtert auf. Wer sollte sich auch für dieses von Wirbelstürmen gepeitschte Fleckchen Land interessieren? Er konnte sich kaum vorstellen, daß die Legionäre bis zur Brust im Meer stehend essen würden, wie es seine Familie machte, um sich der Moskitoplage zu erwehren. Selbst die Ziegen sprangen in die Wellen, wenn die Mücken es zu arg trieben. Der Mann sollte allerdings bald feststellen, daß sich die Mücken durch die Abfälle der Legion verzehnfachten. Anders als die Bewohner des Cayos, die ihr Geschäft dort verrichteten, wo es ihnen gerade paßte, und ihre Exkremente mit Sand bedeckten, schlugen sich die Legionäre hartnäckig in das kleine Mangrovenwäldchen, um ihre Notdurft zu verrichten. Zu der quälenden Hitze und dem Wassermangel gesellten sich schon bald Spannungen innerhalb der Gruppe. So hatten es die Mafiosi aus Havanna auf den Schriftsteller Juan Bosch abgesehen, der sich, beschützt von seinen Leibwächtern, an eine Spitze des Cayos flüchten mußte. Unterdessen schlich *El Caballo* um das Waffenlager herum. Zum ersten Mal im Leben hatte er es mit richtigen Waffen zu tun, etwa den Madsen-Maschinengewehren, die Juanjo Arévalo in Argentinien gekauft hatte, oder den von ihren dominikanischen Förderern aus Florida importierten Mörsern. *El Caballo* mußte unweigerlich an das Pistölchen denken, das er an der Universität getragen hatte. Nun wurde *El Caballo* nicht nur von den Moskitos verfolgt, sondern auch von einem gewissen Pichirilo Mejías, der in der Gegend herumlungerte, ohne ihn aus den Augen zu lassen, wie gebannt von diesem kurzsichtigen jungen Mann, der sich bald als der beste Schütze der Truppe erweisen sollte. Später erlangte Pichirilo ebenfalls Berühmtheit, weil er am Steuer der *Granma* stand, an Bord achtzig Personen statt der erlaubten zwölf, die er zur kubanischen Küste brachte, um den Stenographen zu stürzen. Sie kamen von Mexiko, wo sie die Jacht gekauft hatten, die in einer Flußbiegung vor Anker lag. Es war eine unheilvolle Überfahrt. Um das Visier der Garand einzustellen, war *El Caballo* nichts Besseres eingefallen, als auf die Delphine zu schießen, was dem Maschinisten Chuchú zufolge Unglück brachte. Der Fluch schien sich zu bewahrheiten, als einer verkündete, der asthmakranke Argentinier, der an Deck lag, habe das Zeitliche gesegnet. «Na, wenn er tot ist, werft ihn ins Wasser», sagte *El Caballo*, aber dann stellte sich heraus, daß der Bursche noch am Leben war. Just in diesem Augenblick liefen sie auf Grund, was darauf hindeutete, daß sie am Ziel waren. Aber *El Caballo* war mißtrauisch. «Bist du sicher, daß wir in Kuba sind?» fragte er Pichirilo, während sie, bis zum Hals im Wasser, durch die Dunkelheit an Land wateten. «Wir werden doch nicht in Jamaika sein?» zweifelte er weiter. «Vielleicht ist es ein Cayo», überlegte der schwarze Efigenio. Schließlich verschwand *El Caballo* in den Mangroven. Die Invasion in die Dominikanische Republik war damals im letzten Moment gescheitert; bei der zweiten Invasion, die in Wirklichkeit ein Schiffbruch war, wie der Che behauptete, wollte er auf Nummer Sicher gehen.

Cayo Confites hatte einen bitteren Beigeschmack bei ihm

hinterlassen. *El Caballo* würde nie das Chaos vergessen, als sie überstürzt aufbrechen mußten. Der Erziehungsminister wollte sie plötzlich fern der Hoheitsgewässer wissen, weil der amerikanische Botschafter ständigen Druck auf ihn ausübte, und so verließen sie den Cayo im Morgengrauen. Als erste legte die *Fantasma* ab, gefolgt von der *Aurora* und der *Berta*. Dahinter kamen die *Maceo* und als letztes die *Victoria*. Im Kielwasser der Flottille folgte ein undefinierbarer Haufen von Fischkuttern und vergammelten Segelbooten. Der Bewohner des Cayo winkte ihnen von der Küste hinterher. Als Erinnerung blieben ihm die verbrannten Abfallreste und ein an seine Palmstrohhütte gepinselter Spruch: «Lieber aufrecht sterben, als auf Knien leben». Auf ihrer Flucht irrte die Flotte der Legion eine Woche durch die Karibik. Da die Firma ihre Spur verloren hatte, war die kubanische Marine gezwungen, sie selbst abzufangen. Zurück auf Kuba, nutzte *El Caballo* eine Unaufmerksamkeit seiner Häscher, um in der Bucht von Nipe kopfüber von der *Fantasma* zu springen und ans Ufer zu schwimmen, was ihn davor rettete, auf der Liste der Firma zu landen. So endete die Expedition nach Cayo Confites.

Wie waren so viele argentinische Waffen nach Cayo Confites gelangt? Es hatte lange vorher begonnen, als man einem damaligen Lehrer, der im argentinischen Exil lebte, per Telegramm das Präsidentenamt von Guatemala anbot. Als er sagte, daß er annehmen werde, traten seiner Frau, die auf dem Bett saß und strickte, die Tränen in die Augen. «Fürs erste gehe ich allein, aber ich werde dich bald nachholen lassen. Und leg mir Kleider raus. Am besten schwarze», setzte er wie im Scherz hinzu. Aber schon bei seinen ersten Worten war sie in Schluchzen ausgebrochen. In der Heimat ihres Mannes, in Guatemala, wurden nach wie vor Menschen in die Vulkane geworfen. Was sie beide anging, so zogen sie kreuz und quer durch Argentinien. Von La Punta aus hatte es sie nach Tucumán verschlagen, in eine frischgestrichene Wohnung, die nach jungem Holz roch. Der Vertrag lief über ein Jahr. Ihr Mann hatte drei Lehraufträge an der Universität: Jugendpsychologie, Allgemeine Pädagogik und Didaktik. Sie war das Vagabundieren leid. Es waren schwere Zeiten, mitten im Weltkrieg. In der argentinischen Armee wimmelte es nur so von Nazis (gerade hatte man die Heilige Jungfrau vom Tale zur Generalin der Armee ernannt, mit dem Recht auf Sold und das Tragen eines Schwertes; den Sold kassierte der Pfarrer). Aber die Universität von Tucumán glich einem Garten Eden, in dessen Professorenschaft die Faschisten nichts zu sagen hatten. Ihr Mann war nicht mehr der Jüngste. Er war bereits neununddreißig. Hatte er es nötig, sich in dieses Abenteuer zu stürzen? Aber sie verlor kein Wort, denn sie liebte ihn über alles.

«Was für ein wunderlicher Ort ist doch die Karibik», dachte der Kandidat einige Zeit später, während sein Begleittroß durch die Berge von Retalhuleu fuhr. Erst ein durch die United Fruit eingesetzter Mörder, jetzt ein Doktor der Philosophie mit sozialistischer Berufung. Darüber hinaus argentinischer Staatsbürger. Ein Schriftsteller. Würde eine von der United Fruit kontrollierte Armee zulassen, daß ein solches Gesindel in den Präsidentenpalast einzog? Auf seinen Kopf war eine Belohnung ausgesetzt; deshalb hatte jeder im Troß eine Pistole griffbereit.

Aber der «Weiße Orkan» (der Kandidat gehörte der hellhäutigen Minderheit seines Landes an) war nicht aufzuhalten. Er begeisterte die Lehrer, die mit Kindern und Eltern entlang der Straßen standen. Obwohl er für viele bereits ein toter

Mann war, jubelten die Sozialisten Amerikas. Auf der Rückkehr aus dem Exil hatte er einen Zwischenstopp in Chile eingelegt. Die örtlichen Sozialisten besuchten ihn im Hotel *Crillón*, wo sie sich in einem mit Drachen dekorierten Salon unterhielten. Der Generalsekretär der Partei gab sich alle Mühe, den guatemaltekischen Bären zu umarmen. «Paß auf dich auf», flüsterte er ihm zu. Dieser Chilene war ein Arzt mit dicker Brille, der Finsterste der Abordnung, mit einem durchdringenden Blick. Seine Gedanken schienen in dunkle Wolken gehüllt zu sein, die nur er selbst zu durchdringen vermochte. Der Kandidat ließ sich von dieser Schwermut anstekken, als er das Hotel verließ. Draußen pulsierte das Leben, denn die Chilenen waren auf die Straße geströmt, um den Aufstand der Pariser gegen die Nazis zu feiern. «Wie hieß der Sekretär?» fragte der Kandidat. «Salvador Allende», erklärte man ihm.

Nun befand er sich schon seit einiger Zeit auf Wahlkampftour. Sie waren mit hoher Geschwindigkeit unterwegs, um Hinterhalten zu entgehen, die Karabiner griffbereit auf dem Sitz. Während er über die von Armen in Unterhemden gesäumte Straße nach Retalhuleu hineinfuhr, blickte der Kandidat forschend in ihre dunklen Gesichter. Wie bei jedem Neuling auf der politischen Bühne setzte man große Hoffnungen in ihn. Sie befanden sich nicht mehr im Reich der United Fruit, sondern in jenem der guatemaltekischen Großgrundbesitzer. Aber das Bild war das gleiche: Tausende von Mayas mit Strohhüten und Macheten in den Händen, die vier Centavos am Tag verdienten, skandierten leise und zugleich kämpferisch: «Viva Arévalo»; es klang wie eine Bitte und ein Befehl zugleich, wie der so Gefeierte feststellte. Aber würde er in der Lage sein, sie aus ihrer Armut zu befreien? Den Kandidaten überkam wieder jene Schwermut wie damals in Chile, als Allende ihn bat: «Paß auf dich auf.» Wenig später verschwand er in einer Villa der reichen Oberschicht. Die Besitzer der Kaffeeplantagen von Retalhuleu, auf denen später während der Operation «Schweinebucht» das Camp der Fallschirmspringer sein würde, hatten ihn eingeladen, dort zu wohnen, sie würden ihm zu Ehren ein Bankett geben. Die Menge in den Straßen protestierte gegen den Rückzug, und der Kandidat mußte hinausgehen, um, auf einem Tisch stehend, eine improvisierte Rede zu halten. Zum ersten Mal standen die Lehrer und die Kinder weit entfernt von der Tribüne.

Sein Name war Juanjo Arévalo. Man hatte ihm alle möglichen Steine in den Weg gelegt, um die Wahlen zu verhindern. Als alle Versuche, ihn aufzuhalten, scheiterten, putschten die Generäle, und der Kandidat mußte Zuflucht in der Mexikanischen Botschaft suchen. Die Liberalen dachten nicht daran, die Macht abzugeben, bis dann die jungen Offiziere putschten. Nun war es an der Militärjunta, sich in Sicherheit zu bringen; ihr Anführer landete in demselben Zimmer der Botschaft, das der Kandidat wenige Stunden zuvor verlassen hatte. Juanjo erschien freudestrahlend im Präsidentenpalast, ringsum Panzer und Maschinengewehre, um die jungen Militärs zu begrüßen, die ihn in ein Arbeitszimmer führten. Dort saß ein schmaler, blonder Mann, der sofort aufsprang, um Juanjo zu umarmen. Der Kandidat erklärte, er sei gekommen, um Hauptmann Jacobo Arbenz, dem Anführer der Legalisten, persönlich zu gratulieren. Die Ohren des Blonden wurden knallrot. Er stotterte: «Ich bin Arbenz, Doktor.» Arévalo bekam einen Heidenschreck. In den Händen dieses Cherubim lag der Schlüssel zur Demokratie? In diesem Augenblick hatte er bereits beschlossen, daß jener Mann mit dem Knabengesicht und dem Aussehen eines Schweizer Apothekers sein nächster Kriegsminister werden sollte. Zum ersten Mal seit Wochen blickte er zuversichtlich in die Zukunft.

Aber sie waren in der Karibik, wo man sich mit dem Gesindel ringsum arrangieren mußte. Wann würde er mit Somoza und Co. aneinandergeraten? Wie würde es mit Nachbarn wie Sam Zemurray laufen, dem Boß der United Fruit, besser bekannt als Bananenkönig, der nicht weit von dort, Richtung Osten, auf der anderen Seite der Cordillera del Merendón in einem Ort namens La Lima lebte, der damaligen Hauptstadt des Bananenimperiums, mitten auf honduranischem Staatsgebiet? Das waren Juanjos Gedanken gewesen, als er gegen Ende des Präsidentschaftswahlkampfs über eine von Mayas in Festtagskleidung gesäumte Straße Retalhuleu verließ. Hin und wieder kreuzte ein Leguan die Straße und kletterte in die Bäume, ohne die Karawane aus den Augen zu lassen. Dann hielten die Autos an, und alle ballerten auf den Leguan. Trotzdem gelang es Juanjo, ein Schläfchen zu halten. Als er die Augen schloß, nahm er den Geruch eines Quetzals wahr. Er träumte, dieser flöge aus seinem Nest auf, um sich in der nächsten Baumkrone niederzulassen. Aber es war nur ein Traum. Um einen fliegenden Quetzal zu sehen, hätte man monatelang an Orten wie San Juan Chamelco bleiben müssen, wohin sie nun fuhren. Es begann heftig zu regnen. Juanjo dachte mit Wehmut an seine verlorene Welt in La Punta, ohne eine Wolke am Himmel, als er bei den Videlas wohnte und die Pringles-Schule leitete und seine Frau ihr Haar mit Regenwasser wusch, während er unter dem Laubendach saß und sich die Nägel schnitt, was er mit Rücksicht auf die Besitzer des Hauses niemals im Schlafzimmer oder auch nur im Badezimmer getan hätte.

Es wurde nie bewiesen, daß Juanjo die von Juan Perón gekauften Waffen nach Cayo Confites weiterleitete, auch wenn Trujillo fest davon überzeugt war. Seither stand für Trujillo auch Juanjo Arévalo, der aus Argentinien dahergelaufene Philosophieprofessor, auf der Liste menschlichen Abschaums, die von den Haitianern und den Kubanern angeführt wurde.

Cayo Confites lag übrigens nicht weit von Hemingways Lieblingsküsten entfernt, dem Gebiet, in dem die Nazis während des Weltkriegs ihr Unwesen trieben. Eines Tages tauchten sie bei Faro Lobo auf und begannen, völlig ungeniert Handelsschiffe und Tanker zu versenken. Bald ließen sie sich auch tagsüber an der Oberfläche blicken. Eines Tages tauchte U-Boot 340 unter dem Kommando von Rudolph von Wernicke im Hafen vor dem Präsidentenpalast auf und nahm über Funk Kontakt zu dem Stenographen auf. «Hör gut zu, du kleiner Wicht», warnte er ihn in jenem tadellosen Spanisch, das kreolisierte Deutsche zuweilen sprachen. «Gerade jetzt im Moment habe ich dich im Visier. Wie lange noch willst du der US-Marine Stützpunkte zur Verfügung stellen?»

Kaum hatte er diese Worte ausgesprochen, als sich das Periskop trübte. Die Motoren stotterten und blieben dann stehen. Kommandeur von Wernicke war in einer unangenehmen Lage. Er befand sich knapp unter der Wasseroberfläche, auf sogenannter Periskoptiefe. Während die Batterien luden, hatte Rudolph unbedingt den Stenographen ärgern müssen. Er war in Kuba wie zu Hause. Er liebte es, an Land zu gehen. Heute konnte er in Alt-Havanna essen gehen und morgen durch den *Siebten Himmel* und andere Bordelle der US-Navy ziehen. Eines Nachts trafen sie dort mit der Besatzung der *Cachalot* zusammen, eines Flugzeugträgers, der soeben in

Gitmo eingelaufen war, aber sie hatten trotzdem jede Menge Spaß, denn von Wernicke zufolge konnten die Nutten nicht zwischen einem US-Marine und einem Nazi unterscheiden. Diese nächtlichen Ausflüge faszinierten den Deutschen, doch sein liebster Zeitvertreib war es, unverhofft inmitten einer Fischerflotte aufzutauchen, was dieser einen Höllenschreck einjagte.

Aber die Situation hatte sich geändert. Bevor das Periskop seinen Geist aufgab, hatte er etwas Schreckliches durch das Objektiv gesehen, eine Art Kalmarauge, das in das U-Boot hineinstierte. Plötzlich hatten auch die Dieselmotoren ausgesetzt. Von Wernicke war ein rationaler Typ. Das unmenschliche Antlitz im Periskop schrieb er dem Streß zu, aber der Maschinenausfall war durch nichts zu erklären. Seine Männer sahen ihn ratlos an. Sie rechneten jeden Augenblick mit einem Torpedoangriff. Der Erste Offizier fragte, ob sie auftauchen sollten. Und wenn wir Öl ablassen? schlug der Fähnrich vor. Von Wernicke schwieg, er war von Schwachköpfen umgeben. Ihm gingen tausend Gedanken durch den Kopf. Es war schrecklich, nichts mehr zu sehen. Was war da über ihnen? Vielleicht ein Verband von Zerstörern. Aber das Echolot zeigte nichts an. Er ging auf Nummer Sicher, tauchte vorsichtig ab und nahm Kurs auf Barbados. Sobald sie ruhige Gewässer erreichten, würde er das Boot auf Schäden untersuchen. Doch auf der Fahrt wurde er von den Torpedos eines einsamen Wasserflugzeugs versenkt, das ihn zufällig ortete. So konnte sich Rudolph von Wernicke den Vorfall niemals erklären.

Von Wernickes Alptraum hieß Pascual und war ein Fischer aus Guanabo. Als das U-Boot sich zurückzog, lag er immer noch auf der Lauer. Er hockte noch eine ganze Weile in seinem Kutter und wartete auf das U-Boot. Es war ihm auf der Heimfahrt begegnet, als er durch die Bucht ruderte und plötzlich vor sich die Rauchwolke der Dieselmaschinen sah. Im letzten Abendlicht tuckerten die Auspuffrohre wie ein klappriger Bus. Dann entdeckte er das Periskop. Pascual haßte die Nazis, seit ein U-Boot in sein Netz geraten war und seinen Fang auf den Grund des Meeres geschickt hatte, nachdem es zuvor bereits das Boot zum Kentern gebracht hatte. Diese aus dem Wasser ragenden Rohre waren ein Geschenk des Himmels. Er näherte sich verstohlen und preßte sein Auge auf das Periskop, in der Hoffnung, diese Halunken da unten zu sehen. Als dies ohne Erfolg blieb, stülpte er einen Sack darüber. Doch das erschien ihm noch immer nicht genug, und er bearbeitete das Periskop mit einem Hammer. Dann nahm er den Bootshaken und stopfte händeweise Garnelen in die Auspuffrohre. Schließlich ging er auf Distanz, falls das Ungetüm auftauchen sollte. Er überlegte, eine Entschädigung für den verlorenen Fang zu fordern. Doch dann beobachtete er, wie die Rohre von der Wasseroberfläche verschwanden, was bedeutete, daß der Eindringling sich zurückzog. Wie auch immer, Pascual wertete es als Sieg.

Damals machte auch Hemingway Jagd auf die Nazis. Die U-Boote hatten ihren Schlupfwinkel in der Nähe der Insel des Frohsinns. Immer wieder löste sich eines aus dem Rudel, um ein Handelsschiff zu jagen, und so erklärte Hem ihnen den Krieg. Die Botschaft überließ ihm einen starken Empfänger für seine Jacht, die außerdem über ein 50-Millimeter-Gewehr verfügte. Für den Fall der Fälle trug Hem außerdem ein Schreiben bei sich, das ihn als Wissenschaftler auswies, der eine Funkanlage testen sollte – eine beschissene Ausrede, selbst für die damaligen Umstände. Er ortete kein einziges

U-Boot, aber er hatte eine großartige Zeit. Mehr als ein Schwachkopf würde später unterstellen, er habe das alles nur angeleiert, um die Treibstoffrationierung umgehen und fischen zu können. Aus dem Stoff, den er auf diesen Fahrten sammelte, entstand später *Inseln im Strom*, sein bestes posthumes Werk, das ganz in der Nähe von Cayo Confites spielt. Schließlich beschuldigte man ihn, mit den Legionären unter einer Decke zu stecken. In Kuba hatte sich einiges geändert. Die Soldaten durchsuchten sein Haus, stahlen seine Flinten und töteten seinen Hund. Hem floh daraufhin nach Italien, wo er den Krieg vergaß, um mit *Der alte Mann und das Meer* zu beginnen.

Die gefährlichste Kugel ist, wie er so treffend sagte, die, die man nicht hört.

XI
Karibische Sinfonie

Riley Shamburgers Geschwader hob im Dunkeln in Happy Valley ab und flog nach Nordosten. Es war der letzte Einsatz im Küstenort. Zuvor waren zwei weitere Invaders mit den Piloten Dodo Goodwin und *El Tigre* Herrera gestartet. Als nächste starteten Riley Shamburger und sein Partner Wade Gray. Dann folgte Pete Ray mit Leo Baker als Copilot. Nick Sudano war der letzte der Gruppe, begleitet von Joe Shannon. Kurzum, die besten Männer der Nationalgarde. *El Tigre* Herrera und sein Copilot Mario Zuñiga waren die einzigen Kubaner auf dem letzten Flug zur Schweinebucht. Die übrigen kubanischen Piloten waren aus dem Rennen. Tagelang waren sie zwischen Nicaragua und der Insel hin- und hergeflogen. Nachdem die Hälfte ihrer Maschinen abgeschossen worden war, ersetzte man die Kubaner durch ihre Ausbilder, die Piloten aus Alabama.

Nick Sudano – oder Nick Sudali oder wie auch immer –, der am Ende flog, dachte an alles mögliche, aber vor allem dachte er, wie seltsam es war, dort zu sein. Als man ihm in Alabama diesen Job angeboten hatte, hatte er einen Freudentanz vollführt. Birmingham brachte ihn um. Für einen Kampfflieger hatte die Nationalgarde so viel mit Luftkrieg zu tun wie Salsa mit der Oper, also sprach er mit seiner Frau und zog in den Kampf für den Westen. Zuerst mußte er aus der Nationalgarde von Alabama austreten, dann seine Identität aufgeben. Von nun an sollte man ihn unter dem Namen Nick Sudali, Happy Valley, Nicaragua, kennen. Aber Nick versprach seiner

Frau, nicht selbst zu kämpfen. Alle verließen sich auf das Versprechen, daß kein Nationalgardist an den Kämpfen beteiligt sein würde. Aber bei dieser Kette von Lügen und Stümpereien war nichts mehr sicher.

Nun war alles anders. Der Kampf in dem Küstenort war aussichtslos. Die Brigadisten waren eingekesselt. Achtzigtausend Milizionäre hatten La Ciénaga umstellt. Die Überreste der Invasionsflotte entkamen aufs offene Meer. Den Funkern brachen die Hilferufe von der Küste das Herz, aber die Flotte gab keinen Pieps von sich. Was hätten sie antworten sollen? Die Schiffsoffiziere der United Fruit, größtenteils Spanier, waren ihr Leben lang bei der Handelsmarine gewesen. Ohne Deckung aus der Luft wollten sie nicht zum Strand zurückkehren. Ihre kubanischen Besatzungsmitglieder teilten diese Philosophie.

Das Schweigen der Flotte machte die Brigade wütend. Bei Nacht fuhr ihr Anführer in einem Boot mit Funkgerät aufs Meer hinaus, um die verlorengegangene Flotte aufzuspüren. Seine Bemühungen blieben erfolglos. Dann kehrte er zur Küste zurück, und ein anderer Mann übernahm seinen Posten. Der trieb stundenlang in dem Boot durch den Nebel und rief eine gewisse Dolores, was nichts anderes war als der Codename des Funkschiffes der Flotte: «Dolores, hier Strand. Wir können euch nicht finden… Dolores, Dolores… Wir brauchen euch dringend. Antwortet doch, verdammt noch mal.» Gegen Mittag erreichte eine Funkmeldung der Flotte die Küste. Der Funker übergab Pepe das Mikrofon. Der Kommandant der *Blagar* meldete sich von hoher See. Er wollte die Brigadisten zu ihrem heldenhaften Kampf beglückwünschen. Pepe umklammerte das Mikrofon. Ihm blieben die Wörter im Halse stecken, so sehr drängte es ihn, den Kerl zu beschimpfen. «Wo warst du, du Dreckskerl? Wohin hast du dich abgesetzt, verdammte Scheiße? Ihr habt uns hier verrecken lassen wie Hunde!» brüllte er. Es war der Ton, der in diesen Stunden die Funksprüche zwischen der Flotte und den armen Schweinen an der Küste bestimmte. «Seht ihr nicht, daß unsere Lage verzweifelt ist?» regte er sich auf. Dann schaltete sich Gray ein, der Typ von den Tauchern, der sich nun auf der *Blagar* befand. «Hör zu, Pepe, in drei Stunden sind wir da», sagte er zu ihm. «Wir haben nicht mal mehr Patronen für die Bazookas», schrie Pepe San Román. «Die Panzer stehen direkt vor uns. *El Gallego* schießt aus allen Rohren auf uns.» «Drei Stunden, Pepe, ich versprech's dir», sagte Gray. «Versprich mir lieber nichts», raunzte der Brigadechef. «Bitte, Pepe, halt durch», bat der andere. «Was seid ihr nur für Arschlöcher!» fluchte Pepe. «Du hast einen phantastischen Job gemacht», unterbrach ihn der Kommandant der *Blagar*. «Hör auf zu lügen, und schick diese gottverdammten Flugzeuge», beendete Pepe am Strand das Gespräch.

Die US-Marine war entsetzt. Die halbe Karibik hörte mit, von den Russen bis zu den Kreuzfahrtschiffen der Royal Carribean, von den nächtlichen Amateurfunkern bis zu den Piloten der Pan American, die am Himmel kreuzten. In der Firma trafen massenweise Funksprüche aus dem Küstenort ein, die Bob auf der *Shirley* eingefangen hatte und nach Miami weiterleitete. Während die Direktoren wie kopflose Hühner durch die Gegend liefen, lotste ein Admiral den Iren von einer Party weg. Die Invasionsflotte müsse schnellstmöglich umkehren, um die Brigadisten zu evakuieren, aber dazu müßten zunächst die Invaders aus Happy Valley *El Gallego* bombardieren. Dafür bräuchten sie freien Himmel, und für den könnten nur die Flugzeugträger sorgen. Der Ire hätte nicht mehr blasser werden können. Sein Bruder Bobby hatte ihn noch nie so gesehen, zumindest nicht, seit Marylin ihm gedroht hatte, kein zehntes Mal abzutreiben. Der Ire dachte an die Zeitungen von morgen. Bobby müsse dringend auf die Presse einwirken, um die zu befürchtenden katastrophalen Schlagzeilen zu verhindern. «Eine Stunde», gestand der Ire zu. Das war alles, was sie hatten. Der Admiral zog sich erleichtert zurück. In einer Stunde konnte man viel machen. Das war mehr als genug für den Befreiungsschlag. Es war kurz vor Mitternacht. Bei Sonnenaufgang würden die Flugzeuge von der *Essex* zu dem Küstenort fliegen. Der Ire verbrachte die Nacht in Washington zutiefst besorgt alleine in einem Magnoliengarten.

Unterdessen befanden sich die Invaders in Happy Valley bereits auf der Startbahn. In Nicaragua war schönes Wetter. Bis Kuba waren es drei Stunden Flug. Bisher hatten die Orishas alles abgeschossen, was am Himmel über der Schweinebucht aufgetaucht war. Doch diesmal würde es anders sein. Zwischen 6.30 und 7.30 Uhr würden die Flugzeuge der US-Navy den Himmel freihalten. Vielleicht starteten sie von der *Essex* oder auch von der *Shangrila*. In jedem Fall aber von einem der großen, in Gitmo stationierten Flugzeugträger. Deshalb stiegen die Nationalgardisten in Happy Valley zuversichtlich in ihre Flugzeuge; statt Fliegeroveralls trugen sie Shorts und Turnschuhe. Joe Shannon und Nick. Riley und Wade Gray. Leo Baker und Pete. Der befestigte vor dem Start eine Zeichnung von Janet am Instrumentenbrett. «Ich bin Joe Greenland», dachte er. Zivilpilot, geschieden, keine Kinder, aus New York. Es fiel ihm schwer, sich mit dem neuen Namen anzufreunden. In diesen Wochen in Nicaragua hatte er oft an seine neue Identität gedacht. Er war nicht länger Pete Ray, genauer gesagt: Captain Thomas Willard Ray von der Alabama National Guard, sondern ein gewisser Joseph Greenland, dessen letzte bekannte Adresse ein Postfach war. Dorthin wurden ihm Margarets Briefe und die Zeichnungen von Janet und Tom geschickt. Wenn sie ihn erwischten, war er erledigt. Das war die dunkle Seite der Mission. Er hatte ein neues Leben, das er samt Kindheitserinnerungen und allem Drum und Dran herunterbeten können mußte, um es, falls sie gefangengenommen wurden, sooft wie nötig zu wiederholen, ohne sich in Widersprüche zu verwickeln. Dachten sie wirklich, daß diese unerfahrenen Südstaatler ungeschoren aus einem kubanischen Verhör herauskämen? Besser gesagt, glaubten ihre Vorgesetzten wirklich, sie würden damit durchkommen? Warum hatte dann jeder Pilot eine Zyankalikapsel bekommen?

Niemandem kam es auch nur für einen kurzen Moment in den Sinn, daß sie sie benutzen würden. Es war eine bürokratische Formalität. In der Firma war kein Fall bekannt, bei dem sich jemand umgebracht hätte, um seiner Gefangennahme zu entgehen. Und ein Pilot schon gar nicht. Nicht einmal Francis Powers hatte so einen Unsinn in Erwägung gezogen, als er über der Sowjetunion abstürzte. Er sprang mit dem Fallschirm in ein Sonnenblumenfeld, um sich dann mißmutig neben die Trümmer des Flugzeugs zu hocken. Ein paar Russen, die auf dem Weg zu einer Hochzeit waren, starrten ihn verdutzt an. Sie halfen ihm aus den Gurten und nahmen ihn mit zu der Feier. Die Leute dort waren sehr freundlich zu Francis, bis ihnen eine Sache seltsam vorzukommen begann. Der Kerl sprach kein Wort, nicht einmal, nachdem er zwei Gläser von dem Neuronenkiller gekippt hatte, den seine Gastgeber tranken. Es war offensichtlich, daß es sich um einen ausländischen Piloten handelte. Daraufhin holte der Hausherr die Polizei, nachdem er sich zuvor in aller Form bei Francis entschuldigt hatte. Wenn es nach ihm ginge, so versicherte er, könnte er ein ganzes Jahr in seinem Haus bleiben.

Den Piloten aus Alabama war der Fall bekannt. Das Schicksal ihres Kollegen Francis Powers förderte ihre Ungewißheit über ihr eigenes Schicksal. Auch Francis war ein Mitarbeiter der Firma gewesen, der in getarnten Flugzeugen Einsätze in fernen Ländern flog. Niemand glaubte, daß er noch am Leben war. Der Geier war erschaffen worden, um den Kommunisten das Leben schwerzumachen. Mit Genehmigung des Präsidenten erfüllte er jahrelang seine Aufgabe, denn angeblich war der Vogel nicht vom Himmel zu holen. Zunächst einmal war er unsichtbar. Und falls man ihn doch erwischen sollte, so erklärten sie dem Alten, würde nach dem Absturz nichts von ihm übrigbleiben, was größer war als eine Schraube. Vom Piloten würde man lediglich das Gebiß finden, versicherten sie dem Präsidenten, die Geheimhaltung bleibe also gewahrt. Nun, das Flugzeug von Francis Powers hatte lediglich die Tragflächen verloren und war detailgetreu von den Russen rekonstruiert worden. Was den Piloten betraf, so hatte er gerade mal ein blaues Auge. Sogar Francis' Meisterwerk erreichte die Erde ohne einen Kratzer: der Film aus den Pupillen des Vogels, die aus der Stratosphäre eine Fliege auf einem Teller festhalten konnten.

In Langley, Virginia, dem Hauptsitz der Firma, zerbrachen sie sich die Köpfe, um die Katastrophe aufzuklären. Ein Jahr war seit jenem letzten Flug vergangen, der an einem 1. Mai stattgefunden hatte. Das Datum war kein Zufall. Die Abteilung für Operationen aus der Luft war davon ausgegangen, daß die Sowjets wegen der Parade abgelenkt sein würden. Aber diese hatten den Geier auf ihren Radarschirmen, seit er die

Grenze überflogen hatte. Mehrere Abwehrraketen, die auf ihn abgefeuert wurden, kamen nicht einmal in seine Nähe. Statt dessen schossen sie eine MiG ab, die den Eindringling abfangen sollte. Alles deutete darauf hin, daß Francis, nachdem er einmal quer über die ganze Sowjetunion geflogen war, unbehelligt nach Hause zurückkehren würde. Angesichts des tobenden Chruschtschow gifteten sich die Generäle über Funk an. Dann erhielt Igor Mentjukow, der Pilot einer Sukhoi, der in der Nähe auf einem Patrouillenflug war, einen seltsamen Funkspruch. Man befahl ihm, den Eindringling abzufangen, aber da er keine Waffen an Bord hatte, sollte er ihn rammen. Während Igor auf das Ziel zuflog, überlegte er, ob seine Vorgesetzten noch alle Sinne beieinanderhatten. Ein Marschall persönlich hatte ihm die Instruktionen erteilt. Natürlich hatte Igor nicht vor, irgendwen zu rammen. Sicherheitshalber teilte er dem Tower mit, er könne sein Ziel nicht ausmachen. Das klang ziemlich logisch. Ein dunkler Vogel vor dem schwarzen Himmel, ein praktisch unsichtbares Ziel. Doch Igor hatte ihn bereits im Visier. Seine Turbinen waren allmählich am Limit angelangt, als sich ein Paar gewaltiger Flügel über der Sukhoi ausbreitete. Igor bemerkte entsetzt, daß der Geier einige Meter über ihm flog. Gerade als er ihn abhängen wollte, brach der Vogel auseinander. Igor begriff nie, was da passiert war. Die von der Sukhoi verursachten Turbulenzen hatten merkwürdige Auswirkungen auf die Struktur des Geiers gehabt, der vor seinen Augen auseinanderbrach und mit seinem abstoßenden Äußeren, das Gefieder zerzaust, der Erde entgegenstürzte, wie ein Raubvogel, der, von einem Mausergewehr getroffen, einen üblen Geruch verströmend, zu Boden fällt.

Das war, in wenigen Worten, die Geschichte, die Riley

Shamburger bei seinem Besuch im Pentagon zu Ohren gekommen war. Er war mit Joe Shannon dort gewesen, um die Aktion in dem Küstenort zu koordinieren, als er ein Gerücht aufschnappte: Die Russen, so hieß es, würden Powers freilassen. Riley und Joe arbeiteten seit einer Woche mit der Abteilung für Operationen aus der Luft an der Logistik der Invasion. Wie hatte Reid Doster gesagt: In Guatemala werde etwas ausgeheckt, um *El Caballo* den Arsch aufzureißen. Die Nationalgardisten sollten als Freiwillige hinuntergehen, um die Kubaner auszubilden. Das war alles, was sie an Informationen erhielten.

Die Firma hatte aus mehreren Gründen ein Auge auf Alabama geworfen. Zum einen, weil sie Doster so einschätzten, daß er sich auf alles einließ, vor allem aber, weil die Nationalgardisten dort eine gewisse Erfahrung im Fliegen der Invaders besaßen, jener fliegenden Schrottkisten, aus denen *El Caballos* Luftwaffe bestand. Dank der Zauberkünste der Mechaniker aus San Antonio waren sie wie durch ein Wunder noch im Einsatz, der letzte Winkel der Erde, wo sie noch flogen. Man mußte sämtliche Flugzeugfriedhöfe durchkämmen, um dreißig passable Gerippe zu finden, die nach Opa Locka gebracht werden sollten, um sie dort wieder auf Vordermann zu bringen. War das geschehen, so würde man sie mit den Hoheitszeichen der Luftwaffe der Rebellen versehen, um sie dann den Nationalgardisten zu übergeben, die sie zur Costa Miskita fliegen sollten. «Weshalb machen die sich so viel Arbeit?» fragte Wade Gray. Nun, weil alles nach einer internen Revolte aussehen sollte, erklärte ihm Riley Shamburger.

Reid Doster hatte an die hundert Freiwillige zusammengebracht, Piloten, Elektriker, Mechaniker und Köche. Für die Piloten bedeutete Happy Valley große Veränderungen. Sie waren Teilzeitsoldaten, die ihren Sold aufbesserten, indem sie Versicherungen verkauften oder in einer Kneipe Bier zapften. Leo Baker beispielsweise besaß zwei Pizzerien. Andere arbeiteten vormittags bei Hayes Aircraft Corp., einer Ausrüstungsfirma mit Sitz in Alabama. Das war die übliche Vorgehensweise bei diesen Fliegertruppen, die Gefälligkeiten mit den Politikern austauschten. Die Luftwaffengarde von Texas zum Beispiel hatte eine eigene Abteilung für Jungs aus gutem Hause, bekannt als Champagnereinheit. Einer, der Gebrauch davon machte, war der berühmte Poppy, der Taufpate der *Barbara J*, der sobald wie möglich seinen kleinen Junior dort unterbrachte, auch wenn dieser ihn schon bald darum bat, nach Alabama versetzt zu werden. Ein Pilot besaß noch ein Foto von Junior, wie er zwischen zwei Lieutenants stand und kotzte. Das war der einzige Beweis dafür, daß er bei der Nationalgarde gewesen war, was jedoch nicht zu der Behauptung berechtigte, er sei an der Bombardierung von San Antonio beteiligt gewesen – ein Gerücht, das zu kursieren begann, als seine Feinde der Ehrgeiz gepackt hatte, Poppy Junior die Schuld an allem in die Schuhe zu schieben, was in Nordamerika passierte. Junior war erst lange nach der Operation nach Alabama gekommen, bei dem Versuch, so weit weg wie nur möglich vom Vietnamkrieg zu sein. Er hatte seine Schule abgeschlossen und war in der Lage, einen Jet zu fliegen, aber das letzte im Leben, was er wollte, war, in Alabama zu versauern. Er trank ein paar Bierchen mit den Piloten am Stammtisch, dann sahen sie ihn nie wieder.

In jenen Tagen des Weltkongresses des Salsa war Junior, Poppys Liebling, also noch auf der High-School, weit weg von der Bar der Nationalgarde. Man konnte wirklich nicht behaupten, daß diese Typen ein guter Umgang waren. Bei Hühnerklein und fritierten Austern hatten sie nur zwei Gesprächsthemen: Mösen und Baseball. Erst seit einigen Jahren gab es Schwarze in ihren Reihen, seit sich damals eine schwarze Hausfrau im Bus geweigert hatte, einem Weißen ihren Platz zu überlassen. Die Demonstration der Frau änderte das Leben aller. Sie wurde festgenommen, und die Schwarzen boykottierten die Busse, die nun leer fuhren. Die Courage dieses Mädchens verwandelte Birmingham in ein Inferno. Gleichzeitig provozierte das Pastorenpack mit seinem pazifistischen Mist und trat der Polizei mit dem Lied *We shall overcome* entgegen. An der Spitze der Baptisten marschierte Reverend Luther King und wiegelte die Schwarzen auf. Einige Piloten dachten – völlig richtig –, daß diese Leute etwas ganz anderes wollten als einen Sitzplatz im Bus. Allerdings hätte der Vorfall keine besondere Aufmerksamkeit erregt, wäre nicht ein Photograph des *Advertiser* vor Ort gewesen. Sogar *Life* zeigte die barfüßigen Schwarzen, die wehrlos zähnefletschenden Doggen gegenüberstanden.

Die Piloten betrachteten sprachlos die Fotos. Sie waren nicht beim Ku-Klux-Clan, aber in Anbetracht der Lage waren ihre Nerven zum Zerreißen gespannt. Sie waren umgeben von Schwarzen aufgewachsen, und nun kamen Typen von auswärts, um ihnen die Situation zu erklären. Der Gouverneur selbst hatte ihnen ein Flugblatt gezeigt, auf dem zu sehen war, daß die Schwarzen Benzin in die Kanalisation schütten wollten, um die Stadt niederzubrennen, während sie die Feuerwehr mit Heckenschützen erwarteten. Diese Neger, die nicht einmal den Strom bezahlten, wollten jetzt also das Sagen in den Südstaaten haben. Der Gouverneur erklärte, er spreche hier von Terroristen, nicht von den anständigen Negern, die einen sogar in den Wald begleiteten, um Opossums zu jagen. Und die Aufgabe der Bluthunde sei es nicht, wehrlose Schwarze zu zerfleischen, sondern Kommunistenbarrikaden aufzulösen. Die Piloten, die mit Bluthunden wie diesen auf die Jagd gingen, hingen an den Lippen des Gouverneurs. Die Opossumjagd war die große Leidenschaft der Nationalgardisten, die nachts mit einem Pick-up voller Hunde in den Wald fuhren. Nichts haßten diese Bluthunde so sehr wie ein Opossum. Man mußte sie ihnen aus den Zähnen reißen, wenn etwas davon übrigbleiben sollte. Aber abgesehen von den Opossums waren sie ganz brav. Sie gehörten Doody Garrison, dem Schwarzen, der die Gardisten zur Jagd in die Wälder Alabamas mitnahm. Auf dem Heimweg kehrten die Piloten in seiner Hütte ein, um pappsüßen Kaffee und fritierte Krabbenbeine zu frühstücken. Dann tranken sie Bier, während sie durch Doodys Fenster sahen, wie es hell wurde. Darauf reduzierte sich eine Jagd in den Wäldern Alabamas, der schlimmsten Gegend des *«Backbelt»*, Zentrum der Lynchjustiz, knapp so groß wie Nicaragua. Der Traum eines jeden Geheimdienstes, der Leute anwerben wollte.

Dem demokratischen Gouverneur von Alabama genügten fünf Minuten, um den Plan für die Schweinebucht abzusegnen. Seine einzige Bedingung? Daß die Sache erst nach den Wahlen stieg. Besprochen wurde dies im Rahmen eines Treffens mit dem Leiter der verdeckten Operation in Miami, der nach Alabama gereist war, um den Gouverneur zu überzeugen. Sein Besucher pflichtete ihm bei. Es wäre doch ärgerlich, wenn die Republikaner am Ende die Lorbeeren ernteten. Bei ihnen saß Reid Doster. Der General schien begeistert. Er konnte es kaum erwarten, in eine Invader zu steigen, um es den Kommunisten mal so richtig zu zeigen. In der Firma hatte man auf seine Mitarbeit gezählt. Der Vorgesetzte der Piloten war ein ehrgeiziger Typ, der es in sieben Jahren vom Major zum General gebracht hatte. Jetzt träumte er vom Kongreß. Durch das Fenster sah man die Flagge auf dem Kapitol (in Alabama wehte noch die Fahne der Sklavenhalter). Die Nachricht von dem Treffen sprach sich rasch herum: Die Firma rekrutiere die Gouverneure der Südstaaten. Keiner fand etwas dabei, mit Ausnahme des Amtschefs von Arkansas. Als er erfuhr, was der Ire mit seinem Kollegen in Alabama plante, erklärte er, dies sei ein weiterer Schandfleck auf dem Land, den niemand mehr wegwaschen könne.

Der General teilte den Piloten mit, daß es nach Mittelamerika gehe; dann polterte er wie üblich los: Wenn nur ein Wort durchsickere, werde er ihnen persönlich den Arsch aufreißen. Die Ehefrauen wußten da schon längst Bescheid. Ihre Männer hatten gerade die Einberufung erhalten, und es wäre unmenschlich gewesen, von ihnen zu verlangen, daß sie das Geheimnis für sich behielten. Die unmittelbar bevorstehende Abreise lockerte den Piloten die Zunge. In dieser Nacht plauderten sie in der Hitze des Abschieds sogar ihre Decknamen aus. Schließlich wurde ihnen unter diesen Phantasienamen ihr Sold hinterlegt – das Dreifache von dem, was sie bislang verdient hatten –, den ihre Frauen im geeigneten Moment abheben sollten. Für die Nationalgarde existierten sie nicht mehr. Wenn sie in feindliches Gebiet gerieten, würde der Ire alles abstreiten. Aber es bestand kein Grund zur Sorge. Niemand würde gefangen werden. Sie genossen diese letzte Woche bei der Familie, die mehr als eine müde Ehe wiederbelebte. Bald waren Dosters Pläne in aller Munde. Seine Drohungen liefen ins Leere. Der General riß ständig jemandem den Arsch auf.

Die Piloten schoben die Abreise nach Miami so lange wie

möglich hinaus. Jeder sollte auf eigene Faust anreisen, aber da alle bis zum letzten Moment warteten, saßen sie schließlich in demselben Flieger der Pan American. «Warum kündigen sie es nicht gleich in der Zeitung an?» tobte Doster. Die halbe Nationalgarde von Alabama in der Touristenklasse war das Indiskreteste, was man sich überhaupt vorstellen konnte. Nicht anders lief es, als sie in die Tropen aufbrachen. Nach vier Tagen am Strand hatten sie sich gröhlend und lachend in der Hotellobby versammelt wie eine Baseballmannschaft. Draußen standen schon die Taxis, in die sie alle auf einmal stürmten. Keiner versuchte sich zu verstecken. Riley rief Pete aus dem Autofenster beim Namen. Nicht anders machte es Leo mit Joe Shannon. Dabei hatten sie Wochen damit verbracht, sich ihr neues Leben einzuprägen. Im Rahmen alles Menschenmöglichen waren sie im Falle eines Abschusses über feindlichem Territorium in der Lage, jeder Befragung standzuhalten. Sie hatten alle Sicherheitsmaßnahmen befolgt. Sie trugen keine einzige Telefonnummer bei sich. Sie hatten sich sogar die Mühe gemacht und gemäß den Instruktionen die Etiketten aus den Unterhosen herausgetrennt. Sie waren nicht länger Offiziere, sondern Söldner. Ihre Namen waren aus den Militärlisten gelöscht worden. Aber das störte niemanden, am allerwenigsten General Reid Doster, der die Flugzeuge häufig für persönliche Belange nutzte. Doster hielt die Nationalgarde für sein Privateigentum. «Meine Männer gehören Ihnen», hatte er dem Abgesandten der Firma gesagt, als sie die Abmachung mit einer Umarmung besiegelten. Aber es waren Soldaten, und das ließ sich durch nichts verbergen, auch wenn sie in Shorts und Turnschuhen im Hotel in Miami herumliefen, während sie auf die Weiterreise warteten. Lauthals schwatzend, stiegen sie zu dritt in die Autos. Nur ein Taxi blieb leer; der Mann, der kurz darauf einstieg, kam aus demselben Hotel. Es war ein kubanischer Agent, der dem Troß von weitem folgte, bis dieser vor einem Flughafen hielt. Es war Opa Locka. Nachdem man ihre Identität festgestellt hatte, verschwanden die Piloten aus Alabama hinter dem Tor.

Seit dieser indiskreten Abreise waren erst wenige Monate vergangen. Nun überquerten die Nationalgardisten schweigend das Meer. Der Mond ging gerade unter. Es waren drei Stunden Flug bis Kuba, deshalb würden sie sich nicht lange über der Schweinebucht aufhalten können. Trotzdem waren sie zuversichtlich. Vielleicht brauchten sie mit Unterstützung der *Essex* gar nicht nach Nicaragua zurückzufliegen. Es war sogar möglich, daß man sie in Gitmo landen ließ. Aber bislang lautete der Befehl, nach Happy Valley umzukehren, sobald der Angriff vorbei war. Riley genoß den Flug. Über dem Instrumentenbrett baumelte sein Maximón aus Holz. Er war ein klasse Heiliger, den die modernen Mayas wie einen Bruder liebten, eine Mischung aus ihren alten Gottheiten und Jesus Christus. Er trug einen Cowboyhut und hatte eine Zigarre im Mund. Riley hatte ihn beim ersten Einsatz der Nationalgardisten in der Hauptstadt gekauft. Der Diktator hatte sie um Schützenhilfe gebeten. Wo sie schon einmal da seien, ob sie ihm da wohl bei einigen revoltierenden Truppenteilen behilflich sein könnten? So waren sie eine Woche in Guatemala City gewesen, um einen Aufstand niederzuschlagen. Für viele dieser Nationalgardisten, die bislang nur auf Ölfässer in einem See in den Kordilleren geballert hatten, war es ein guter Vorwand gewesen, sich zu erproben, ihre wahre Feuertaufe, die Gelegenheit, eine unglaubliche Erfahrung zu machen, wenn die Invader im Moment des Bombenabwurfs, von ihrer Last befreit, hundert Meter nach oben stieg und, plötzlich von allem Bösen gereinigt, zum Rückflug abdrehte, ohne daß man etwas mit den Schreien, dem Blut oder dem Gestank nach verbranntem Fleisch zu tun hatte.

Das Verhältnis zu ihren Schülern in Happy Valley war mehr als schlecht. Den Kubanern war der Zutritt zum Offiziersclub untersagt, es sei denn, ein Mitglied hätte sie eingeladen, was jedoch nie vorkam. Bislang beschränkte sich der Kontakt auf das Nötigste. Die Kubaner wußten nicht einmal, ob diese Typen in Shorts und Turnschuhen tatsächlich Soldaten waren. Sie hätten nicht einmal eine einfache Unterhaltung mit ihnen anfangen können. Der Slang aus Alabama war Chinesisch für jeden von der Karibikinsel, egal, wie lange er schon in Florida lebte. Was die Nationalgardisten anging, so hatten sie keinerlei Respekt vor diesen Zivilpiloten, die sie bei ihrer Ankunft auf dem Stützpunkt beim Kartoffelschälen oder Latrinenputzen gesehen hatten. Da war ein Texaner, der Spaß am Schikanieren hatte, wie so viele Piloten, die auf der Militärakademie selbst drangsaliert worden waren. (Dem Texaner hatten es sechs Kadetten aus der letzten Klasse von hinten besorgt, was eine doppelte Verletzung des Kodex bedeutete.) Aber einige Kubaner aus der Gruppe hatten mehr Erfahrung als all ihre Ausbilder zusammen. Edward Ferrer zum Beispiel konnte alleine aus seiner Zeit bei der Fluggesellschaft Cubana zweihundert Transatlantikflüge vorweisen. Doch diese Tatsache machte nicht den geringsten Eindruck auf die Delegation aus Alabama. Sie gaben gar nichts auf diese Typen. Auch die Mechaniker entgingen ihrer Kritik nicht. Leo Baker erzählte jedem, der es hören wollte, daß ein Hispano niemals in der Lage sei, eine Invader in Gang zu setzen, selbst wenn ihm die gesamte Nationalgarde dabei half.

Aber das war Geschichte. Leo hatte seine Meinung geändert. Jetzt saß er schweigend neben Pete Ray, während er an die innere Stärke der kubanischen Piloten dachte, die bereits ein Dutzend Verluste zu beklagen hatten. In einigen Minuten würden er und Pete vielleicht die Liste der Toten verlängern. Doch dieser Gedanke war weit weg, denn in diesem Moment überflogen sie das nordamerikanische Flottengeschwader. Die Karibik breitete sich unter ihm aus wie eine einladende Landschaft. Die halbe Flotte aus Gitmo kreuzte in kubanischen Gewässern. Bald erkannten sie die *Essex*. Der Flugzeugträger tauchte steuerbords unter den Invaders auf, das Deck voller Flugzeuge. Pete fragte sich, ob die Jets von der *Essex* mit ihnen das Ziel anfliegen würden. Aber etwas lief schief auf dem Flugdeck, wie man schon auf einen Blick erkennen konnte. Nichts schien für einen Start vorbereitet zu sein, weder die Katapulte noch die Männer in Gelb, noch das Personal in den feuerfesten Anzügen. Auf dem restlichen Flug plagte sich Pete mit diesem Gedanken.

Dodo Goodwin und *El Tigre* Herrera waren die ersten, die den Küstenort erreichten. Sie griffen einen Lastwagenkonvoi an, der auf die Küste zufuhr. Sie klinkten ihre Bomben aus und warfen das Napalm ab. Sie taten in aller Ruhe ihre Arbeit, bis sie keine Munition mehr hatten. Die Flugzeuge der *Essex* glänzten noch immer durch Abwesenheit. Aber auch *El Caballos* Jets ließen sich nicht blicken. Für einen Moment genoß Dodo den Rausch, der durch die absolute Beherrschung der Luft entsteht, wenn man angreift und nach Belieben zerstört. Es war leicht, sich vorzustellen, wie die armen Kerle da unten brennend von ihren Lastwagen sprangen, um dem Inferno zu entkommen, nachdem sie nicht nur den Willen zu kämpfen, sondern auch die Kontrolle über ihre Körperfunktionen verloren hatten. Als das Napalm auf die Straße spritzte, jubelte Dodo auf und verkündete, das sei noch gar nichts, das Beste komme noch. Doch dann merkte er, daß sich eine Bombe verklemmt hatte. Sein Einsatz war zu Ende. Er drehte abrupt ab und machte sich auf den Rückflug. Auf Wasserhöhe nahm er Kurs auf die Costa Miskita, während er betete, daß ihn die Bombe nicht zerriß. Die Invader verwandelte sich in eine verhaßte Bestie, aus deren Rachen sogar ein klebriger Schleim triefte. Als er in Happy Valley landete, tropfte Meerwasser von den Reifen. Die festhängende Bombe zog einen Funkenschweif hinter sich her. Erst als die Motoren verstummten, atmete Dodo auf. Er war gerade noch einmal davongekommen.

In der Schweinebucht hatte die nächste Angriffswelle der Invaders nicht so viel Glück gehabt. Fast zeitgleich mit ihnen tauchte ein Jet der Orishas auf. Es war Leutnant Del Pino, der sich an Riley Shamburger hängte und ihn mit einer Rakete abschoß. Joe Shannon und Nick Sudali hatten sich im letzten Moment gerettet. Nachdem sie einen Lastwagenkonvoi bombardiert hatten, flogen sie aufs Meer hinaus, als sie plötzlich Riley über Funk schreien hörten, er sei von einem Kampfjet angegriffen worden, der nun zurückkehre, um ihn abzuschießen. Wenige Augenblicke später sah Joe durch das Fenster, wie Riley ins Meer stürzte. Der Orisha feierte den Abschuß mit übermütigen Loopings. In diesem Moment war das *Mayday* von Pete zu hören. Er war von einem weiteren Kampfjet angegriffen worden. Dann verstummte das Funkgerät. Joe Shannon und Nick Sudali flogen weiter nach Happy Valley. Sie wechselten kaum ein Wort, während sie sich immer wieder fragten, weshalb die Flugzeuge der *Essex* zu spät gekommen waren.

Aber die US-Marine war pünktlich gewesen. Die Truppen, die in der Schweinebucht festsaßen, waren außer sich vor

Freude. Diese silbernen Düsenjäger mußten jeden beeindrukken. Sie tauchten bei Sonnenaufgang von Osten auf und ließen die Mangrovensümpfe erbeben. Es gab kaum etwas Schöneres als ein Geschwader von Kampfjets, die wie Wildgänse durch den morgendlichen Himmel zogen. Die eingeschlossenen Brigadisten faßten wieder Mut. Die Jets von der *Essex* kündigten die unmittelbar bevorstehende Rückkehr der flüchtigen Flotte an. Pepes Funker riefen die *Blagar*, um sie darüber in Kenntnis zu setzen, daß alles wieder gut war, daß die US-Navy das Gebiet kontrollierte und die Schiffe zurückkehren konnten. Aber ihre Hoffnung währte nicht lange. So plötzlich, wie sie aufgetaucht waren, verschwanden die Flugzeuge wieder. Die Jets der *Essex* wollten nicht länger warten, um den Invaders Schützenhilfe zu leisten, und entschlossen sich zum Rückzug.

Sie hatten sich in der Uhrzeit geirrt. Das war die einzige Erklärung. Nachdem sie ungestört über die Insel geflogen waren, waren sie zum Flugzeugträger zurückgekehrt. Pete Ray hatte so eine Vorahnung gehabt, als er über die *Essex* hinweggeflogen war. Vor allem wegen des Decks. Diese Flugzeuge sahen nicht startbereit aus. Tatsächlich waren sie eben erst von dem Küstenort zurückgekehrt. Als sie nun die Invaders vorbeifliegen sahen, wurde es hektisch auf dem Deck, um die Jets erneut in die Luft zu bringen, auch wenn man bereits ahnte, daß es schon zu spät war.

Alle schoben sich gegenseitig die Schuld zu. Die Firma operierte nach Ortszeit, die US-Navy nach Greenwich-Zeit. Tatsache war, daß Happy Valley eine andere Zeit hatte als Kuba. Sie lagen in unterschiedlichen Zeitzonen, wie ihnen sogar eine alte Erdkundelehrerin hätte erklären können. Jedenfalls würde die Blamage mit der Uhrzeit aus den Annalen der

Marine gelöscht werden. Der Kommandant des Flugzeugträgers hatte bereits den Befehl erhalten, das Logbuch und sämtliche Funksprüche vom April zu verbrennen. Demzufolge war die *Essex* niemals in diesen Gewässern gewesen.

Die Nachricht machte schnell die Runde. Die Gespenster in dem Küstenort, die eine furchtbare Niederlage erlitten, kommentierten jeden Rückschlag mit Zynismus. In der Flotte wurden die Witze schärfer. «Da hat man geglaubt, so was würde nur auf Kuba passieren», sagte sich Nino Giménez in der Kombüse der *Blagar*. Als ehemaliger Unteroffizier in La Cabaña hatte Nino allen Anlaß, an einem Zusammenspiel zwischen seinen Landsleuten und der Zeit zu zweifeln. Eine Zeitlang war er für das Kanonenschußzeremoniell der Festung verantwortlich gewesen. Bald hatte er festgestellt, daß dieses nie pünktlich ausgeführt wurde. Manchmal fiel es nur deshalb aus, weil es regnete. Da der Kanonenschuß von Radio Reloj übertragen wurde, führte das zu Ärger mit dem Sponsor der Sendung. «Nun hören wir, mit freundlicher Unterstützung von Palmolive-Seife, direkt aus La Cabaña den 21-Uhr-Schuß», sagte der Sprecher, plötzlich unterbrochen von einem ohrenbetäubenden Donnern. Obwohl, noch schlimmer wäre es gewesen, wenn der Kanonenschlag mitten in die Werbung gefallen wäre. Darüber hinaus mußte Nino die Beschwerden der Hörer entgegennehmen. Es kam soweit, daß er gezwungen war, sich mit Leuten vom Radio zu treffen, um einen Krisenstab zu bilden. Der Rundfunkdirektor war verzweifelt. Er müsse ihn wohl nicht auf den Ernst der Lage hinweisen, sagte er eindringlich zu Nino, schließlich richte sich halb Havanna nach dem Kanonenschuß der Festung. «Ich weiß nicht, warum man daran festhält, als ob niemand eine Uhr hätte», brummte er. Im Grunde hatte er recht. Der Kanonenschuß war früher einmal sinnvoll gewesen, als er ankündigte, daß die Stadttore nun geschlossen waren und die Menschen ruhig schlafen konnten. Aber Nino dachte an seine eigenen Probleme. Wie sollte er das Zeremoniell mit Männern bewerkstelligen, die nie daran dachten, das Mikrofon aufzustellen, nicht zu sprechen von den Wolkenbrüchen? Dazu kam noch, haderte Nino, daß sie, anders als der Sender mit seiner Präzisionsuhr, lediglich die Armbanduhr von Unteroffizier González zur Verfügung hatten. Jedenfalls gab es einen Notplan. Für den Fall, daß der Kanonenschuß ausfiel, würde im Studio eine Pistole mit Platzpatronen bereitliegen, um diese auf einen leeren Kanister abzufeuern. Ein Musiker aus dem Orchester demonstrierte später, daß man denselben Effekt erreichte, wenn man vor dem Mikrofon die tiefste Saite des Kontrabasses zupfte. Da Nino von der Festung versetzt wurde, brachte er nie in Erfahrung, welche Methode letztendlich angewandt wurde. Manchmal schaltete er Radio García Serra ein, um die Show aus dem Hotel *Saratoga* zu hören. Die Sendung wurde von dem Möbelgeschäft *El Cañonazo* gesponsert und begann mit dem Schuß vom Fort, weshalb sie nie pünktlich anfing.

In Happy Valley ging es drunter und drüber. Tachitos Flugzeuge rollten startbereit auf die Piste, als man beschloß, die Operation abzublasen. Die Invaders waren noch nicht aus der Schweinebucht zurück, und schon begann man, den Stützpunkt zu räumen. In wenigen Stunden würde Happey Valley wieder ein beliebiges Nest an der Küste sein, der Ort, wo sich Sandino, unterstützt von den örtlichen Huren, ein Gefecht mit der US-Marine geliefert hatte, bei dem er mit Handgranaten aus grobem Leder nach ihnen warf.

Als sie hörte, daß die Piloten sie verlassen würden, brach es

Big Mama das Herz. Ihr gehörte die Pension. Wer sollte nun ein Zimmer bei ihr mieten? In dieser herrlichen Zeit hatte Big Mama die halbe Belegschaft der verdeckten Operation beherbergt, darunter auch Gray und Rip Robertson, die es haßten, die Nacht auf der *Blagar*, der früheren *Chiquita Banana*, zu verbringen. Das Dorf lag ganz in der Nähe des Flughafens, der an den vom Ozean gepeitschten Klippen endete. Die Nationalgardisten hatten sich in Happy Valley sehr wohl gefühlt, vor allem wegen seines Wildwestcharmes, mit Holzveranden und Pferden, die vor der Kneipe angebunden waren. Sie waren gerne dort, auch wenn Big Mama ihnen mit den Geschichten über ihren Freund Sandino auf den Geist ging, der die US-Marine vertrieben hatte, als der Ort noch Puerto Cabezas hieß. Um den Aufenthalt der Piloten angenehmer zu gestalten, waren sämtliche verdächtigen Nicaraguaner im Gefängnis gelandet, angefangen mit den Anhängern *El Caballos*.

Nun packten die Nationalgardisten hastig ihre Siebensachen, ohne sich die Zeit zu nehmen, die Habseligkeiten der Toten zusammenzusuchen. Das war nicht der ehrenvolle Abzug einer Einsatztruppe, sondern eine überstürzte Flucht. Gegen Mittag verließen sie die nicaraguanische Küste, und schon abends waren sie in Opa Locka. Von dort kehrten sie über mehrere Tage hinweg in kleinen Gruppen nach Birmingham zurück. Sie konnten es kaum erwarten, wieder zu Hause zu sein. Am Flughafen nahmen sie ein Taxi. Auf dem Weg fuhren sie an Leo Bakers Pizzeria vorbei, die mit Brettern vernagelt war. Ihre Gedanken drehten sich im Kreis. Sie bekamen die verzweifelten Funkrufe von Leo und Pete nicht aus dem Kopf, nachdem diese von den Orishas angegriffen worden waren, in dem Moment, als sie in das Zuckerrohrfeld der Schatten, in die Täler des Todes gingen.

(¿Los negros se van a Marte?)
Piloto Frizado
Pete Ray R.I.P.
Cleopatra Velazco
Nueva Orlea
Alabama
1960-2003

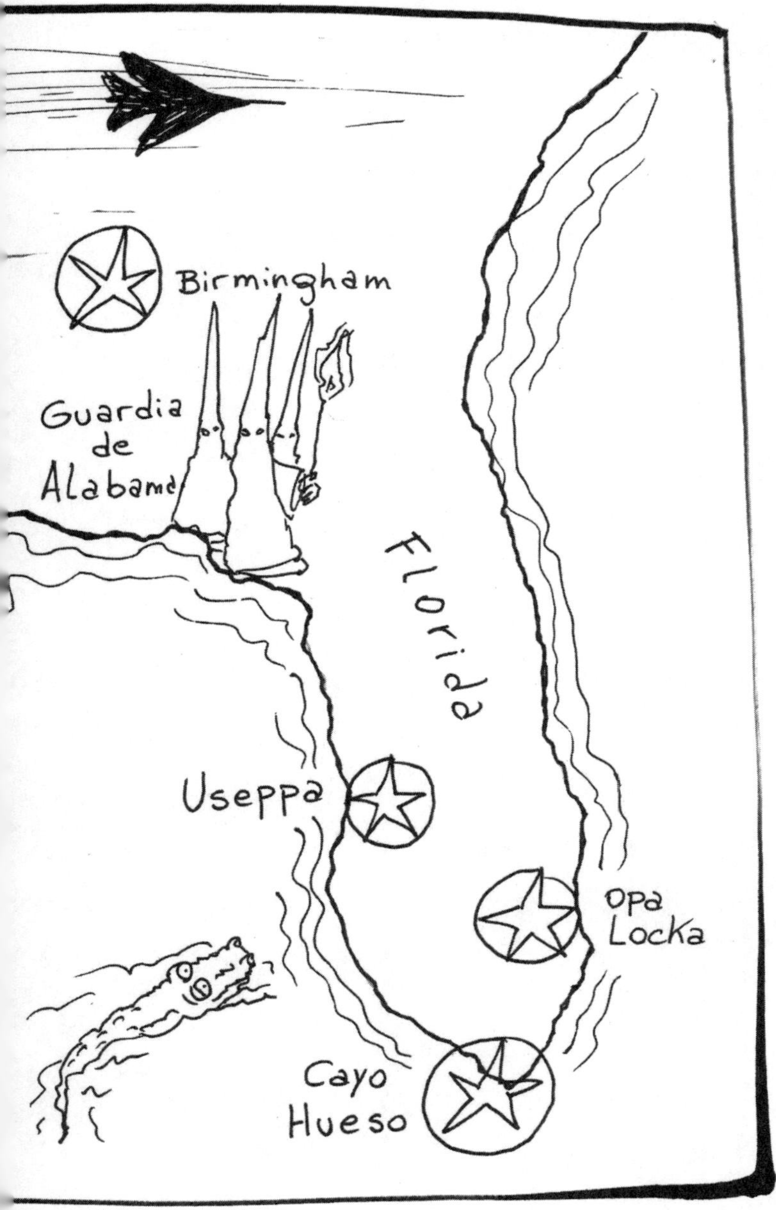
Birmingham
Guardia de Alabama
Florida
Useppa
Opa Locka
Cayo Hueso

XII
Auf zu neuen Meeren des Wahnsinns

Das Hinterland beschränkte sich auf ein paar Strände und einige Kilometer Wege durch den Sumpf. Der Rest waren morastige Mangrovenwälder – Pflanzen, deren Wurzeln wie Spinnenbeine über das Wasser zu staksen schienen, die einzigen Bäume, die mit dem Meerwasser zurechtkamen. In La Ciénaga gab es nicht einen Tropfen Trinkwasser, aber die Brigadisten hatten keine Wahl, also jagten sie die Panzer und Lastwagen in die Luft und zerstörten ihre Geschütze, um dann ihre Sturmgewehre im Sand zu vergraben. Sie füllten die Feldflaschen mit Kühlerwasser und schlugen sich in die Sümpfe. Zu diesem Zeitpunkt waren sie bereits von fünfzigtausend Milizionären umstellt. Lediglich einer Handvoll von ihnen war die Flucht in einem kleinen Boot gelungen. Sie sollte es ganz besonders schlimm treffen, denn schon bald würden sie sich gegenseitig aufessen. Aber in dem Moment, als sie aufs Meer hinausfuhren, glaubten sie, daß Gott es gut mit ihnen meine, voller Vertrauen auf die US-Marine, die in einiger Entfernung wachte.

Zuerst hatten sie sich an der Mole vor dem Beschuß der Mörsergranaten verschanzt und die Dunkelheit abgewartet, um zu dem in Ufernähe ankernden Boot zu gelangen. Als plötzlich eine weitere Gruppe von Brigadisten auftauchte, hinter der Panzer her waren, beschlossen sie, ins Wasser zu springen. Ringsum schlugen die Kugeln ein. Das Boot schien unerreichbar. Außerdem schossen ihre Kameraden vom Strand aus auf sie und überschütteten sie mit wüsten Beschimpfungen. Sie schafften es trotzdem an Bord, doch die Flucht gestaltete sich schwierig. Es herrschte absolute Flaute. Da der Motor nicht ansprang, benutzten sie ihre bloßen Hände und Planken, die sie aus dem Deck rissen, als Ruder, aber das Boot rührte sich nicht von der Stelle. Erst da dachten sie daran, das Ankertau zu kappen. Plötzlich blähte eine unerwartete Böe das Segel. Die Küste entfernte sich. Die Sonne brannte vom Himmel. Jemand öffnete den Kielraum. Darin befanden sich ein Eisblock, eine Kiste mit Fisch und ein Wasserfäßchen. Die Fische ließen sie erst einmal stehen. Das Wasser war im Handumdrehen alle, aber das schien sie nicht zu kümmern. Die Zerstörer lagen reglos am Horizont und warteten nur darauf, daß sie die kubanischen Hoheitsgewässer verließen, um sie an Bord zu holen.

Es war eine Schiffbrüchigenphantasie. Als das Artilleriefeuer eine Gefahr für sie darzustellen begann, hatten die Schiffe den Rückzug angetreten. Schließlich verschwanden sie aus den Augen der Brigadisten, und die Nacht senkte sich über das Boot. Alejandro del Valle, der Kommandeur der Fallschirmjäger, erklärte, sein Vater habe einen Fischhandel in Yucatán, also nahmen sie Kurs nach Südwesten. Die meisten Flüchtigen waren ebenfalls Fallschirmjäger, und so wurde Alejandro auch das Kommando über das Boot übertragen. Noch schienen sie glücklich, ihre Haut gerettet zu haben, aber da täuschten sie sich.

El Tío García war der erste, der ihnen das klarmachte. Sie befanden sich seit sechs Tagen auf offener See, als er sich auf die Planken legte und etwas Grünes aus seinem Mund rann. Schon bald stellten sie fest, daß er tot war, aber sie ließen sich Zeit, bis sie ihn ins Meer warfen. José sprach ein Totengebet. Die übrigen hatte die Angst gepackt. Sie betasteten ihre Nasen und ihre Augen, um zu sehen, ob sie ebenfalls das grüne Zeugs absonderten. Sie waren entstellt von Hitzeblasen. Die Serie der Todesfälle riß nicht ab. Nach *El Tío* folgten noch neun weitere, alle mit demselben Krankheitsbild. José betäubte den Durst, indem er an den Algen lutschte, die um das Boot herum trieben. Hin und wieder schluckte er eine hinunter; sie schmeckten ekelhaft, wie er später erzählte. Bislang waren sie in zwei Unwetter geraten. Beide Male hatte es nicht geregnet, aber das zweite Mal war schlimm gewesen. Der Wind heulte grauenhaft, und die Wellen rollten über das Boot. Im zuckenden Licht der Blitze schluchzte ein Junge. Jemand nahm seine Hand, beugte sich zu ihm herüber und forderte ihn auf zu beten. «Wir brauchen den Sturm nicht zu fürchten!» brüllte er ihm zu, während die Gischt über sie hinwegspritzte. «Dies ist das Boot des Fischers aus Galiläa, Jesus ist mit uns!»

Ein wolkenloser Morgen brach an. Das Meer war ruhig. Wie üblich verdösten sie den Tag. Gegen Abend wurden sie von dem Geschrei Julito Caballeros geweckt, der fröstelnd im Mast hing. Von steuerbords nähere sich ein Indio und verteile eiskaltes Bier. Einige blieben liegen, aber andere sprangen über Bord. «Wo denn, Julito, wo?» keuchten sie. Die Enttäuschung war riesengroß, und einige wollten ihn verprügeln. Julito verlor völlig den Verstand, während das grüne Zeugs aus seinem Mund rann. Er starb noch am selben Abend. Es war der Tag des schwarzen Schiffes, das siebte, das sie auf ihrer Fahrt sichteten. Sie brüllten ihm hinterher, bis sie keine Stimme mehr hatten, während das Schiff am Horizont verschwand. Es erschien ihnen unglaublich, daß niemand beidrehte, um ihnen zu helfen.

Nur eines der Schiffe hatte sich genähert, um sich die Sache anzusehen. An dem Tag, als sie *El Tío* bestattet hatten, war es plötzlich erschienen. Sie waren so bedrückt gewesen, daß keiner es kommen gesehen hatte. Plötzlich war es mit seinen glänzenden Masten in zweihundert Meter Entfernung aufgetaucht. Ein herrlicher Schwan mit vier Masten. Es hatte die Segel gerefft und folgte ihnen mit laufendem Motor, kam aber nie in Reichweite. Einen Moment saßen sie stumm da. Dann sprangen sie auf und brüllten im Chor. In dieser ganzen Zeit ließ sich niemand von der Besatzung an Deck der Jacht blikken. Schließlich schwenkten sie nur noch die Arme. Fast alle waren nackt. Der Segler schien beizudrehen, doch dann wendete er, setzte sämtliche Segel und entschwand in der Ferne. Einer konnte seinen Namen erkennen, vergaß ihn aber bald wieder. Hatte er mit A begonnen? In jener Nacht quälten ihn Alpträume, in denen er «Angelina! Angelina!» schrie, doch dann fiel er ins Koma, und man konnte nichts mehr tun.

Kurz nach *El Tíos* Tod kapitulierte Alejandro del Valle. Dauernd wollte er wissen, ob etwas Grünes aus seinem Mund sickerte. Er begann sich damit zu beschäftigen, was mit seiner Leiche geschehen würde. Würden sie ihn ins Meer werfen? fragte er sich unentwegt. Er schlug ihnen vor, ihn ins Schlepptau zu nehmen, wenn es soweit war, um sie nicht mit der Leiche zu belasten. Er hätte alles getan, um an Bord bleiben zu können, auch wenn er schließlich akzeptierte, daß man ihn ins Wasser werfen würde, aber sie hörten gar nicht mehr hin. Sie hatten nur die Sache mit dem Meerwasser im Kopf. Sie hatten alles mögliche probiert, es mit Benzin verdünnt und mit Reiskörnern vermischt. Raúl Menocal beschloß, den Urin zu verwenden, den er in einer Rumflasche sammelte. Nachdem er sie verkorkt hatte, hielt er sie ins Wasser. Er behauptete, daß sich seine Pisse, durch den Korken gefiltert, in Quellwasser verwandle. Auch diese Idee funktionierte nicht, aber zumindest sorgte sie für Unterhaltung. In der Nacht starb Alejandro del Valle, und der Wahnsinn erreichte seinen Höhepunkt.

Zu diesem Zeitpunkt waren die Fallschirmjäger nicht mehr weit von der Küste Alabamas entfernt, aber eine Wasserhose von Osten verschlug sie in Richtung New Orleans. Es war eine wahre Sintflut: Es regnete so stark, daß sie sich satt trinken und das Fäßchen und die Eimer füllen konnten. Auf lange Sicht hätten sie schlimmstenfalls an die texanische Küste getrieben werden können.

Aber vorher wurden sie von einem Öltanker entdeckt, der durch den Golf von Mexiko fuhr. Die Besatzung bestand aus wettergegerbten Männern, die mehr als ein Unglück erlebt hatten, aber der Anblick dieser menschlichen Wracks war schwer auszuhalten. Kaum an Bord, verschlang José sechzehn kalte Orangen, eine nach der anderen. Das Boot blieb auf dem Meer zurück. Die Schiffbrüchigen waren erleichtert. Sie beteten, daß es bald sinken und ihr schmerzliches Geheimnis mit sich nehmen würde, etwas, das sie niemals würden erzählen können, nicht einmal ihren Frauen. Vor dem Sturm hatten sie per Mehrheit beschlossen, das Blut der noch warmen Leichen zu trinken und auch etwas Festes zu kosten, zunächst die Ohren. Als er diese gebrochenen Männer sah, war der Bootsmann versucht, sie zu trösten, ihnen zu sagen, daß in gewissen Situationen jeder zum Kannibalen wird, aber dann beließ er es dabei, die Orangen zu verteilen.

Am nächsten Tag wurden sie auf ein Schiff der Küstenwache gebracht, und gegen Abend sahen sie New Orleans vor sich liegen, nachdem sie den Fluß hinaufgefahren waren. Am Pier warteten mehrere Krankenwagen, in die sie vermummt einstiegen, ohne daß jemand an sie herankam. In der Poliklinik wurden sie an einen Mann der Firma übergeben, der bereits mit den Befragungen begann, als sie noch am Tropf hingen. Und was war aus ihren Kameraden geworden? Die Schiffbrüchigen wußten nicht, daß in La Ciénaga niemand mehr war, daß alle evakuiert worden waren. Der Verhörbeamte bewahrte Stillschweigen über diesen Punkt. Er hatte sich als Mitarbeiter der Einwanderungsbehörde vorgestellt, aber in Wirklichkeit war er von der Abteilung für Interne Angelegenheiten. Er war ein aufgeweckter Busche, ein Elitestudent, so ein typischer Phi Beta Kappa von der Columbia-Universität. Von allem, was ihm die Schiffbrüchigen erzählten, faszinierte ihn diese Geschichte von der Segeljacht, die das Boot umrundet hatte, am meisten. Wenn man ihren Worten Glauben schenken konnte, handelte es sich um das Schiff reicher Leute. Der Phi Beta Kappa hatte nicht nur eine Schwäche für antike Segelschiffe, er hatte auch aufmerksame Ohren. Er wußte aus sicherer Quelle, daß eine solche Schönheit häufig in Key West aufgekreuzt war, wo die Flotte der United Fruit ankerte.

Als er an diesem Abend ins Hotel kam, hängte sich der Phi Beta Kappa gleich ans Telefon. Natürlich rief er zuerst in Miami an. Nachdem er hier und dort herumgefragt hatte, fand er bald heraus, daß es sich um die *Angelita* handelte, das Schmuckstück der Trujillos, auf dem sich Zsa Zsa Gabor völlig ungeniert splitterfasernackt sonnte und in einer Kajüte im Stil Louis XIV. schlief. Die Jacht hatte mehr als genug Betten, schließlich war sie über hundert Meter lang. Trujillos Leidenschaft für dieses Schiff reichte in die Zeit zurück, als es noch *Sea Cloud* hieß, dem Weißen Haus gehörte und mit dem Amtsinhaber, einem gelähmten Präsidenten auf Hochzeitsreise, durch die Karibik kreuzte. Trujillo hatte sich auf den ersten Blick in die Jacht verliebt, genau wie in den Präsidenten. Jahre später konnte er es erwerben, um mit seiner Familie Urlaub zu machen, aber Ramfis, der bereits plante, mit seiner Freundin Kim Novak die Côte d'Azur unsicher zu machen, beanspruchte sie für sich, so daß Radhamés, der seine Liebe zwischen Polopferden und seiner jungen argentinischen Frau Mimí Trujillo aufteilte, mit einem Schloß in der Normandie entschädigt werden mußte.

Also war dieses gespenstische Segelschiff die *Angelita* gewesen. Der Phi Beta Kappa konnte sich auf seine Spürnase verlassen, wobei ihm diesmal seine Beziehung zu einem Besatzungsmitglied der *Angelita* zu Hilfe kam, der ein Informant der Firma war. Der Phi Beta Kappa rief ihn gleich aus der Poliklinik an. Der Mann bestätigte ihm, daß sie tatsächlich im Golf die Motoren getestet hätten und einem Boot mit Schiffbrüchigen begegnet seien. Dann starb Trujillo. Der Phi Beta Kappa war noch in New Orleans und befragte die Schiffbrüchigen, als sich das Attentat ereignete. In den kommenden Monaten verging kein Tag, ohne daß er an die Jacht dachte. Des Rätsels Lösung ließ auf sich warten: Die Firma hatte sie auf dem Meer gestellt, als Ramfis mit der Leiche des Alten und hundert Millionen Dollar nach Europa fliehen wollte. Die Trujillos hatten gerne Bares dabei. Sie haßten es, ohne ihre Schatzanweisungen, die Hypothekenpfandbriefe, Versicherungspolicen und Reiseschecks unterwegs zu sein. Ohnehin war das Beste in Santo Domingo zurückgeblieben. Trujillo hatte sich nie eine Verdienstmöglichkeit entgehen lassen, so unbedeutend sie auch sein mochte. So war zum Beispiel die Firma Pintatodo S.A. entstanden, mit der er in den Eisenwarenhandel en détail einstieg. Trujillo schrieb gesetzlich fest, daß jeder Dominikaner mehrmals jährlich sein Haus anstreichen mußte, was der neuen Firma des Generals, dem einzigen Lieferanten auf der Insel, gute Gewinne brachte.

Der Phi Beta Kappa würde seine Zeit in New Orleans nicht vergessen. Während er die Schiffbrüchigen befragte, hatte er sich gesagt, daß in jeder Tragödie ein verborgener Schatz lag. Früher einmal hatte er ein Buch mit dem Titel ‹Die großen Geheimnisse des Meeres› schreiben wollen, war aber nie über drei Seiten hinausgekommen. Durch die Begegnung mit der *Angelita* lebte seine Leidenschaft für gesunkene Galeonen wieder auf. Er arbeitete seit einigen Monaten zur Probe im Büro in Miami. Er besaß noch den Aushang, der ihn dorthin gebracht hatte: «Wenn Sie sich in der Geschichte Lateinamerikas auskennen oder japanische Außenpolitik unterrichten, wenn Sie an der Columbia eine hervorragende Doktorarbeit über Eisenbahnlinien im Mittleren Orient oder die Minenindustrie in Chile geschrieben haben, wenn Sie Bulgarisch oder Kambodschanisch sprechen, haben Sie eine Zukunft bei uns.» Der Zettel hatte am Schwarzen Brett gehangen, zwischen Aushängen von Studenten, die ein Zimmer suchten oder ein Mädchen für eine Saharadurchquerung.

So eine Gelegenheit würde er nie wieder bekommen. Mittlerweile träumte er mit offenen Augen von den Schiffbrüchigen, so als gehörte er zu der Gruppe, stellte sich vor, wie sie unter dem Feuer ihrer eigenen Kameraden den Strand hinter sich ließen. Die Fallschirmjäger schwammen zu dem Boot. Die Zerstörer lagen in einiger Entfernung. Es war Mittag. Der Strand glühte in der Sonne.

Seine Arbeit in der Poliklinik hatte nur drei Tage in Anspruch genommen. Niemand interessierte sich mehr für die Schiffbrüchigen. Der Phi Beta Kappa war der lebende Beweis dafür. Sie hatten den Praktikanten alleine auf diese Leute losgelassen. Der Phi Beta Kappa drückte die Taste des Aufnahmegeräts, während er dachte, daß er etwas mehr gebraucht hätte als diesen Apparat mit der freiliegenden Spule, und wenn es nur der Leitfaden aus dem Kurs für Verhörtechnik gewesen wäre, den er in Virginia absolviert hatte. Sein Gesprächspartner starrte mit abwesendem Blick aus dem Fenster.

«Kehren wir noch einmal an den Strand zurück», bat der Phi Beta Kappa.

Eine ganze Weile lief das Tonband in der Stille. Es fiel dem Schiffbrüchigen schwer, den Faden wiederzufinden. Die Zeit an Bord war aus seiner Erinnerung gelöscht. Er erinnerte sich vage an den Aufbruch aus dem Küstenort. Das letzte, was er von La Ciénaga gesehen hatte, war ein Blinken am Strand gewesen. Vielleicht ein Brigadist, der versuchte, Kontakt zu den Zerstörern da draußen aufzunehmen. Der Schiffbrüchige hatte recht. Der Typ machte Morsezeichen mit einem Spiegel, den er von einem Jeep abgerissen hatte. Ob es zuviel verlangt sei, sie da rauszuholen, hatte er signalisiert. «Unmöglich», lautete die Antwort vom Schiff. «Tut uns wirklich leid.» Jeder Funkspruch von der Küste erhielt die gleiche Antwort. Bei dem Zerstörer handelte es sich um die *USS Murray*. «Viel Glück. Kontakt einstellen», hieß es zum Schluß. Dann herrschte Funkstille.

Das war alles, was die Schiffbrüchigen über ihren Aufbruch erzählten. Während sie zu dem Boot schwammen, waren die Frachter der United Fruit auf der Flucht. Die *Caribe* fuhr voran. Sie hatte von Anfang an zusammen mit der *Atlántico* die Führung übernommen. Als die *Río Escondido* in die Luft flog, hatten die Schiffe sofort die Anker gelichtet und Kurs nach Südwest genommen. Sie umfuhren den Canarreos-Archipel, an María la Gorda vorbei und steuerten in voller Fahrt Jamaika an. «Wir kommen heute nacht zurück», hatten sie den Brigadisten versprochen, was jedoch nie geschah. Wäre die

US-Navy nicht gewesen, sie wären heute noch auf der Flucht. Sie waren nicht aufzuhalten. Sie verlangsamten nicht einmal am vereinbarten Treffpunkt die Fahrt, um wieder zu Atem zu kommen. Währenddessen flehte Pepe am Strand über Funk, es solle sie doch jemand holen kommen, denn die Schiffe hatten die Hälfte der Ausrüstung mitgenommen. Schließlich gelang es der *USS Murray*, die Frachter in der Nähe der Kaimaninseln abzufangen. Sie mußte Warnschüsse abgeben, damit die Schiffe die Maschinen drosselten, denn zunächst wichen sie ihr einfach nur aus.

Aber das Manöver der *Murray* war rein symbolisch gewesen. Zu diesem Zeitpunkt dachte niemand daran, die Flotte zurück an die Küste zu schicken. Es ging nur darum, die Schlappe nicht offensichtlich werden zu lassen.

Während das Boot den Küstenort verließ, stand es auch in Cayo Martirio nicht gut. Der Köhler stellte fest, daß die Schüsse dem Haus immer näherkamen. Seit Sonnenaufgang knatterten Hubschrauber über La Ciénaga. Der Cieneguero kochte Kaffee für Cleopatra und ging hinaus, um den Meiler zu überwachen. Er überlegte, daß die Kohle bald fertig sein würde. In diesem Moment tauchten zwei Typen aus dem Schilf auf. Ihre Kleider hingen in Fetzen herunter, und sie sahen furchtbar aus. Der eine war mit Sicherheit ein Gringo. Er hatte eine Schußwunde am Oberschenkel. Der andere war pechschwarz. Beide trugen Maschinengewehre. Der Cieneguero hob die Hände.

«Ganz ruhig», sagte der Schwarze.

«Ich muß mich dringend hinlegen», stöhnte der Verwundete. Aus seinem Bein sickerte das Blut.

Um sie von seinem Haus fernzuhalten, bot der Cieneguero

ihnen die Palmstrohhütte an. Sie lag auf der anderen Seite des Cayo, gleich bei den Königspalmen. Es war ein Unterschlupf, den vorbeiziehende Krokodiljäger errichtet hatten. Manchmal hörte er nachts ihre Stimmen, aber sie störten ihn nie. Jetzt stand die Hütte leer, und Cleopatra war noch im Haus, offenbar mit dem Unterricht beschäftigt.

Die Augen des Schwarzen wanderten umher. Er wirkte sehr mißtrauisch.

«Bist du allein?» fragte er den Cieneguero.

«Mit meinem Fräulein.»

«Seine kommunistische Lehrerin», erklärte der Schwarze seinem Kameraden.

Der Schwarze hatte ihn Bob genannt. Plötzlich wirkte Bob unruhig. Die Kommunistin machte ihn nervös. War sie auch bestimmt nicht bewaffnet? Der Cieneguero beeilte sich, ihn zu beruhigen. Sie sei nur ein harmloses Ding von der Brigade der Jungen Pioniere. Das nutzte nicht viel. Ausgerechnet einer von dieser Brigade hatte Bob angeschossen. Aber der Cieneguero wollte lediglich, daß sie ein bißchen leiser sprachen.

«Nicht, daß sie einen Schreck kriegt», erklärte er.

«Auch das noch», scherzte der Schwarze.

Der andere sah blaß aus.

«Merkst du was?» keuchte er. «In diesem beschissenen Sumpf gibt es mehr Lehrer als in Yale.»

«Hast du was zu essen?» fragte der Schwarze.

«Ich werd mal sehen, was ich euch bringen kann», antwortete der Cieneguero und rannte ins Haus.

Die Fremden machten sich auf den Weg zu der Palmhütte, Bob auf den Schwarzen gestützt. Der Cieneguero kratzte den letzten Rest Süßkartoffeln zusammen und brachte ihnen auch einen Kanister mit Wasser. Dann lief er schnell nach Hause zurück. Das letzte, wonach ihm war, war ein Vortrag von Cleopatra, aber sie saß ganz vertieft dort am Tisch und bereitete den Unterricht vor. Sie trug die Baskenmütze der Brigadisten, die Haare fielen ihr ins Gesicht. Sie hatte nicht das geringste mitbekommen. Es war der dritte Unterrichtstag. Cleopatra war ganz bei der Sache. «Wie ein Krokodilweibchen beim Eierlegen», sagte sich der Cieneguero. Als sie fertig war, lächelte sie ihrem Schüler zu. Ihr erstes Lächeln in drei Tagen.

«Heute ist Mittwoch, der 19. April», erklärte sie.

Sie notierte das Datum in dem Heft und zeigte es dem Cieneguero. Der tat so, als läse er.

«Mittwoch», seufzte er.

Dann schrieb Cleopatra:

Menschen können irren, Völker nicht.

Ihr Schüler sagte nichts. Er war immer noch nervös wegen dieser Typen.

Am späten Vormittag kreiste ein Hubschrauber über der Hütte, bis sich der Cieneguero und seine Lehrerin auf der Lichtung zeigten. Ein Mann musterte sie von oben, dann verschwand der Hubschrauber. Das Knattern war noch eine Zeitlang zu hören. Dann kam er zurück und feuerte mit dem Maschinengewehr in die umliegenden Mangrovenwälder. Das ging eine ganze Weile. Vielleicht waren es auch zwei Hubschrauber. Der Cieneguero und Cleopatra rührten sich nicht vom Fleck, auch nicht, als es wieder still wurde. Der Cieneguero dachte die ganze Zeit an seine Gäste in dem Unterstand.

Zu anderen Zeiten wäre ein Hubschrauber über La Ciénaga ein Anlaß zum Feiern gewesen. Es war der große Traum der Sumpfbewohner, seit jenem Heiligabend, als *El Caballo* mit einem gebratenen Schwein und Getränken für alle vor einer Hütte in Soplillar gelandet war. Seither fegte der Cieneguero den Hof mit Wasser und Asche, falls *El Caballo* eines Tages auf die Idee kommen sollte, dort zu landen.

Einige Meilen entfernt, am Strand, streifte der Kameramann mit der Bolex zwischen zerschossenen Panzern und verlassenen Waffenstellungen umher. Er schnüffelte in den Überresten eines zerstörten Lastwagens. Ein paar Milizionäre stritten sich lachend um den Inhalt einiger Kisten. Für den Kameramann war es eine gute Gelegenheit, mit Hilfe der Milizionäre seinen neuen Weitwinkel auszuprobieren. Jedesmal, wenn etwas Gutes zum Vorschein kam, hielten sie es von sich aus in die Kamera. Sie öffneten sämtliche Kisten und reihten sie entlang der Straße auf. Im einzigartigen Licht der letzten Sonnenstrahlen filmte der Kameramann die persönlichen Gegenstände der Sturmbrigade ab. Fläschchen mit After-shave, Kondome der US-Army, Chlortabletten, Rasierschaum, Schokolade, Klopapier, Tütchen mit Ketchup und Mayonnaise, Zahnpasta, Fußpuder, Kleenexschachteln, Corned beef, Nescafé-Beutelchen, Kaugummi, Sonnencreme, Salz und Pfeffer in kleinen Briefchen, Briefpapier, Shampoo, Deodorant und andere, ähnliche Dinge.

Dann ging der Kameramann auf die mit Einschußkratern übersäte Straße zurück und machte einige Großaufnahmen. Im Anschluß daran filmte er mehrere vom Napalm verbrannte Leichen und Lastwagen, während er mit seinem üblichen Pessimismus dachte, daß es lediglich teilnahmslose Bilder der tatsächlichen Ereignisse waren. Vielleicht hatten die Setzer recht. Ein gutes Bild zu bekommen war schwer, es sei denn, man hatte so viel Glück wie Joe Rosenthal, sein früherer Kollege bei Associated Press, der das Foto auf dem Suribachi gemacht hatte. Dennoch hatte der arme Joe auch fünfzehn Jahre nach der Schlacht immer noch nicht den Durchbruch geschafft. Das Foto war von Anfang an mit Mißtrauen aufgenommen worden. Das war das Problem mit perfekten Arbeiten. Es war gut komponiert und hatte Bewegung. Es spiegelte auf erhabene Weise die Kampfmoral wider. In Marmor geschlagen, hätten sich diese US-Marines mit der Flagge auch gut an einem Florentiner Portal gemacht. Kein Wunder also, daß die Welt mit Postern davon überschwemmt wurde. Jeder Krieg im Namen der Gerechtigkeit würde Joes Markenzeichen weitertragen, der später trotz seines Erfolgs Betrunkene fotografieren würde, die in schmutzigen Gassen kauerten. Dieses Foto hatte ihm große Schwierigkeiten gebracht. Ihm kam zu Ohren, daß sein Pulitzerpreis in Gefahr sei und er ihn vielleicht zurückgeben müsse. Aber genauso schnell, wie sie entstanden waren, verstummten die Diskussionen wieder. Von heute auf morgen wurde das Foto für gut befunden. Sogar das *Time magazine* mußte zurückrudern. Es sei unerhört, daß ein derartiges Meisterwerk einem solchen Angriff ausgesetzt worden sei, erklärte irgendein wichtiger Mensch dem Kameramann mit der Bolex. Das Foto des armen Joe war zur Staatsaffäre geworden.

(Bei näherer Betrachtung wirkte es nicht nur gestellt, es hatte auch diese Laboratmosphäre von Fotoclubarbeiten, jener Typen, die samstags nachmittags mit ihrer Kamera losziehen, um herbstliche Plätze festzuhalten, tausendmal gesehene Sonnenuntergänge und weiße Schwäne auf einem See, und die dann in einer europäischen Ausstellung berücksichtigt werden und schließlich den Pulitzerpreis erhalten – so als wäre der Krieg tatsächlich diese Fahne auf dem Suribachi und als könnte ein Foto tatsächlich mehr sagen als tausend Worte, wie so oft behauptet wurde.)

Aber die sechs Marines auf dem Foto rückten nie mit der Wahrheit heraus. Es war ihnen verboten, mit Journalisten zu sprechen. Ihren Freunden erklärten sie: «Ich kam da vorbei und sah die Jungs mit der Fahne. Also bin ich ihnen zur Hand gegangen.» Der letzte Überlebende, der US-Marine John Bradley, starb kurz vor dem vierzigsten Jahrestag von Iwo Jima. Im Pentagon wurde die Akte geschlossen.

Der Kameramann schleppte seine Ausrüstung in den Schatten. Dort setzte er sich hin, den Rücken gegen das Rad eines Jeeps gelehnt, und sah träge den Kriegsreportern, die ständig in Aktion waren, bei der Arbeit zu. Während er eindöste, ging ihm die letzte Sequenz des Kampfes durch den Kopf. Er verfiel in die gequälte Benommenheit eines ratlosen Dokumentarfilmers, der dringend nach einem guten Schluß für seinen Film sucht. Ihm schwebte da etwas vor, wovon er kürzlich gehört hatte. Es handelte sich um eine tatsächliche Begebenheit, auch wenn niemand sie gefilmt hatte. Der Kameramann hatte durch einen Redakteur der Agentur Reuters davon erfahren, einen begnadeten Erzähler, der die Geschichte mit dem Zynismus des Kriegsberichterstatters zum besten gab, der alles gesehen hatte und sich nur noch für ein Glas Hochprozentiges begeistern konnte. Gefesselt von dessen Bericht, fragte sich der Kameramann ein weiteres Mal, ob man den Krieg überhaupt in Bildern festhalten konnte. Es gab immer irgendein Arschloch, das sie manipulieren wollte. Das war seine Meinung. Mit Wörtern war das anders, da machte einem keiner ein X für ein U vor. Letztendlich waren es die Gedanken eines Kameramanns, der von Fellini träumte und für die Movietone drehte.

Folgendes war passiert: Zwei Zerstörer hatten sich der Küste genähert, um Brigadisten aufzunehmen. Am Strand erwartete sie Panfilows Artillerie. Eines der Schiffe kam so nah heran, daß in *El Gallegos* Fernglas nichts mehr zu sehen war außer dem riesengroßen Gesicht des Kapitäns. Während der Kameramann, gegen das Rad des Jeeps gelehnt, schnarchte, zog die Szene an ihm vorüber. Er konnte die Besatzungsmitglieder in ihren blütenweißen Hemden sehen, die an Deck zu dem Palmenstrand herübersahen, an dem die Wellen leckten. Auf der Brücke hatte der Kapitän ebenfalls sein Fernglas auf den gegnerischen Kommandeur gerichtet. Sämtliche Geschütze an der Küste waren auf das Schiff gerichtet. Sämtliche Bordkanonen hatten Panfilows Stellungen im Visier. Als man entdeckt hatte, daß sich die Zerstörer der Küste näherten, waren viele schwere Waffen am Ufer zusammengezogen worden, außerdem mehrere Panzer. Bei den Zerstörern handelte es sich um die Geleitschiffe der Bananenflotte, die *USS Eaton* und die *USS Murray*. Soeben hatten sie ihre Kanonen in Gefechtsbereitschaft versetzt.

«Schieß ruhig», dachte der Kommandant der *Murray*, der die Bewegungen an Land beobachtet hatte. «Schieß doch, du Scheißkerl, wirst schon sehen, was passiert», murmelte er dann. Aber so verrückt war *El Gallego* nicht, sosehr seine Männer ihn auch drängen mochten. Er würde etwas tun, aber auf seine Weise. Zunächst einmal beobachtete er den Feind. Seine blauen Augen waren wie zu Glas erstarrt. Der Kameramann träumte, er würde die Szene in dichten Großaufnahmen filmen. Drückende Stille. Panfilow war genauso groß wie *El Caballo*; auf seine Uniform war ein Stück Stoff aufgenäht, auf dem lediglich «Fernández» stand. Wenn einer wußte, wie man ein großes Geschütz bediente, dann war es *El Gallego*. Das mußten sogar die Angreifer eingestehen. Einige von ihnen waren seine Schüler gewesen. Pepe San Román, ihr Anführer, war von *El Gallego* an der Artillerie ausgebildet worden. Dieser schickte sich nun an, das Feuer auf ein Schiff der US-Marine zu eröffnen, das der United Fruit Geleitschutz gab.

Es waren zwei Schüsse, ein kurzer und ein langer über das Deck hinweg. In der Sprache der Artillerie bedeutete dieses Einschießen, daß der nächste Schuß den Rumpf treffen würde. Daraufhin drehte das Schiff ab und verschwand im Kielwasser des zweiten Schiffes auf Nimmerwiedersehen. Ein Wehgeschrei hallte über das Wasser, auf dem es von Booten wimmelte, mit denen Brigadisten zu den Zerstörern hinüberrudern wollten. Es klang wie auf einem Transatlantikdampfer, der mit Mann und Maus sank. Die Milizionäre nahmen die Boote unter Beschuß. Diejenigen, die sich retten konnten, ruderten an die Küste zurück. Der Kameramann war mittendrin in der Szene. Er hing mit seiner Arriflex 35 am Kran; von dort oben konnte man die riesige Bucht überblicken. Der Tag war so klar, daß die Sicht bis Puerto Rico reichte; es roch nach den feuchten Wäldern, nach Guajave und Ebenholz, nach Acai-Palmen und Flamboyants. Hinter dem Kameramann lag das gelbstichige Grün der Sümpfe und mittendrin, wie ein Smaragd, die Laguna del Tesoro. Aber der Kameramann sah unverwandt aufs Wasser. Die Sonne ging eben hinter den Swan-Inseln unter. Abweichend von der beschriebenen Szenerie, paddelte plötzlich ein Einheimischer in einem Kanu übers Meer, an Bord ein Krokodil.

Begeistert von seinem Film, wachte er auf, mit dem Rücken an das Rad des Jeeps gelehnt. Doch alles, was er bislang gefilmt hatte, war dazu verurteilt, in Schubladen mit geheimem Material zu vergammeln, das niemals jemand zu Gesicht bekommen würde. Wenn er trotzdem weiterdrehte, dann deshalb, weil er über unbegrenztes Filmmaterial verfügte. Bald schon, da war er sich sicher, würde er den Befehl zum Rückzug erhalten. Wäre es gelaufen wie vorgesehen, hätte er nun in Havanna sein müssen, um die neue Realität der Insel festzuhalten: die Brigadisten, die über den Malecón marschierten, die Leiche des vom Volk gerichteten Che, die Menschen, die die Sieger hochleben ließen. Diese hatten schließlich nicht umsonst zwei Uniformen im Gepäck gehabt: eine für die Landung und eine für die Parade. Aber es war nicht nach Plan gelaufen. Er konnte sich schon die Flut von Graffiti an den Häuserwänden vorstellen: «Wenn es euch nicht paßt, neunzig Meilen von einem kommunistischen Land entfernt zu leben, dann geht woanders hin.»

An diesem Nachmittag gelang es ihm, nach Jagüey Grande mitgenommen zu werden, dem Ort gleich neben den Sümpfen. Vor der Krankenstation stand der Lastwagen, der von der Invader angegriffen worden war. Es war ein klappriges Gefährt der Agrarreform mit einer dunkelroten Fahrerkabine. Man konnte die Einschußlöcher sehen. Jemand erzählte, der Laster habe Evakuierte transportiert, als eine Invader über ihn hinweggeflogen sei, dieselbe, aus der kurz zuvor die Fallschirmjäger abgesprungen waren. Die Bauern hätten ihr zugewunken, weil sie die Hoheitszeichen der Rebellen auf dem Rumpf trug. Das Flugzeug habe den Gruß erwidert, indem es mit den Tragflächen wackelte, und sei dann noch einmal zurückgekehrt. Über dem Lastwagen sei es in den Tiefflug übergegangen und habe ihn mit seinem 50-Millimeter-Maschinengewehr beschossen.

Einige Frauen wiesen den Kameramann darauf hin, daß in der Krankenstation ein Überlebender liege. Er hieß Cruz Rodríguez. Das Flugzeug hatte seine Familie umgebracht, obwohl der Junge sich nicht ganz sicher war. Er erzählte dem Besucher, daß sie von dem Lastwagen gesprungen seien, um ins Dickicht zu flüchten, aber die Invader sei immer wieder zurückgekehrt und habe ihr Werk schließlich mit einer Bombe vollendet. In diesem Moment sei seine Familie in die Luft geflogen. Cruz hatte nur einen Schlag im Gesicht gespürt.

«Der Arm meiner Mutter ist auf mich draufgefallen», erklärte er.

Der Kameramann schenkte ihm ein Päckchen Kaugummi und verließ die Krankenstation in Richtung Küstenort. Plötzlich wünschte er sich nichts sehnlicher, als zu Hause am Broadway/Ecke 96. Straße zu sein und durchs Fenster den Frühling zu betrachten. Dort oben war es jetzt drei Uhr nachmittags, dachte er, während er sich fragte, ob er es noch zur Matinee im *Charlot* schaffen könnte. Wie lange war er schon von New York weg? Der letzte Film, den er gesehen hatte, war *La Strada* gewesen. Er beneidete Menschen, die sich damit beschäftigen konnten, einen Film über das Leben dreier Gaukler auf den Straßen Italiens zu drehen. Er hingegen hatte zehn Jahre damit verbracht, die Nachrichtensendungen zu füttern und die Mißstände in den gottlosen Nationen zu zeigen, von den perfiden Waffen, mit denen sie aufrüsteten, bis zu den sowjettreuen Fibeln für die Grundschulen. In Guatemala war er in Howard Hunts Team gewesen, was ihm ein vom Bananenkönig persönlich unterschriebenes Diplom sowie einen Scheck der United Fruit eingebracht hatte. Nun wollte er zurück zum Strand, um weiter im Dreck zu wühlen. Vielleicht ließ sich etwas aus diesen Kleenexresten, den Ketchuptütchen und den Kondomen der US-Army machen. Womöglich würde er ja als Andy Warhol der Schlachtfelder entdeckt, dachte er.

Grays und Rips Leute streiften seit drei Tagen durch die Sümpfe. Sie bewegten sich nur in der Nacht, um nach Überlebenden zu suchen. Wenn sie auf eine Spur stießen, stellten sie ein kleines Fähnchen der Yuma auf, aber aus Angst vor einer Falle kam niemand zu ihnen. Trotzdem sammelten sie zwölf Mann ein, die von den Kommandos an Bord der *Murray* gebracht wurden. Die Geretteten waren in jämmerlicher Verfassung, denn keiner von ihnen hatte ein Überlebenstraining absolviert. Die Männer von Gray und Rip hingegen kamen gut zurecht, indem sie Süßwasser aus den Mulden der Korallenbänke schöpften und Austern in den Mangrovenwäldern sammelten.

Am dritten Tag der Suche bemerkten Rips Leute Bewegungen auf einer Landzunge von Cayo Martirio. Ringsum lagen lauter Cayos, die die Namen flüchtiger Sklaven trugen; die Namen stammten aus der Zeit, als man den Zuckerrohrschneidern eine eiserne Maske aufsetzte, falls sie auf die Idee kommen sollten, etwas von der Ernte zu essen. Die in Afrika geborenen Flüchtlinge waren leicht wieder einzufangen, denn sie marschierten immer nach Osten, zurück in ihr Dorf, selbst am hellichten Tag.

Rip gab ihnen zu verstehen, sich ruhig zu verhalten. Falls jemand Kontakt aufnehmen wollte, würde er schon zu ihnen kommen. Nach etwa einer Stunde erschien in der Ferne eine Gestalt, die sich bald als Rider D. Bonavena entpuppte, das Besatzungsmitglied der *Shirley*, der ihnen mitteilte, daß Bob mit einer Kugel im Bein in einer Hütte lag. Während sie diskutierten, ob er ihn mit dem Schlauchboot herbringen oder sie ihn holen sollten, tauchte ein Hubschrauber knapp über den Mangroven auf, und es gelang ihnen gerade noch, in Dekkung zu gehen.

Unterdessen merkte Bob in der Palmhütte, daß es zu Ende ging. Mit jedem Pulsschlag wurde der riesige Fleck auf seinem Verband noch größer. Er dachte an die *Shirley*. Ob das Ankerlicht noch brannte? Ob der Anker noch Grund hatte? Hatten sie dem Hund Wasser dagelassen? Es war eine herrenlose Cockerspanielhündin, die ihm in Key West zugelaufen war. Sie hatte am Fuß einer Düne gesessen und liebevoll einen großen Kieselstein abgeleckt. Ohne lange zu überlegen, hatte er sie mitgenommen, nur um jemanden zu haben, der ihn mit einem Schwanzwedeln begrüßte. Rider, der etwas von Hunden verstand, hatte ihm erklärt, daß sie an einer Scheinschwangerschaft litt und vielleicht deshalb ausgesetzt worden war. Während er an die Hündin dachte, fiel ihm ein, daß auch Nicole ein Baby gewollt hatte. Wäre es auf die Welt gekommen, dachte er, würde er jetzt nicht in diesen Sümpfen krepieren. Für einen Augenblick glaubte er, auf dem Hospitalschiff zu sein, in der Obhut einer Krankenschwester der Marine. Das Mädchen hatte Sommersprossen auf der Nase und roch aufdringlich nach Krankenschwester. Aber ein solches Schiff gab es nicht, wie Bob genau wußte. Die Brigadisten hatte man glauben gemacht, vor der Küste läge mindestens so eine Art Mayo-Klinik. Die Realität sah anders aus. Nicht mal die Jungs aus Alabama hatten eine medizinische Abteilung, es sei denn, man wollte den Kinderarzt, den Doster nach Happy Valley mitgeschickt hatte, als solche bezeichnen.

Als Rider in die Hütte zurückkam, war Bob bereits weggedriftet. Er verblutete nicht in den Sümpfen, sondern lag mit

Nicole im Bett, eingelullt vom Summen der Klimaanlage. Nachdem sie nachmittags einkaufen gewesen waren, hatten sie mit Freunden gegessen. Jetzt waren sie wieder zu Hause. Die Kuckucksuhr in der Küche schlug vier. Sie hatten Geschenke ausgetauscht. Bob betrachtete seines. Es lehnte in einer Zimmerecke. Es war eine Tasche für die Golfschläger; sie war mit einer Art samtweichem Leder gefüttert, das von den Hoden eines jungen Pottwals stammte. Nicole lag auf dem Rücken und sah an die Decke. Sie trug lediglich Bobs Geschenk um den Hals. Aber sie schien weit entfernt zu sein von ihrer Kette und ihrer eigenen Haut. «Ich hasse Leute, die einem vierhundert Fotos vorführen», sagte sie beiläufig. Ihre Freunde waren in Indien gewesen und wollten das unbedingt dokumentieren. Nun leuchtete ihr Körper auf dem schwarzen Laken. Bob schmiegte sich an Nicole. Seine Annäherungsversuche schienen sie kaum zu reizen, doch dann geriet sie in Fahrt und hatte einen heftigen Orgasmus. Beim letzten Aufzucken fiel das Foto von Hemingway von der Wand, und das Glas zerbrach. «Das läßt sich wieder hinkriegen», flüsterte Bob. «Das sagt der Elefant von Key West», keuchte sie atemlos. Mehr wurde über das Foto nicht gesprochen. Bob packte die Eifersucht. Er würde ihr nie verzeihen, daß sie mit Hem ins Bett gegangen war.

Das Tageslicht schwand. Aus einem nahen Radio drang die Stimme eines Sportkommentators. Ein genialer Spielzug, und plötzlich explodierte das Stadion. Ein schöner Sonntag, um sich aufzuhängen, dachte Nicole. Sie trat ans Fenster, ohne sich etwas überzuziehen. Am Pier erwartete eine Handvoll Touristen andächtig den Sonnenuntergang. Die Stimmen verstummten. Nach einigen Sekunden brandete Applaus auf.

Die Sonne versank im Meer.

«Idioten», sagte Nicole.

Aber sie dachte dabei nicht an den Sonnenuntergang, sondern an die Hemingway-Doppelgänger-Wettbewerbe.

«Bobby!» rief Rider.

Bobs Augenlider flatterten. Er sah Riders Gesicht über sich, das sich vor dem Hüttendach abzeichnete.

«Bist du bereit?» fragte Rider. «Sie warten auf uns.»

«Wer wartet auf uns?»

«Rips Leute. Ich bring dich mit dem Schlauchboot hin.»

«Warum kommen sie nicht her?»

«Ich vertrau diesem Cieneguero nicht.»

«Fehlt nur noch, daß diese Kommunistin mir noch einen Schuß verpaßt», schimpfte Bob, während Rider ihn zu dem gut versteckten Schlauchboot führte. Sie hatten die *Shirley* verlassen, um Brigadisten zu retten, und nun waren sie diejenigen, die gerettet werden mußten.

Sie ruderten über den stillen Kanal. Nach wenigen Minuten befanden sie sich in Sichtweite des Signals.

«Siehst du die Fahne da?» flüsterte Rider.

«Nein.»

«Da links, im Sand. Bis dahin mußt du rudern.»

«Was soll das heißen, bis dahin muß ich rudern?»

«Ich bleibe hier, Bob. Ich bin fast zu Hause.»

«Zu Hause?»

«Na ja, nicht wirklich zu Hause. Aber ich habe eine Tante in Mandinga.»

«Wie heißt deine Tante?»

«Milena Velazco.»

«Das denkst du dir nur aus.»

«Nein, ich schwör's dir. Ich habe auch einen Freund in Havanna. Er heißt Tony Savaria.»

«Die werden dich abknallen.»

«Ich bin Kubaner. Ich komme durch.»

«Hast du die Hubschrauber gesehen? Hier kommt keiner raus. Wer weiß, ob ich es schaffe …»

«Rips Leute bringen dich hier raus.»

«Und du?»

«Ich werde mich als Sohn des Cieneguero ausgeben.»

«Wenn der Hubschrauber auftaucht, wird der Alte mit dem Finger auf dich zeigen.»

«Dann schlage ich mich als Milizionär verkleidet durch.»

«Fällt dir nichts Besseres ein?»

«Ich stell mich tot.»

«Laß den Quatsch.»

«Wenn die Rebellen auftauchen, klammere ich mich weinend an einen toten Milizionär.»

«Du bist verrückt.»

«Bob, dir ging's doch beschissen, oder? Wollen wir diskutieren, bis es dunkel wird? Hast du gesehen, wo wir hier sind?»

«Eben. Ich will nur, daß du mir sagst, wie du hier rauskommen willst.»

«Okay. Ich laufe beim Marathon nach Matanzas mit, der kommt hier in der Nähe vorbei. Ich verstecke mich, warte bis zum 1. Mai und schließe mich dann dem Feld an. Wenn ich gewinne, fahre ich zu den Olympischen Spielen, und dann hau ich ab und besuche dich in Key West.»

«Wie du meinst», seufzte Bob.

«Geh du allein. Es sind nur vier Ruderschläge. Siehst du die Fahne der Yuma?»

«Nein.»

«Links neben der Kokospalme.»

«Wo?»

«Da im Sand steckt sie.»

«Ich sehe nichts.»

«Scheiße, Bob. Da gibt es Leute, die sehen den Ursprung des Universums, und du siehst nicht mal eine verdammte Fahne.»

Am nächsten Tag erreichte Rider den Küstenort. Es gelang ihm, als Sanitäter des Roten Kreuzes aus der Zone herauszukommen. Bald war er in Havanna, wo er bei seinem Freund Tony anklopfte. Als dieser die Tür öffnete, überreichte ihm Rider Bobs Kofferradio.

«Sieh mal, was ich dir mitgebracht habe», sagte er.

Tony sah ihn entgeistert an.

«Wo zum Teufel hast du gesteckt?»

Sie hatten sich ein Jahr nicht gesehen. Sie umarmten sich lange, während im Hintergrund das Spika dudelte. Johnny Ray sang *Quién está triste ahora?* In jenen Tagen war der Salsa noch weit davon entfernt, die neue Hymne Amerikas zu sein, die Rockmusik steckte noch in den Anfängen, und die Radiosender spielten von allem ein bißchen. Auch der Bolero war noch sehr gefragt, und die Leute hatten sich noch nie so viel berührt beim Tanzen, aber die Zeiten würden sich ändern.

XIII
Todesanzeigen

Nun eine Minute für die Todesanzeigen, eine vorläufige Liste der Todesfälle, jener zwischen dem Weltkongreß des Salsa und der für 2003 vorgesehenen Marsmission Dahingeschiedenen. Warum gerade 2003, werden Sie fragen? Nun, jemand hatte prophezeit, die Schwarzen würden im Juni 2003 die Erde verlassen, das heißt, zwischen den Ereignissen in dem Küstenort und dem vorausgesagten Datum lag genügend Zeit, in der zahlreiche Leute, mit Ausnahme *El Caballos*, zu unterschiedlichen Zielen aufbrachen, wenn auch nicht gerade zum Mars. Nicht alle hatten mit den Ereignissen in dem Küstenort zu tun, aber das ist Ansichtssache. Es ist schwierig, eine Grenze zu ziehen, festzulegen, ab wann jemand mit dem, was geschieht, nichts mehr zu tun hat.

– Hemingway beispielsweise, um irgendwo anzufangen, erschoß sich kurz nach jener Landung. Was nutzte es zu leben, wenn er nicht mehr trinken, schreiben, lieben konnte? «Ein Schuß in den Mund ist eine sichere Sache», hatte er einmal gesagt. Das war der Stil des Alten. Nach jedem Schluck ein Zitat: «Man muß sterben, das ist das Elend», sagte er. «Man arbeitet ein Leben lang, wird alt und stirbt.» Aber er starb sturzbetrunken, als der Moment dazu eigentlich noch nicht gekommen war. In seiner Zeit in Key West kippte er zwanzig Whiskys am Tag, trank Rotwein zum Essen und nahm eine Flasche Dom Pérignon ins Bett mit. Er trank, um der Traurigkeit zu entfliehen. («Es gibt kein Problem, das man nicht mit einem doppelten Scotch lösen könnte», sagte er.) Das war auch der Grund dafür, daß er ein heilloser Aufschneider war, ganz gleich, ob es um U-Boote, Frauen oder große Fische ging. «Heute nacht habe ich sie viermal beglückt. Jetzt frißt sie mir aus der Hand», erzählte er einmal und sprach dabei von seiner eigenen Frau. Als Mary kurz nach seinem Tod davon erfuhr, seufzte sie: «Wenn es wenigstens gestimmt hätte.» Als Hemingway sich erschoß, litt er an vorzeitiger Demenz, bekam eine Elektroschocktherapie nach der anderen und konnte nicht mehr zwischen seinem jüngsten Sohn und einem Leguan unterscheiden. Der Junge überlebte ihn übrigens um einige Jahrzehnte. Es war furchtbar gewesen, mit diesem Vater zu leben, und noch schlimmer würde es ohne ihn sein. Sein Name war Gregory Hemingway. Er starb im Jahr der Zwillingstürme im Frauengefängnis von Miami, wo man ihn unter dem Namen Gloria kannte. Er war Transvestit. Die Polizei hatte ihn in einem Park aufgegriffen, wo er in Minirock und High-Heels herumstöckelte. Es war die Sensationsmeldung des Tages. Sie wurde von niemandem bestätigt, aber sie landete trotzdem auf der Titelseite der Zeitung.

Sein Vater hätte sich noch einmal erschossen. Was hätte Hem nicht alles für eine zweite Chance gegeben, diesen Jungen, um den er sich nie gekümmert hatte, bei sich zu haben, um im Morgengrauen in den Gewässern des Küstenortes zu fischen und hinter U-Booten und Nazis herzujagen, aber man wird alt und stirbt, das ist das Elend.

– Der Ire wurde in Dallas ermordet, nicht lange nach Hemingways Schuß mit der Schrotflinte, als es noch so aussah, als werde sich der Twist gegen den Rock 'n' Roll durchsetzen. Als er die Nachricht erhielt, erklärte Malcolm X: «Jetzt sehen wir die bitteren Früchte seiner Politik.» Mit dieser Bemerkung entfesselte er den Zorn der Öffentlichkeit, und seine langjährigen Glaubensbrüder nahmen sie zum Anlaß, ihn aus der Nation of Islam auszuschließen. Bald sollte auch Malcolms Stunde schlagen, durchsiebt von muslimischen Gangstern. Jedenfalls wurden Malcolm, Hemingway und der Ire zu Legenden. Der Ire war der Umstrittenste. Eine Woche nach der Blamage in dem Küstenort hatte man ihn bereits für tot erklärt, aber er sann auf Vergeltung. Ein Weg, sich für die Schmach zu rächen, war, die Russen zu provozieren. Er brauchte so etwas wie eine Weltraumlandung, denn es war ihm nie gelungen, Juris Flug zu überbieten, aber kurz darauf wurde er erschossen, ohne den Mond in Besitz genommen zu haben. Seine Ermordung stürzte das Land in tiefe Trauer und machte die Träume seiner Familie zunichte, die große Hoffnung in ihn gesetzt hatte. Vor allen Dingen sein Vater, der persönlich dafür gesorgt hatte, ihn bei jenen zweifelhaften Wahlen, die der Ire mit einer hauchdünnen Mehrheit gewann, ins Präsidentenamt zu bringen. Zahlreiche Tote gaben damals ihre Stimme ab, und die Mafia setzte alles daran, seine Niederlage zu verhindern.

Doch das Schicksal des Iren wurde bereits in jener Aprilwoche im Jahr der Bildung besiegelt, als in jenen fernen Mangrovensümpfen die Invasion in der Schweinebucht scheiterte und die Angreifer (die sogar Anwälte zur Bildung von Kriegsgerichten dabeihatten) als Gefangene in einer steinernen Festung endeten, die sie, ausgemergelter als der Graf von Monte Christo, erst wieder verlassen sollten, nachdem man sie in Medikamenten aufgewogen hatte. An diesem Tag wurde dem Iren der Krieg erklärt, der ausschließlich der Firma die Schuld an dem Desaster gab, während wiederum diese ihm vorhielt, daß beide Seiten ihren Anteil daran hatten. Wenn der Ire wiedergewählt würde, könnten sie ihren Hut nehmen, also beschlossen sie, ihn zu töten. Das wollte sich niemand entgehen lassen. Selbst Howard Hunt, der geniale Radiomann, lungerte mit seinen Kubanern, als Stadtstreicher verkleidet, am Tatort herum. Die Polizei konnte sie festnehmen, aber sie wurden noch am selben Tag wieder entlassen. Zu diesem Zeitpunkt wurde halb Nordamerika des Verbrechens verdächtigt. Sogar Poppy geriet unter Verdacht (Poppy, der Vater von Junior, der Pate der Geisterflotte). Doch sein Fall lag völlig anders. Er war am Tag des Attentats nicht einmal in Dallas gewesen. Wenn er in den Akten erwähnt wurde, dann wegen seines Kalenders, in dem ein gemeinsamer Bekannter von ihm und Oswald vermerkt war, demjenigen, dem sie den Mord zur Last legten. Die üble Nachrede verfolgte Poppy wie eine giftige Spur. Tatsächlich tauchte sein Name bei einigen schmutzigen Angelegenheiten auf, aber das kam auch von seinem Hang, allem einen Namen zu geben, als müsse er unbedingt überall seine Handschrift hinterlassen, wie ein Serienmörder, der dem Ermittler anonyme Briefe schickt. So wurde er wegen seiner Ölgesellschaft, der berühmten Zapata Oil, mit dem Weltkongreß des Salsa in Verbindung gebracht, hatte dieser doch an einem Ort stattgefunden, der als La Ciénaga de Zapata bekannt war. Aber man konnte Poppy nie etwas nachweisen, nicht einmal, daß er die Flotte der United Fruit gechartert oder die *Barbara J* auf den Namen seiner Frau getauft hatte.

– Malcolm X, *El Caballo* Gastgeber in Harlem, wurde nach dem Boxkampf von Sonny Liston ermordet, als er bereits mit den Muslims entzweit war und sich dem Sozialismus zuwandte. Selbst Cassius Clay hatte sich von Malcolm distanziert. Beide sehnten sich nach den alten Zeiten zurück, als sie Brüder im Geiste waren und durch die Vorstädte um Opa Locka zogen. Damals hatte Cassius gerade seinen Sklavennamen abgelegt und nannte sich nun Mohammed, was er publik machen wollte, sobald er Liston ausgeknockt hatte. Cassius hatte Malcolm zu dem Kampf eingeladen; es sollte ein Geschenk zum Hochzeitstag sein. Aber dieser verpaßte den Kampf trotzdem, weil die Promotor Druck auf Cassius ausübten, sein Freund solle Miami verlassen. Andernfalls würden sie den Kampf absagen. Es war gerade einmal die Hälfte der Plätze verkauft. In Miami verachtete man diesen großschnäuzigen Schwarzen und seinen Freund von der Nation of Islam, der sich zudem El Hajj Malik el-Shabazz nannte. In jener Woche konnte man sie gemeinsam im Sonnenuntergang spazierengehen sehen. Als arme schwarze Schlucker hatten sie in ihrer Freizeit nichts Besseres zu tun, als durch die verrufenen Viertel zu schlendern. Ihre Frauen gingen untergehakt über den Gehsteig, vorbei an Kubanern, die Domino spielten. Bei einer dieser Gelegenheiten schilderte Malcolm ihm seine Begegnung mit *El Caballo* in Harlem, als plötzlich ein Kampfflugzeug über sie hinwegdonnerte und in Richtung Everglades verschwand. Das brachte Cassius darauf, ihm von seiner Flugangst zu erzählen, die ihn beinahe seinen Platz bei den Olympischen Spielen gekostet hätte, so horrend hatte er die Vorstellung gefunden, nach Europa zu fliegen. Cassius war kurz davor gewesen, seinen Rücktritt aus der Mannschaft zu erklären, gestand er Malcolm X, als er in einem Gebrauchtwarenladen einen Fallschirm entdeckte; er beschloß, ihn umgeschnallt zu lassen, bis sie in Rom gelandet waren. Dieser Spaziergang durch Opa Locka war ein unvergeßliches Erlebnis. Die Zeit verging so schnell, daß sie schon bald Little Havana hinter sich gelassen hatten und durch das *Fifth Street Gym* schlenderten, gleich neben der Apotheke an der Ecke Washington Avenue, wo Angelo Dundee ihm alles beigebracht hatte, was man brauchte, um Weltmeister zu werden.

Malcolm wurde im Jahr des Kampfs ermordet. Schon vorher hatte er Drohungen erhalten. Einige Abende zuvor hatte seine Frau im Keller des Hotels *Theresa* einen Koffer mit seinem persönlichen Koran und seinen privaten Tagebüchern versteckt, in denen er nicht nur seine Reisen nach Afrika und Mekka, sondern auch den Spaziergang mit Cassius durch Opa Locka festgehalten hatte. Er schilderte auch seine Harlemer Begegnung mit *El Caballo* bei dessen New-York-Besuch. Malcolm hatte den Vorschlag gemacht, in Havanna eine Filiale der Nation of Islam zu gründen, doch der Kubaner hatte ihn darauf hingewiesen, daß sie dort ihre eigenen Orishas hätten, die das übelnehmen könnten.

«Dieser Mann ist unglaublich», schrieb Malcolm, zutiefst beeindruckt von *El Caballo*, der sogar aus einem Umzug ein politisches Statement machte. An jenem Vormittag, so hieß es in den Nachrichten, sei die kubanische Delegation in eine Absteige im Ghetto umgezogen. Die Wahrheit sah anders aus. Das *Theresa* war das *Waldorf* von Harlem. In Wirklichkeit kostete es doppelt soviel wie das *Shelbourne*, das Hotel an der East Side, das *El Caballo* hinausgeworfen hatte. Malcolms Tagebuch zufolge hatten die Kubaner den Vorfall selbst provoziert, indem sie den Rezeptionisten so lange drangsalierten, bis ihm die Sicherungen durchbrannten. Der Mann fiel darauf herein. Überzeugt, daß sie vorhatten, die Zeche zu prellen, verlangte er, daß die dreißig Zimmer täglich in bar bezahlt wurden, andernfalls eine Kaution von zehn Millionen Dollar. Das war der richtige Moment, um zu gehen. Die Kubaner warteten bereits auf die Taxis, die sie zum Central Park bringen sollten (wo sie vorhatten, ihre Hängematten in den Bäumen aufzuhängen), als sie Malcolms Anruf erhielten, der sie nach Harlem einlud.

– Oberst Castillo Armas, der Handlanger der United Fruit, wurde im Arbeitszimmer des Präsidentenpalasts von seinem Leibwächter ermordet. Seit dem *Guatemalazo* waren erst drei Jahre vergangen. Lang genug für das nachfolgende Blutbad, während die Landreform rückgängig gemacht, die Gewerkschaften verboten und die Bauern ausgebootet wurden. *Les Misérables* wurde ebenso verbrannt wie die Romane von Miguel Asturias und Fjodor Dostojewski, während die Firma außerdem verlangte, Kommunisten das Recht auf Asyl zu verweigern.

Wie konnte das alles passieren?

Die Antwort war einfach.

«Was kann man schon machen, wenn man von der Polizei überfallen wird?» würde ein Beamter des State Department erklären. Sein Name tut nichts zur Sache. Natürlich wurde er wenig später entlassen. Na gut: Er hieß William Blum. «An wen soll sich eine Bananenrepublik wenden, wenn sie von einer Armee der Firma angegriffen wird?» fragte er. In Guatemala stellte man sich dieselbe Frage. Kurz vor dem Angriff hatte die Regierung Himmel und Hölle in Bewegung gesetzt, um irgendwo Gehör zu finden, überzeugt, daß alles nur ein Mißverständnis war und schließlich die Vernunft siegen würde. Der *Guatemalazo* war der Beginn eines Infernos und bedeutete auf lange Sicht die Vernichtung von dreihunderttausend Mayas, eine Säuberungsaktion, die im Laufe der Jahre Dorf für Dorf durchgeführt wurde, oft mit von der Firma erdachten Methoden, der «Treibjagd» etwa, bei der die Flüchtigen aus dem Dschungel eingekesselt wurden, mit Ausnahme eines Korridors, den die Opfer in der irrigen Annahme betraten, Gott habe ihnen eine Tür offengehalten, durch die sie der Folter entkommen konnten.

So endete der guatemaltekische Frühling, dessen Ursprung in jene Tage zurückreichte, als Juanjo Arévalo, der Pensionsgast der Videlas in Argentinien, den Entschluß faßte, in sein Land zurückzukehren, um den modernen Kapitalismus einzuführen.

War es nicht das, was alle wollten?

– Tachito Somoza, der Gebieter über Happy Valley, wurde im Exil von Maschinengewehrsalven durchsiebt. Der wichtigste Verbündete der Firma bei so vielen verrückten Husarenstükken, Absolvent der Militärakademie West Point, Protegé des Weißen Hauses, hatte die Invasion in dem Küstenort um zwei Jahrzehnte überlebt. Seine Familie hatte seit den Jahren der Depression die Herrschaft über Nicaragua innegehabt, als sein Vater die Gunst der United Fruit gewann, indem er einen gewissen Sandino beseitigte, einen früheren Arbeiter der Company, aus dem ein Guerillero geworden war. Nachdem der Alte seinerseits von einem guatemaltekischen Dichter ermordet worden war, übernahmen seine Söhnchen das Familienunternehmen. Tachito, der Jüngste, zeigte das größte Interesse daran, in die Fußstapfen des Vaters zu treten, wenn es etwa darum ging, Gefangene im Präsidentenpalast zu foltern – genauer gesagt, im «Nähzimmer», wie auf dem entsprechenden Schlüsselanhänger stand.

Es war ein Phantasiename. Als man ihn mit Fußtritten dort hineinbeförderte, hatte der Journalist die Vorstellung, daß dort früher einmal die Schneiderinnen des Regimes ihren Arbeitsplatz gehabt hatten. Nun, so stellte er fest, standen dort lediglich ein Apparat zum Formen von Hüten, ein Tonbandgerät und ein Lügendetektor. Der Journalist hieß Pedro Chamorro. Er war in dem Zimmerchen gelandet, obwohl er ein Mitschüler der Somoza-Brüder gewesen war. Ihm schwante nichts Gutes. Er hatte genug in den Händen, um zu wissen, daß diejenigen, die die Folter nicht überlebten, im Innenhof des Präsidentenpalastes verscharrt wurden. Der Geruch der Verwesung drang bis in die Verliese, und die Wärter gaben zur Erklärung, die Geier hätten die Innereien eines Huhns ausgegraben. Der Journalist blickte also nicht optimistisch in die Zukunft. Er kannte die Somozas gut genug, um sich keinen Illusionen hinzugeben, denn er hatte mit ihnen die Schule der Hermanos Cristianos besucht, aber er hätte nie gedacht, daß sie ihn einmal ermorden würden. Als sie genug davon hatten, ihn unter Strom zu setzen, brachten sie ihn raus. Es war stockfinstere Nacht. Pedro sog den Duft der blühenden Winden ein. Er hörte einen Panther fauchen und nahm den unverwechselbaren Geruch von Löwen wahr. Er befand sich in Tachitos privatem Zoo. Im ersten Morgenlicht erkannte er die Löwen, die Castillo Armas, der Handlanger der United Fruit, Tachito zum Geburtstag geschenkt hatte. Die Raubtiere teilten sich die Käfige mit den Gefangenen des Regimes. Es waren unterteilte Käfige für verschiedene Spezies. Ein paar abgemagerte Gefangene hockten im Pantherhaus. Die Kinder der Somozas hatten großes Mitleid mit ihnen, wie man feststellen konnte, wenn sie an der Hand ihrer Mütter den Zoo besuchten. Sie hatten mehr Augen für die Gefangenen als für die übrigen Tiere. Angesichts des unwürdigen Schauspiels hätte sich niemand vorstellen können, daß Pedros Tod der Anfang vom Ende des Regimes sein würde und Violeta Chamorro, die Witwe des Journalisten, später einmal die Geschicke der Nicaraguaner bestimmen sollte.

So verschwand die Somoza-Dynastie. Zwanzig Jahre vor den Maschinengewehrsalven hatten die Brüder die Flotte der United Fruit persönlich an der Mole von Happy Valley verabschiedet und die Männer aufgefordert, ihnen ein paar Haare aus *El Caballos* Bart mitzubringen, vor allem aber nicht zu vergessen, ihn zu töten.

Als Tachito erschossen wurde, waren die Agenten der Firma längst weit weg von den Antillen; vielleicht erfüllten sie Missionen in Laos oder Afghanistan. Gut möglich, daß sie mit Wehmut an den Lieblings-Schweinehund des State Department zurückdachten. Die Gefühle waren gegenseitig. Wenn Tachito etwas zur Genüge bewies, dann war es Dankbarkeit gegenüber der Firma, wo man keine Kosten scheute, um seine Spießgesellen zu retten. Als er von den Sandinisten gestürzt wurde, errichtete die Firma eine Luftbrücke mit fingierten Rot-Kreuz-Flugzeugen zwischen Managua und Opa Locka. Ziel war es, die Mitglieder der Somoza-Garde in Sicherheit zu bringen. Unter ihnen befanden sich die tüchtigsten Vernehmungsbeamten aus dem Nähzimmer.

– Der Agent David Atlee Phillips starb in schwierigen Zeiten, als sich die Russen überstürzt aus der Karibik zurückzogen. Man hatte dem geistigen Vater von Radio Swan noch drei Monate gegeben. Der Krebs fraß ihn auf. Er träumte von einem Kuba ohne Kommunisten, aber das sollte er nicht mehr erleben. Er hatte nicht nur die Intervention in Guatemala koordiniert, er war auch der Kopf hinter den illegalen Rundfunkstationen gewesen. Nachweislich hatten die Sender mehrere geistige Väter (darunter Howard Hunt und General

Lansdale, der mit dem U-Boot und der Ankunft Christi), aber der Hauptverantwortliche war David. Während des Angriffs auf den Küstenort hatte er mit Rosa zusammengearbeitet. Als ehemaliger Schauspieler am Off-Broadway verstand er sich blendend mit der Ansagerin aus dem *Siebten Himmel*. David hatte außerdem gewisse journalistische Ambitionen. Zum Beispiel mischte er gerne bei den Nachrichtensendungen mit. Dabei bewies er ein gutes Händchen. Als der Che während der Operation in dem Küstenort auf der Isla de las Cotorras verwundet wurde, packte David die Gelegenheit beim Schopfe. Obwohl der Che nur einen Kratzer abbekommen hatte, beschloß er, alles aus der Sache herauszuholen, was möglich war. David war seit der Bombardierung Guatemalas hinter ihm her, als der Argentinier entkommen war, indem er sich in eine Botschaft flüchtete. *El Gallegos* Kadetten, die am Strand kämpften, erfuhren durch Radio Swan von dem Schuß. Hatte er sich wirklich umgebracht? Es war die perfekte Nachricht, um ihnen das Leben schwerzumachen. Sie hörten Rosas Stimme: «Ches Zustand ist weiterhin sehr ernst. Die Kommunisten sind derart unfähig, daß sie es nicht einmal schaffen, sich mit einem einzigen Schuß umzubringen.» Das war Davids direkter Stil. Howard Hunt hingegen, seine rechte Hand beim Radio, der jede Sendung durch die Scheibe der Sprecherkabine mitverfolgte, war raffinierter, wie seine eigenen Texte verrieten, jene verschlüsselten Botschaften, die Rosa in der Nacht der Krokodile verlas, als die ehemalige *Chiquita Banana* vor dem Küstenort auftauchte. Nach dem Weltkongreß des Salsa trennten sich ihre Wege. Während Howard an den Kubanern dranblieb, wurde David nach Chile geschickt, um Pinochet zu unterstützen, sein größter Coup nach der Intervention in Guatemala. Der Tod überraschte ihn, als er an einem System zur Versorgung ausgeschiedener Spione arbeitete. In der letzten Zeit, so erinnerte sich einer, habe er verärgert gewirkt. Wissen Sie was? Er war die ganzen Kubaner beim Geheimdienst leid. Das Phänomen war als «Die Pest des Iren» bekannt. Nach der Schlappe in der Schweinebucht war die Firma von *Santeros* überschwemmt worden, den Überbleibseln des Salsakongresses, die in Missionen aller Art durch die Weltgeschichte reisten und heute an der Costa Miskita und morgen im Persischen Golf sein konnten.

Als David in der Nacht der Krokodile begriff, daß alles zu Ende war, schenkte er sich vier Martinis ein und kippte sie in einem Zug herunter, um dann schluchzend in die Arme seiner Frau zu sinken. Wie hatte er so viele Fehler auf einmal machen können? Er schwor, sich nie mehr mit Spinnern wie Lansdale einzulassen, der nicht einmal ein passables Bild des gekreuzigten Christus aufgetrieben hatte. Schlimmer noch: Das Hologramm, das von dem U-Boot in den Himmel geworfen wurde, hatte Ähnlichkeit mit *El Caballo*. Aber von da an war Atlee Phillips' Karriere äußerst erfolgreich, voller technischer Einfälle, die ihrer Zeit weit voraus waren, wie etwa das Saringas, das er in einem Parfümflakon nach Santiago einschmuggelte, um Pinochet-Gegner zu eliminieren.

– Von den lebenden Toten gibt es keine Listen: Die Rede ist von abgesprungenen Agenten. Es war ein dunkles Kapitel für die Firma, denn einige der Aussteiger verfielen aus irgendwelchen Gründen auf die Idee, unter die Schriftsteller zu gehen. In ihrem Anfängereifer rechneten sie fest damit, daß ihre Bücher alles auf den Kopf stellen würden. So dachte zumindest der Exagent Philip Agge, während er hastig Kapitel um Kapitel zu Papier brachte. Er hatte gerade der Firma den Rücken gekehrt. Kein anständiger Bürger, so glaubte er, könne angesichts dieser Enthüllungen gleichgültig bleiben. Schließlich legte er in seinen Memoiren detailliert die Machenschaften einer terroristischen Organisation in den Diensten des Präsidenten und der Geschäftswelt offen. Als das Buch erschien, interviewte ihn ein Journalist des *Playboy* in seinem Versteck. Als er schließlich das Tonband ausschaltete, hatte er Zweifel, ob die Reportage jemals erscheinen würde. Aber sie wurde gedruckt. Als sich die Wogen glätteten, landete Philips Buch im Ramsch. Der Direktor der Firma atmete beruhigt auf. Sein Gespür hatte ihn nicht getrogen, sie würden den Autor nicht einmal umbringen müssen. Die Hoffnungen, die Philip in seinen literarischen Erfolg gesetzt hatte, hatten einen grundlegenden Denkfehler: Er hatte die Reaktion der Leser falsch eingeschätzt. Wenn es um die Firma ging, rechneten die Menschen mit dem Schlimmsten, aber das tat ihrer Begeisterung für sie keinen Abbruch. Nicht einmal den linken Schriftstellern gelang es, das zu verbergen, da mochten sie an noch so vielen Bürgerrechtsmärschen teilgenommen haben. Es war eine nationale Leidenschaft, der Inbegriff von Hollywood. Und wenn etwas das krankhafte Interesse des Publikums anfachte, dann waren es die Gerüchte, die sich um den Präsidenten rankten, etwa jenes, daß ein Mafiaboß ihn mit Huren versorgt habe.

Bis das Buch schließlich erschien, hatte Philip einige Schwierigkeiten gehabt. Nicht nur, daß ihm das Schreiben schwerfiel, der Autor mußte darüber hinaus auf der Hut sein, nicht auf die Gleise gestoßen zu werden oder das Manuskript zu verlieren. Als er in Paris die letzten Seiten tippte, stellte der Aussteiger fest, daß man etwas in seine Schreibmaschine eingebaut hatte, um die Buchstaben in die Nachbarwohnung zu übertragen.

Bei jedem Tastenanschlag rauschte es in seinem Radio, und so verließ er sein Versteck und nahm das nächste Flugzeug. Wo hätte er seine Memoiren besser fertigstellen können als in London? Die Firma konnte alles verhindern, aber nicht, daß das Buch in England erschien. Außerdem war das British Museum der letzte bekannte Ort, wo noch südamerikanische Zeitungen archiviert wurden. Damals war Philip bereits mit Ángela zusammen, einer brasilianischen Exilantin, die ihm beim Abtippen half. Sie bewahrte auch die Fotokopien auf und verteilte sie über ganz London. Bei jedem ihrer Freunde brachte sie ein Kapitel unter, denn Philip wurde den Gedanken an einen Diebstahl nicht los. Er glaubte, daß man ihm früher oder später das Manuskript abjagen würde. Seine Begegnung mit diesem Mädchen war wie eine Vorahnung gewesen. Ángela war zwanzig Jahre alt, sie war vom brasilianischen Militär gefoltert worden, das nach dem durch den Iren unterstützten Staatsstreich die Macht übernommen hatte.

Philips Skrupel bezüglich seines Jobs gingen auf seine Zeit in Montevideo zurück. Dorthin war er nach einem äußerst erfolgreichen Aufenthalt in Ecuador geschickt worden – es war ihm gelungen, den Vizepräsidenten des Landes, den Polizeichef und die Führungsriege der Kommunistischen Partei zu rekrutieren. Sie alle waren nun Mitarbeiter der Zweigstelle Ecuador, trotz der schönen Bordelle eines der langweiligsten Ziele in der Firma. Der Vizepräsident des Landes stand mit tausend Dollar monatlich auf der Gehaltsliste, zuzüglich einer Suite in einem Fünf-Sterne-Hotel, um sich mit seinen Gespielinnen zu treffen. Der Wirtschaftsminister und die Abgeordneten waren billiger zu haben.

Auch in Montevideo warb Philip Mitarbeiter an. Bald arbeitete er Seite an Seite mit dem örtlichen Polizeichef. Dort, im Polizeipräsidium, waren Philip zum ersten Mal Bedenken gekommen. Er hatte im Büro des Polizeichefs gesessen und sich einen Bericht über die Rolle der Russen im urugayischen Untergrund aus den Fingern gesogen, als aus den oberen Etagen die Schreie eines Folteropfers zu hören waren. Der Polizeichef schlug vor, das Radio anzustellen. Es war ein Fußballsonntag. Wenn die Schreie durchdringender wurden, drehten sie den Ton lauter. Am Ende plärrte das Radio so laut, daß eine weitere Unterhaltung unmöglich wurde. Es war eine unangenehme Situation, vor allem für Philip. Die Schreie kamen von einem Linksaktivisten, auf den er selbst die Polizei angesetzt hatte.

Für den Reporter des *Playboy* waren Philips Bekenntnisse erschütternd. Ein weißer, protestantischer, angelsächsischer Akademiker, wie er typischer nicht sein konnte, beschrieb seine Karriere in einer kriminellen Organisation, die schlimmer war als die Mafia und unter dem Vorwand, die Werte der Nation zu schützen, diese doch nur zerstörte. Das war Philips Standpunkt. «Sind Sie nicht zu Geheimhaltung verpflichtet?» wandte der Journalist ein. Philip schüttelte den Kopf. «Es wäre sowieso ein Schweigeabkommen unter Kriminellen», behauptete er. Mittlerweile war es dunkel geworden im Zimmer. Der Journalist tastete die Wände ab. «Ob es hier Wanzen gibt?» flüsterte er. «Ich glaube nicht», antwortete Philip. Aber obwohl er ruhig wirkte, war es schwer, die Anspannung abzuschütteln. Er hatte dem Reporter gerade erklärt, wie die Sache normalerweise ablief. «Irgendwann wissen sie, wer Sie sind. Sie haben Ihren Namen. Besser, Sie beginnen, sich in acht zu nehmen. Sind Sie schon mal verhaftet worden? Haben Sie Steuern hinterzogen? Haben Sie Schulden? Sind Sie in psychiatrischer Behandlung? Haben Sie irgendwann Ihre Freundin geschlagen? Haben Sie in der Schule Marihuana geraucht? Sind Sie womöglich schwul? Schauen Sie sich lieber um, wenn Sie das Hotel verlassen. Sie werden verfolgt werden.»

Wenn du schreibst, trägst du die Konsequenzen.

– Der Stenograph starb in Marbella an Verdauungsstörungen, ohne auch nur eine Minute den Verrat seiner Verbündeten zu vergessen. Bis zuletzt hoffte er wenigstens auf einen Anruf aus Yuma. Er lebte nun in Spanien, und die Schlaflosigkeit machte ihm mehr und mehr zu schaffen. Die Fragen quälten ihn bis zum Schluß. Was hatte er bloß falsch gemacht? Hatte er sie während des Zweiten Weltkriegs nicht mit Zucker förmlich überschüttet? Hatte er ihnen nicht die Militärstützpunkte überlassen, die sie verlangten? Hatte er nicht die Beziehungen zu Rußland abgebrochen? Hatte er nicht die Regierung von Kommunisten gesäubert? Man hatte ihm nicht einmal ein Visum für Florida ausgestellt. Statt dessen hatte man ihn in die Dominikanische Republik abgeschoben, wo keine Woche verging, ohne daß ihn der Hausherr, sein unfreiwilliger Gastgeber, als feige Memme hinstellte und ihn drängte, nach Havanna zurückzukehren, um wieder die Macht zu übernehmen. Trujillo dachte bereits an seine eigene Haut. So wie sich die Dinge entwickelten, würde ihm nur das Exil in Spanien bleiben. Seine Befürchtungen sollten sich schon bald bestätigen. Kaum einen Monat nach der Schweinebucht kam der dominikanische Diktator durch einen von der Firma koordinierten Hinterhalt ums Leben, als er gerade von einer Siesta mit seiner Frau kam. Er sprang noch mit gezückter Pistole aus dem Wagen, aber sie erledigten ihn trotzdem. Mehr als dreißig Jahre lang war er der König des Dschungels gewesen. Jetzt war er mausetot.

Trujillos Gäste reisten scharenweise nach Spanien ab, der Stenograph vorneweg. Aber noch vor ihm war Perón aufgebrochen und mit ihm die Tänzerin, die er heiraten wollte. Er hatte sie dem Besitzer des *Happy Land* abgekauft, eines Zwei-Sterne-Nachtclubs in Panama. Für Trujillo waren die letzten Monate seines Lebens düster gewesen. An seinen Gästen sah er, welches Schicksal ihm selbst bevorstand. Er wußte aus sicherer Quelle, daß Perón ihn hintergangen hatte; er war der Lieferant der Mauser-Gewehre für die *Legión del Caribe* gewesen. In Wahrheit hatte Perón keine Ahnung gehabt, für wen die Gewehre bestimmt waren. Als Präsident hatte er sie in gutem Glauben an Juanjo Arévalo verkauft, der sie sofort nach Cayo Confites weiterschleuste. Aber Trujillo hatte es nicht so mit Feinheiten. Er mußte sich zur Höflichkeit zwingen. Er konnte seine Gäste nicht mehr sehen. «Diese Flaschen wollten mich also umbringen», knurrte er, wenn er ihnen begegnete. Der Stenograph seinerseits wollte unbedingt aus der Karibik weg. Er verschanzte sich in seinem Hotelzimmer, während er sich mit der Vorstellung quälte, wie sich seine Frau und seine Kinder auf dem Anwesen in Daytona vergnügten. Er brachte den amerikanischen Botschafter mit seinen Visaanträgen um den Verstand. Nacht für Nacht träumte er von seinem Anwesen in Florida. Wenn er einen Spaziergang unternahm, zögerte er die Rückkehr ins Hotel *Jaragua* hinaus. Es war furchtbar, überflüssig zu sein, wie ein alter Mann solchen Gedanken nachzuhängen. Außerdem teilte er das Zimmer mit Hauptmann Ventura, seinem früheren Polizeichef, den Graham Greene, der Brite, später als Hauptmann Segura in seinem Roman *Unser Mann in Havanna* verewigen würde. Sie waren zusammen aus Kuba geflohen. Ventura hatte ihm eine Pistole in die Magengrube drücken müssen, um einen Platz in der

Maschine zu bekommen. Der Stenograph, dem die Rebellen auf den Fersen waren, stimmte schließlich zu, einige Gepäckstücke auszuladen, um Platz für Ventura zu machen. Die Unmengen an Gepäck kamen durch das halbe Dutzend Banken zustande, die dem Stenographen unterstanden, des weiteren die Zuckerfabriken, seine Rundfunksender, der Fernsehsender *Canal 12*, die Zeitschrift *Gente*, an die hundert Gebäude, Transportunternehmen, Fluggesellschaften, Papierfabriken und Beteiligungen an weiteren vierzig Unternehmen. Trotzdem war er nicht glücklich. Hätte man ihn gefragt, so hätte er von all seinen Investitionen am liebsten die *Academia Gregg* behalten, sein erstes Institut für Maschinenschreiben, Stenographie und Englisch, das er mit siebenundzwanzig gegründet hatte, als er noch arm und ein anständiger Mensch gewesen war. Es war kurz nach seinem Diplom in Maschinenschreiben an der *Pitman Academy* in New York gewesen, wo er – nach einer abgebrochenen Ausbildung zum Privatdetektiv – einen Fernkurs belegt hatte. Die *Academia Gregg* war die Liebe seines Lebens gewesen. Er hatte Abendkurse in einer angemieteten Bruchbude gegeben. «Weshalb nur mußte ich alles kaputtmachen?» jammerte der Stenograph in seinem Hotel in Ciudad Trujillo. «Ich hätte mich doch damit zufriedengeben sollen», seufzte er. Aber das glaubte er nicht einmal selbst.

Er starb während des Essens in Spanien, als die Serie der Todesfälle gar nicht mehr abriß. Ein Jahr zuvor hatte es Jacobo Arbenz erwischt. Der alte Feind der United Fruit hatte im mexikanischen Exil einen Unfall in der Badewanne. «Er hat die Turnschuhe in die Ecke gestellt», informierte der örtliche Vertreter der Firma, was soviel hieß, daß er in ein besseres Leben übergegangen war, daß er das Zeitliche gesegnet und den Löffel abgegeben hatte. Der Stenograph hingegen starb eines natürlichen Todes. Er erstickte an den Bohnen. Beim vierten Teller machten die Herzkranzgefäße schlapp. In gewisser Weise war das sein Glück, denn sein Leibgericht bewahrte ihn davor, ermordet zu werden. Just am nächsten Tag sollte in Madrid ein Duo des kubanischen Geheimdienstes eintreffen, das den Auftrag hatte, ihn zu liquidieren. Die beiden wurden auf Kuba schließlich des Drogenhandels und eines Dutzend weiterer Verbrechen angeklagt, gemeinsam mit einem Helden des afrikanischen Krieges, der auf Knien starb, eine Kugel im Rücken.

– Juanjo Arévalo, der Gast der Videlas in La Punta, wurde entgegen aller Voraussagen alt, obwohl viele nichts auf sein Leben gegeben hatten. Ausgerechnet er, der, was das Altern anging, nur einen Wunsch hatte: daß es schnell vorbei sein möge. Sein Einzug ins Präsidentenamt hatte die Karibik auf den Kopf gestellt. Ein unbedeutender Philosoph hatte die politische Klasse mit vernichtender Mehrheit geschlagen. Bei der United Fruit war man außer sich vor Wut und beschloß, ihn zu zerstören. Der Rückkehrer aus Argentinien schien das perfekte Ziel zu sein. Man konnte ihm jedes erdenkliche Vergehen anhängen: ein Spion Peróns oder ein Mann der Nazis zu sein. Aber die Firma bat um Geduld. Sie war erst vier Jahre, seit 1947, im Geschäft und brauchte ein bißchen Zeit. Man würde sehen, was man beim nächsten Mal tun konnte. Sie beschlossen, ein paar Aufstände gegen Arévalo anzuzetteln, aber die eigentliche Lektion hoben sie sich für den kommenden Mann auf, Juanjos Nachfolger, auch er ein Sozialromantiker.

Es war der Vorabend des *Guatemalazo*. Sobald er die Macht an Arbenz übergeben hatte, verließ Juanjo sein Land, um wieder einmal Buenos Aires zu besuchen. Ihn faszinierte diese

Stadt, wo es keine Betrunkenen gab, aber von französischen Prostituierten und armen Spaniern nur so wimmelte. Endlich lernte er Tango tanzen, der, auch wenn er an eine getanzte Kopulation erinnerte, ein anständiger Tanz war. Der Mann durfte keinesfalls seine Partnerin befummeln oder ihr schlüpfrige Dinge zuraunen, wie er gleich als erstes hörte. Arévalo nutzte die Gelegenheit, um ausgiebig ins Theater zu gehen. Er erinnerte sich, daß damals, als er in Buenos Aires gelebt hatte, *Sandino* aufgeführt wurde. Es war seltsam gewesen, dieses Stück zu sehen, während Augusto César Sandino noch in den Bergen Nicaraguas kämpfte, aber es wurde schon bald aus dem Programm genommen, ohne das geringste Interesse beim Publikum geweckt zu haben.

Bei seinem letzten Besuch in Argentinien reiste Juanjo inkognito nach La Punta. Er rief lediglich Mario Quiroga Luco an, den er zu einem Rundgang einlud, «ein bißchen umgukken», wie er gerne sagte. Sie spazierten durch das Gäßchen mit den Eseln, und Mario konnte feststellen, daß die Frauen Arévalo immer noch hinterherschauten. Unter Gelächter erinnerten sie sich an die Episode mit dem einbalsamierten Quetzal. Sie genossen die Wiederbegegnung, während sie durch die häßliche Ansammlung von Häusern spazierten. Bei den Videlas klingelten sie, aber es kam niemand an die Tür. Während sie zum Hotel gingen, dachten sie an Jorge, den Cousin, der immer die Sommerferien dort verbracht und schon mit fünfzehn wie ein General ausgesehen hatte. Nun hatten sie ihn degradiert und wegen seiner Greueltaten zu lebenslänglicher Haft verurteilt, aber es wurde davon gesprochen, ihn zu begnadigen. Juanjo schwieg. Das Land seiner Liebe überraschte ihn stets aufs neue. Er erkundigte sich nach der Präsidentin, Isabel Martínez de Perón, die Blut über das Land gebracht hatte, jene ehemalige Tänzerin aus dem *Happy Land*, die Perón für Geld gekauft und schließlich geheiratet hatte, nachdem der Papst seine Exkommunizierung aufgehoben hatte. Bei dieser Gelegenheit erzählte Juanjo Mario von den Hintergründen seiner Geschäfte mit Juan Perón, als sie beide Präsidenten gewesen waren und gemeinsam Waffen an die *Legión del Caribe* geschmuggelt hatten.

– Ches Stunde schlug in der berühmten Dorfschule. Er war der zweite gefährliche Asthmatiker, den man aus dem Weg räumte. Der erste war Malcolm X gewesen, dem man zunächst etwas in sein Inhaliergerät tun wollte, doch bald kam man zu dem Schluß, daß es einfacher war, ihn zu erschießen. Anders als Malcolm brüstete sich der Che mit seinem Asthma – nur der Geruch von Schießpulver, so sagte er, könne ihm Linderung verschaffen. Aber in Bolivien, wo es ihm die ganze Zeit schlechtging, funktionierte das nicht. Was hatte er dort zu suchen? Régis Debray, der ihm nach Südamerika gefolgt war, würde später sagen, verglichen mit dem bolivianischen Dschungel, sei die Sierra Maestra eine Parklandschaft. Régis war ein französischer Student, der zu viele Ritterromane gelesen hatte; erst lange danach würde er von seiner Schwärmerei geheilt werden. Einige beschuldigten ihn, eine undichte Stelle gewesen zu sein. Unter anderem wurde er bezichtigt, unter der Folter ausgepackt zu haben, als er kurz vor Guevaras Opfertod gefangengenommen wurde. «Folter?» grinste ein sowjetischer Agent. «Man brauchte ihm nur zwei Ohrfeigen zu geben: eine, damit er zu reden begann, und eine, damit er wieder aufhörte.» Moskau hatte genug von Che, seit dieser bei einem diplomatischen Empfang in Kairo den Botschafter geohrfeigt hatte. An jenem Nachmittag posierten all jene neben der Leiche, die sich bis gestern gegenseitig dabei behindert hatten, ihn zu töten, Leute von der Firma genauso wie vom KGB – Schmeißfliegen, die dem Geruch des Todes folgen. Sie erinnerten an jene Jäger, die sich in früheren Zeiten mit einem Fuß auf dem Rücken des toten Büffels fotografieren ließen. Ein Kubaner von der Firma, seinerzeit von Poppy, Juniors Papa, in Miami angeworben, trug stolz Ches unverwechselbare Rolex am Handgelenk.

Bevor er nach Bolivien aufgebrochen war, hatte man Che mit einer Pinzette jedes einzelne Haar vom Schädel gezupft, damit es wie eine echte Glatze aussah. So verwandelte er sich in einen Kaufmann mit dicker Brille und dunklem Anzug, der als Onkel Ramón in Ches Haus auftauchte. Es sollte die letzte Begegnung mit seinen Kindern sein. Niemand erkannte ihn, aber die kleine Aliusha war empört, als er beim Essen am Kopfende des Tisches Platz nahm. «Das ist Papas Platz», sagte sie kühl zu ihrer Mutter. Che platzte beinahe vor Stolz. Beim Abschied drückte er sie an sich. Die Umarmung fiel liebevoller aus, als man es von einem entfernten Onkel erwartet hätte. Aliusha, die damals sechs Jahre alt war, brachte vor Überraschung keinen Ton heraus. «Ich glaube, dieser Mann ist verliebt in mich», sagte sie später zu ihrer Mutter, als sie die Fassung wiedergefunden hatte.

– Camilo Cienfuegos war zur Zeit der Invasion in der Schweinebucht bereits tot. Vermutlich liegt er nach wie vor in seinem vor der Küste von Camagüey zerschellten Kleinflugzeug in einem Unterwassergarten, inmitten abgebrochener Korallen. Immer wieder taucht das Gerücht auf, dieselbe Mannschaft, die Ches Grab entdeckt habe, werde eine weitere Suchaktion starten. Diese Ankündigungen wecken tausend Spekulationen. Und wenn ihn die Russen beseitigt haben? Und wenn es die Rebellen selbst waren? Sollte man das Flugzeug nicht lieber dort lassen, wo es war? Tatsache ist, daß in jenen unheilvollen Tagen die Kubaner von größter Hoffnung in die schwärzeste Enttäuschung fielen. Camilo war auf einem Flug verschollen. Plötzlich brach ein Hupkonzert in der Stadt los, und die Leute strömten auf die Straßen, weil ein Radiosender meldete, Camilo habe sich gerettet und befinde sich an Bord eines Schiffes. Die Meldung wurde dementiert, und die Enttäuschung war riesengroß. Der beliebteste der Rebellen tauchte nie wieder auf. Der New Yorker Schneider, der Prinz aus dem *Palladium*, *El Comandante* Camilo Cienfuegos, mit Augen so sanft wie Jesus, war nicht mehr am Leben. Mehr als einer unkte, daß im Grunde sein Ende in dem Moment gekommen war, als man seine Leibwache zum Friseur brachte und die Männer nach einer Rasur und einem anständigen Haarschnitt ihren Abschied erhielten und in ihre Dörfer zurückgeschickt wurden.

Unter den Leibwächtern, die zum Friseur geschickt wurden, war auch Tony Saravia. In Zukunft würde Tony jedesmal, wenn er zum Haareschneiden ging, noch einmal diese Schmach durchleben. Er sah immer dasselbe Bild im Spiegel: einen Kerl, der das Ergebnis mit zunehmender Erbitterung betrachtete, während er irgendwas dachte, vielleicht, daß es keine Wunder gab, daß nur sein komischer Kopf daran schuld war und selbst der beste Friseur der Welt gegen bestimmte Abnormitäten nichts ausrichten konnte.

– Das Schicksal des Orishas von LAN Chile, der Schrecken des Küstenorts, verlor sich im dunkeln; niemand erinnert sich mehr an ihn. Kurz nach der Invasion war Jacques Lagas in Ungnade gefallen, und so verbrachte er seine letzten Monate in Kuba, ohne eingesetzt zu werden oder aber seine Entlassung zu erhalten. Zwanzig Kilo leichter und ziemlich verwahrlost, erhielt er schließlich die Erlaubnis, seine Sachen zu verkaufen und das Land für immer zu verlassen. Er trennte sich von seinem Oldsmobile und einem Stereoplattenspieler mit hundert Langspielplatten, außerdem von der Schlafzimmereinrichtung, einem Großteil der Kleidung und einem funkelnagelneuen Radio, alles zusammen für 4.900 Pesos, die man ihm beim Generalstab gegen fünfhundert Dollar in bar und einen Scheck über die Restsumme bei einer kanadischen Bank eintauschte. Am Tag der unschuldigen Kinder verließ er das Land in Richtung Mexiko, eher wütend als gedemütigt.

Er flog mit seiner Frau und dem Baby in einer Britannia der Fluggesellschaft Cubana. An Bord wurde er gefeiert. Die Stewardeß hatte Mitleid mit diesem gebrochenen Mann, der vom Alkohol gezeichnet war und mehrere Selbstmordversuche hinter sich hatte. Soweit sie wußte, war er ein ausländischer Orisha, der nun die Insel verließ. Nicht einmal Lagas selbst hätte eine Erklärung dafür geben können. Er machte sich Gedanken wegen der Psychose, die man bei ihm diagnostiziert hatte. War er wirklich verrückt? *El Caballo* hatte ihm ein Strandhaus angeboten, bis er wiederhergestellt war. Oder vielleicht ein, zwei Jahre in einem anderen sozialistischen Land. Danach könne er wieder fliegen. Lagas hatte den Kopf geschüttelt. Er hatte ein Haus, ein Auto, eine Frau. Vielleicht, so räumte er ein, litt er ja tatsächlich an einer Kriegspsychose. Aber warum schüchterten sie ihn dann ein? Warum die anonymen Anrufe und die Todesdrohungen? Warum war er in nur vierzig Tagen vom Helden zum Piloten im Ruhestand geworden? Kurz nach dem Angriff auf den Küstenort hatte die Partei ihn hinausgeworfen. Vielleicht, weil er zuviel wußte? Es gab viele Mißstände in der Luftwaffe. Vom Ausplündern gefallener Piloten bis hin zu Kriegsverbrechen. *El Caballo* strich sich unentwegt über den Bart. Kriegsverbrechen? Jawohl. Leutnant Del Pino hatte über dem Küstenort den Piloten einer Invader unter Beschuß genommen, der sich mit dem Fallschirm retten wollte, nachdem er abgeschossen worden war. Jemand müsse diese Dinge erzählen, murmelte Jacques Lagas. Einstweilen habe er *Fuego al amanecer* geschrieben, eine eindringliche Schilderung des Kampfes in der Schweinebucht, die jedoch nicht in den Buchhandlungen zu finden war. Was war mit seinem Buch passiert? War es der Schere der Zensur zum Opfer gefallen? Und jetzt kamen sie ihm damit, daß er an bedenklichen politischen Verwirrungen leide.

Lagas zufolge seufzte *El Caballo* und raufte sich die Haare, was nichts Gutes verhieß. Aber er faßte sich wieder und setzte die Befragung fort. Er wollte wissen, welche weiteren Vorkommnisse es bei der Luftwaffe gegeben habe. Lagas erinnerte sich ganz genau an diese Unterhaltung. Monatelang hatte er auf diese Gelegenheit gewartet. Jeden Morgen um acht war er im Hauptquartier erschienen, der Villa einer steinreichen Dame, in dem nun der Generalstab seinen Sitz hatte. Wenn es Abend wurde, zog er geschlagen von dannen. Am nächsten Tag saß er wieder in den abgewetzten Sesseln, wo er bald einschlief. Einmal wurde er durch *El Caballos* Ankunft geweckt, der inmitten einer Phalanx von Russen vorbeirauschte. Den Abschluß des Kommitees bildete eine sonderbare Gestalt, die Lagas zufolge das Pistolenhalfter «so unvorschriftsmäßig wie nur irgend möglich» trug, über dem Hintern wippend nämlich. Es handelte sich um einen ehemaligen Offizier des

Stenographen, der nach dem Willen der Partei wieder in die Armee aufgenommen worden war. Lagas war der Vormittag verdorben. Für den Chilenen war das der Grund allen Übels: Da vereinnahmte jemand den Ruhm der Rebellen.

El Caballo erwiderte Jacques' Gruß, ohne das Tempo zu verringern. Im Generalstab hatte man sich an den Chilenen gewöhnt. Sie versorgten ihn mit Kaffee und Zigaretten. Hin und wieder luden sie ihn zum Essen ein. Dieser Warteraum war das Fegefeuer für ausgemusterte Offiziere, die auf diese Weise ruhiggestellt wurden. Mitleid und Eifersucht lagen in der Luft, jeder in Ungnade Gefallene verspürte einen Dolch im Rücken. Eines Tages traf Lagas mit Efigenio Amejeiras zusammen, dem Schwarzen aus der Sierra Maestra, einem der zwölf legendären Überlebenden der *Granma*. In der Schweinebucht war er als Chef der Polizei einer der ersten gewesen, die den Kampf aufnahmen. Nun saß er ebenfalls auf der Ersatzbank und lauerte darauf, daß der *Comandante* eintraf. Efigenio starrte auf den Fußboden. «Runter kommt man immer?» Woran er wohl dachte? An die verlassene Hütte, als ihm die Hühner entwischten? Dachte er an *El Caballo*, der gleich nach dem Aufwachen fragte, ob die Hühnchen schon fertig seien? Über Wochen leisteten er und Jacques sich Gesellschaft. Beide waren fest entschlossen, zu *El Caballo* vorzudringen, und wenn sie in diesem Wartezimmer verrotteten.

Lagas verließ bald darauf die Insel. Er hinterließ keine große Erinnerung auf dem Stützpunkt. Mit der Zeit gingen alle Orishas bis auf den Mulatten Bourzac nach Yuma. Auch Álvaro Prendes ging diesen Weg, wurde aber in der kubanischen Exilgemeinde nie so ganz akzeptiert. Ständig hielt man ihm die Sache mit der Schweinebucht vor. Ein weiterer Orisha, der nach Miami floh, war jener Leutnant, dem Jacques

Lagas vorgeworfen hatte, einen am Fallschirm hängenden Piloten erschossen zu haben. Aber bei seiner Desertierung hatte er es zum Kommandanten der Luftwaffe und zum Star des Angolakriegs gebracht. Sein Name war Rafael del Pino. Zusammen mit seiner Frau, seiner kleinen Tochter und seinem Sohn Ramsés, dem Pilot einer MiG-23, war er in einer Cessna geflohen. In Miami wurde er in ein staatliches Schutzprogramm aufgenommen, das ihn zwang, ständig den Wohnort zu wechseln. Niemand wußte von seiner wahren Identität, nicht einmal seine früheren Kameraden. Er war kaum wiederzuerkennen, mit Perücke und falschem Schnurrbart. Jemand hatte sich vorgenommen, ihn zu töten.

Jemand? Was hieß jemand? Ein kubanischer Agent vielleicht? Oder ein rachedurstiger Brigadist? Nun, in jenen Zeiten war unmöglich herauszufinden, wer wen umbringen wollte. Aber es gab Gerüchte. Es roch nach einer Abrechnung. Jemand wolle Crespo rächen, einen der gefallenen Piloten. Es wäre nicht verwunderlich gewesen, wenn seine Invader von einem dieser Orishas, die nun nach Miami flohen, vom Himmel geholt worden wäre. Es war bei der zweiten Angriffswelle passiert. Als Crespo gerade abdrehen wollte, um nach Happy Valley zurückzukehren, erhielt er einen Treffer von einer Fury. Von Flammen eingeschlossen, schrie er verzweifelt, er werde sterben. Der Äther füllte sich mit den Stimmen der Piloten, bis die Lautsprecher bebten. Jeder hatte einen Vorschlag, was zu tun war. Sogar der Verursacher des Abschusses mischte sich ein, um Ratschläge zu geben, während er am Himmel kreiste. Aber bald war klar, daß Crespo nur jemanden brauchte, der ihm dabei half, diese Welt zu verlassen. Als er sein Schicksal erahnte, schrie er laut nach einem Priester. Aber es waren keine Priester da. An den Funkgeräten herrschte

Stille, bis sich plötzlich eine fremde Stimme einschaltete. Sie sagte, im Notfall könne ihm jeder die letzte Ölung erteilen, und wenn es der Heckschütze wäre. Niemand achtete auf diese ominöse Stimme. Es sah ganz danach aus, als würde Crespo ohne Beichte zerschellen. Doch dann traf ein weiterer Funkspruch ein; er kam von einer der Invaders, die auf dem Rückweg nach Happy Valley waren. Die Stimme sagte, sie werde ihm aus der Ferne die letzte Ölung erteilen. Es war ein Geistlicher der Angriffsbrigade. Erneut verstummten die Funkgeräte. Für einige Sekunden war nur diese Stimme zu hören, die das Sakrament spendete. Kurz darauf stürzte die Maschine, einen Rauchschweif hinter sich herziehend, in den Ozean. «Gott gibt, und Gott nimmt» waren die letzten Worte. Niemand erfuhr je, ob sie von dem Priester kamen, dem abgeschossenen Piloten oder dem Orisha, der seine Kreise zog. In Wirklichkeit war es der Fremde gewesen, der letzte, der die Frequenz verließ. Es war ein Amateurfunker, der von den Antipoden sprach. Er war durch den nächtlichen Äther vagabundiert, als er sich plötzlich mitten in dem Luftkampf wiederfand. Sein Gerät krächzte von dem Geschrei der Piloten. In diesem Moment kam seine Mutter ins Zimmer, um ihm einen Kaffee zu bringen. «Bist du immer noch wach?» schalt sie ihn. «Du weißt ja nicht, was hier passiert ist», murmelte ihr nachtaktiver Sohn, dem die Haare noch zu Berge standen.

Jeder der Orishas, die nach Miami gingen, hatte etwas Wertvolles bei sich: ein Foto mit Juri Gagarin. Die Aufnahmen stammten aus den siegreichen Tagen kurz vor der Invasion, als der erste Kosmonaut der Welt eine Rundreise durch die sozialistischen Bruderstaaten machte. Niemand hatte sich das Foto entgehen lassen wollen. Alle schienen bestens aufgelegt zu sein. Die Piloten hatten mit Juri posiert und über den Dolmetscher Späßchen ausgetauscht. Der Russe war ein schüchterner Bursche, aber er hatte eine komische Ader, die er unbeschadet von seinem Flug ins All zurückgebracht hatte. Er erzählte, als er zur Luftwaffe gegangen sei, habe seine Mutter ihn angefleht: «Flieg schön langsam und nicht so hoch …» Die Orishas bogen sich vor Lachen. Es waren ruhmreiche Zeiten. Jetzt war das anders. Niemand behandelte sie mehr wie Helden. Die früheren Fliegerasse mußten sich in Yuma auf Schritt und Tritt entschuldigen, weil sie auf die Brigadisten geschossen hatten. Hin und wieder ging einer von ihnen. Álvaro Prendes starb an einem Herzschlag; er träumte, er habe die Orientierung verloren, während er im Sturzflug auf einen Ort irgendwo auf dem Planeten hinabstieß, der Havanna glich, bis ihm das Blut in den Kopf schoß und er nichts mehr sah.

– Francis Powers, der Pilot des Geiers, starb schließlich in einem klapprigen Kleinflugzeug, vielleicht auch in einem Helikopter. Nach dem Abschuß über dem Ural hatte er einige Zeit in russischer Haft gesessen, bis die Russen beschlossen, ihn gegen Leute vom KGB auszutauschen. Francis kehrte heimlich in sein Haus zurück. Selbst seine Nachbarn dachten, er hätte ausgepackt, und ließen ihn ihre Mißbilligung spüren, während sie ihm ständig vorhielten, daß er die Zyankalikapsel nicht geschluckt habe. Unterdessen war der Vogel weiter im Einsatz. Er zog seine Spur durch den Himmel der Karibik, wenn er sich im Gleitflug seiner Base in Florida näherte. Die Orishas in San Antonio träumten immer noch davon, ihn runterzuholen, aber ihre MiGs kamen nicht hoch genug und erreichten ihr Ziel nie.

Einmal stattete *El Caballo* dem sowjetischen Stützpunkt in

Pinar del Río einen Besuch ab. Während sie einen Rundgang machten, tauchte plötzlich der Geier auf dem Radar auf. Es war eine unangenehme Situation für die Russen. Da trieb der Geier sein Spiel, und sie scherten sich nicht weiter darum. Aber *El Caballo* bewahrte Haltung, so als handelte es sich bei dem Punkt auf dem Radarschirm lediglich um ein meteorologisches Phänomen. Die Russen beruhigten sich wieder. Sie hatten es mit einem echten Staatsmann zu tun, wenn man das so sagen konnte. Sie luden ihn zum Tee ein. *El Caballo* war bestens aufgelegt. Er stellte höfliche Fragen und nahm sogar die Tasse des Obersten, um ihm nachzuschenken. Jemand hätte Verdacht schöpfen müssen. Es war ungewöhnlich, daß *El Caballo* einfach so tat, als wäre nichts, während der Vogel über der Insel kreiste. Dann hielt er ihnen den erwarteten Vortrag über sowjetische Raketentechnik – bis er plötzlich mit der Teetasse fuchtelte und gegen die Schalttafel stolperte. Seine Finger berührten den Knopf. Ein unheilvolles «Klack» war zu hören. Entsetzt starrten die Russen auf den Radarschirm. Nach einem endlos langen Moment des Wartens verschwand der Punkt plötzlich. Ein Seufzer ging durch den Kommandoraum. *El Caballo* hatte soeben eine Missile auf den Todesvogel abgeschossen! Die Augen des Obersten verdüsterten sich, und ihn packte die Wut. «Jetzt hat er es doch geschafft», dachte er verzweifelt. «Weshalb haben wir ihn nur hier reingelassen?» In dieser Sekunde hatte vor seiner Nase der Atomkrieg begonnen. *El Caballo* erging sich in Entschuldigungen, aber niemand glaubte ihm ein Wort. Doch der Krieg brach nicht aus, und der Vorfall wurde vertuscht. Niemand war bereit zuzugeben, daß ein zweiter Vogel abgeschossen worden war, dazu noch über kubanischem Boden, und erst recht nicht, da *El Caballo* der Schütze an der SAM-Rakete gewesen war. Und die Russen würden die letzten sein, die den Zwischenfall bestätigten. Sie hatten schon genug Probleme, um nicht auch noch Spielchen mitzuspielen. Aber irgendwann kommt alles ans Licht. An diesem Tag wartete der Tower in Orlando vergeblich auf die Rückkehr des Geiers. Der Pilot wurde nie mehr gesehen. Diesmal hatte sich die Vorhersage des Direktors bewahrheitet. Von dem Vogel blieben nicht einmal die Federn übrig.

– Was Mohammed Atta und Marwan Al-Shehhi, die Selbstmordpiloten der Türme, angeht, so ist das Ende bekannt. Sie waren dreiunddreißig beziehungsweise dreiundzwanzig Jahre alt, die berühmtesten Flugschüler die je nach Opa Locka kamen. Ihre Identität wurde bekannt, als nach dem Einfall der Barbaren in New York die Trümmer noch glühten – ein Beispiel für die rasche Arbeit der Polizei. Aber nach wie vor unbekannt sind die Namen jener Piloten, die Einsätze über der Karibikinsel flogen, in Cessnas, deren Laderaum vollgestopft war mit allen möglichen Souvenirs, von weißem Phosphor zum Anzünden von Zuckerrohrfeldern bis hin zu Mörsergranaten als Geschenk für die Contras in der Sierra del Escambray. Wenn man den Rebellen Glauben schenken darf, kamen die schlimmsten Plagen in Kleinflugzeugen aus Opa Locka. Als da wären: der Sigatoka-Pilz auf den Bananenplantagen in Camagüey, Zitrusfäule in Caimanera, Kaffeeschädlinge in Santiago, die Forellenseuche in Sancti Espíritu und tausend andere landwirtschaftliche Katastrophen. Die Firma wiederum kündigte unablässig an, *El Caballo* habe vor, Seuchen mit unaussprechlichen Namen nach Nordamerika zu tragen, die nicht einmal in den Medizinbüchern standen, nicht zu sprechen von den mit Anthrax und Nilfieber infizierten Zugvögeln, die mit den sommerlichen Luftströmungen herkommen würden.

Opa Locka war ein verlassener Flughafen in Miami Dade, eine arme Wohngegend nur fünf Minuten vom Flughafen entfernt, wo es nach gebratenem Schweinefleisch und überreifen Papayas roch. Unmittelbar neben dem Flughafen hatte früher ein Indianerdorf mit dem Namen Opatishawockalocka gelegen, aber nachdem sie den Namen verhunzt hatten, machten die Städtebauer eine von Tausendundeiner Nacht inspirierte maurische Siedlung daraus, bis zwei aufeinanderfolgende Wirbelstürme dem Bauboom ein Ende bereiteten. Während des Weltkriegs wurde der Flughafen als Ausbildungscamp genutzt und geriet dann in Vergessenheit, bis die Firma ihn für den Auftrag in Guatemala reaktivierte. Noch später, als Opa Locka Gefahr lief, zu einem Country Club zu werden, kam die Operation in der Schweinebucht.

Zur selben Zeit, während die Flotte der United Fruit in Happy Valley ablegte, landete die kubanische Exilregierung an Bord einer Maschine mit verhängten Fenstern in Opa Locka. Sie kam aus Manhattan, wo die Firma sie in einem Hotel an der Fifth Avenue versteckt gehalten hatte. Keiner dieser Fluggäste kannte das Ziel der Reise. Sie hatten auch keine Ahnung, wie die Situation in La Ciénaga aussah. Auf dem Rollfeld wurden sie von einem Militärlaster erwartet, der sie zu einer Baracke brachte, wo sie eingeschlossen wurden. Vor der Tür postierten sich zwei Marines. Es war den Männern in der Baracke verboten, zu telefonieren oder mit jemandem von außerhalb zu sprechen. Nach einigen Stunden trat einer der Minister auf die Tür ein und drohte damit, sich zu erschießen, aber nicht einmal da wurde geöffnet. Sie sollten so lange ohne Verbindung zur Außenwelt bleiben, bis der Brükkenkopf am Strand stand. Von draußen erklärte man ihnen, sobald sie von den Vereinten Nationen anerkannt seien, würden sie in Begleitung von Howard Hunt in den Küstenort fliegen, aber der Kerl kam nicht zur Vernunft. Daraufhin ergriff jemand das Wort, um ihm mitzuteilen, die Landung sei ein Erfolg gewesen und die US-Marine stehe bereits vor Havanna. «Also halt verdammt noch mal die Klappe», sagte er schließlich durch die Tür, andernfalls komme er persönlich rein und reiße ihm den Kopf ab.

So wurde die verlassene Baracke in Opa Locka für einige Stunden zum Sitz der alternativen Regierung. Es war eine ruhige Gegend, wie dafür geschaffen, ein Fliegerparadies daraus zu machen. Überall würden Flugschulen aus dem Boden schießen, die sich immer weiter vermehrten. Die Flugstunde im gecharterten Kleinflugzeug war die billigste weltweit. Der Boom ließ sich auch durch die Schönheiten dieser tellerflachen Gegend erklären. Wenn man morgens, gewärmt von den ersten Sonnenstrahlen aus Richtung Bahamas, startete, sah man die Everglades wie auf einem Tablett vor sich liegen. Dort unten breitete sich eine Landschaft von unbeschreiblicher Schönheit aus. Ein Storch flog über die luftigen Baumkronen, von deren Ästen Flechten herabhingen. Auf einem der Kanäle tuckerte eines jener Fischerboote, auf denen nachts Marihuana geschmuggelt wurde, zwischen Pelikanen und Palmen zum Krokodilschutzgebiet. Die rosagefiederten Vögel, die sich von Garnelen ernährten, flogen in der Ferne an einem Gleitsegler vorüber, der über den Mangroven kreiste. Genau unter dem Flugzeug verlief die Route 41. Irgendwo in der Nähe war immer ein Camp mit Exilkubanern in Tarnanzügen. Von oben betrachtet, glänzten die Everglades im Morgenlicht wie eine Doppelseite in der *National Geographic*.

Nachdem sich die Selbstmordpiloten in die Türme gestürzt hatten, geriet Opa Locka wieder ins Licht der Öffentlichkeit.

Nueva Orleans
Paratrúpers a la deriva
Opa Locka
1961 - 2004

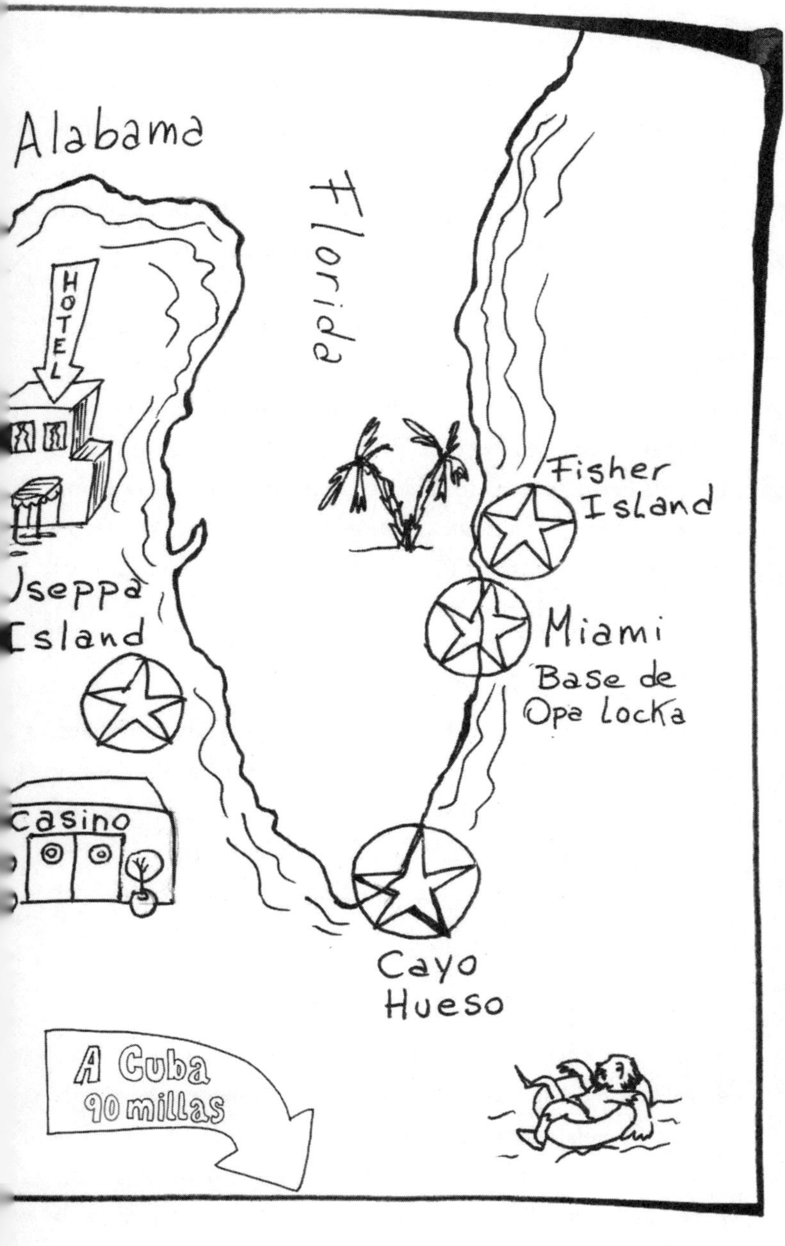
Alabama
Florida
HOTEL
Iseppa Island
casino
Fisher Island
Miami
Base de Opa Locka
Cayo Hueso
A Cuba
90 millas

Es war an einem Oktobermorgen. Niemand erinnerte sich mehr an den Küstenort. Die Untersuchungen der Attentate führten die Polizei zu einer Flugschule in Miami. Das Personal konnte sich noch an den Flugschüler erinnern. Mohammed Atta, der Anführer der Piloten, hatte Monate zuvor einige Übungsstunden am Flugsimulator für Verkehrsmaschinen gebucht. Gemeinsam mit seinem Cousin trainierte er einige grundlegende Dinge wie Start, Landung und Wendemanöver. Der Cousin hatte sich offenbar in dem Flugzeug der United Airlines befunden, das den ersten Turm zum Einsturz brachte. Mohammed Atta hingegen nahm die Maschine der American Airlines, die in den zweiten Turm raste. Wie hatte man ihre Namen herausgefunden? Nun, in den Trümmern wurde ein unversehrter Paß gefunden. Ein gottverdammtes Wunder in Anbetracht der Tatsache, daß die Feuerwehrleute nicht einmal die Black Boxes hatten finden können, obwohl sie aus Titan waren.

– Alejandro del Valle, der Kommandant der Fallschirmjäger, starb kurz nach der Flucht aus dem Küstenort an Bord eines Bootes, das auf die Küste von Alabama zutrieb. Er wurde zweiundzwanzig Jahre alt. Seine Kameraden warfen ihn über Bord. Zur gleichen Zeit fiel sein Name bei einer Befragung der Gefangenen durch ein Team von Journalisten unter der Leitung Masettis. Sie wurde im Fernsehen übertragen und brach alle Zuschauerrekorde.

Die Menschen drängten sich vor den Fernsehapparaten, als ginge es um die Baseballmeisterschaft. Es war sogar besser als die Telenovela, besser als *Böse Saat* oder *Vogel ohne Nest*, gesponsert von Mejoral. Immer wieder ging ein Ruck durchs Publikum, wenn jemand auftrat, bei dem es sich womöglich um einen nahen Verwandten oder einen Nachbarn aus dem Viertel handelte. «He, sieh mal, ist das nicht Pitágoras Montalbán?» «Nein, Frau. Wie kommst du denn darauf?» «Hat er sich den Bart abgenommen?» «Das ist Pitágoras, ich sag's dir.» «Ist er mit denen da gekommen?» «Ja. Seine Mutter ist verzweifelt.» Die Journalisten befragten die Gefangenen mit eisiger Höflichkeit, aber gelegentlich entwickelte sich das Ganze in Richtung eines freundschaftlichen Plauschs unter Nachbarn.

Jetzt war ein Fallschirmjäger an der Reihe.

«Wer war der Chef des Bataillons?» fragte Masetti.

«Alejandro del Valle.»

«Der Sohn des Millionärs aus Mandinga? Der von der Casa Valle?»

«Ob er der Sohn des Millionärs ist, weiß ich nicht.»

«Ist das nicht der, der in Abessinien kämpfte?»

«Nein, ganz bestimmt nicht.»

«Alex del Valle?»

«Ich weiß nur, daß er Kadett war.»

«Er war also Kadett. Ist er jung?»

«Etwa zweiundzwanzig.»

«Dann ist er der Sohn von Félix del Valle, der Enkel des Millionärs.»

(Das alles in Abwesenheit des besagten Alejandro, der um diese Zeit mit einer Handvoll dehydrierter Fallschirmjäger am Rande des Wahnsinns in einem kleinen Boot im Golf von Mexiko trieb.)

Die Leute verfolgten gebannt das Defilee reicher Erben und ehemaliger Senatoren des Regimes, aber nichts war zu vergleichen mit den Auftritten der Folterer des Stenographen. Einer aus dem Komitee fragte:

«Erinnern Sie sich an die Frau, die Sie nackt auszogen, um sie zu foltern?»

«Die ich nackt auszog und folterte ...?»

«María Elena. Erinnern Sie sich an sie?»

«Ich war in María Elenas Haus, aber ich habe niemanden ausgezogen ...»

«Sie gingen also zu dem Haus ...»

«Hier ist María Elena, Calviño», sagte eine Frau im Publikum und stand auf.

«Erinnern Sie sich jetzt?» wollte der Befragende wissen.

Calviño nickte kaum merklich.

María Elena erzählte:

«Nachdem er die Tür eingetreten hatte, zerschmetterte er mir mit einem Tritt das Brustbein. Dann brach er mir alle Rippen.»

«Hören Sie ...», stammelte Calviño.

«Fahren Sie fort, Señora», sagte der Moderator.

«Dann riß er mir die Kleider vom Leib – hier habe ich noch die Fetzen, die vom Pyjama übrigblieben, es war nämlich vier Uhr morgens. Hier, da sehen Sie das Blut; ich habe sie aufgehoben, weil ich mir geschworen habe, dir eines Tages gegenüberzustehen. Auch den Morgenmantel habe ich noch, mit einem Blutfleck drauf, weil er mich so in den Bauch getreten hat, daß ich Blutungen bekam.

Aber das reichte ihm noch nicht. Er übergab mich nackt an die anderen. Du hast mich diesen Leuten ausgeliefert! Sie haben mir zwei Wirbel gebrochen, erinnerst du dich, Calviño? Ich habe sie alle angeklagt, und jetzt sind sie tot, aber du hast mir noch gefehlt. Außerdem fehlt mir noch Leutnant Sánchez, und mir fehlt Miguelito, die mir das Schlimmste angetan haben, was man einer Frau antun kann. Als ich schon keine

Kraft mehr hatte und blutete, bist du von hinten gekommen und hast mir die Kopfhörer aufgesetzt, ich hätte fast das Gehör verloren. Das alles hast du mit größter Kaltblütigkeit getan. Das erste, was du zu mir gesagt hast, nachdem du die Tür eingetreten hast, war: ‹María Elena, vor dir steht der große Calviño.› Aber ich habe gesagt, daß wir uns irgendwann wiederbegegnen werden, und nun empfinde ich die größte Freude meines Lebens, wenn ich dich hier wie ein Häuflein Elend stehen sehe, daß man Mitleid mit dir bekommen könnte. Und merk dir eins: Wenn ich heute hierhergekommen bin, dann deshalb, weil ich dem Peloton angehören möchte, das dich erschießt.»

«Das Publikum wird um Ruhe gebeten», sagte der Moderator.

Aber das Highlight des Spektakels waren die Priester, für die Jorge Masetti zuständig war. Der Dialog ließ sich auf folgende Sätze reduzieren:

«Ihr Name, bitte.»

«Pater Ismael de Lugo.»

«Können Sie uns sagen, wie Sie zu den Invasionstruppen kamen?»

«Als geistlicher Beistand für die katholischen Jungs, die im Camp waren.»

«Mit Erlaubnis Ihrer Oberen?»

«Meiner Oberen in Rom.»

«Ihre Oberen haben Ihnen die Befugnis gegeben, sich der Söldnerarmee anzuschließen?»

«Sie sagen ‹Söldnerarmee› ...»

«Gut, lassen wir das. Ihre Oberen haben Ihnen die Befugnis gegeben, sich dieser Invasionstruppe anzuschließen?»

«Um einen religiösen Dienst zu leisten, so wie jeder Arzt

dorthin geht, wohin man ihn ruft, um diesen Jungs beizustehen...»

«Diese ‹Jungs› waren der Mörder Calviño und ein Haufen Politiker und Millionäre, die das Land zugrunde gerichtet haben.»

«Es hat den Anschein, als wollten Sie mir die Schuld an der Invasion geben. Ich möchte noch einmal betonen, daß mein Auftrag ausschließlich spiritueller Natur war und ich keine Waffe in die Hand genommen habe.»

«Und finden Sie, daß so die Kleidung eines Geistlichen aussieht?»

«Wie Sie wissen, tragen wir die gleichen Uniformen wie die Truppe.»

«Mit welchem Rang?»

«Wir haben nur ein Kreuz dabei, das die Verwundeten küssen können.»

Kurz zuvor war Pater Las Heras an der Reihe gewesen.

«Haben Sie Zwiesprache mit Gott gehalten, bevor Sie sich dem Unternehmen anschlossen?»

«Ich war stets in dem Glauben, Gottes Segen zu haben. Ich dachte, etwas Gutes zu tun, indem ich bei diesen Jungs war.»

«Sie sprechen von ‹Jungs›, als handelte es sich um eine Fußballmannschaft. Unter diesen Jungs befinden sich Mörder wie Calviño und der Chinesen-King. Kennen Sie den Chinesen-King?»

«Nein.»

«Er ist ein Mörder, der einem verletzten Soldaten der Rebellenarmee ein Messer in die Brust jagte, eine der Personen, denen sie spirituellen Beistand leisteten. Kennen Sie ihn?»

«Ich hatte nie mit diesen Herren zu tun.»

«Aber Sie waren der geistliche Beistand des Unternehmens.»

«Nein, ich war lediglich bei den Fallschirmjägern.»

«Sind Sie schon einmal mit dem Fallschirm abgesprungen?»

«Ja.»

«In dieser Uniform der US-Marine?»

«Nein, mit einer anderen.»

«Und trugen Sie eine Soutane?»

«Nein, wir können keine Soutane tragen...»

«Haben Sie schon einmal mit einer 45er geschossen?»

«Ja, habe ich, aber nicht um...»

«Nur um zu sehen, wie das so ist, natürlich!»

«So ist es. Aber ich habe niemals eine Waffe getragen.»

«Weshalb haben Sie gelernt, wie man mit einer Pistole umgeht?»

«Aus reiner Neugier.»

Es waren dreiste Lügen. Mindestens drei Geistliche hatten zu den Waffen gegriffen. Der erste war ein Kapuzinermönch, dem es am Tag der Invasion gelungen war, sich in ein Transportflugzeug zu schmuggeln, das von Happy Valley aus startete. Als der Pilot ihn hinauswerfen wollte, bot sich der Kapuziner als Bordschütze an. Daraufhin überreichte ihm Edward Ferrer, früher Pilot bei der Cubana, seine M3, dann hoben sie ab in Richtung Schweinebucht. Sie sollten die Insel erst nach den Fallschirmspringern erreichen, um die Ausrüstung über dem Küstenort abzuwerfen. Aber die Orishas aus San Antonio hatten alles durcheinandergebracht, und so entschlossen sie sich zur Rückkehr. Nachdem sie den Jägern entkommen waren, die den Himmel unsicher machten, nahm der Pilot Kurs auf Nicaragua. In diesem Augenblick hefteten sich mehrere Jets an ihre Tragflächen. Es waren die Flugzeuge von der *Essex*. Bevor Ferrer etwas tun konnte, war das Gefecht schon im Gange. Seine beiden Besatzungsmitglieder und der Priester feuerten aus der Luke, vielleicht weil sie die Jets für MiGs hielten. Der Geistliche war wie von Sinnen, während die M-3 in seinen Händen tanzte. Die Jets flogen unbeeindruckt weiter. Obwohl sie bereits außer Sicht waren, feuerte der Priester immer weiter. Man mußte ihm die M-3 entreißen, bevor er den eigenen Flugzeugrumpf traf.

Am Ende wurden die Gefangenen gegen Medizin und Babynahrung im Wert von fünfzig Millionen Dollar ausgetauscht. *El Caballo* hatte fünfhundert Traktoren verlangt. Keine Traktörchen zum Möhrenpflanzen, sondern monströse Raupenfahrzeuge mit Bulldozermotoren. «Der Scheißkerl will sie mit Waffen aufrüsten», unkte die US-Marine, aber trotzdem wurde die Kommission «Traktoren für die Freiheit» gegründet. Nach kurzer Zeit löste sich die Kommission sang- und klanglos auf. *El Caballo* erhöhte den Einsatz: Nachdem er die Brigadisten zu Kriegsverbrechern erklärt hatte, verurteilte er sie zu dreißig Jahren Haft, hielt jedoch das Entschädigungsangebot aufrecht. Schließlich handelte es sich um Söhne aus gutem Hause. Nun allerdings verlangte er mehr Geld und doppelt so viele Traktoren. Das Feilschen ging in Miami weiter, als eine Abordnung der Gefangenen in Sträflingskleidung in Opa Locka eintraf, um selbst das Lösegeld zu beschaffen.

Eine Autokolonne erwartete sie neben dem Flugzeug, um sie ins Dupont Plaza zu bringen. Sie hatten das Hotel kaum betreten, als ihnen der Geschäftsführer in den Weg trat. Er bedaure sehr, aber der Neger… nein. Die Agenten schwitzten Blut und Wasser. Sie sahen einen weiteren Skandal wie damals in Harlem heraufziehen, also machten sie dem Geschäftsführer nachdrücklich klar, daß der Schwarze zu der Abordnung gehöre, die das Lösegeld für die Helden der Schweinebucht aushandeln sollte. Der Geschäftsführer erging sich in tausend Entschuldigungen, aber die Politik des Dupont Plaza laute nun einmal: Keine Neger auf den Zimmern. So irrte die Gesellschaft auf der Suche nach einer Herberge, die den Schwarzen aufnahm, durch Miami. Schließlich kamen sie dank der Bemühungen eines Diplomaten im *Fontainebleu* unter, das ihnen den dritten Stock überließ. Der besagte Diplomat hatte in Brasilien den Umgang mit Schwarzen lernen müssen, und so lief letzten Endes doch noch alles diskret ab. Aber durch den Sheriff von Miami Dade, der die Abordnung heimlich überwachte und im Hotel herumschnüffelte, sickerte trotzdem etwas durch. Letztendlich mußten sie ihm eine Tracht Prügel verpassen, um ihn loszuwerden. In jener Woche verließen die Brigadisten weder ihre Zimmer, noch erhielten sie Besuch von Angehörigen. Niedergeschmettert hörten sie im Radio, daß die kubanischen Millionäre keinen Dollar Lösegeld zahlen würden. Bald würden sie wieder nach Havanna zurückkehren müssen, in Gefangenschaft. Trotzdem blieben nur zwei von ihnen in Miami. Als der Geheimdienstchef dem startenden Flugzeug hinterhersah, dachte er, daß diese Leute eine bessere Behandlung verdient hatten, und so wurden die Krüppel ohne Arme und Beine, die *El Caballo* als Geste des guten Willens zurückschickte, von einer Musikband zu den Klängen von *Die Brücke über den River Kwai* empfangen.

Die Brigade aus Miami war nach der Kennummer des Studenten benannt, der sich während der Ausbildung in Guatemala das Genick gebrochen hatte. Jemand machte den Vorschlag, die Einheit nach der Nummer seiner «Hundemarke» zu benennen. Seither hieß sie Brigade 2506. Er war der erste

Tote gewesen. Andere verschwanden auf mysteriöse Weise aus Garrapatenango. Aber das große Sterben begann in der Nacht der Landung. Zu den über dem Küstenort abgeschossenen Piloten mußte man bald auch die in der Luft durchsiebten Fallschirmspringer zählen und all jene, die ertranken, ohne den Strand zu erreichen. Am Mittwochmittag roch es an der Küste wie in einem Schlachthaus. Die verkohlten Leichen von der *Río Escondido* lagen in gekrümmter Haltung wie Boxer in der Sonne. Von Land wehte der Gestank der im Napalm zusammengeschnurrten Milizionäre herüber. Keiner der Gefangengenommenen war hingerichtet worden, aber in einem Kühlwagen lagen die Leichen von elf erstickten Brigadisten. Osmany Cienfuegos, Camilos Bruder, hatte an die hundert Angreifer in den Lieferwagen gepfercht, um sie nach Havanna zu bringen. In ihrer Verzweiflung hatten die Gefangenen ihre Gürtel gelöst und versucht, mit den Schnallen Löcher ins Blech zu bohren, um ein bißchen Luft zu bekommen. Ein Karateexperte trat ein paar Bretter los, aber es war zu spät. Als die Türen geöffnet wurden, lagen dort elf Tote.

Es dauerte insgesamt fünf Tage. Am Samstag rührte sich kaum noch etwas in La Ciénaga. Die Hubschrauber machten Jagd auf die letzten Flüchtigen. Grays Taucher streiften durch die Gegend, um die Agenten zu retten, die sich noch in den Sümpfen befanden. Unterdessen versuchten die Brigadisten, die noch auf der Flucht waren, Kleider von den Wäscheleinen zu stehlen, um als Bauern verkleidet aus der Zone zu entkommen. Mehr als einer fragte sich, was er sich bloß dabei gedacht hatte, als er sich auf dieses Unternehmen eingelassen hatte. Für andere lagen die Gründe auf der Hand: Es ging um 371.930 Hektar Land, 9.666 Immobilien, siebzig Fabriken, zehn Zuckermühlen, drei Banken und fünf Minen, nicht zu sprechen von den Spielkasinos und Nachtclubs. Nur darum ging es also? In Wirklichkeit stand viel mehr auf dem Spiel.

– Den Professor der Columbia-Universität raffte der strenge Winter dahin, der auf die Invasion folgte. Erst zwei Jahre waren seit seinem Besuch auf jenem Platz vergangen, auf dem *El Caballo* die Stimme verlor, während es über Havanna regnete. Er war gerade fünfundvierzig geworden, stammte aus Texas, und seine Leser kannten ihn als C. Wright Mills. Obwohl er sich als ungläubig bezeichnete, bestattete man ihn nach dem Ritus der Quäker. Bei der Trauerfeier wurden Passagen aus *Listen, yankee!* vorgelesen.

Seit jenem Nachmittag auf dem Platz war das Schicksal seiner Arterien eng mit dem der Rebellen verbunden. Der zweite Infarkt war vorhersehbar. Nach dem Erscheinen des Buches setzten ihm seine Gegner unerbittlich zu, fest gewillt, ihm das Genick zu brechen. Es war ein neues Modell: Wenn du ihn nicht ermorden willst, ruiniere ihn. Seit Monaten fragte sich der Professor, wie lange sein Herz das noch mitmachte. Er wachte nachts schweißgebadet auf, wie betäubt von seinem eigenen Pulsschlag. Mit der Klage über fünfundzwanzig Millionen hatten sie ihn an den Eiern. Diese Leute waren zu allem fähig, sie würden nicht zulassen, daß jemand in ihren Geschäften herumschnüffelte. Schon gar keine Typen wie Wright Mills, der seine unverdächtige, unkommunistische Vergangenheit dazu ausnutzte, seine Ansichten zum besten zu geben.

Aber Mills war nicht bereit nachzugeben, und nichts konnte ihn davon abhalten, nach Rußland zu reisen. Im letzten Sommer seines Lebens traf er mit Jaroslava und den Kindern in einem Volkswagen in Moskau ein, nachdem sie die Steppen Weißrußlands durchquert hatten. Es war eine enttäuschende Reise, er war erschüttert von der sowjetischen Dekadenz. Bei einem Empfang zu seinen Ehren hob er ohne Begeisterung sein Glas: «Ich trinke auf den Tag, an dem Sie Trotzkis gesammelte Schriften veröffentlichen.» Dank der Rechte an *Listen, yankee!*, die er in Moskau verkauft hatte, kehrten die Mills an Bord der *Baltika* nach London zurück. Er hatte sich stur stellen müssen, damit die Russen überhaupt etwas herausrückten. Diese waren indigniert über das Verhalten ihres Gastes. Der Sozialismus zahlte bekanntermaßen niemandem etwas für seine Rechte, aber sie hätten nie gedacht, daß ihr Idol ihnen mit so etwas kommen würde.

– Der in Havanna tiefgefrorene Pilot wurde in Alabama bestattet. Er erhielt ein Ehrenbegräbnis mit einer Flugzeugstaffel. Fast zwanzig Jahre lang war Pete ein Phantom gewesen. Nach offizieller Version hatte der Tower den Kontakt mit ihm auf einem Routineflug nach Miami verloren. Das war die Erklärung, die auch seine Frau Stunden nach der Niederlage erhielt, als die Gardisten ohne Pete nach Happy Valley zurückkehrten. Margaret ging wie betäubt ins Kinderzimmer. Dort setzte sie sich auf das Stockbett, um den Kindern zu sagen, daß ihr Vater gestorben war und nun aus dem Himmel auf sie aufpaßte. Janet war wütend über die Nachricht, vor allem aber, weil Tom nicht weinte. Tommy war ihr jüngerer Bruder, Janet selbst war sechs. Sie dachte daran, wie sie ihren Vater zum letzten Mal gesehen hatte: Sie hatte sich gerade *Tarzan* im Fernsehen angeschaut, als Pete ins Wohnzimmer gekommen war, um ihr einen Abschiedskuß zu geben. Dann war ihr

Papa zur Tür gegangen, während Janet ungeduldig darauf wartete, daß endlich die Werbung kam. Aber das Krokodil starb und starb einfach nicht, während Tarzan es in die Zange nahm. Als Janet schließlich atemlos auf die Straße stürzte, sah sie nur noch das Auto um die Ecke biegen. Durch die Heckscheibe erkannte sie Petes Kopf. Ihr Vater hörte sie nicht. Janet rief ihm hinterher, vielleicht von einer dunklen Vorahnung gequält, vielleicht weil sie es bereute, diese kostbaren Sekunden mit dem Tod des Krokodils vertändelt zu haben.

Es war Petes letzter Heimaturlaub gewesen. Manchmal kamen die Gardisten für ein paar Tage aus Nicaragua hoch. Diesmal war ihr Vater sehr braun gebrannt. Janet entdeckte es in der Küche, während Pete ein paar Brote schmierte. Pete trug Shorts, und seine gebräunten Beine weckten Janets Mißtrauen. «Wo bist du gewesen?» fragte sie. Ihr Vater wechselte einen Blick mit Margaret, die am Waschbecken stand und spülte. Janet war die Königin der indiskreten Fragen, und Pete sagte kein Wort. Dann ging er nach oben in sein Zimmer, um sich eine lange Hose anzuziehen.

Jetzt behaupteten sie, er sei tot. Wer sollte das glauben, dachte Janet. Auf jede Leiche folgte ein Begräbnis, das wußte sie genau. Einmal hatte sie auf dem Friedhof von Birmingham zwei Männer getroffen, die gerade ein Grab aushoben. Sie hatten freundlich ihre Fragen beantwortet und ihr gezeigt, wie man auf den Spaten treten mußte, um ihn im Gras zu versenken; sie hatten ihr sogar erlaubt, eine Schaufel voll Erde in die frische Grube zu werfen.

Janet fing an, fremde Unterhaltungen zu belauschen. Da ihre Tanten das Thema wechselten, sobald sie sich blicken ließ, nahm Janet die Gespräche heimlich auf Band auf. Sie hatte ein System entwickelt, um ihr Tonbandgerät aus der

Ferne mit einer Schnur in Gang zu setzen. Sie stellte keine Fragen mehr, weil man ihr sagte, sie solle damit aufhören. Statt dessen faltete sie Kampfjets aus Papier, die sie in den Briefkasten am Haus steckte. Sie vermißte ihren Papa so sehr. Manchmal, wenn sie im Bett lag, nahm sie seinen Geruch von der Treppe her war, diesen Duft nach Treibstoff, Öl und Synthetik, der an den Fliegern haftete, wenn sie von der Arbeit kamen. Mit der Zeit vergaß sie, wie seine Stimme geklungen hatte, aber nicht einen Tag hörte sie auf, ihn zu vermissen. Niemand liebte Pete Ray wohl so sehr wie Janet.

Die erste Zeit war am schlimmsten gewesen. Ihre Mutter war von tiefer Trauer in Panik verfallen. Sie schlief mit einer Pistole unter dem Kopfkissen. Um ihr nicht nachzustehen, schmuggelten Janet und Tom nach dem letzten Bissen ein Messer aus der Küche und deponierten es unter dem Bett. Margarets Paranoia rief die Firma auf den Plan. Jemand drohte ihr am Telefon: Wenn sie weiter in der Scheiße wühle, werde sie in der Irrenanstalt enden. Den anderen Witwen erging es ähnlich. Schließlich erschien ein Anwalt auf der Bildfläche, der sich um sie kümmerte. Der Direktor hatte ihn geschickt. In einer Woche regelte er alle ihre rechtlichen Angelegenheiten, und am letzten Tag ging er mit ihnen aus. Als sie am Gefängnis vorbeikamen, gab er ihnen einen freundschaftlichen Rat: Wenn sie nicht den Mund hielten, würden sie dort drinnen landen und ihre Kinder nie wiedersehen. Die Witwen gerieten in Panik. Die Anrufe hörten auf, und selbst die Namen der Piloten wurden nicht mehr erwähnt. Deshalb sprach bei Janet zu Hause niemand mehr von Pete. Aber Janet dachte gar nicht daran, den Mund zu halten. Sie hörte nie auf, nach ihrem Vater zu suchen. Sie verbrachte ihre gesamte freie Zeit in Florida und pflasterte Miami mit fotokopierten Blättern, auf denen immer dieselbe Frage stand: «Kannten Sie Pete Ray?» Irgendwann kannte man sie in den Straßen von Little Havanna. Damals war sie schon an der Universität. Ein paar Journalisten halfen ihr, doch das Schicksal der Piloten blieb im dunklen. Es gab viele Gerüchte: von der Vermutung, sie seien als Gefangene in Kuba, bis hin zu der Behauptung, sie flögen hochgeheime Einsätze über Kambodscha. Janet wurde immer gefährlicher. Eines Abends hielt ein Auto mit drei Typen im Anzug vor ihrem Haus. Sie hatten ein Kästchen mit dem Kreuz des Geheimdienstes dabei, das sie der Familie überreichen wollten. Es war die höchste Auszeichnung der Firma. Bevor man sie Margaret aushändigte, mußte sie schwören, daß die Zeremonie geheim blieb. Aber bei ihrer Tochter war an Geheimhaltung nicht zu denken. Schon als die Tür aufging, standen die Männer in einem Blitzlichtgewitter. Die Typen mit der Medaille trauten sich nicht, Janet den Film wegzunehmen. Es wäre nicht verwunderlich gewesen, wenn sie auch ihr Tonbandgerät angeschaltet hätte, dasselbe, mit dem sie früher ihre Tanten belauscht hatte, um etwas über ihren Papa herauszufinden. Als die Firma zugab, daß es sich bei dem tiefgefrorenen Leichnam um Captain Thomas Willard Ray, genannt Pete, handelte, kündigten die Kubaner an, den Toten herauszugeben, und gaben einige Details über die letzten Minuten des Piloten bekannt: Die Invader war in ein Zuckerrohrfeld gestürzt. Zwei Männer mit Pistolen in den Händen waren aus der Maschine gesprungen und in einem Orangenhain verschwunden. Den mit dem Pullover stellten sie in einem Wäldchen. Die Milizionäre durchkämmten das Gelände, als einer auf ein unter Blättern verstecktes Bein trat. Es gehörte Pete Ray, der seine Pistole hob. In einiger Entfernung hörte der befehlshabende Leutnant das Knattern einer

Kalaschnikow und rannte schreiend los, aber es war schon zu spät. Janets und Tommys Papa lag da in seinem blutgetränkten Pullover, der zu allem Überfluß weiß war. Der Leutnant bekam Panik. Sie hatten den Piloten getötet, der eigentlich im Fernsehen vorgeführt werden sollte. Die Leiche wurde ins Rechtsmedizinische Institut in Havanna geschafft, und Pete verbrachte die folgenden Jahre bei minus drei Grad in einer Kühlkammer mit eigenem Aggregat, um die Kühlkette zu garantieren. Sein Kopilot Leo Baker wurde ebenfalls erschossen, aber bei ihm machte sich niemand die Mühe, ihn einzufrieren, denn wegen seines buschigen Schnurrbarts und seines Seminolengesichts hätte man ihn für einen Kubaner halten können, und so warfen ihn die Leichensammler in ein Gemeinschaftsgrab. Pete Ray kehrte an einem Dezemberabend nach Birmingham, Alabama, zurück. Janet wollte ihren Vater unbedingt sehen. Es war unmöglich, sie davon abzubringen, also öffneten sie den Deckel. Der Körper war mit Ausnahme des Gesichts von Unmengen Tüll bedeckt. Janet brach in Tränen aus. Ja, das war ihr Vater, der Mann, den sie an dem Nachmittag, als sie sich *Tarzan* anschaute, das Haus hatte verlassen sehen. Man mußte sie mit Gewalt von dort wegbringen. Am nächsten Tag wurde er beerdigt, mit einem fünfseitigen Brief, den Janet ihm in die Jackentasche seiner Uniform gesteckt hatte.

– Herbert Matthews, der Reporter der *New York Times*, starb ohne großes Aufheben, während er sich bis zuletzt an seine erste Nacht in der Sierra erinnerte, als er auf dem Weg zu seinem Interview mit *El Caballo* war und in der Dunkelheit auf das Eintreffen einer Rebellenpatrouille wartete. Er war sein Leben lang im Krieg gewesen, aber keiner seiner Einsätze hatte solche Auswirkungen gehabt wie dieser, nicht einmal seine Berichte aus dem Spanischen Bürgerkrieg, wo er Freundschaft mit Hemingway schloß. Nichts schult den Stil so sehr wie ein Bürgerkrieg, hatte dieser einmal bei einem Essen in einem Hotel an der Gran Vía zu Herbert gesagt. Hem war der einzige Gast gewesen, der dem Hotel *Florida* geblieben war; es lag so nahe am Gebäude der Telefónica, daß die ganze Zeit Geschosse der faschistischen Artillerie einschlugen. Herbert sollte schon bald die Tragweite dieses Satzes verstehen. Während er selbst in Spanien war, um über den Krieg zu berichten, wollte Hem lediglich seinen Roman beenden, obwohl er stets einer der letzten war, die vom Schauplatz verschwanden. Vielleicht hatte der Korrespondent Paul Marchand diese beiden im Sinn, als er seine Kollegen an der Front in drei Kategorien einteilte: Da waren zunächst die *Tourists*, die kamen, wenn alles noch ruhig war, sich den Paß abstempeln ließen und dann wieder verschwanden, dann die *Mickeys*, die ewig Sorglosen, die sich überall als «Kriegsreporter» vorstellten, und schließlich die *Brothers*, die ihr Leben riskierten, die immer noch einen Schritt weitergingen, um bessere Stories zu bekommen. Die unverbrüchliche Bruderschaft der internationalen Presse.

In jener klaren Mondnacht also befand sich Herbert am Fuß der Sierra. Er hatte eine zehnstündige Fahrt von Havanna in Begleitung seiner Frau hinter sich, die nun im Haus eines Bauern auf seine Rückkehr wartete. Die Feldwachen des Stenographen hatten keine Sekunde Verdacht geschöpft, als sich dieser ältere New Yorker als Sportfischer ausgab. Das Karma der Kriegskorrespondenten war es, durch die Kontrollen zu kommen. Nun unterhielt sich Herbert mit zwei Studenten, die ihn begleitet hatten, um ihn irgendwann an eine andere Studententruppe zu übergeben, die ihn in die Berge bringen sollte. Lag die Zukunft der Insel in den Händen dieser aufständischen Schüler? Im Moment schienen seine Führer orientierungslos zu sein. Unterwegs hatten sie ein Pfeifen hören lassen, das wie der Ruf eines Vogels klang. Unten in der Ebene ergoß sich das Mondlicht über die Felder. Alle versuchten der Helligkeit zu entgehen. In der Gegend wimmelte es von Truppen des Stenographen, die Gruppe unterhielt sich nur im Flüsterton. Der Wald dampfte vor Feuchtigkeit, und die Mücken surrten wie von Sinnen. Man hätte meinen können, man befände sich mitten im Amazonasgebiet. Dann wurde das Wetter ungemütlicher. Der Mond schaukelte zwischen unruhig dahinziehenden Wolken. «Weißt du, was ein Wirbelsturm hier oben bedeutet?» wurde Herbert von dem ältesten Studenten gefragt. Da ertönte aus der Ferne ein Pfiff, den der Anführer sofort erwiderte. Nachdem einige Signale hin- und hergegangen waren, brach plötzlich ein Haufen abgerissener Gestalten aus dem Dickicht hervor. Waren das endlich die berühmten Geächteten der Sierra? Der Anführer der Truppe schüttelte Herbert Matthews die Hand. Es war Hauptmann Juan Almeida, ein typischer *cuban nigger* mit einem umwerfenden Lächeln. Er und noch ein anderer Junge, der gleichfalls aus Yuma kam, waren die einzigen, die ihm ihre Namen für den Artikel nannten. Letzterer geriet mit Herbert ins Erzählen. Die Einwanderungsbehörde habe ihn aus New York vertrieben. Er sei ein guter Zuschneider für Damenröcke gewesen, ein Künstler an der Singer-Nähmaschine. Außerdem habe er in den unteren Ligen gespielt, aber wenn der Krieg vorbei sei, wolle er weiterkommen. Herbert wollte ihm keine Hoffnung machen. Ein Latino, so erklärte er, habe keinen Zugang zu den großen Ligen, es sei denn, man wäre ein neuer Orestes Miñoso, der mit seinen Armen eines Zuckerrohrschneiders fünfzigtausend Dollar im Jahr bei den *White Socks* verdiente. Der Junge verlor sein Lächeln nicht. Sein Name war Camilo Cienfuegos. Er hatte eine Ehefrau in San Francisco zurückgelassen, aber er vermißte vor allem die Matineen im *Palladium*, so eine Art Mamboschuppen, wie er Herbert erklärte. Dann mußten sie sich an den weiteren Aufstieg machen. Alle schienen sehr angetan zu sein von Herbert in jener Mondnacht. Camilo bot sogar an, seinen Rucksack zu tragen. Bei Tagesanbruch würden sie bei *El Caballo* sein.

Herbert verlor wegen des Interviews beinahe seine Stelle bei der Zeitung, vor allem, weil er behauptete, der Anführer der Rebellen sei weniger kommunistisch als der Papst. Damals gab es *CNN* noch nicht, und Herberts Zeitung war die Bibel. Zudem hatte man ihm eine Doppelseite eingeräumt. Für den Stenographen bedeutete das eine Katastrophe, denn seine Pressekampagne war damit gescheitert. Es war eine Lüge, daß *El Caballo* tot war und die letzten Rebellen eingekesselt waren. Es war die Reportage des Jahres, aber in Washington wurde Herbert gesteinigt. Er war ein einsamer Wolf, einer von denen, die nie einen Fuß in die amerikanische Botschaft setzten, wenn sie im Ausland waren. Dieses Versäumnis konnte einen teuer zu stehen kommen. Es wurde förmlich erwartet, daß man bei der Rückkehr von einer solchen Reportage wie Herberts dort vorbeiging, um Bericht zu erstatten. Die Unterwanderung war enorm. Selbst unter den besten Journalisten wie jenen, die den Watergate-Skandal aufdeckten, begegnete man ehemaligen Beamten des *Office of Naval Intelligence*. Herbert hingegen machte aus seiner Abneigung gegenüber solcher Berichterstattung keinen Hehl. Er hatte nicht vor, auch nur einen Fuß nach Vietnam zu setzen. Er hätte sich niemals daran gewöhnen können, in dürren Meldungen das nachzubeten, was angeblich in diesem Krieg passierte. In die Sierra war er gegangen, ohne jemanden darüber zu informieren. Für den Stenographen hatte Herberts Artikel schlimmere Folgen als jede von den Rebellen erfundene Waffe – selbst Camilos «Drachen», ein mit Stahlplatten gepanzerter Traktor, der selbst Flammenwerfern standhielt, richtete nicht solchen Schaden an. Jetzt war Herbert tot. Ernest Hemingways Worte begleiteten ihn ins Grab. «Er ist der beste, der ehrenhafteste, der mutigste aller Kriegsreporter, der einzige, der in der Lage ist, die Wahrheit dort zu erkennen, wo sie unter Gefahr zu finden ist», hatte sein alter Trinkgefährte gesagt, ohne jedoch zu erreichen, daß man ihm den Pulitzerpreis zuerkannte.

– Masetti wurde vom Dschungel verschluckt. Der Reporter von Radio El Mundo, der damals noch einmal in die Sierra zurückgegangen war, um Ersatz für das verschollene Tonband zu beschaffen, verschwand in Argentinien, als er, in Wahnvorstellungen versunken, mit seiner Guerillatruppe durch unbewohntes Gebiet marschierte, während weit und breit kein Feind zu sehen war. Wie war es dazu gekommen? Nachdem die Kommunisten ihn aus der *Prensa Latina* ausgeschlossen hatten, erfüllte er im Auftrag des Che geheime Missionen in Afrika. Als er schließlich an der Spitze des *Ejército Guerillero del Pueblo* nach Südamerika zurückkehrte, war nur noch wenig von dem Reporter übrig, der in den Bars davon geträumt hatte, in die Sierra Maestra zu gehen. Die Aktion hatte in Algerien begonnen, wo er seine Ausbildung absolvierte. Dort geriet er mit Miguel aneinander, einem anderen Argentinier, der ihn ständig provozierte. Masetti stellte ihn vor ein Kriegsgericht und übergab ihn an die Algerier, damit sie ihn erschossen. Diese beschlossen jedoch, ihn am Leben zu lassen, um ihn nach dem Ende des Feldzugs freizulassen. Nach seiner Rückkehr nach Südamerika kam das Ende des *Comandante Segundo* hingegen schneller als erwartet. Seine Leute fielen einer nach dem anderen in die Hände der Polizei. Von ihrem Anführer verlor sich jede Spur. Der letzte, der ihn lebend am Fuß einer uneinnehmbaren Steilwand gesehen hatte, war *El Cordobés*. *Segundo* konnte sich nicht mehr bewegen und schickte ihn los, um Proviant zu besorgen, aber *El Cordobés* wurde unterwegs gefangengenommen. Es waren die letzten Stunden der Volksguerilla. Drei Monate lang waren sie durch unberührten Urwald gestreift. Hin und wieder fanden sie Bäume mit wildwachsenden Orangen, wo sie von aufgeregten Affen mit Exkrementen beworfen wurden. Ein Stamm der Matacos folgte ihnen durch das Dickicht, auch wenn sie es nie bemerkten. Der Tod war ihr ständiger Begleiter. Adolfo Rotblat, Kampfname *Pupi*, wurde exekutiert. Er war ein asthmatischer Junge, der immer hinterherlief. Die ständigen Strafen hatten ihn bereits gebrochen, er war am Ende. Sie ermordeten ihn in seiner Hängematte, nachdem sie ihm ein Beruhigungsmittel verabreicht hatten. Der nächste war Bernardo Groswald, Kampfname *Nardo*, den sie neben seinem Grab erschossen. Er starb, ohne um Gnade zu flehen, die Augen unverwandt auf seine Mörder gerichtet. Bald waren alle in Polizeigewahrsam. Nur Masetti fehlte, seine Leiche wurde nie gefunden. Vielleicht liegt sie noch immer am Fuß der Steilwand. Vielleicht hat sie ein Einschußloch von seiner eigenen Pistole in der Schläfe. Zu Walsh hatte er einmal gesagt: «Stell dir die Schmach vor, wenn sie dich schnappen und zum Reden bringen.»

Die Nachricht erschütterte seine Freunde aus dem Café *La Paz*, die sich entschlossen, seine Identität preiszugeben. Der mysteriöse *Comandante Segundo*, der Anführer der Volksguerilla, war niemand anderes als Jorge Masetti, ihr ehemaliger Chefredakteur, der Direktor von *Prensa Latina*, der vom *Comandante Primero*, also Che Guevara, nach Südamerika vorausgeschickt worden war. Pajarito veröffentlichte einen Nachruf, in dem er sich an seine Begegnung mit Masetti erinnerte, als es in Havanna von Gestalten wimmelte, die wie aus einem Roman Malraux' entstiegen schienen. Verschwitzt und mit Staub bedeckt, kletterten sie in Flugzeuge, leiteten Militärtribunale oder stellten Befreiungsarmeen auf, die im allgemeinen scheiterten. Viele von ihnen blieben dabei auf der Strecke, aber Pajarito war sich ganz sicher: Das mit Masetti war Selbstmord gewesen.

Warum hatte *Segundo* diese jüdischen Jungs erschießen lassen? War es eine antisemitische Anwandlung, Überbleibsel seiner nationalistischen Vergangenheit? Es gab einen Kronzeugen, der eine solche Möglichkeit stets bestritt: Ciro Bustos aus Mendocino, ein Maler, der als Kontaktmann zwischen den Guerilleros in der Wildnis und den Unterstützergruppen in den Städten fungierte und sich zwischen beiden hin- und herbewegte. Während der Marschpausen, in denen Blasen verpflegt und Zecken gefangen wurden, hatte Ciro eine große Bewunderung für *Segundo* entwickelt. Er war begeistert von seinem politischen Gespür und seiner mitreißenden inneren Stärke. Die beiden hatten einen ähnlichen Humor, wie sich bei diesen Gesprächen erwies, in denen sie nie mit Wehmut zurückblickten. Ein Antisemit? Die Hälfte der Unterstützerkomitees in den Städten waren Juden oder mit Juden verheiratet, ihre besten Mitglieder. Ciro hatte von *Segundo* nie ein Wort gegen die Juden gehört. Und die Exekutionen? Na ja, das war ein bißchen komplizierter. Wie wollte man diese faschistischen Tendenzen erklären, die in einem bewaffneten

Umfeld aufkeimten, das nach Tapferkeit und Disziplin verlangte, diese sonderbare Boshaftigkeit, die dazu drängte, «das Übel an der Wurzel zu packen»? Diese Frage stellte sich Ciro oft. Auch so viele Jahre nach den tragischen Vorfällen nagte die Erinnerung an diese Jungs an seinem Gewissen. Vor allem *Nardos* Tod, der für ihn ein Rätsel blieb. Er war mit *Segundo* übereingekommen, daß sie ihn da rausbringen wollten, aber als er aus der Stadt in das Lager der Rebellen zurückkam, war *Nardo* bereits tot. Sie hatten ihm lediglich erklärt, es sei ein gemeinschaftlicher Entschluß gewesen.

In den kommenden Jahren, je mehr Zeit verging, würde Ciro häufig an diese unbeschreibliche Umgebung zurückdenken. Wie den schattendunklen Wald beschreiben, die Baumkronen durchbrochen von Lichtstrahlen, bevölkert von plötzlichen Geräuschen, dem Knacken von Zweigen, von Wispern und Vogelgezwitscher, von denen keines an die wirkliche Welt erinnerte, aus der sie kamen? Wie eine Vorstellung von dem unzugänglichen Schauplatz geben, bei Tag glühend heiß und kalt in der Nacht, erfüllt von Orchideenduft, der sich mit dem brackigen Gestank der Tümpel mischte? Wie von einem Brahms-Konzert erzählen, das um Mitternacht aus dem Spika drang? Wie die darauf folgende Stille schildern, als nur noch das Tropfen des Niederschlags zu hören war, das sich anhörte wie verstohlene Schritte? Die schlaflosen Volksguerilleros in ihren Hängematten. In der Ferne das Rauschen eines Wasserfalls. Am nächsten Morgen würden sie einen Fluß entdecken. Wie die reißenden Bäche beschreiben, die einem plötzlich den Weg versperrten? Sie zu durchqueren war wagemutig; nach einem Unwetter selbstmörderisch. Und doch mußte man es tun, hunderte Male, auf die Gefahr hin, daß das Geröll unter Wasser einem die Füße zerquetschte. In diesen Momenten war der Rucksack, diese ständige Last, ein Segen, eben wegen seines Gewichts, das einen davor bewahrte, von der Strömung mitgerissen zu werden. Dann das Glück zu rasten, sich am Feuer bei einer heißen Suppe zu trocknen, die Hängematte aufzuspannen und es sich zu den Klängen des *Glostora Tango Club* auf Radio El Mundo bequem zu machen, geschützt von der Plastikplane, in die Decke eingerollt, während man an die Ankunft des Che dachte und daran, daß noch nicht alles verloren war.

In Havanna begann die Erinnerung an Masetti zu verblassen. Die Leute hatten ihn vor allem aus der Befragung der Gefangenen wenige Stunden nach der Invasion in Erinnerung, als Panfilows Truppen noch den Sumpf durchkämmten. Das Schauspiel dauerte vier Tage, und Masettis Team war für die Dramaturgie zuständig. Das Verhör erreichte Rekord-Einschaltquoten. Die Gefangenen, die auf das Podium stiegen, waren sorgfältig ausgewählt worden. Von Bankern und Zukkerbaronen bis zu Priestern und Mitgliedern des Jachtclubs war alles vertreten, nicht zu vergessen die Folterkünstler des Stenographen. Die präzisen Dialoge bauten eine große Spannung auf, die sich dann in lautem Gelächter entlud. Aber wenn *El Caballo* das Wort ergriff, zog er alle Register. Als ein Brigadist den Beifall seiner Kameraden erntete, indem er behauptete, mit einem Mörserschuß eine Flasche treffen zu können, genügte das, damit *El Caballo* das Mikrofon an sich riß und zu einem Rundumschlag ansetzte wie früher beim Volleyball, wenn er mit der Tribüne über die Spielzüge diskutierte. Ausgerechnet ihm kamen sie mit Invasionen? Wußten diese Memmen nicht, daß er in weitaus schlimmeren Sümpfen gelandet war, mit aufdringlichen Mücken, die durch ein dreifaches Moskitonetz stachen, während eine ganze Armee hinter ihnen her war? Es waren Masettis letzte Tage bei der Presseagentur. Das Trio aus dem Café *La Paz* hatte sich zerstreut, Pajarito und Rodolfo Walsh waren auf dem Weg zurück nach Buenos Aires. Walsh bekam keine Arbeit und half Poupée Blanchard, seiner Frau, die mit ihm in Havanna gewesen war, in ihrem Antiquitätengeschäft. Gleichzeitig versuchte er wieder zu schreiben. Aber irgendwie gab es einen Bruch zwischen ihm und seiner früheren Beschäftigung. Es war ein schmerzlicher Weg. Walsh brauchte seine Zeit, egal, ob es darum ging, Sozialist zu werden oder die Schlüssel des Erzählens zu finden. Er konnte mit Fiktion nichts mehr anfangen. Alles hatte mit *Operation Massaker* begonnen, einer Erzählung über ein Blutbad der Polizei von Buenos Aires, der «Sekte mit dem schnellen Abzug». Mit diesem Buch hatte Walsh eine neue literarische Gattung erfunden, den Non-Fiction-Roman. Die Militärs würden ihn in einen Hinterhalt locken, aber bei seiner Rückkehr aus Havanna war Walsh weit davon entfernt, sich ein solches Schicksal vorstellen zu können. Ebensowenig wäre ihm in den Sinn gekommen, daß er auf dem Weg war, zu einem der großen Autoren der Nation zu werden, der so geschliffen formulierte wie Hem. Einmal waren die beiden sich begegnet. «Was wird aus der Revolution?» hatte ihm Rodolfo im Vorübergehen zugerufen. «Wir Kubaner werden siegen!» hatte der Alte von ferne erwidert. Beide verließen Kuba nahezu gleichzeitig.

Der Redakteur der Agentur wurde bei einem Anschlag auf offener Straße erschossen. Es gelang ihm noch, die Schüsse zu erwidern, und mit Sicherheit tötete er einen von ihnen. Allerdings war er so vorausschauend, sich ein paar Kugeln aufzuheben. Der Plan war, sich zu erschießen, wenn sie es nicht vorher taten. Jemand, der später seine Leiche im Folterzentrum der Marine gesehen hatte, sagte, er habe ausgesehen wie aufgeschlitzt. Das war die Art von Tod, die auch seine Tochter gewählt hatte, eine zierliche Dunkelhaarige mit einem strahlenden Lächeln, die ihr Geld ebenfalls als Journalistin verdiente. Wie Rodolfo Walsh beteiligte sich Vicky am bewaffneten Kampf. Sie wurde sechsundzwanzig Jahre alt. In der letzten Zeit hatten sie sich kaum gesehen, nur bei kurzen Gesprächen, vielleicht zwanzig Minuten im Monat. Sie wurde von hundertfünfzig Soldaten umstellt, die mit Lastwagen und Panzern kamen, unterstützt von einem Hubschrauber. Vicky leistete oben auf dem Gebäude Widerstand mit ihrem Maschinengewehr. Als sie erkannte, daß die Lage aussichtslos war, jagte sie sich eine Kugel in den Kopf.

Es gehörte nicht zu Walshs Plänen, im Bett zu sterben, aber er hatte sich fest vorgenommen, seinen bevorstehenden Geburtstag am 9. Januar zu erleben. Er verbrachte ihn mit Lilia Ferreira, seiner vierten Frau, in seinem Haus draußen auf dem Land. Es gab lediglich ein Fest im Bett, kein besonderes Essen und keine große Feier. Danach gingen sie nach draußen, um den Himmel zu betrachten. Es machte ihm Freude, die Sterne des Südens zu bestimmen. Er war soeben fünfzig geworden. Seit seiner Zeit bei *Prensa Latina* waren achtzehn Jahre vergangen. Einigen Leidenschaften war er treu geblieben: dem Schach, dem winterlichen Sternenhimmel und der Entschlüsselung von Geheimschriften, die ihn damals auf die Fährte eines geheimen Ausbildungslagers in den Vulkanbergen Guatemalas gebracht hatte. Nun verschlüsselte er die Botschaften der Guerilla. «Ein Intellektueller, der nicht handelt, ist ein wandelnder Widerspruch», hatte er einmal gesagt. Er suchte fieberhaft nach den von der Repression benutzten Senderfrequenzen. Er stellte komplizierte Berechnungen an, die ganz im Gegensatz zu seiner praktischen Ungeschicklichkeit standen. Autofahren lernte er nie. Wie funktionierte das bloß mit dem Zusammenspiel zwischen Gaspedal und Bremse? Mit Lilia konnte er herzlich lachen. Es gab nur wenige Personen in seiner Welt, mit denen er wirklich lachen konnte. Vielleicht noch Pajarito García Lupo. Für die Kubaner von *Prensa Latina* würde Walsh immer ein Rätsel bleiben. Vielleicht hatten sie ihn nie richtig kennengelernt. Was dachte dieser kurzsichtige Mann mit der seltsamen Ausdrucksweise und den krummen Beinen? Was war wohl aus diesem Argentinier geworden, der nächtelang mit Hilfe eines alten Büchleins der französischen Armee Zahlen in Buchstaben verwandelt hatte? Er war in Buenos Aires, bereit, an jenem klaren Morgen in seinen Hinterhalt zu laufen. Derjenige, mit dem er verabredet war, hatte ihn verraten. Seit seinem Geburtstag waren einige Monate vergangen. Lilia half ihm dabei, die Walter PPK auf Höhe des Hosenschlitzes zu befestigen, der einzigen Stelle, die bei Kontrollen nie abgetastet wurde. Es war Lilias Waffe, die Rodolfo ihr einmal geschenkt hatte, flach genug, um sie da vorne zu tragen. Sie nahm dafür seine 38er an sich. Gemeinsam fuhren sie mit dem Zug in die Stadt. Jeder von ihnen hatte ein halbes Dutzend Kopien des *Offenen Briefs eines Schriftstellers an die Militärjunta* bei sich. Bei der Ankunft trennten sie sich vor dem Bahnhof. Lilia sah ihn zur Bushaltestelle gehen, den Strohhut auf dem kahlen Kopf. Rodolfo drehte sich noch einmal um und lächelte. Dann winkte er ihr zu und verschwand für immer. Einmal hatte er eine Liste gemacht von den Dingen, die er liebte, und denen, die er haßte. Zu den ersteren gehörten Lilia, seine Töchter, seine Freunde, Menschen, die sich umarmten, und die allgemeine Freude, die eines Tages kommen müsse. Die Liste der hassenswerten Dinge war länger, aber die Dummheit gehörte auf jeden Fall dazu, das Fernsehen, Verrat, die Amis von Esso, die Engländer von Shell, die Reden der Generäle, die Kommunisten, die Radikalen, das Hemd der Peronisten, der Schnurrbart der Peronisten, Borges' Senilität und weitere Posten, die er noch zu ergänzen versprach.

Einer der letzten Filme, den er mit Lilia gemeinsam sah, war Akiro Kurosawas *Uzala, der Kirgise*. Als sie wieder zu Hause waren, spielten sie das Wiedersehen des alten Mannes mit dem Offizier nach. «Ich rief nach ihm: ‹Hauptmann!›, und er antwortete: ‹Derzuuuu!›, mit weit entfernter Stimme, aus einem Meter Entfernung.» Dieses Wechselspiel sich suchender Stimmen hatte Lilia geholfen, ihn zu finden, als er sich im Dschungel am Ufer des Río Carapachay verlief, wo er seine neue Machete ausprobieren wollte. «Ich habe oft von der Freude bei diesem Wiedersehen geträumt», würde Lilia später erzählen.

– Sam Giancana, der Kerl, der *El Caballo* beseitigen wollte, starb in der Woche des *Super Bowl* durch einen Schuß in den Mund – die Todesart der Verräter –, während er im Keller seines Hauses Tagliatelle alla Puttanesca zubereitete. Am nächsten Tag sollte der Mafiaboß des Iren vor einem Kongreßausschuß aussagen, der die Verstrickung der Behörde für Verdeckte Operationen in die Attentate auf den Kubaner untersuchte. Bislang war man davon ausgegangen, daß Sam diesen aus Sympathie für den Iren unentgeltlich hatte beseitigen wollen. Nun stellte sich heraus, daß sehr wohl eine Entschädigung vorgesehen war: die Firma hatte versprochen, ihm die Kasinos in Havanna zurückzugeben, die ihm die Rebellen abgenommen hatten. Es war mittlerweile unmöglich, die ganzen Toten zu zählen. Einer der ersten war Ramón Calviño gewesen, der nach der Invasion in der Schweinebucht hingerichtet wurde. Das

Foltergenie aus Havanna war einer der wenigen, die nicht nach Miami zurückkehrten. Esteban Ventura hingegen, sein oberster Chef, überlebte ihn um vier Jahrzehnte in Florida, wo er eine erfolgreiche Sicherheitsfirma führte. Seit er im Flugzeug des Stenographen aus Havanna geflohen war, hatte der Polizeichef Schriftstellern wie dem Briten, die auf der Suche nach Geschichten waren, als Inspiration gedient. Der Brite war ihm im *El Floridita* begegnet, wo Ventura zur Mittagszeit sein Gläschen trank. Ihn sehen und sich in die Figur verlieben war eins, die dann in seinem nächsten Roman unter dem Namen Hauptmann Segura auftauchte.

Der Brite hatte die Angewohnheit, überraschend an unerwarteten Orten aufzutauchen. Seine Kritiker, die ihn für einen Geheimagenten hielten, behaupteten, daß er es nur der Barmherzigkeit des englischen Geheimdienstes zu verdanken habe, daß er noch im Einsatz war. Wie sollten sie Typen wie den Briten loswerden, der nicht einmal ein Gehalt kassierte? Sogar Ventura hatte ihn durchschaut. Seine Leute ließen ihn nie aus den Augen, nicht einmal wenn der Engländer ins Musical im *Blue Moon* ging. Wenn etwas den Polizeichef in Angst und Schrecken versetzte, dann waren es Schriftsteller. Er kannte jede einzelne Zeile des Romans, lange vor der Veröffentlichung. Seine Männer hatten Anweisung, jeden Abend im Manuskript des Briten zu schnüffeln. Es war offensichtlich, daß ihn seine eigene Rolle in dem Buch nervös machte. Er war einigermaßen beruhigt, als er feststellte, daß dieser Hauptmann Segura, der kaum größer war als ein Stuhl, als pockennarbiges Individuum beschrieben wurde, das ständig in einer zu engen Uniform steckte, ganz anders als der weiße Anzug, den der stattliche Ventura trug, wenn er ins *El Floridita* ging. Der Brite war ganz in seinem Element und schwamm förmlich in Adrenalin, vor allem als er feststellte, daß es in seinem Zimmer nach Tabakrauch roch, den die Leute des Hauptmanns hinterlassen hatten. Ventura seinerseits erstellte eine Liste all seiner Schwächen, was ein leichtes war, weil der Brite wie zu seinen besten Zeiten nach wie vor dem Opium und dem Marihuana zugetan war. Aber sein größtes Laster war das Schreiben. Er schrieb aus purer Verzweiflung. Wie sollte er sonst der Schwermut und der Panik entgehen? Wie schafften es nur die anderen, fragte er sich, die kein Wort schrieben, jeden Morgen aufzustehen?

Als mit dem Sieg der Rebellen eine neue Touristenwelle auf die Insel schwappte, konnten die Besucher dem einsamen Flaneur begegnen, der, wie sie sagten, immer den Anschein machte, als hätte er zu tief ins Glas geschaut. Der Brite verweigerte niemals jemandem einen Gruß. Seinen Kollegen hingegen ging er mit allen Mitteln aus dem Weg. Mit Schriftstellern zusammenzusein, fand er, war eine andere Form der Onanie.

Er war in Kuba, weil er sich um Kopf und Kragen geredet hatte. Ihm war aufgrund eines Interviews die Einreise nach Puerto Rico verweigert worden. Er hatte dem *Time magazine* erzählt, daß er als Neunzehnjähriger für vier Wochen Mitglied der Kommunistischen Partei gewesen sei. Seither waren die Türen nach Nordamerika für ihn verschlossen. Deshalb war er nun in Havanna, wohin er auch später noch einige Male zurückkehrte. Er hatte sich in diese Stadt verliebt, in der, wie er behauptete, alle Laster möglich waren. Diesmal hatte er vor, bis zur Fertigstellung seines Romans zu bleiben.

El Caballo mochte das Buch überhaupt nicht. *Unser Mann in Havanna* war weniger ein Spionageroman als eine Verwicklungskomödie. Die folkloristische Diktatur aus dem Buch hatte nur wenig mit der brutalen Herrschaft des Stenographen zu tun. Trotzdem besuchte er die Dreharbeiten und posierte gemeinsam mit Alec Guiness. Schließlich war der Brite Kurier für die Rebellen gewesen. Aber statt einer Chronik über die Sierra hatte er nun die Geschichte eines unfreiwillig vom britischen Geheimdienst rekrutierten Vertreters ersonnen, der eines Tages in seiner Verzweiflung beschließt, den Plan eines Haushaltsgeräts zu kopieren und als Vernichtungswaffe auszugeben. Die Spione des Briten waren längst aus der Mode, die Firma war an der Wall Street und hätte niemals Staubsaugervertreter oder unerwünschte Subjekte wie den Briten in ihren Reihen geduldet.

Trotzdem gab es eine Gemeinsamkeit. Unter den Heerscharen neuer Agenten hätten es zwar nur wenige zugegeben, aber viele fanden sich in der Geschichte des Briten wieder und kannten diesen Punkt, an dem man, aus welchen Gründen auch immer, dem Impuls nachgab, aus einem Haushaltsgerät eine Atomwaffe zu machen.

– Rip Robertson, der aus Versehen das Schiff der Lloyd's versenkt hatte und mit Gray und den Froschmännern in dem Küstenort landete, wurde in Kambodscha von der Malaria dahingerafft. Dank der Taucher war es dem gesamten verdeckten Personal gelungen, aus La Ciénaga zu entkommen, auch Bob, dem Besitzer der *Shirley*, der sich wieder von seinem Beinschuß erholte. Später blieb er in Mittelamerika verschollen, wo er für die Contras tätig war. Es ist anzunehmen, daß er auch nach seiner Exfrau suchte, die als Ärztin in einem sandinistischen Krankenhaus arbeitete. Aber Nicole dachte gar nicht daran, sich mit Bob zu versöhnen und nach Key West zurückzukehren. Ihre fröhliche Stadt der Zuwanderer und Homosexuellen hatte sich in ein großes schwules Disneyland verwandelt, in dem es nicht einmal mehr das original *Sloppy Joe's* aus Hemingways Zeiten gab. Die alte Brüderlichkeit war verschwunden. Die kubanisch-amerikanische Schwulengemeinde – die *Maricona*, wie sie sich selbst nannte – zog sich aus den Bars zurück, in die nun Heerscharen von angelsächsischen Schwulen einfielen. Sogar die Inschriften auf dem Friedhof hatten ihren Reiz verloren, weil sie nun in den Touristenführern standen.

– Howard Hunt wurde einige Male für tot erklärt, aber ein halbes Jahrhundert nach dem *Guatemalazo* war er noch immer am Leben, wenn auch nicht mehr für lange. Er saß im Rollstuhl, man hatte ihm ein Bein abgenommen, und er wurde von einem Lymphom zerfressen. Die Gespenster aus Guatemala ließen ihm keine Ruhe. Immer wieder tauchten Journalisten auf und rührten an die Vergangenheit. Nach seiner Radiozeit hatte es ihn als örtlichen Leiter der Firma nach Montevideo verschlagen. Einen Häuserblock weiter wohnte Jacobo Arbenz, der ihn grüßte, ohne in ihm den Mann zu erkennen, der seinen Sturz herbeigeführt hatte. Die Erinnerung an den *Guatemalazo* war noch frisch, und Howard bemühte sich um eine erneute Versetzung in die Karibik, zur Invasion in der Schweinebucht.

Man konnte Howard stundenlang von Guatemala erzählen, ohne daß er das geringste Anzeichen von Unwillen zeigte. Man konnte ihm die Schuld an den Fehlern geben, die in dem Küstenort gemacht worden waren, und ihn sogar für den Tod des Iren verantwortlich machen. Nur wenn man ihn nach Watergate befragte, wand er sich im Rollstuhl. Dort hatte ihn das Glück verlassen, als er mit seinem Team von Kubanern, darunter einige aus der Schweinebucht, in ein Gebäude eingedrungen war. Dieses Mal wurde er verhaftet. Damals wurde aus ihm ein verbitterter Mann, für den das Weiße Haus eine Schlangengrube voller scheinheiliger Intriganten war, die zu allem fähig waren, um ihren eigenen Arsch zu retten. Das waren seine Gedanken, als man ihn verhaftete, als man ihm die Arschbacken auseinanderzog und seine Eier anhob, damit er von einem zudringlichen Wärter untersucht werden konnte. Er hatte keine Frau mehr und seinen Job verloren. Sein Landsitz in Maryland, mit Reitbahn und Stallungen aus Zedernholz zwischen rotbelaubten Bäumen, ging den gleichen Weg. Er wurde zu dreißig Jahren verurteilt, die er nicht abzusitzen gedachte. Und das alles, weil er die Weisungen aus dem Präsidentenamt aufs Wort befolgt hatte. Er nutzte sein Wissen, um sie unter Druck zu setzen, und war schon bald wieder auf freiem Fuß.

Seine Taten blieben ungesühnt. Er hatte Tod und Gewalt in mehrere südamerikanische Länder gebracht und war womöglich an der Ermordung eines Präsidenten beteiligt, aber verhaftet hatte man ihn, weil er ohne Erlaubnis in das Büro der Demokratischen Partei eingedrungen war.

– Nino Jiménez, der Koch von der *Blagar*, verschwand im gleichen Jahr, als der Tropensturm *Gabrielle* Florida verwüstete, ohne sich in einen richtigen Hurrikan zu verwandeln, unter rätselhaften Umständen aus Miami. Schenkte man seinen Nachbarn aus Little Havanna Glauben, dann war Nino in seinem Pensionszimmer an Kummer gestorben, aber als sie zur Totenwache eintrafen, war der Sarg verschwunden. Nach einer Woche Suche in Krankenhäusern und Bestattungsinstituten mußte die Totenmesse abgesagt werden. Es gab nur Gerüchte, Leute, die dies und das über den Verblichenen gehört hatten. Bald machten Mutmaßungen über eine mögliche Abrechnung die Runde. Jemand enthüllte Ninos Vergangenheit als Unteroffizier in La Cabaña, der Festung in Havanna. Hatte er zu Ches Erschießungskommandos gehört? Mehr als einer, so wurde spekuliert, mußte noch eine Rechnung mit ihm offen haben aus jener Zeit, als den zum Tode Verurteilten, so munkelte man, zuvor noch Blut abgenommen wurde. Dies erzählten Ninos Bekannte in der Stammkneipe, während im Radio lautstark die Pelencho-Show plärrte. Nach wenigen Minuten war Nino schon der König der Bluttransfusion. Doch bald stellte sich heraus, daß Nino lange vor dem Che in La Cabaña gewesen war, als Verantwortlicher für den von Palmolive-Seife gesponserten Kanonenschuß. Das erzählte ein früherer Kumpel aus La Cabaña, der unvermutet in der Kneipe auftauchte. Wer wußte, ob er überhaupt tot war, mutmaßte dieser, während er ein Lager-Bier bestellte. Am wahrscheinlichsten war, daß Nino quicklebendig war; vielleicht saß er irgendwo am Strand, das Handtuch um die Schultern gelegt und ein kühles Getränk in der Hand, bis es Zeit zum Bingo war, dort vor den Luxushotels direkt am Meer, den Blick stets nach Süden gerichtet, als schaute er nach Havanna. Sein Kumpel aus La Cabaña erinnerte sich, wie er vor dem Kanonenschlag im Licht des Sonnenuntergangs auf dem Mauergang der Festung gesessen hatte und endlose Gespräche mit *Pollo Crudo* führte. *Pollo Crudo* kam aus Campeche, der schlimmsten Ecke von Havanna. Er war Ninos Adjutant. *Pollo* sah dauernd auf die Uhr.

«Siebzehn Lagersteine. Ist eine Girard-Perregaux», so hatte *Pollo* einmal erzählt, erinnerte sich Ninos Kumpel.

«Wo sind denn diese Steine?» hatte sich Nino erkundigt.

«Ich weiß nicht. Irgendwo da drin», hatte *Pollo* gesagt. «Ich würde meinem Vater gerne eine kaufen, er hatte noch nie eine Uhr.»

«Ist dein Vater nicht blind?» hatte Nino Giménez gefragt.

«Ja, aber er weiß immer, wieviel Uhr es ist.»

«Wie macht er das?»

«Reine Eingebung. Er ist ein halber Parapsychologe.»

«Was hat das damit zu tun?» fragte Nino.

«Wie, was hat das damit zu tun?» entgegnete *Pollo*. «Parapsychologie hat was mit Vorahnung zu tun. Mein Vater nimmt deine Hand und sagt: Viertel vor elf.»

«Ach, hör doch auf...»

«Ich schwör's dir. Er faßt ständig irgend jemanden an.»

«Und, liegt er immer richtig?»

«Nicht einmal! Aber man darf es ihm nicht sagen.»

Das erzählte Ninos früherer Kamerad in der Kneipe in der Flagler Street. Seine Kumpels sahen den Koch der *Blagar* nie mehr wieder. Aber eines Tages brachte ein Vorfall in Miami Lake Licht in sein rätselhaftes Verschwinden. Die Streifenpolizei wurde von Anwohnern zu einem kleinen Fischgeschäft in der 152. Straße, Ecke 60. Straße in der Nähe von Opa Locka gerufen. In der Gegend stank es seit Tagen nach verdorbenen Garnelen, aber der Geruch kam von *One Price Burial*, einem Großhandel für Einbalsamierungsgeräte, der die besten Bestattungsinstitute belieferte. Auf dem Boden der Kühlkammer lagen mehrere Leichen. Bald ging das Gerücht, bei einer von ihnen habe es sich um Nino Giménez gehandelt. Es wurde damals Mode, sich in Havanna bestatten zu lassen. In jenem Sommer hatten die Geräte zum Einbalsamieren alle Rekorde gebrochen, wie die Verkäufer des PE 10 Portiboy berichteten, eines wahren Juwels seiner Klasse, ausgestattet mit Automatikschalter, Glasbehälter und verstärktem Injektionsmotor.

Der Koch der *Blagar* wurde schließlich in Kuba beerdigt. Seine Familie nahm mit einer schlichten Feier Abschied. Zuvor hatten sie, den Anweisungen des Verblichenen folgend, einen Schatz gehoben. Unter einem doppelten Boden lag in einer zweiten Sargkammer, in die noch ein Koch gepaßt hätte, ein Vermögen in Lays Nachos, Clairol-Shampoo, Altoids-Pfefferminzpastillen, Gap-T-Shirts, Reebok-Schuhen, Heinz-Ketchup, Campbell-Suppen, Vanilla-Coke, Kraft-Mayonnaise und Rembrandt-Nudeln, um nur einen Teil zu nennen, nicht zu vergessen die Markenwäsche und die acht Dutzend Unterhosen, die der Tote trug, wie in einem beiliegenden Testament handschriftlich von Nino aufgelistet.

– Von Rosa verlor sich jede Spur. Es blieb nicht einmal ein Foto von dem Mädchen aus Caimanera. Hingegen kursierten Tausende von Geschichten, die heute als abgedroschene Nuttenwitze im Internet die Runde machen. Auf Rosa jedenfalls trafen sie hundertprozentig zu. Ein typischer Witz ging etwa so: «Steht Rosa vor der Tür von Radio Swan, als sie eine Freundin trifft. Fragt die: ‹Was hättest du denn gerne von den Heiligen Drei Königen?› Sagt Rosa: ‹Dasselbe wie immer: Zwanzig für französisch und vierzig komplett.›» Oder: «Rosa steht in der Schlange zur Gesundheitsuntersuchung, da taucht ihre Großmutter auf. ‹Ist das die Schlange für Eier?› fragt sie ihre Enkelin. Rosa traut sich nicht, der gebrechlichen alten Dame die Wahrheit zu sagen. ‹Nein, Oma›, antwortet sie. ‹Das ist die Schlange für Orangen.› Daraufhin stellt sich die Großmutter, die ganz verrückt ist nach Orangen, hinter der letzten Nutte an, bis sie an der Reihe ist. ‹Gute Frau!› empört sich der Arzt, als er sie sieht. ‹In Ihrem Alter?› ‹Ach, Doktor›, erklärt die Alte eingeschüchtert und ringt die Hände. ‹Ich lutsche doch nur dran.›» Aber so viele Geschichten man auch erfinden mochte, niemand konnte bestreiten, daß Rosa nicht nur Stil, sondern auch die heißeste Stimme der Antillen hatte.

Sie hieß eigentlich gar nicht Rosa, sondern Clara Bilbao. Rosa war lediglich ihr Deckname in der Firma, den Howard sich für sie ausgedacht hatte. Rider D. Bonavena war einer der wenigen, der sie in Aktion gesehen hatte. Sie hatten mit der *Shirley* die Swan-Inseln angelaufen, um ihr den Text zu bringen. Es war ein kurzes Treffen am Strand am Vorabend der Invasion. Ihr Kleid flatterte im Wind, während sie mit Bob sprach. Irgendwann hatte sie zu Rider hinübergesehen, der etwas weiter weg wartete, ohne sich anmerken zu lassen, ob sie ihn wiedererkannte. Aber Rider war sich sicher: Das war die Blonde aus dem *Siebten Himmel*, der Engel von Caimanera, die ein Verhältnis mit seinem Freund Tony Savaria gehabt hatte, als sie zur Bekehrung der Huren in dem Dorf gewesen waren.

Auch Radio Swan verschwand spurlos. Die US-Navy hatte den Sender in zehn Tagen installiert und in noch kürzerer Zeit wieder abgebaut. Die Szenenwechsel waren typisch für diesen Ort. Viele Jahre lang hätte niemand einen Centavo für diese Inseln gegeben. Selbst die Piraten verschmähten sie, weil es kein Wasser gab. Später stellte man fest, daß sie von Millionen Tonnen Scheiße bedeckt waren. Die Vögel waren richtiggehende Kackmaschinen, die in der Luft verdauten, wenn sie einen Fisch gefangen hatten, und so nahm sich die New York Guano Co. des Geschäfts an. Als das letzte Gramm des Materials abgekratzt war, gingen die Inseln in den Besitz der Swan Co. über, eine Tochterfirma der United Fruit, die Kokospalmen anpflanzte.

Aber ohne Scheiße und ohne Wasser waren die Inseln nicht nutzbar, und so überließ man sie Howard Hunt für die Installation seiner Sendestation zur Einnahme von Guatemala, die dann bei der Schweinebucht-Invasion in Radio Swan umbenannt wurde. Rosa war die erste, die auf Sendung ging, mit einem Lied von Benny Moré. *Prensa Latina* brachte die Meldung als erste, und zwar aufgrund eines Artikels von Pajarito García Lupo in der Zeitung *Revolución*. Die Nachricht verursachte einige Aufregung in Havanna. Ein Radiosender der Firma? Barbarroja Piñeiro, der Spionagechef, rief Pajarito an, um ihn zu fragen, woher er diese Information habe. «Aus den Zeitungen in Honduras», antwortete Pajarito mit absoluter Aufrichtigkeit.

Nach einigen Seebeben sahen die Inseln wieder genauso öde aus wie zuvor. Überall lag Militärschrott verstreut. Wilde Schweine schnüffelten zwischen verrosteten Sprengkörpern herum, neben leeren Hangars und der Landepiste. Nach der Schlappe in der Schweinebucht hatten die Inseln den nicaraguanischen Contras als Ausbildungscamp gedient. Am Strand stapelten sich riesige Treibstofftanks, die vom Rost zerfressen wurden. Weit und breit keine Menschenseele. Dank einiger Umweltschützer, die wegen der zu erwartenden Umweltverschmutzung Alarm geschlagen hatten, war es Swan erspart geblieben, zu einem Auffanglager für haitianische Flüchtlinge zu werden.

Das wurde besonders von den Investoren aus Houston geschätzt, die schließlich in Begleitung honduranischer Politiker auf Swan auftauchten. Die Zeiten von Kokospalmen, heimlichen Radiosendern oder gar Vogelscheiße waren vorbei. Die Zukunft, das waren Ferienressorts und Vier-Sterne-Hotels mit Golfanlagen des Golfplatzdesigners Robert Trent Jones jr. Eine andere Gruppe aus Las Vegas schlug vor, in der Nähe von Cayo Bobby eine Nachbildung des Kolosseums zu bauen.

Zu diesem Platz war Rosa in ihrer Freizeit am liebsten spaziert, wenn er nachmittags bei Ebbe zu erreichen war. Am Tag vor der Invasion stand sie dort und sah der *Shirley* hinterher, die sich von Swan entfernte. Sie hatte bis zum Abend frei, aber in ihrem Rucksack steckten die Texte für die Nachtsendung. Es waren die von Howard ersonnenen verschlüsselten Sätze, um den an Land Eingeschleusten mitzuteilen, daß sie mit ihren Sabotageakten beginnen sollten, aber Rosa machte ihre Stimmübungen und probte ihren Text, als wollte sie die feurigen Mulattinnen ankündigen.

Teodomico: Denk daran, daß sie Kubaner sind, keine Gringos. Wenn sie kommen, schließ dich ihnen an, denn sie kommen im Schutz des Herrn.

Das hauchte Rosa am glasklaren Wasser von Cayo Bobby in den Abend. Kein Zweifel: Es war dieselbe Stimme, die die Marines in Wallung gebracht hatte, wenn sie spätabends in den *Siebten Himmel* einfielen, der Stolz der Atlantikflotte, wo Rosa sang und noch mehr. Aus irgendeinem Grund war sie der Liebling der Admiräle. Es war nicht dasselbe, mit irgendeinem beliebigen Mädchen ins Bett zu gehen oder mit dem Engel von Caimanera, wo man sie als Gretchen kannte, geborene Clara Bilbao, bis sich schließlich ihre Spur verlor. Es wurde nie geklärt, ob sie einen Exklusivvertrag mit Radio Swan hatte oder ob sie auch für den kubanischen Geheimdienst arbeitete. Kurz bevor sie in Miami unter Vertrag genommen wurde, so war zu hören, habe sie im *Siebten Himmel* ein Verhältnis mit einem von der Staatssicherheit gehabt.

Zurück blieb eine Legende: Sie habe sich nie während der Fastenzeit prostituiert und sich dreimal das Jungfernhäutchen zunähen lassen, um den Wünschen der Admiräle zu entsprechen, die nach Jungfrauen verlangten. An die fünfhundert Marines hatten in ihren Armen den Himmel gesehen. Es war ausgangs der finsteren fünfziger Jahre, als die blutjungen Seekadetten, die frisch von zu Hause kamen, noch glaubten, nur Huren könnten einen Orgasmus bekommen.

– Cleopatra wurde in einem Krankenhaus in Miami Dade von der Leukämie zerfressen. Seit ihrem Ausflug nach La Ciénaga waren dreißig Jahre vergangen, aber ihre Erinnerung daran war noch so frisch, als wäre es gestern gewesen. Sie sah sich noch bei ihrer Rückkehr aus Cayo Martirio, nach dem Weltkongreß des Salsa, aus dem Bus steigen. Aber die jüngste Alphabetisierungslehrerin der Brigade der Jungen Pioniere hatte kaum einen Fuß auf den Boden gesetzt, als sie ein unerwarteter Schlag traf: Ihre Mutter wollte sie unverzüglich nach Miami schicken. Milena Velazco weinte vor Erleichterung, als sie ihre Tochter in die Arme schloß. Sie hatte damit gerechnet, sie verlaust und versifft zurückzubekommen und gleich mit ihr in die Abtreibungsklinik gehen zu müssen, die von der Regierung eingerichtet worden war. Während Cleopatras Abwesenheit hatten ihre Nachbarn ihr unaufhörlich solche Gedanken in den Kopf gesetzt. Aber Cleopatra sah blühender aus als je zuvor, was jedoch absolut nichts an der Entscheidung ihrer Mutter änderte, sie nach Florida zu schicken.

Wie betäubt von der Nachricht, traf Cleopatra vor dem Haus auf Gladys, ihre siebenjährige Schwester, die fast platzte vor lauter Neuigkeiten: «Die Heiligen Drei Könige kommen nie wieder… Der Herz-Jesu-Statue haben sie eine Zigarre zwischen die Finger gesteckt… Die Kinder dürfen nicht mehr bei ihren Eltern bleiben… Pater Calixto haben sie die Kapelle weggenommen… *El Caballo* wurde exkommuniziert… Und dich werden sie nach Rußland schicken.» Während sie das erzählte, bohrte sie die ganze Zeit in der Nase, auf der Suche nach einem unerreichbaren Popel. Ihre Mutter erschien am Fenster und rief: «Hör auf damit, du bohrst dir noch den Verstand aus dem Kopf!»

Am Nachmittag kam der Pfarrer vorbei. Cleopatra hörte ihn mit ihrer Mutter tuscheln. Die Kapelle von Pater Calixto war jetzt ein Parteibüro, deswegen wanderte er wie eine heimatlose Seele zu den Häusern, wo man es noch wagte, ihn zu empfangen. Jetzt dealte er mit Visa Waivers für die Kinderlein des Dorfes. Der Pfarrer hatte ein Bündel Waivers dabei, die er Milena Velazco gab, damit sie sie an einem sicheren Ort verwahrte. Die Waivers waren Sondervisa, die die Yuma eigentlich nur in beschränkter Anzahl ausstellte, aber nun wurden sie sogar in den Parks verteilt. So wurde aus der Milizionärin Cleopatra Velazco binnen weniger Monate eine *Pedropanera*. Sie sah ihre Mutter nie wieder. Sie war eines von fünfzehntausend Kindern, die von der Firma und den Priestern aus Kuba herausgeschleust wurden, als die Leute es mit der Angst bekamen, weil alles darauf hindeutete, daß die Rebellen die elterliche Gewalt abschaffen wollten. Verwirrt wegen der Formulierung «Gewalt» verstanden viele kein Wort, aber Pater Calixto erklärte es ihnen mit einem einfachen Satz: «Das heißt, dein Kind dem Teufel zu überantworten.» Also kam Cleopatra Velazco zu den Kindertransporten, mit denen Eltern ihre Kinder heimlich in Schiffen und Flugzeugen der Firma nach Yuma schickten; geleitet wurde die Aktion von einem irischen Priester, jenem rothaarigen Hünen, der Cleopatra in Matecumbe begrüßte: Pater Bryan Walsh. Matecumbe war ein Auffanglager für die zahllosen kleinen Kubaner, die während der Operation ‹Peter Pan› in South Miami ankamen. Pater Walsh kam auf dem Fahrrad, um die Messe zu halten. Dann sangen alle, und Pater Walsh polterte, und eines Tages erzählte er, er sei sein Leben lang ein Stockfisch gewesen, aber bei der ersten Predigt sei der Knoten geplatzt, und dann rannten sie zu den Zelten, weil es zu regnen begonnen hatte. Die wenigen Mädchen in Matecumbe waren versehentlich dort gelandet, denn es war eigentlich ein Lager für schwererziehbare Jungs, die gerne kleine Mädchen vergewaltigten, und so machte niemand ein Auge zu. Dann wurde Gladys in ein Waisenhaus gebracht, und Cleopatra landete in Alabama, mitten im *black belt*, wo sie eine Tante in einem Ort namens Selma hatte. Sabina, die jüngere Schwester von Milena Velazco, war nur sieben Jahre älter als Cleopatra, die sich sofort gut mit ihr verstand. Im Haus lebte auch ein Schwarzer. Irgendwann begriff Cleopatra, daß er Sabinas Freund war. Ihre Tante, stellte sie überrascht fest, war also eine Pechfackel, wie man in ihrer Familie Mädchen nannte, die sich mit Schwarzen einließen. Aber in Selma mußte Cleopatra selbst eine Schule ohne Weiße besuchen und verbrachte die Sonntage in einem öffentlichen Schwimmbad für Farbige. Es ging ihr nicht in den Kopf, daß sie etwas mit den Schwarzen gemeinsam haben sollte. Sie war stolz auf ihr gutes Haar, nicht wie das von Sabina, ein unbezähmbarer Wust gekräuselter Locken. Dann gewöhnte sie sich daran. Sabina hatte es ihr erklärt: «Hier genügt ein Tröpfchen weißes Blut, damit man dich als Weiße betrachtet. Ein Tröpfchen schwarzes Blut, und du bist angeschmiert.» Cleopatra hörte es an jenem Tag, als sie durch Baumwollfelder und an verfallenen Häusern entlang nach Montgomery marschierten. Der Marsch dauerte fünf Tage, und sie sangen die ganze Zeit. Sie lernte zwei schmutzige Hippies kennen, die sich sogar Blumen auf den Po gemalt hatten. Ein anderes Mädchen schenkte ihr eine Orange. Als sie sich dem Ziel näherten, waren sie an die zwanzigtausend. Alle fragten sich, ob sie es schaffen würden, denn andere Märsche waren vom Ku-Klux-Klan gesprengt worden. Aber schließlich erreichten sie ihr Ziel, und der Pastor, der den Marsch angeführt hatte, richtete das Wort an sie. Dann war eine kleine schwarze Frau an der Reihe, die bis vor kurzem im Gefängnis gesessen hatte, weil sie sich geweigert hatte, einem Weißen ihren Sitzplatz im Bus zu überlassen. Cleopatra applaudierte, bis ihre Hände brannten, und sang voller Inbrunst *We Shall Overcome*.

Das mit der elterlichen Gewalt war eine Finte von Pater Walsh gewesen, aber Milena Velazco, die ihre Tochter in Mandinga überlebte, war immer noch glücklich, sie davor bewahrt zu haben, in Moskau zu enden. Sie war nur noch ein kleines runzliges Bündel, das aussah, als würde es sich bei jedem Niesen die Knochen brechen. Sie erinnerte sich kaum noch an Cleopatra, dieses zierliche, als Milizionärin verkleidete Mädchen, das unbedingt Lehrerin sein wollte. Nun lag ihre Tochter in einem Krankenhauszimmer und wartete auf den Tod. Wenn die Übelkeit etwas nachließ, setzte Cleopatra den Walkman auf und hörte Radio Mambí, wo Ansager wie Zuhörer einen gewissen Luis Ortega mit Kaskaden von Schimpfwörtern belegten; sie bezeichneten ihn als Scheißkerl, Arschloch, Schlappschwanz und Pantoffelheld – das Vokabular der Antillen, das andere Gelegenheitshörer um Beiträge aus Regionen bereicherten, die reicher an Verbalinjurien waren, etwa Schwanzlutscher, Mösenlecker, Arschficker oder Hinterwäldler, eine Metapher, die auf den Anus anspielte. Der genannte Empfänger konnte die verbalen Breitseiten schwerlich erwidern, denn er lebte in New York, nachdem er Drohungen von der Mafia in Miami erhalten hatte. Das war auch besser so, denn die Zuhörer von Radio Mambí ertrugen nicht einmal die Erinnerung an seine Stimme, die ihnen jede Woche aus einem anderen Sender entgegengeschnarrt war. Ortega hatte ihnen über Mikrofon vorgehalten, daß es früher unmöglich gewesen wäre, in ein Boot zu steigen und nach Florida zu rudern, um dann andere Leute zu beschimpfen. In Miami habe man sie mit Prügel empfangen und auf Nimmerwiedersehen zurückgeschickt. Die Schwarzen habe man gelyncht, und die Frauen seien als Huren geendet. Durch *El Caballo*, so behauptete er, hätten sich die Kubaner das Recht erkämpft, als Helden in Miami empfangen zu werden. Dann aber gerieten sie in die Netze des Exils, würden korrupt, verfielen den Drogen, betrieben Geldwäsche oder versuchten sich als Ärzte, um Medicaid auszunehmen. Am Ende seien sie wer, schickten Geld nach Havanna und dürften, mit Geschenken bepackt, als Besucher zurückkehren. Offensichtlich haßten die Hörer von Radio Mambí Ortega mehr als *El Caballo* selbst, obwohl er einer der ersten gewesen war, der Kuba den Rücken gekehrt hatte. Mittlerweile waren diese Radiohörer Greise mit wackligen Zähnen, die Ortega zufolge immer noch davon träumten, daß die US-Navy auf dem Malecón landete, vor allen Dingen aber träumten sie von dem darauf folgenden dreitägigen Gemetzel. Im Gegensatz zu ihnen, die Englisch mehr schlecht als recht radebrechten, beherrschten ihre Kinder die Sprache fließend – dank Schulen, an denen sie auf Schritt und Tritt Schimpfwörter wie *dirty cuban* hörten. Sie trügen nicht vorzeigbare Namen wie González oder Pérez, und genau die seien bei der Einberufung als erste dran, vor jedem Brown oder Smith, so behauptete Ortega.

Cleopatra überlegte, daß früher niemand beim Radio angerufen hatte, um Beschimpfungen in den Äther zu schicken. Die wahren Meister in dieser Kunst mußten wohl die Mexikaner sein, denn sie war mal mit einem zusammengewesen, der ein wandelndes Schimpfwörterlexikon gewesen war. Dann schlief sie bei der Musik ein, während sie noch dachte, daß sie niemals den Turquino bestiegen hatte. Als in La Ciénaga die Geschütze der *Blagar* an der Küste gedonnert hatten, hatte sie drei Wünsche geäußert: eine *Cincopicos* zu werden, endlich das Zimmer einzurichten und eine Tochter namens Natacha zu bekommen. Sie erinnerte sich an ihr Debüt in Cayo Martirio, als sie auf die erste Seite geschrieben hatte: «Heute ist Mittwoch, der 19. April.» Seither waren dreißig Jahre vergangen, aber sie sah immer noch genau den Cieneguero vor sich, wie er sich über die Fibel beugte, ohne ihre Hand aus den Augen zu lassen, während sie schrieb: «Menschen können irren, Völker nicht.»

– Der Schwarze Rider Digest Bonavena starb nach dem Großen Exodus, kurz vor dem Start der Marsmission. Er saß am Ufer, als etwas in ihm explodierte. Niemand bekam etwas davon mit, es war stockdunkle Nacht. Er hing seit einer Weile seinen Träumen nach, als ihn die Attacke überraschte; er versuchte die Energie der Korallen zu absorbieren, die bei Vollmond laichten, was seinem Vater zufolge dem Penis Standkraft verlieh. Aber der Himmel hatte sich bewölkt, so daß es Rider unmöglich war zu sehen, ob die Korallen noch aktiv waren. Möglicherweise wurden die Schwingungen der paarungswilligen Koralle durch andere, parasitäre Signale blokkiert, die von den fünfhundert Liebespärchen ausgingen, die in diesem Moment unisono am Saum des Malecón vögelten.

Rider saß in der Nähe der Mole, wo er zusammen mit Tony den Supertanker flottgemacht hatte, um nach Miami abzuhauen. Er langweilte sich nie am Meer. Selbst die schlechtesten Tage hatten etwas für sich. Einmal hatte er genau an dieser Stelle beobachtet, wie zwei Mulatten mit Trompeten aufgetaucht waren. Sie warteten, den Blick aufs Meer gerichtet, bis aus dem Nebel das Tuten einer Schiffssirene erklang. Daraufhin setzten sie die Instrumente an die Lippen und wiederholten den Ton. Das Schiff tutete erneut, und die Jungs taten es ihm nach. Es waren zwei hübsche Habaneros. Der eine saß auf dem Wellenbrecher, der andere stand hinter ihm. Wahrscheinlich fuhr das Schiff aufs offene Meer hinaus, denn die Sirene wurde immer leiser, und die Jungs bliesen immer verhaltener. Dann hüllte der Nebel sie ein. Es war ein schönes, intensives Erlebnis gewesen.

Jetzt lehnte Rider mit enttäuschter Miene an der Mauer. Der Tod war zu früh gekommen. Als er zehn Jahre alt gewesen war, hatte er einmal ein Buch geschenkt bekommen, das er in wenigen Nächten verschlang. Es waren die *Marschroniken.* Darin wurde behauptet, daß die Schwarzen planten, die Erde zu verlassen, ein Ereignis, das offenbar im nächsten Jahrhundert stattfinden sollte. Er rechnete mal nach, für alle Fälle. Er würde dann sechzig sein, ein verrücktes Alter, das sogar ein wenig sündhaft klang. Ob es auf dem Mars Uferpromenaden gab? Er sah sich schon am Ufer der Marskanäle sitzen und die kühle Luft genießen. Rider hatte blindes Vertrauen in die Bücher; er nahm sie beim Wort. An dem von Bradbury vorausgesagten Tag im Juni 2003 würde ein dunkler Strom aus den Häusern dringen, scherzende und plaudernde Schwarze, die sich samt Kindern, Frauen und Hunden auf den Weg zu den Raumfähren machten, bepackt mit Matratzen und sogar

Hühnerkäfigen, beäugt von zwei Weißen, die vor der Tür standen und plauderten, ohne sich den Grund für den Aufbruch erklären zu können, wenn man bedachte, daß inzwischen viele Gouverneure die Lynchjustiz mißbilligten. Es war eine so lebendige Szene, daß der damals zehnjährige Rider Digest Bonavena hätte schwören können, dabeizusein. Aber sein Traum sollte nicht in Erfüllung gehen. Er starb kurz vor dem angekündigten Datum, am Malecón sitzend, während er in der Vollmondnacht die Korallen laichen hörte, endlich in Verbindung mit dem Universum, wie es sein Geburtshoroskop prognostiziert hatte. Im übrigen wäre er wohl kaum an Bord dieser Rakete gelangt. Es war nicht seine Reise. Die Sciencefiction war nur noch eine schöne Erinnerung. Mit den Jahren hatte er das Vertrauen in das Genre verloren. Die *Chroniken* ... sie sprachen nur von den Schwarzen im *black belt*, während Rider einer noch unglaublicheren, noch unbegreiflicheren Afro-Klasse angehörte, Leuten mit Freude im Herzen, die es vom Analphabet zum General schafften, die auf der Insel des Frohsinns lebten und sich manchmal in die Götter des Feuers und des Kampfes verwandelten.

XIV
Sag mir Lügen

Tony überlebte fast alle zuvor Genannten. Er schaffte es nie, nach Yuma einzureisen, obwohl er es immer wieder versuchte. Näher als bis zum Strand von Fisher Island kam er nie heran. Zuerst hatte er es gemeinsam mit Rider versucht, der immer von der Straße von Florida träumte. Damals wollte halb Havanna weg, und wenn sie auf der Küchentür nach drüben paddeln mußten. Aus den Parks wurden Freiluftwerften, und jeder, der einen Nagel einschlagen konnte, widmete sich der Kunst des Bootsbaus. Für Rider, die alte Küstenratte, war der Schiffbruch da vorprogrammiert, und so schlug er etwas aus Stahl vor. Sie bauten den Tank aus einem Wassertankwagen aus, dem Chevrolet 38 seines Großvaters, der schon seit ewigen Zeiten ohne Fahrerkabine, ohne Motor und ohne Räder im Hühnerstall stand, und trennten ihn mit einem geliehenen Schweißbrenner der Länge nach durch. Sie schweißten einen Kiel an und einen Achtersteven für das Ruder. Dann fügten sie die Schwimmer ein. Zu guter Letzt kleideten sie das Innere mit Styropor aus. Rider trat einen Schritt zurück und seufzte: «Fehlen nur noch die Armaturen und der Duschkopf.» Die Krönung des Ganzen war der Außenbordmotor, den Tony im Tausch gegen den Kühlschrank, seinen Schwarzweißfernseher und Riders chinesisches Fahrrad in Cojimar organisierte. Es war ein British mit Magnetspule, den Rider mißtrauisch beäugte. «Das sind ganz treue Gesellen», sagte Tony, um ihn zu beruhigen. «Hör mal, ich will ihn nicht zum Freund haben», entgegnete Rider. «Er muß nur laufen.»

«Wenn sie erst mal laufen, gehen sie nicht mehr aus», beteuerte Tony. Er hatte vollstes Vertrauen in Rider, der Vergaser auseinanderbaute, seit er in den Kindergarten ging. Immerhin war er der Sohn von Ángel Bonavena, dem legendären Maschinisten der United Fruit. Niemand mit diesen Genen würde vor einem British kapitulieren.

Bei Sonnenuntergang ging es los. Der Strand schwitzte förmlich Menschen aus. Der Aufbruch ins Exil erinnerte eher an die Regatta auf die Bermudas. Alles war voller schwimmender Gefährte, von alten Fischerkähnen bis hin zu Flößen aus Benzinfässern. Fehlten nur noch Schwimmentchen. Im Sand war ein ganzer maritimer Trödelmarkt ausgebreitet. Autoreifen drei Pesos, fünfzehn für die Styroporplatte. Hundert Dollar für einen Kompaß, aber den gab es nur auf Nachfrage. Neben dem Trödelmarkt verfolgte einer mit dem Staunen des Bürohengstes, der auf dem Nachhauseweg ein Schaufenster mit Werkzeug betrachtet, die Arbeit zweier improvisierter Schreinereien. In der Nähe sprangen einige Kinder herum, glücklich wie junge Hunde mit einem Staubwedel. Der Strand füllte sich mit Imbißverkäufern. Oben an der Straße kämpfte sich eine Familie mit einem Fleischerkarren die Böschung hinunter, auf dem Dach das selbstgebaute Floß. In diesem Augenblick kam ein Student und schob, ohne zu zögern, ein Kajak ins Wasser. Jedes Gefährt, das zu Wasser gelassen wurde, wurde ausgiebig kommentiert. Nachbarn von Tony kehrten klatschnaß und verstört ans Ufer zurück, als sie feststellten, daß ihr schwimmendes Haus sank. Unterdessen wurde ein Mädchen wegen seines Siebenmonatsbauchs ausgepfiffen. Die Frauen auf dem Malecón beschimpften sie als Mörderin, aber die übrigen klatschten Beifall, als sie vom Wasser aus winkte. Dann erschien die Küstenwacht. «Von mir aus könnt ihr zum

Teufel gehen, aber bewahrt Ordnung», stauchte sie der Beamte zusammen. Rider legte letzte Hand an den Supertanker an. Allen Unkenrufen zum Trotz sprang der British beim ersten Versuch an. Ein Mulatte half ihnen durch die Brandung. Ehe sie sich versahen, waren sie auf dem offenen Meer. Der aufgesetzte Bug schnitt durchs Wasser wie ein Zerstörer. Das Wetter war perfekt. Jeder hätte gesagt, daß sie praktisch schon in Miami waren.

Einige Stunden später war alles vorbei. Der British spotzte ein wenig und versoff dann für immer. Eine dicke schwarze Rauchwolke lag in der Dunkelheit. Tony ließ sich auf den Boden fallen, während die Wellen gegen die Bordwand schwappten und in der Ferne das Tuten eines Schiffes zu hören war. Am Morgen lag der Ozean still und glatt da. Die ganze Nacht hindurch hatten sie an dem Seilzug gezogen. Rider reinigte die Zündkerze bis zum Gehtnichtmehr. Er nahm den Vergaser auseinander und füllte neuen Treibstoff ein, nachdem er ihn mit der Sorgfalt eines Chemikers durch einen Strumpf seiner Exfrau gefiltert hatte. Er saugte an, spuckte aus und fluchte. Tony wollte nicht aufgeben. Er hoffte bis zuletzt auf ein Wunder. Er kannte Rider schon ewig, und noch nie hatte er ihn vor einer Maschine kapitulieren sehen. Er war ein genialer Mechaniker, nur noch übertroffen vom Obergefreiten Amores, dem Wunder von San Antonio, der die Einspritzdüse einer Fury einfach durch ein Klistier ersetzte. «Wir Kubaner kommen mit einem Schraubenzieher unter dem Arm auf die Welt», prahlte Riders Vater immer. Das vielleicht gerade nicht, aber es war schon etwas Wahres dran: Sie konnten alles ohne Gebrauchsanleitung auseinanderbauen. Das war schon immer so gewesen. Auf der Insel des Frohsinns gingen die Gebrauchsanweisungen sämtlicher Elektrogeräte unweigerlich beim Zoll verloren, egal, ob es sich um einen Entsafter oder um eine MiG handelte.

Am Nachmittag näherte sich ein Boot mit einem Sergeanten im Bug. Rider war am Boden zerstört. Es war Trajano Pérez, sein Nachbar vom «Komitee zur Verteidigung der Revolution», Kassenwart zu allem Überfluß, der Rider schon von weitem erkannte.

«Soll ich euch irgendwohin bringen?» fragte er selbstzufrieden.

Rider lächelte gezwungen.

«Das Scheißding springt nicht an ...»

«Nicht aufgeben», sagte Trajano. «Man muß es nur wirklich wollen.»

«Wir sind seit heute nacht hier.»

«Hast du die Kontakte gereinigt?»

«Ich hab alles Mögliche gemacht.»

«Diese British-Motoren sind 'ne Wucht. Wenn sie erst mal laufen, dann für immer. Aber beeil dich, es liegt ein Wirbelsturm in der Luft.»

«Ein Wirbelsturm? Wir haben Winter.»

«Laß es dir gesagt sein, Rider, das Klima hat sich verändert. Die Pole erwärmen sich.»

Rider bat ihn:

«Schlepp uns nach Havanna.»

«Nein, Mann», sagte Trajano. «Wie kannst du mich um so was bitten?»

«Ich geb dir den Motor.»

«Woher weiß ich, daß du nicht einer von diesen Irren bist, die wir im Moment nach Yuma schicken?»

«Was für Irre?»

«Hast du nicht davon gehört? Wir haben die Irrenhäuser

geleert. Wir schicken auch Vergewaltiger und gemeingefährliche Mörder. Clinton wird begeistert sein.»

«Hier hast du fünfzig Dollar.»

«Heb dir die für Miami auf. Willst du nicht zum Shopping gehen?» Er warf einen Blick in den Supertanker. «Ich sehe, ihr habt ziemlich viel Wasser dabei …»

«Nein», sagte Rider. «Das ist alles Benzin.»

«Also gut. Ich laß dir diesen Kanister hier.»

Damit fuhren sie davon. Bald würde es dunkel werden.

«So ein Arschloch», preßte Rider hervor. «Weißt du, warum er mich haßt? Weil ich's mit seiner Süßen getrieben habe.»

Es wurde kalt. In der Ferne tauchte etwas aus den Nebelfetzen auf. Es war ein Konvoi von drei Flößen. Nach einer Weile kamen sie steuerbords vorbei.

«Ist es noch weit bis Miami?» rief einer der Insassen.

«Siebzig Meilen», antwortete Tony.

Sie wechselten einige Worte. Auf dem Floß in der Mitte war, unter Plastikplanen verstaut, das Gepäck untergebracht. Dahinter folgte eine Frau mit mehreren Kindern und einem Hund. Der im ersten Floß paddelte auf Knien. Die Kinder sahen so aus, als hätten sie reichlich gekotzt. Mit leeren Augen betrachteten sie den British und verschwanden dann wieder im Meer der Finsternis.

Tony träumte, er würde mit dem Flugzeug in Miami landen. Am Ausgang erwartete ihn ein Typ mit einem Schild, «Sr. Tony Saravia», und einer weißen Limousine. Drinnen saß Rider mit einem nackten Mädchen. Sie trug ein Fußkettchen um den Knöchel. «Du kannst sie vernaschen, wenn du willst», schlug Rider vor. Das Mädchen nahm Tonys Glied in den Mund, sanft wie eine Löwin, die ihre Jungen trägt. Tony erwachte mit dem heftigen Verlangen nach einem Mädchen mit einem Fußkettchen um den Knöchel. Die Sonne ging gerade auf. Das Meer lag verlassen da. Rider mühte sich immer noch mit dem Motor ab. Tony öffnete den geschenkten Kanister.

«Das ist ja Salzwasser!» Er spuckte aus.

Am Nachmittag kehrte das Patrouillenboot zurück.

«Na, immer noch da?» fragte Trajano. «Ich hab gedacht, ihr wärt schon in Miami.»

«Wir müssen reden», sagte Rider.

«Tun wir doch.»

«Nenn deinen Preis.»

«Wollen wir einen Schluck trinken?»

Die Einladung galt nur Rider. Der kletterte auf das Boot der Küstenwache und verschwand mit dem Sergeanten in der Kabine. Die anderen beiden Besatzungsmitglieder blieben bei Tony. Die zwei musterten ihn mitleidig.

«Weshalb habt ihr keine Ruder dabei?»

«Richtig», sagte Tony. «Wir dachten, in zwei Tagen würden wir in Miami sein.»

«Kommt nicht mit uns zurück», sagte der andere. «Laßt euch vom Wasser treiben. Die Strömung bringt euch auf die Bahamas.»

«Oder nach Norwegen», warf der erste ein.

«Wir haben kaum was zu essen dabei», murmelte Tony.

«Willst du ein Paar Ruder? Ich hab welche im Hellegatt. Hab sie heute nacht auf einem treibenden Floß gefunden.»

«Bring ihn nicht auf dumme Gedanken. Wie sollen sie denn mit dem Ding hier rudern? Es hat nicht mal Dollen.»

«Stimmt», gab Tony zu. «Wir waren so damit beschäftigt, es unsinkbar zu machen, daß wir den Rest vergessen haben.»

In diesem Moment kam Trajano wieder mit Rider an Deck.

Es war alles geregelt. Sie umarmten sich, und Rider kletterte in die Badewanne zurück. Der Polizist kümmerte sich selbst um die Vorbereitungen zum Abschleppen. Dann nahmen sie Kurs auf die Insel.

«Er hat den Supertanker verlangt», schimpfte Rider. «Und außerdem hat er mir die hundert Dollar abgenommen.»

«Was will er damit?»

«Er wird ihn einem anderen Flüchtling andrehen.»

In der Nähe von Jaimanitas gingen sie an Land. Sie sprangen ins Wasser und wateten zum Strand, während das Patrouillenboot in der Nacht verschwand.

«Hast du Geld für den Bus?» fragte Rider.

Tony zählte seine Münzen.

«Zum Glück hab ich sie nicht ins Wasser geworfen», sagte er.

Sie gingen ein Stück bis zur Bushaltestelle. Es wurde allmählich hell.

«Wir sind echte Volltrottel», murmelte Tony.

«Nein. Wir haben das Richtige getan.»

«Wir könnten schon auf den Bahamas sein ...»

«Weißt du was? Neunzig Prozent aller Schiffbrüchigen sterben am dritten Tag. Sie glauben, das ganze Universum würde mit ihnen untergehen, und sterben vor lauter Verzweiflung.»

«Wer sagt das?»

«Doktor Bombard.»

«Wir sind keine Schiffbrüchigen. Wir sind freiwillig in dieser beschissenen Badewanne abgehauen.»

«Das ist egal. Wir sind auf dem Wasser herumgedümpelt.»

«Und ich hab keinen Kühlschrank mehr.»

«Ich werd dir das Buch mal leihen.»

«Ich will keinen Schmöker.»

«Es ist kein Schmöker. Bombard hat die Geschichte des Schiffbruchs revolutioniert. In den Sechzigern hat sich alles geändert.»

«Damals war alles besser.»

«Nicht alles. Ich rauche lieber das Marihuana von heute.»

«Warum?»

«Es ist zwanzigmal stärker.»

«Hör schon auf mit dem Scheiß.»

«Womit denn?»

«Mit den ewigen Sechzigern.»

«Was hast du denn gegen die Sechziger?»

«Nichts. Aber hör auf damit.»

«War das nicht eine gute Zeit?»

«Nein. Damals hat das mit den Schwulen angefangen.»

«Red keinen Unsinn.»

«Erinnerst du dich an die Filme? Die Titel kamen am Anfang, und die Western hießen ‹Río Irgendwas›.»

«Und Pete Seeger hat *Guantanamera* gesungen.»

«Er hat's Joseíto geklaut», murmelte Tony.

«Weißt du, was das Beste war damals?» sagte Rider. «Mohammed Ali und Juri Gagarin.»

«Ich hatte ganz vergessen, daß du jetzt Moslem bist.»

«So ist es.»

«Damals bei der Schweinebucht warst du Rastafari.»

«Ja. Aber jetzt bin ich schon dreißig Jahre beim Islam.»

«Weshalb bist du damals Rasta geworden?»

«Die hatten gute Musik.»

«Und die Haare, stimmt's?»

«Die Haare und der Löwengang ...»

«Du bist nicht wie ein Löwe gegangen …»

«Kommt drauf an.»

«Du bist nicht mal Vegetarier, Rider.»

Das Gespräch versickerte. Dann rief Tony:

«Da kommt dein Bus.»

«Wann sehen wir uns?»

«Ich ruf dich an.»

Wer's glaubt, wird selig, dachte Tony, aber am nächsten Sonntag kreuzte Rider mit dem Buch von Bombard bei ihm auf.

«Das Handbuch des *balsero*», sagte Rider und überreichte es ihm.

Das hättest du mal früher lesen sollen, du Schwachkopf, dachte sich Tony, aber seine Wut war bereits verraucht. Rider ist wie eine Kokosnuß, dachte Tony. Die kann jahrelang auf dem Meer treiben und dann an der erstbesten Küste Wurzeln schlagen. Tony kannte die Geschichte von Alain Bombard in- und auswendig. Sie war ein beliebtes Thema im Hause Bonavena. Rider war neun Jahre alt gewesen, als Doktor Bombard auf den Antillen gelandet war, nachdem er in einem Schlauchboot den Atlantik überquert hatte, um zu beweisen, daß Schiffbrüchige nur mit Salzwasser überleben konnten. Aus diesem Grund hatte er als Notfallausrüstung lediglich eine Zitruspresse dabeigehabt, um Fisch auszupressen. Riders Vater, der damals auf einem Frachter der United Fruit arbeitete, war dem Franzosen begegnet, als dieser in Barbados landete. Deshalb war er sofort nach Erscheinen von Alains Buch in den Laden gelaufen und hatte es gekauft. Es hieß *Im Schlauchboot über den Atlantik*. Jetzt steckte es in Tonys Rucksack, zusammen mit seinem Kofferradio, dem Exemplar von *Miami für Insider* und dem Pfadfinderkompaß. Damals hatte er nichts mehr davon wissen wollen. Er war wütend auf sich selbst. Es war alles nur seine Schuld, angefangen mit dem British und dem Supertanker. Und diese ganze Scheiße mit dem Golfstrom? Es gab ganze Tagungen über dieses Thema. Wenn man an der Nordküste Kubas ins Wasser sprang, kam man angeblich in Florida raus, mit vier Meilen in der Stunde, und sei es in Riders Badewanne. Es waren Lügen. Wer sich vom Wasser treiben ließ, kam nicht zwangsläufig irgendwo an. Schon der Plan für diese Fahrt war ein Irrsinn gewesen. Wie sagte seine Mutter immer? Es gibt Dinge, die gehen einfach nicht: die Ellbogen auf den Tisch stützen, zum Beispiel, oder ein Stück vom Mond abbeißen. Trotzdem hatte Rider ihm nicht den geringsten Vorwurf gemacht. Er war sein bester Freund, und das war die einzige Gewißheit, die Tony im Moment hatte.

Er hätte nie gedacht, daß er noch einmal nach Miami kommen würde, und schon gar nicht ohne Rider. Der war damals schon zwei Jahre in Gottes Hand. Dazu verdammt, zwischen heldenhaften Geistern weiterleben zu müssen, wurde Tony bewußt, daß Rider D. Bonavena der erste Freund gewesen war, der an der Blase gestorben war. Das schien auch sein eigenes Schicksal zu sein. Früher hatte er immer geglaubt, daß er in einer Grube in Afrika oder wo auch immer enden würde. Er hatte so viel mitgemacht, daß der bloße Gedanke, an einer Krankheit zu sterben, ihn deprimierte, wie ein alter Testpilot, dessen größtes Risiko auf einmal nur noch darin bestand, beim Rasenmähen einen Stromschlag zu bekommen. Das waren seine Gedanken, während er durch die Dunkelheit ruderte. Er war seit sechs Tagen auf dem Meer. Wenn die Berechnungen stimmten, hatte er zwei Drittel des Weges hinter sich. Am Morgen hatte ihn ein Vogel umkreist, ein Fregattvogel vielleicht. Hatte das etwas zu bedeuten? Absolut gar nichts. Das mit den Vögeln war ein Trugschluß. Bombard zufolge schliefen Fregattvögel nachts an Land und entfernten sich nie weiter als hundert Meilen vom Festland. Und was bedeutete das? Zwischen Havanna und Miami lagen nur neunzig Meilen, also konnten diese Vögel einen *balsero* die ganze Zeit begleiten. Bombard selbst machte sich über die gängigen Ammenmärchen lustig. Es gab keine Hinweise auf Festland. Tony war ganz seiner Meinung. Man durfte sich nicht an solchen Schwachsinn klammern. Er achtete nicht mehr auf diese zweifelhaften Signale, seien es Vögel, Spinnen oder im Wasser treibende Kondome. Er mußte auf die Lichter von Key West achten, das war das einzige, was zählte. Er würde auch in den Himmel schauen, ob ihm die Jungfrau erschien.

In den frühen Morgenstunden hörte er ein Schnellboot. Es war das dritte für diesen Tag. Die Koyoten, die Schleuser, waren sehr aktiv. Das Boot fuhr in vielleicht fünfhundert Meter Entfernung vorbei. Tony dachte voller Neid, daß die Fahrt für sie vier Stunden dauern würde, fünfhundert Dollar pro Kopf. Die Boote der Koyoten hatten Platz für zwölf Kubaner. Außerdem waren sie für die Boote der Küstenwache unerreichbar. Aber die Begegnung erfüllte ihn mit neuer Zuversicht. Das bedeutete, daß er auf dem richtigen Kurs war. Die Schnellboote hatten nicht nur Kubaner an Bord, sie transportierten auch Drogen. Die Kleinflugzeuge der Kolumbianer warfen die phosphoreszierenden Beutel in der Nähe von Cayo Confites ab. Sofort war ein Schnellboot zur Stelle, um sie aus dem Wasser zu fischen und nach Miami zu bringen. Ein altersschwaches sowjetisches Patrouillenboot tat so, als wollte es die Verfolgung aufnehmen. Vermutlich war die halbe kubanische Armee an dem Geschäft beteiligt.

Tony stellte das Radio an. Cassius Clay leide nicht an Parkinson, sondern an Boxerdemenz, behauptete sein ehemaliger Arzt. «Seinetwegen bin ich Muslimin geworden», erklärte seine Exfrau. Dann kam Christian Castro und beteuerte, die Drogen gehörten der Vergangenheit an. Nein, im Moment habe er keine Freundin. Wie sollte er ein Mädchen finden, das mit ihm mithalten könne? Er war im Geschäft, seit er denken konnte. Mit fünf Jahren hatte er in der Fernsehserie *Das Recht zu leben* mitgespielt, direkt danach in dem Theaterstück *Mame*. «1981 warst du Kinderdarsteller des Jahres.» «Ach ja», stöhnte Christian. «Und mit sieben Jahren hatte ich schon meine eigene Rockband, *Christian y los Pollitos*.» Aber der Höhepunkt kam mit siebzehn, als er sein erstes Soloalbum einspielte. Damals nahm er Gesangsunterricht bei Seth Riggs, dem Stimmcoach von Michael Jackson. Sein letztes Album hatte alles abgeräumt und viermal Platin bekommen. Jetzt träumte Christian von Hollywood, aber die Musik würde er niemals aufgeben. Zur Zeit lebte er auf Fisher Island.

Dieser Name ließ Tony aufhorchen. Er nahm seinen zerfledderten, sorgfältig in Plastikfolie eingeschlagenen Reiseführer von Miami aus dem Rucksack und faltete den Stadtplan auf der Ruderbank aus, bis er Fisher Island gefunden hatte. Es war eine Privatinsel. Dort befand sich der Strand, an dem er landen wollte. Er mußte nur Key Biscayne zur Linken liegen lassen und dann Kurs nach Westen nehmen. Von Miami Beach mußte er sich so weit wie möglich fernhalten. Er mußte unbedingt festen Boden erreichen. Wenn er einmal an Land war, konnten sie ihn nicht mehr zurückschicken, das sagte das Gesetz. Aber wegen der Boote der Küstenwache war es schwer, ans Festland zu gelangen. Als die Bootsflüchtlinge noch in den Nachrichten gewesen waren, hatten die Badenden sie ermuntert, die letzten Meter schwimmend zurückzulegen, während die Hubschrauber von Channel 10 über der Szene schwebten. Wenn es dann einer geschafft hatte, hatten die Leute applaudiert. Aber mittlerweile klatschte niemand mehr Beifall, die Küstenwache fischte sie auf, und den Strand zu erreichen grenzte an ein Wunder.

Überquerte er auch wirklich den Golf? Hoffentlich hatte er diesmal mehr Glück. Die sechs Nächte auf See hatte er in den Himmel geschaut, ob ihm die Jungfrau von Cobre erschien. Es hieß, die Bootsflüchtlinge könnten während der Überfahrt ihren Mantel zwischen den Sternen ausmachen. Leider war das bei ihm nicht der Fall. Durch das grelle Licht und das Salz war er schon nahezu blind. Gestern hatte er den Schatten eines Hais gesichtet, der sich dann als eine im Wasser treibende Rettungsweste herausstellte. Es war eine orangefarbene Weste mit aufgeplatzten Nähten, aber er hatte sie trotzdem übergezogen, und damit kam eine neue Sorge. Es bestand nämlich ein Zusammenhang zwischen Haiattacken und der Farbe der Rettungsweste, so hatte es in einem Bericht über einen Piloten gestanden, der über dem Meer abgestürzt war. Bestimmte Westen haßten die Haie. Waren es die grünen oder die orangefarbenen gewesen? Tony konnte sich nicht mehr erinnern. Nur Rider kannte die Zeitschrift *Selecciones* auswendig, bis hin zu dem Jahr, in dem die Artikel erschienen waren. Er hatte sämtliche Ausgaben zu Hause gehabt; zu Paketen verschnürt, hatten sie zwischen altem Gerümpel herumgelegen. Riders Vater hatte vorgehabt, sie irgendwann binden zu lassen. Wenn Tony zum Spielen zu ihm ging, war er ganz wild darauf gewesen, auf dem Dachboden zu hocken und Berichte zu verschlingen wie ‹Meine Mutter ertrinkt!›, ‹Ich baute die Atombombe› oder ‹Juans Blase›. Aber jetzt konnte er sich nicht mehr erinnern, welches die gefährliche Farbe war, also zog er die Weste wieder aus, um sich mit Benzin einzuschmieren. Das allerdings hätte aus *Reader's Digest* stammen können. Die moderne Methode für Bootsflüchtlinge in der Straße von Florida, um Haie abzuschrecken.

Das goldene Licht ergoß sich über die Apartmenthäuser am Ufer. Wo war er wirklich? Vielleicht in Key Biscayne oder South Beach. Wenn man dem Reiseführer trauen konnte, legte an dieser Mole die Privatfähre nach Fisher Island ab. Die schönsten Strände der Welt, deren Sand, so weiß wie die Droge, von den Bahamas herbeigeschafft wurde und dem Reiseführer zufolge die Füße der Auserwählten förmlich liebkoste. Liz Taylor hatte hier ihre ersten Flitterwochen verbracht, dort stand das Haus von Julio Iglesias, Julia Roberts kam in jeder freien Minute zum Golfspielen vorbei. Fisher Island hielt sich Schaulustige und Paparazzi vom Hals. Privat, Zutritt verboten, Anlegen nicht erlaubt. Die Bewohner erreichten die Insel übers Wasser. Sie kamen in ihren Porsches nach South Beach und fuhren dann samt Auto auf die Fähre nach Fisher Island, obwohl sie sich auf der Insel nur mit kleinen Golfautos fortbewegten. Sie konnten auch mit ihrem eigenen Boot kommen und im Jachthafen anlegen, sofern das Schiff nicht länger als sechzig Meter war. Die einzige Möglichkeit, sich der Insel zu nähern, war die *Island Queen*, die zur Promijagd von Strand zu Strand tuckerte, vollgestopft mit Touristen, die an Deck darum kämpften, irgendeinen Blick zu erhaschen, und sei es Gloria Estefans Hausmädchen beim Kartoffelschälen in der Küche. «Hey, Julio!» brüllte einer. «He, Steffi, hier komme ich!» versuchte es ein anderer. «Ist das nicht Jeb Bush?» Aber es war nie Jeb (Juniors Bruder, Poppys zweiter Sohn), der bösen Zungen zufolge ebenfalls hier lebte. Ob er der *Island Queen* begegnen würde? überlegte Tony, während er sich der Küste näherte. Er konnte sich das Hallo schon vorstellen. Ein Bootsflüchtling war Teil des Spektakels, so alltäglich wie ein Wal oder eine Meeresschildkröte, die einige Veranstalter insgeheim versprachen. Wenn es dann zu einer solchen Begegnung kam, machten die Leute ihre Fotos, während der Bootseigner über Funk die Küstenwacht rief.

Aber Tony erreichte Fisher Island während eines kurzen Platzregens. Es war keine Menschenseele zu sehen. Das Meer war spiegelglatt. Er gelangte unbeschadet durch das Riff. Nie hätte er geglaubt, daß es so einfach wäre. Er mußte nur noch das Boot auf den Strand ziehen. Er würde keinen Fehler machen. Ein Kubaner, der festen Boden betreten hatte, durfte nicht ausgewiesen werden. Er zog vorsichtshalber auch das Boot aus dem Wasser. Der Musterflüchtling. Herzlich willkommen in Florida. Jetzt mußte er nur noch auf sie warten. Ein paar Reporter wären auch nicht schlecht. Sobald ein *balsero* auftauchte, kreisten sie über dem Schauplatz wie hungrige Möwen. Wahrscheinlich war es nun an der Zeit, sich Gedanken über die Unterbringung zu machen. Für alle Fälle hatte er die Telefonnummer der *Casa del Balsero* dabei, des Vereins für kubanische Flüchtlinge. Er hatte noch weitere Telefonnummern, aber er haßte es, sich falsche Hoffnungen zu machen. Ein Freund von Rider war während des Großen Exodus abgehauen. Der war, kaum hatte er einen Fuß an Land gesetzt, gleich zu einem Telefon gerannt. In seinem Notizbuch standen einige Nummern. «Ich komme von Vicentico», hatte er bester Dinge verkündet. Die ersten drei hatten einfach aufgelegt. Die anderen beteuerten, verdammt noch mal niemanden dieses Namens zu kennen.

Der Strand war immer noch verlassen. Jetzt vermißte er Rider, vor allen Dingen dessen klugen Kopf. Er hätte sich problemlos in der Geschäftswelt bewegt, sagte er sich. Rider hatte immer davon geträumt, ein Geschäft in Florida aufzuziehen, für das er schon einen zugkräftigen Slogan hatte: «Absolute Qualität». Aber obwohl Rider den Visionär gab, hatte er seine einzige Geldanlage Tony zu verdanken, als sie damals beschlossen, sich im Fast-food-Sektor zu betätigen. Die Idee stammte von Rider. Mit zehn geliehenen Dollar kauften sie eine Lizenz für den *Cosmonauta Cubana*, einen angesagten Hamburger, der gerade den Markt eroberte. Sie schlossen den Vertrag in einer heruntergekommenen Ecke der Altstadt von Havanna, um dann festzustellen, daß das tolle Franchising lediglich aus einer Fotokopie bestand. Der Lizenzgeber gab ihnen die Möglichkeit, von dem Vertrag Abstand zu nehmen. Er hieß Andy Quevedo – der wahre Erfinder des McCastro, wie er ihnen mitteilte –, der sich in diesem schwierigen Geschäft selbständig gemacht hatte. «Überlegt es euch gut», warnte er sie, während er mit dem Wisch vor ihren Augen herumfuchtelte. «Wenn ihr das erst mal habt, gibt es kein Zurück.» Man merkte, daß Andy ein feiner Kerl war, aber Tony war noch nicht überzeugt. Er betrachtete die Fotokopie. «Ist das alles?» murmelte er. «Wie, ist das alles?» erwiderte Andy. «Das ist das Know-how des Geschäfts, das Rezept für den *Cosmonauta*.» Als Tony immer noch zögerte, schlug Andy ihnen vor, zum Kapitol mitzukommen, wo er zwei Imbißstände hatte. Tony hatte seinen ersten *Cosmonauta* in Andys Imbißkette probiert, aber der große Schritt fiel ihm schwer. Schließlich hatte Andy genug. «Denkt besser noch mal drüber nach. Wenn ihr euch entschieden habt, ruft mich an», drohte er, bis Tony schließlich das Geld herausrückte und seine Dollars dahinschwinden sah. Sie legten bald mit der Produktion los. Tony stellte fest, daß die Hauptanschaffung für das Geschäft ein grober Stoff war, derselbe, aus dem man Putzlappen herstellte, auch wenn Rider ihm erklärte, daß sich die Fasern durch einen chemischen Prozeß in Protein verwandeln würden. Dazu wurde der Stoff in Essigsäure eingelegt, um die Moleküle zu verändern. Das hieß nichts anderes, als daß sie den Stoff in Riders Badewanne in Essig einlegten, bis er sich zersetzte. Nachdem sie ihn mit Knoblauch, Tomate und Zwiebel durch den Wolf gedreht hatten, wendeten sie ihn in Ei und Mehl. In Öl ausgebacken, mußte er nur noch in einem warmen Brötchen serviert werden. Zu diesem Zeitpunkt hatten sich Tonys Bedenken verflüchtigt. Am ersten Tag verkauften sie siebzig Stück. Alle beteuerten, der *Cosmonauta* schmecke besser als der McCastro, der aus Soja und Schweinemett bestand, wenn nicht gar aus gemahlener Süßkartoffel mit Corned beef. Aber das Geschäft dauerte nicht lange. Sie wurden von ihren eigenen Gästen verhaftet, besser gesagt von den Polizisten, die zur Kundschaft gehörten. Es gibt kein nachtragenderes Wesen als einen Polizisten, den man mit Hamburgern aus Putzlappen übers Ohr haut, und wenn er sie zehnmal umsonst bekommt. Sie landeten in einem Kellergefängnis, das für unsagbare Verbrechen vorgesehen war. Ihre Zelle teilten sie mit Andy Quevedo, der kurz darauf festgenommen wurde. Doch Andy gab nicht auf. Noch im Schlaf beteuerte er, daß sein Verfahren die Lappen in Fleisch verwandle. Er plane sogar, nach Florida zu gehen, um seine Kette in Little Havanna, Miami Dade County, zu eröffnen, und er habe bereits Kandidaten für das Franchising unter den Gefängnisinsassen gefunden. Andy war ein begnadeter Redner. Tony hörte ihm fasziniert zu. Sein Produkt, so sagte Andy, sei ein Hamburger der neuesten Generation. Er habe auch schon einen Werbeslogan: «Der *Cosmonauta* ist nicht einfach nur ein Hamburger. Er ist viel mehr als ein Hamburger.» Aus Andy Quevedos Mund erschien die Welt des Marketings so strahlend wie die Sonne. Die Insel der Wirbelstürme brauche keine russischen Techniker, sondern eine neue Generation von Alchimisten. Die großen Geschäftsleute seien die Revolutionäre von heute. Eine geniale Idee, und sie stellten die Welt auf den Kopf.

Während er an seine Zeit im Bisines zurückdachte, schlief Tony im Sand ein. Der Himmel war aufgeklart. Am Strand hatte sich nichts getan. Neben ihm blätterte der Wind die Seiten des Reiseführers um. *Miami für Insider* zufolge war Fisher Island von der Zeitschrift *Condé Nast* zum angenehmsten Ort der Welt erklärt worden. Sein Spa besaß internationales Niveau, die Apartments hatten Meerblick. Es war keine Menschenseele zu sehen. Ein *balsero* konnte da unauffällig landen, sagte sich Tony. In Palm Beach hingegen brauchte man Nerven wie Drahtseile. Bootsflüchtlinge waren nicht mehr willkommen. Erst recht nicht, wenn sie aus Haiti kamen. Die Badegäste warfen mit Grapefruits nach ihnen. Man mußte allerdings zugeben, daß die Haitianer den Bogen überspannten. In New York gab es mittlerweile mehr haitianische Ärzte als in ganz Haiti (und das, wo die Haitianer Hund aßen, wie Rider bemerkt hätte).

Im Traum war er zu Hause und sah sich im Fernsehen *El Puma* Rodríguez an, als plötzlich der Ingenieur auf dem Bildschirm erschien. Er war soeben mit seinem Boot, das er von seinem Rollstuhl aus steuerte, in Palm Beach gelandet. Tony rief nach Rider, der gerade noch rechtzeitig aus der Küche kam, um seine Erklärungen zu hören. Der Ingenieur war von

Journalisten umringt. Er war der beste Bootsbauer auf den ganzen Antillen gewesen, bis er sich entschlossen hatte, selbst nach Miami zu gehen. Diesem begnadeten Tüftler hatte so mancher in Havanna seinen Satellitenfernseher zu verdanken. Mit nichts als ein paar Drähten und einer geeigneten Backform brachte der Ingenieur auf jedem beliebigen Hausdach einen Anschluß an, so daß die Habaneros über ein erstklassiges Programm verfügten, bei dem nicht einmal *Good Morning, America* fehlte. Deshalb konnten ihn seine Kunden nun in dem Fernsehsender aus Miami betrachten. Vor seiner Abfahrt hatte der Ingenieur sie gebeten, Channel 23 einzuschalten. Eine Frau sagte: «Wir verlieren unsere besten Köpfe.»

Nun verfolgten alle wie gebannt die Sender aus Florida. Tonys Wohnzimmer hatte sich in ein Kino verwandelt. Bis zu vierzig Nachbarn versammelten sich dort. Es war ein ständiges Kommen und Gehen von Leuten, die etwas über das Schicksal ihrer Verwandten erfahren wollten. Jeder, der auf der Mole erschien, nachdem er von der Küstenwache gerettet worden war, wurde mit Kommentaren bedacht. «Ist das nicht Ninoska Rodríguez?» «Sieh nur! Jesús Oporto!» Eine Nachbarin von Tony weinte, weil sie glaubte, jemanden erkannt zu haben, oder weil sie die Hoffnung aufgegeben hatte, ihn wiederzusehen. Einige Flüchtlinge erregten besondere Aufmerksamkeit unter den Zuschauern, so etwa die Besitzer eines Zirkuses, die sich in den schlimmsten Zeiten der Krise zur Flucht entschlossen hatten, nachdem sie eines Morgens, als sie zu den Käfigen gingen, entdeckt hatten, daß die Affen nach einer Woche Zwangsdiät die Löwin gefressen hatten. Der Fall rief die Presse auf den Plan. Ein Zirkus auf einer hungernden Insel, während sich die Russen aus dem Staub machten und in der Stadt sogar die Katzen rar wurden, die man nun «die Ziegen der Dächer» nannte? Die Zirkusbesitzer hatten bereits selbst die Tauben verzehrt, die sie für die Zaubernummer brauchten. Das war am Tiefpunkt der Krise, als *El Caballo* mit einem weiteren massiven Exodus drohte und man den Kubanern in Florida zu verstehen gab, daß es ihnen schlecht ergehen würde, wenn sie vorhätten, auf die Insel zu reisen, um ihre Familienangehörigen zu holen. Die Schnüffler waren wieder unterwegs. Konnte man sich etwas Schlimmeres vorstellen als diese Spitzel? Ja: einen Beamten der Einwanderungsbehörde, der selbst von den Antillen stammte. Da konnte man nur hoffen, daß nicht so einer in Miami deinen Paß überprüfte.

Unterdessen beobachtete die ausländische Presse, die in Cojimar am Strand campierte, das Treiben, während sie darauf wartete, daß sich einer aus der Menge auf den Weg übers Meer machte. Es gab alle möglichen Flüchtlinge: solche, die ihre Flucht schon ewig geplant hatten, und andere, die am Strand entlangspazierten und sich spontan entschlossen, ins Exil zu gehen. Das war bei Oliver Marzo der Fall, der mit seiner Familie am Strand lag, bis seine Frau ihn irgendwann aus den Augen verlor. Anaisa döste vor sich hin, während die Kleine im Sand spielte, da hörte sie plötzlich Rufe: «Anaisa, komm her, wir fahren nach Miami!» Da stand dieser Spinner von Oliver an Deck eines Schiffes, das in diesem Moment an Anaisa vorbeifuhr, und schwenkte die Arme. Bevor sie sich versah, befand sie sich selbst an Bord, zusammen mit ihrer Schwiegermutter und ihren Schwagern, die ihrerseits Frau und Kinder dabeihatten. Tony kannte Olivers Geschichte von Channel 23. Als er Anaisas Erklärungen hörte, wechselte er einen Blick mit Rider. In diesem Moment hatten beide bereits beschlossen, nach Florida abzuhauen.

Tony war noch im Halbschlaf, als eine Frau zwischen den Bäumen auftauchte und sich auf einer Strandliege in die Sonne legte. Sie kam aus dem Spa, das sich in dem früheren Hangar der Vanderbilts befand. Die Beine der Frau, die dort am Strand lag, konnten einem Hurrikan den Atem rauben. Die Reinigungsbrigade hatte bereits den Strand gesäubert. Die morgendliche Ausbeute an Plastikverpackungen, Tang und vergammelnden Fischen hätten auch schlecht zu ihrer Kleidung gepaßt, einem Bikini mit passendem Pareo und Sandalen von Manolo Blahnik. Sandalen und Pareo waren nachlässig im Sand verteilt wie auf einem Werbefoto aus der *Vogue*. Sie kam gerade von einer Behandlung mit allen möglichen Sälbchen und Mittelchen, die das Spa der Insel hergab. Die morgendliche Massage hatte sie auf Vordermann gebracht, während nun eine laue Brise ihre frisch geölte Haut kühlte. Es konnte sich um eine Gräfin handeln oder um eine Edelhure. Sie war so schön wie Miß Venezuela, aber sie strahlte kein Glück aus. Unter den Bäumen stand ein Mann und beobachtete das Gelände. Weder der Wächter noch die Frau hatten bislang diesen Typen entdeckt, der hinter einer Düne lag und schlief. Er lag neben seinem Boot, einer maritimen Kuriosität, eine von vielen, die in den letzten Jahren in Florida gestrandet waren, seit die ersten Bootsflüchtlinge in Key West auftauchten und zunächst für eine Ansammlung von Vögeln gehalten wurden, die sich immer scharenweise einfanden, wenn irgendwo Thunfische auf Sardinenjagd waren. Das Boot trug den Namen *Cagaleche* und war ein wahres Juwel karibischer Schiffbaukunst, der letzte Entwurf aus der Feder des Ingenieurs, bevor dieser in seinem eigenen Gefährt, das er von seinem Rollstuhl aus steuerte, nach Miami aufbrach.

Tonys Boot wäre ein Erfolg auf der Schiffsmesse in Miami gewesen, vor allem wegen des optionalen Regendachs, um Süßwasser aufzufangen, und des eingebauten Kompasses. Rider hatte es seinem Freund in Verwahrung gegeben, bevor er das Zeitliche gesegnet hatte. Er hatte das Boot im Tausch gegen das Haus in Jaimanitas erworben, die heruntergekommene Hütte von Don Ángel Bonavena, der ihm bis zuletzt geraten hatte: «Sieh zu, daß du das Haus loswirst, Rider; wenn diese Kerle aus Miami zurückkommen, wollen sie alles wiederhaben.» «Aber Papa, das ist doch nicht die Villa der Revilla Camargos», hatte Rider protestiert. «Ich weiß, was ich sage», hatte Don Ángel beharrt. «Wer will schon diesen Mist wiederhaben», hatte Rider hinzugesetzt, während er an die heruntergekommenen Zimmer und das kaputte Bad dachte. «Das Geschmeiß hat das Kataster zerstört», hatte Don Ángel gesagt. «Was ist ein Kataster?» hatte Rider gefragt. «Eine Karte von allen Häusern, die es gibt», hatte Don Ángel gesagt. «Sie haben das geplant, seit sie nach Miami gegangen sind. Darum haben sie die Schriftstücke mitgenommen.» Also hatte Rider nach dem Tod seines Vaters in einer schwierigen Transaktion das Haus gegen das Boot eingetauscht.

Das Radio dudelte Tony in den Ohren, vermischt mit dem Rauschen des Meeres und dem Kreischen der Pelikane.

«Ich habe meinen Reisegefährten die Brust gegeben», erzählte da eine Frau. «Ich habe ihnen gesagt, sie bräuchten sich nicht zu genieren. Was gut für mein Baby ist, muß auch bei uns funktionieren. Wir sind fünf Tage auf dem Wasser getrieben. Wir hatten nicht mal eine Büchse Saft. Ich hatte nur ein paar Schokoladenkekse in die Tasche gesteckt. Wir waren alle in derselben Situation. Ich hatte geglaubt, die Überfahrt wäre eine Sache von ein paar Stunden. Woher sollte ich wissen, daß der Bootsbesitzer so ein Trottel ist? Mitten in der Mona-Passage ist ihm der Motor verreckt. So haben wir zehn Tage gebraucht.»

Eine Frau, die mit dem Boot aus der Dominikanischen Republik gekommen war. Tony war bei einem Lied von Gloria Estefan eingeschlafen und wachte nun bei der «Persönlichkeit der Woche» auf. Es war die Sendung von Pelencho Vega auf Radio Fascinación. Die «Amme des Meeres» im Exklusivinterview. Faustina hatte ihre Leidensgenossen vor dem sicheren Tod auf See gerettet, indem sie ihnen die Brust gab. «Ihr braucht euch nicht zu genieren», hatte sie zu ihnen gesagt, während sie ihnen die Brustwarze an die Lippen hielt. Es waren sieben Männer und neun Frauen. Einige waren so erschöpft, daß Faustina ihnen die Milch in den Mund spritzen mußte. Wenn ihr eigener Durst zu stark wurde, sammelte sie ein wenig in einem Joghurtbecher. Sie hatten die Hoffnung schon aufgegeben, Puerto Rico jemals zu erreichen, als sie von der dominikanischen Marine aufgegriffen wurden. «Du wirst einige Kilos abgenommen haben...», vermutete Pelencho. «Mein Doppelkinn ist endlich weg!» erklärte Faustina lachend, um dann hinzuzusetzen, daß sie es bei nächster Gelegenheit erneut versuchen werde. Puerto Rico war ihr unerreichbarer Traum. In ihrem Alter erwartete sich Faustina nichts mehr von der Dominikanischen Republik. Sie war einunddreißig, ihr Mann hatte seit Jahren keine Arbeit. Was mußte man in diesem Land noch alles ertragen? fragte sich Faustina. Letztendlich war es gar nicht so schlecht für sie ausgegangen. Die Regierung hatte ihr ein Haus und sechshundert Dollar in bar geschenkt, nur weil sie ein paar Schiffbrüchigen die Brust gegeben hatte. Aber sie begann Gefallen an der Sache zu finden. Auf der Straße kannte man sie als «die Amme des Meeres». Sie konnte die Sender gar nicht mehr zählen, von denen sie eingeladen wurde. Erst gestern hatte sie sich das Haar geglättet, weil sie zu einer Fernsehsendung nach Buenos Aires sollte. Jetzt rief eine Hörerin an, um mit Pelencho zu sprechen. Sie erklärte, Faustina habe irrsinniges Glück gehabt. Ihr habe niemand ein Haus geschenkt und schon gar keine Pension.

«Bist du auch eine *balsera*?» wollte Pelencho wissen.

«Ich bin die Witwe eines *balseros*.»

«Wie heißt du?»

«Marisela Rojas. Mein Mann saß mit Carlos Pinales in einer Jolle.»

«Und wer ist dieser Carlos Pinales?» fragte Pelencho.

«Ich weiß gar nicht, weshalb du beim Radio bist...»

«Verzeihung, aber es gibt mehr Bootsflüchtlinge als Krokodileier», sagte Pelencho. «Die kann ich nicht alle kennen.»

«Krokodile legen keine Eier, damit du's weißt.»

«Okay. Hilf meinem Gedächtnis auf die Sprünge.»

«Carlos Pinales haben sie bei der Überfahrt nach Puerto Rico zurückgelassen.»

«Wer hat ihn zurückgelassen?»

«Die Kojoten. Sie kamen von Santo Domingo und haben sie auf offenem Meer ausgebootet. Sie sind nachts mit dem Motorschiff davongefahren und haben sie dort zurückgelassen.»

«Carlos Pinales und deinen Mann...»

«Eine Menge Leute. In dieser Jolle saßen alle möglichen Leute, und das, wo die Überfahrt tausend Pesos kostete. Sogar schwangere Frauen waren dabei.»

«Also gut. Was kann ich für dich tun, Marisela?»

«Nichts. Sie sollen aufhören, Lügen zu erzählen.»

«Was denn für Lügen, Marisela?»

«Du weißt, was da passiert ist.»

«Nein, ehrlich nicht.»

«Was bist du denn für ein Journalist?»

«Dann erzähl es uns doch bitte.»

«Ich weiß nicht, warum sie mich angerufen haben...»

«Ich auch nicht. Die Redaktion hat mich mit dir verbunden. Erzähl mir von der Jolle.»

«Dort hatte niemand eine Amme, die ihm die Brust gab. Die Frauen hatten Fehlgeburten, als sie sahen, wie die anderen anfingen, die Toten zu essen. Dann starben sie ebenfalls. Die Babys kamen raus, und sie sind fast zusammen gestorben.»

«Mein Gott, Marisela, es ist Mittagszeit...»

«Ich will, daß sie aufhören, Lügen zu erzählen. Jetzt wird es so dargestellt, als wäre mein Mann an allem schuld, als hätte er sich nicht mehr beherrschen können und wäre über sie hergefallen.»

«Wer behauptet das, Marisela?»

«Die Journalisten, wer sonst? Sie sprechen von ‹dem Dikken›, als wäre er der einzige in dieser Jolle gewesen, der Zähne hatte...»

«‹Der Dicke› war dein Mann?»

«Natürlich.»

«Also gut, Marisela, was genau ist dein Anliegen?»

«Ich will, daß sie mich entschädigen.»

«Hast du irgendwelche Beweise?»

«Welche Beweise?»

«Na, irgendein Dokument, daß dein Mann mit an Bord war.»

«Was redest du da für einen Blödsinn? Glaubst du, die Kojoten stellen dir einen Fahrschein aus?»

«Also gut, Marisela, ich wünsche dir alles Glück der Welt und viel Erfolg bei deinem Kreuzzug. Wir hören jetzt ein wenig Musik.»

Las mujeres se ponen muy orgullosas
Cuando sienten la orquesta tocar.
Porque saben que van a bailar.
Porque saben que van a gozar
de una manera espantosa.

«Das war *Lo dicen todos* des unvergeßlichen Arsenio Rodríguez», erklärte Pelencho Vega, der neue Mann bei Radio Fascinación.

Rider hatte diese Rumba mal mit zwei Löffeln auf einer Fischbüchse getrommelt, erinnerte sich Tony, und er selbst hatte ihn mit einer Ziegenglocke begleitet. Jetzt drehte er den Ton leiser. Zwischen Arsenios Rumba und das Kreischen der Möwen schmuggelten sich ein paar schlechte Schwingungen. Er war nicht mehr allein am Strand. Tony sah auf. Die Frau mit dem Versace-Pareo stand mit erschrecktem Gesicht neben seinem Boot. Ein *balsero* auf Fisher Island war so unerwartet wie ein Wal im *Biltmore*-Hotel. Auf Fisher Island rechnete man nur mit fünf Sternen. Jeden Morgen bei Sonnenaufgang war der Strand mit dem importierten Sand bereits dreimal durchgerecht. Unter den malaiischen Kokospalmen pickten die Pfauen nach Futter. Die Tukane aus Amazonien krächzten in den Baumkronen. Auf dem Weg, der zwischen den Bungalowvillen hindurchführte, konnte der eine oder andere einsame Jogger auftauchen. Die Swimming-pools glitzerten in der Sonne. Die Korallenfliesen rund um das Wasser waren von fleißigen Latinas geschrubbt worden. Drüben an der Küste, an dem früheren Hangar für die Wasserflugzeuge, streichelte das blaue Licht der Glasscheiben den Marmor des besten Spas der westlichen Welt, besser noch als die Bäder von Montecatani oder die Thermen Caligulas. Zwei Patrouillen in Elektroautos fuhren am Strand entlang. Das strategisch postierte Sicherheitspersonal tauschte über Funk Scherze aus.

Die Show der verwunschenen Insel konnte beginnen.

Es hatte nichts zu bedeuten. Vielleicht tauchte gleich ein Mann mit seinem Hund auf dem rotplattierten Küstenweg auf. Die Bewohner von Fisher Island waren in der Regel Schatten auf der Durchreise, so schwer zu sichten wie die Fischreiher in den Sümpfen. Keiner kannte den anderen. Fisher Island war genausogut, um sich zu verstecken, wie Buenos Aires oder Rio, besser sogar als die Everglades, früher ein Refugium für Banditen. Diese Insel war einmal die Laune eines kubanischen Geldjongleurs gewesen, eines engen Freundes von Nixon. Bis der Präsident ins Amt kam, hatten sie Geschäfte und Träume geteilt, auch den von Fisher Island. Der Geldjongleur träumte davon, die versunkene Welt der Vanderbilts in Eigentumsparzellen aufzuteilen. Das Geschäft machten schließlich andere, aber die anfängliche Philosophie setzte sich am Ende durch. Seit Vanderbilt die Insel gegen seine Segeljacht eingetauscht hatte, war sie von einer Hand in die andere gegangen.

Die Frau mit dem Pareo war nun nicht mehr überrascht, sondern empört. Da zahlte sie ein Vermögen für ihr von Carol Korn gestaltetes 900-Quadratmeter-Penthouse, und dann ließ die Sicherheit zu wünschen übrig. War ein Strand ohne

Flüchtlinge zuviel verlangt? Sie winkte zu den Palmen herüber. Das genügte. Ein Typ, der unter den Bäumen stand, grunzte etwas in sein Sprechgerät und rannte zum Strand hinunter. Er traf fast gleichzeitig mit einem der Elektroautos ein.

Während sich die Männer mit den Funkgeräten auf den Eindringling stürzten, warf sie einen Blick in das Boot. Dort lagen ein Reiseführer von Miami und ein Buch mit einem Schlauchboot auf dem Titel. *Im Schlauchboot über den Atlantik*, las sie. Außerdem ein alter Pullover und eine Büchse Kekse mit Resten von Yucca und Süßkartoffeln. Vielleicht gab es dort noch mehr Dinge, aber sie drehte sich um und ging zu dem Mann. Das Wachpersonal trat zögernd zur Seite. Die Frau sah einen noch ansehnlichen Fünfzigjährigen mit Glutaugen und schulterlangem Haar. Plötzlich tat ihr der Aufstand leid, den sie verursacht hatte. «Was er wohl denken mag?» fragte sie sich.

Aber in Tonys Gesicht war keinerlei Vorwurf zu erkennen. Letztlich lief alles genau nach Plan. Er hatte festen Boden betreten, also war ihm die Einreise garantiert. Er mußte nur noch auf die Einwanderungsbehörde warten. In der Zwischenzeit vertrieb er sich die Zeit damit, die Frau mit dem Pareo zu betrachten. Sie war von einer kaum zu ertragenden Schönheit. Von allen Frauen, an die er sich erinnerte, konnte keine mit dieser Erscheinung am Strand der Vanderbilts mithalten.

Mittlerweile war mehr als ein Dutzend Wachmänner vor Ort, allesamt sehr aufgeregt. Die Funkgeräte verrieten den Ernst der Lage. Nicht so sehr wegen des Flüchtlings an sich, sondern wegen der Umstände. Ein Anwohner war in die Sache hineingezogen worden. Da werden Köpfe rollen, würde die Stimme aus den Funkgeräten wettern. Als es ihnen angebracht erschien, führten die Wachleute die Frau vorsichtig weg und setzten Tony in das Elektroauto. Über Funk forderten sie die Küstenwache an. Nach einigem Hin und Her fuhr der Wagen davon, und die Frau mit dem Pareo war plötzlich allein. Am Strand war nichts zurückgeblieben, was auf den Vorfall hindeutete, weder Tony Saravias Boot noch eine Spur im Sand.

Das glaubten zumindest die Sicherheitsleute, aber da irrten sie sich. Als er sie kommen gesehen hatte, hatte Tony sein Radio vergraben, wie ein Soldat, der seinen Code und seine Ausrüstung vernichtet. Die Frau mit dem Pareo sah etwas im Sand liegen. Beim Graben kam Tonys Spika zum Vorschein; das Gehäuse war kaputt und wurde von Gummibändern zusammengehalten. Es war noch angeschaltet. Sie drehte den Ton lauter. Ricky Martin schmetterte *Living la vida loca*.

Sie war nicht Miß Venezuela. Unter anderen Umständen wäre sie vielleicht Miß Guatemala geworden. In einer anderen Zeit wäre sie als Mayaprinzessin durchgegangen. Von ihrem Leben in den Regenwäldern war nur noch ein Name geblieben, Candelaria Chub Tiu, den sie nicht mehr benutzte. Der Name und ihr Maximón, das Holzfigürchen mit dem Cowboyhut und der Zigarre im Mundwinkel. Ihre neuen Eltern in Coral Gable, anständige Menschen, hatten sich verpflichtet gefühlt, ihr zum fünfzehnten Geburtstag diese Spuren ihrer Vergangenheit im Regenwald auszuhändigen. Es war am Weihnachtsmorgen gewesen. Sie hatte den Maximón auf das Fensterbrett in ihrem Zimmer gelegt, neben die Barbie und Toby, den Teddybär. Was Francis' Adoptiveltern für ein Spielzeug gehalten hatten, war in Wirklichkeit der Schutzpatron von Santiago, ein Heiliger, der gerne rauchte und feierte und den die Mayas unter den Ziegeln der Dächer versteckten. Sie hieß

Francis van Irgendwas. Sie liebte ihre neuen Eltern. Seit eine Sozialarbeiterin sie mit einem Schildchen mit ihren persönlichen Daten um den Hals bei ihnen abgeliefert hatte, hatten die van Irgendwas Francis als uneingeschränkte Aufgabe verstanden. Sie kannten nur die Geschichte ihrer Tochter. Ob sie sie ihr irgendwann erzählen sollten? Francis kam der Sozialarbeiterin zufolge aus Guatemala und war die einzige Überlebende eines Massakers in ihrem Dorf. Die Armee hatte das Blutbad angerichtet. Die Frau teilte den van Irgendwas ihre Vermutung mit, daß Francis Mayablut habe. Außerdem erzählte sie ihnen, daß der richtige Vater von Francis als junger Mann auf einer Kaffeeplantage in Retalhuleu gearbeitet hatte, der Finca der Alejos, der Familie des Botschafters im Weißen Haus. Aus Taktgefühl behielt sie für sich, daß die Soldaten dem Vater von Francis die Arme mit Macheten abgehackt hatten, weil er sich geweigert hatte, seine Töchter zu vergewaltigen. Die Sozialarbeiterin wußte nicht, daß sich das Morden über Jahre erstreckt hatte. Sie war eine Studentin aus Kalifornien, die ehrenamtlich in einer Flüchtlingsorganisation arbeitete, und sie hatte auch keine Ahnung, wer hinter der Operation steckte. Die Truppen kamen im Morgengrauen, trieben die Leute nach draußen und zwangen sie, die Hymne der Armee zu singen. Zuerst köpften sie die Kinder, um sich vor späteren Racheakten zu schützen. Als die Truppen in Francis' Dorf kamen, war es ihrer Mutter gelungen, sie zur Seite zu nehmen und in die Kaffeepflanzung zu stoßen. Als sie merkte, daß ihre Mutter nicht folgte, blieb sie stehen. Sie würde später zurückkehren, aber nur rauchende Trümmer und die verkohlten Reste ihrer Familie vorfinden. So irrte sie durch die Berge, bis eine Patrouille sie in den heiligen Ruinen von Abaj Takalik entdeckte. Sie summte die Hymne der Armee und zitterte in der Bluse, die ihre Mutter ihr angezogen hatte. Sie war bereits mit Moos bedeckt, das alles bedeckt, was es im Regenwald gibt, von der Kleidung der Jäger bis zu den versunkenen Städten, wie jeder feststellen konnte, der einmal dort gewesen war, auch die Fallschirmjäger in Garrapatenango, die bereits nach wenigen Stunden Marsch mit dem grünen Zeugs überzogen waren.

Dem Hauptmann, der Francis in Abaj Takalik entdeckte, gefiel dieses Mädchen, das das Lied der Armee vor sich hinsummte, und er beschloß, sie für sich zu behalten, aber dann wurde er von der Guerilla erschossen, und Francis irrte erneut umher. Sie wurde von einem zum anderen gereicht, bis sie schließlich in Guatemala-Stadt landete. Sie erinnerte sich dunkel an einige Kinder im Viertel La Limonada, mit denen sie zusammenhauste, betäubt vom Klebstoffschnüffeln, wie die Sozialarbeiterin erklärte. Viel mehr war Francis nicht im Gedächtnis geblieben. Manchmal hatte sie Alpträume von menschlichen Köpfen, die wie Oliven auf Pfählen entlang des Wegs aufgespießt waren, vielleicht an der Straße nach Retalhuleu, die sie immer mit ihrem Vater gegangen war, vorbei an rauchenden Vulkanen und Maisfeldern. Aber Francis erkannte den Schauplatz ihrer Träume nicht wieder. Sie hatte auch vergessen, daß die schwarzen Kreuze, die sie im Schlaf schreckten, die Zeichen waren, mit denen die Patrouillen die Häuser ihrer nächsten Opfer markierten.

Das war in groben Zügen die Vergangenheit der Francis van Irgendwas, die nun auf Fisher Island über einen gepflasterten Fußweg zu ihrer von Carol Korn gestalteten 900-Quadratmeter-Wohnung ging. Sie war mit einem ziemlich reichen Mann verheiratet, der nie zu Hause war. Auf der Insel war wieder die gewohnte Ruhe eingekehrt. Die Tukane verspeisten stumm ihr Futter, das aus Hackfleisch bestand. Die Wächter stolzierten am Ufer entlang wie eine Herde Pfauen. Ansonsten war so viel los wie in Finnland um zehn Uhr nachts. Aber in Francis' Kopf herrschte Chaos. Die Begegnung mit dem Flüchtling ging ihr nicht aus dem Sinn, obwohl sie kein einziges Wort miteinander gewechselt hatten. Es tat ihr leid, daß sie ein solches Durcheinander am Strand ausgelöst hatte. Sie dachte an die Habseligkeiten, die sie in dem Boot gesehen hatte, und ihr Blick verschwamm, ohne daß sie eine Erklärung dafür fand.

Auf dem Weg kam ihr ein Sicherheitsmann entgegen. Francis fragte ihn nach dem Flüchtling. Der Sicherheitsmann vermutete, daß er sich bereits auf dem Weg zurück nach Gitmo befand. Francis gab ihm einen Geldschein und zeigte auf eines der Apartmenthäuser.

«Da wohne ich. Sagen Sie mir Bescheid, wenn Sie etwas erfahren.»

«Nach wem soll ich fragen?»

«Nach Candelaria. Aber hier bin ich als Francis bekannt.»

Der Wachmann sah ihr hinterher. Natürlich kannte er sie. Er hatte Erfahrung mit reichen Leuten. Die feinen Familien konnten ein ‹van› oder was auch immer im Namen führen, aber Candelaria, das hatte keine Klasse, also steckte der Mann die hundert Dollar ein und vergaß die Sache.

Zu diesem Zeitpunkt befand sich Tony Saravia auf einem Boot der Küstenwache. Er war mit Handschellen an eine Strebe gefesselt, und so saß er an Deck und blickte auf den Ozean. Die Meeresbrise belebte ihn. Vielleicht war es die Stunde der großen Fische, die Hemingway zufolge stets nach Westen schwammen, gegen den Golfstrom, eine Geschichte, die wie eine weitere Erfindung des Alten klang. Es war schwer, sich vorzustellen, wie sie den Booten der *balseros* entgegenschwammen, die auf dem Weg nach Florida waren. Aber Tony dachte nur an Miß Venezuela. Seit Rosas Zeiten hatte er nicht mehr solche Gefühle gehabt. Aber anders als der Engel von Caimanera (eine gefärbte Blondine, die Riders Urteil zufolge nur für Palmolive-Werbung geeignet war) sah das Mädchen von Fisher Island aus, als wäre es dem Vulkan Santiaguito entstiegen. Tony faßte sich an den Kopf und stellte fest, daß er glühte vor Fieber. Am Horizont funkelten die Lichter von Gitmo.

Er kam direkt auf die Krankenstation. Von seiner Ankunft auf dem Stützpunkt erinnerte er sich nur an die Lichter und die auf englisch gegebenen Befehle. Man fuhr ihn in einem Gefangenentransporter zum Hospital. Als er am nächsten Tag aufwachte, hing er am Tropf. Dann folgte eine Woche Papierkram. Jetzt saß er in einem Wachbüro, immer noch schwach auf den Beinen. Durch das Fenster konnte er eine Handvoll Muslime sehen, die in Ketten durch ein Labyrinth von Drahtumzäunungen trotteten, bewacht von bewaffneten Männern mit Hunden. Die Gefangenen trugen Kapuzen und orangefarbene Overalls. Die übrigen hockten in ihren Käfigen. In dem Raum lief ein Fernseher. Der Typ am Schreibtisch schaute *Survivor*. Er war ein schwarzer US-Marine mit den Rangabzeichen eines Unteroffiziers. In der Werbepause trat er ans Fenster. «Gleich werfen sie sich auf den Boden, um zu beten», sagte er wie zu sich selbst.

«Siehst du die Pfeile da?» fragte er dann.

Jetzt sprach er mit Tony. Der schüttelte den Kopf.

«Sie zeigen die Richtung nach Mekka an», sagte der Soldat.

Tony dachte an seine eigene Kleidung. Er trug ebenfalls einen solchen Overall. Das machte ihn nervös.

«Was passiert mit mir?» fragte er.

«Nichts. Irgendein Trottel hat da was verwechselt. Man wird dich gleich wegbringen.»

«Wir sind hier in Gitmo, oder?»

«Wir sind auf der Insel der Taliban.»

«Bist du aus Camagüey?»

Der Soldat antwortete nicht. Tony sah nach draußen. Man merkte nicht, daß es Nacht war. Die Scheinwerfer auf den Wachttürmen tauchten das Gefangenenlager in grelles Licht. Aus den Käfigen waren Klagelaute zu hören, die sich mit den Heavy-Metal-Klängen vermischten, die den Fernseher erschütterten. Es war Gebetszeit, aber jetzt jaulten die Hunde. Waren es Gebete oder die Schreie eines Gefangenen?

Einmal hatte er Gelegenheit gehabt, vom Mirador de Malones auf der kubanischen Seite des Kaktuswalls das gesamte Gelände von Gitmo zu überblicken. Er hatte mit zwei Touristen in einem Restaurant gegessen, einem belgischen Paar, das sich zu freuen schien, ihn zu Gast zu haben. Der Aussichtspunkt war mittlerweile Bestandteil des Besichtigungsprogramms und genauso beliebt wie das *El Floridita* oder Hems Finca. Sie erzählten dem Kellner, daß Tony in der Sierra dabeigewesen sei. Während der Kellner grinste und nickte, stellte die Belgierin fest, daß Gitmo nicht anders aussehe als ein eleganter Vorort in Florida. Bevor sie sich gesetzt hatten, hatte man ihnen das Bowlingcenter und das von Soldaten bewachte Haus des Admirals gezeigt. Auch den McDonald's. Tony zeigte ihnen den Kaktuswall, den *El Caballo* angelegt hatte. Etwas weiter weg, in Caimanera, stand noch das alte Gebäude des *Siebten Himmels*. Sie baten den Kellner, ein Foto von ihnen zu machen, mit Gitmo im Hintergrund. Tony hatte es eine Zeitlang in seinem Geldbeutel gehabt. Jetzt, da er sich auf dem Stützpunkt befand, war er froh, es zu Hause gelassen zu haben. Es war nichts, was man bei sich tragen sollte: eine große Panoramaaufnahme der Basis. Neben dem ganzen Militärkram konnte man auch die Bucht sehen. Auf dem Foto war auch die kleine Bucht, in der Rosa ihren Mangrovenzweig ins Wasser geworfen hatte, um den Fluß der Gezeiten zu bestimmen.

Schließlich wurde er aus Gitmo abgeschoben. Trajano Pérez, der den Abtransport repatriierter Bootsflüchtlinge von der Marinebasis erledigte, brachte ihn freundlicherweise im Boot nach Cojimar. Er gab ihm sogar ein paar Münzen für den Bus.

«Falls sie vergessen haben, daß du ein Held der Sierra bist...»

Tony bedankte sich trotzdem.

«Gern geschehen, Tony», sagte Trajano. «Aber nächstes Mal sagst du mir besser Bescheid.»

Tony machte sich auf den Heimweg, während das Patrouillenboot davonfuhr. Er kehrte kurz im *Diptongo* ein, um einem Mädchen hallo zu sagen. Die Kneipe war leer. Sie kam hinter dem Tresen hervor, als ob sie ein Gespenst sähe. Dann führte sie ihn an der Hand zu einem Tisch und stellte ihm eine Erfrischung hin. Sie plauderten ein Weilchen, während das Mädchen neben Tony stand und eine Hand auf seine Schulter legte. Sie beschlossen, sich bald wiederzusehen, und Tony verließ die Kneipe. Wenig später war er zu Hause und warf sich aufs Bett.

Während er einschlief, dachte er an die Farben des Meeres. Er versuchte sich an die Farbe des Wassers vor Fisher Island zu erinnern. Er dachte an das schwarze Wasser südlich von La

Ciénaga, wenn durch eine Bodenverschiebung Erdöl an die Wasseroberfläche trat. Man konnte die dunklen Flecken für Riffe halten. Dunkles Blau andrerseits wies auf große Tiefen hin. Er träumte, der Golfstrom wäre ein smaragdgrüner Fluß, der sich in der Ferne verlor wie eine Straße in der Wüste. Es war ein sonniger Tag, und die Schnellstraße hob sich vor dem Ozean ab. Am Horizont wimmelte es von Booten. Einige waren kurz davor, den tropischen Wendekreis hinter sich zu lassen. Dann zog Nebel auf. Tony beschleunigte den Supertanker, bis das Steuer unter seinen Händen zu vibrieren begann, während er in den Nebel hineinfuhr. Von überall her waren klagende Laute zu vernehmen, wie der Gesang der Wale. Ein Licht durchschnitt die Dunkelheit. Es waren die Scheinwerfer eines Bootes der Küstenwache. Die Schattenrisse der Besatzungsmitglieder tanzten auf den Wellen. Die See war unruhig. Eine Schaluppe voller Zombies tauchte im Stroboskoplicht auf. Das Meer war aufgewühlt von schwimmenden Menschen, die versuchten, die Boote zu erreichen. Die Küstenwache stieß sie mit Enterhaken zurück. Plötzlich tauchte unter dem Beifall der Touristen das Floß mit den Transvestiten auf, gefolgt von den Asozialen, den enttäuschten Rebellen, den reuigen Kommunisten, den Orishas von San Antonio, den reinen Revolutionären und den Schriftstellern, wenn auch vielleicht in einer anderen Reihenfolge. Von dem Siegerfloß sprangen einige Frauen in Mänteln aus Zobelpelz. Die Amme kam als letzte ins Ziel, während sich ihre Mitreisenden auf sie stürzten, um einen letzten Schluck zu erhaschen, und sie weinend ihre Blöße bedeckte, weil sie keinen Tropfen Milch mehr hatte, aber sie schlugen ihr weiter die Zähne ins Fleisch, bis ihre Brüste binnen weniger Augenblicke eine blutige Masse waren. Tonys Supertanker hingegen erreichte niemals die Ziellinie. Während er aufwachte, sagte sich Tony, daß er sein Leben lang immer das gleiche geträumt hatte. Vielmehr war er die ganze Nacht mit irgend etwas beschäftigt, das ihm nie gelang, sei es, ein Mädchen zu vernaschen oder eine Leiche verschwinden zu lassen. Es war wie eine Erleuchtung. Immer stellte sich ihm ein Hindernis in den Weg, das ihn ein ums andere Mal aus der Bahn warf, egal, ob es darum ging, eine Nummer zu schieben oder irgendwohin zu gelangen.

Das Mädchen aus der Kneipe hieß Larisa. Jetzt stand sie neben seinem Bett. Sie hatte die Kerze angezündet.

«Ich hab angeklopft», entschuldigte sie sich. Tony fragte sie nach einer Zigarette und zündete sie an der Kerze an.

«Wußtest du, daß jedesmal, wenn du das machst, ein Guerillero stirbt?» fragte sie.

Tony rauchte schweigend. Dann schob er sich das Kissen unter den Kopf. Es war noch dunkel draußen. Er fragte:

«Erinnerst du dich an die Frau mit dem Mantel?»

«Die von der Kürschnerei Roxana?» fragte Larisa.

«Ja. Ich hab gerade von ihr geträumt.»

Während der Plünderungen beim Großen Exodus hatte man sie mit diesem Mantel über den Schultern aus dem Dollarladen kommen sehen. Sie war eine Hühnchenrupferin, die gegenüber von Tony wohnte. Sie hatte sehr betroffen gewirkt, als sie merkte, daß man sie ertappt hatte.

«Kann ich mich hinlegen?» fragte Larisa.

«In Ordnung.»

Das Mädchen war bereits nackt. Mit einer Handbewegung hatte sie die Shorts und das Höschen abgestreift. Niemand zog sich so schnell aus wie sie. Larisa umarmte ihn.

«Man spürt deine Rippen ...»

«Ich war auf Diät. Ich will so aussehen wie dein Freund.»

«Hör mir bloß auf mit diesem Arschloch. Den hab ich schon lange nicht mehr gesehen.»

«Ich dachte, du wärst schon verheiratet.»

«Wußtest du, daß er zehn Jahre älter ist als ich?»

«Ich bin mehr als doppelt so alt wie du.»

«Du bist auch nicht mein Freund.»

«Ich steh auf junge Dinger. Eines Tages werden sie mich verhaften.»

«Außerdem hast du mich geknackt.»

«Laß uns mal nicht übertreiben», sagte Tony. «Als ich dich kennenlernte, warst du schon in der vierten Saison.»

Dann schloß er die Augen. Larisas Anwesenheit war ein Trost. Sie lagen lange Zeit einfach so da, bis Tony schließlich glaubte, etwas unternehmen zu müssen.

«Du mußt ihn mir nicht reinstecken, wenn ich herkomme», murmelte sie.

«Du hast dich nackt in mein Bett gelegt.»

«Ich schlafe immer nackt. Laß uns reden.»

«Wir könnten auch ein bißchen schlafen.»

«Sicher. Laß uns so liegenbleiben, aneinandergekuschelt. Kann ich bis morgen früh bleiben?»

«Ja.»

«Ich mach dir Bananenbrei zum Frühstück.»

«Hast du was getrunken?»

«Ja. Ein Bier und zwei *Rette-sich-wer-kann*.»

«Was hast du?»

«Nichts.»

«Du weinst doch nicht etwa?»

«Nein. Erzähl mir was.»

«Vielleicht vermißt er dich auch.»

«Nein, nein, mein Guter. Ihr Männer denkt nie an eine Frau.»

«Das ist nicht wahr.»

«Ihr denkt an Frauen im allgemeinen. Vielleicht denkt ihr an eine bestimmte, wenn ihr euch mit ihr treffen wollt. Aber kaum seid ihr mit ihr zusammen, denkt ihr an was anderes...»

«Du weißt viel darüber...»

«Ich weiß, was in euren verfluchten Köpfen vorgeht.»

«Wir leiden natürlich nie...»

«Also, wer leidet, das sind wir Frauen. Wenn's euch mal schlechtgeht, dann wegen was auch immer, aber Liebeskummer ist es bestimmt nicht.»

«Ihr dagegen leidet wie verrückt.»

«Ja, und wie.»

«Larisa, hör auf mit diesen Rührstücken.»

«Also gut, wechseln wir das Thema. Wo hast du gesteckt?»

«Ich hab eine Rundreise durch Yuma gemacht.»

«Nein!»

«Ich schwör's dir.»

«Gütiger Himmel!»

«Ich bin mit einem Schnellboot rübergefahren. Eine Woche war ich in Miami. Hast du schon mal von Fisher Island gehört? Ich hab da eine Frau kennengelernt...»

«Ich glaub's nicht!»

«Vielleicht heiraten wir.»

«Du wirst die Greencard kriegen.»

«Ich denke schon.»

«Ach, Tony, wie schön! Ist sie hübsch?»

«Ich kann dir gar nicht beschreiben, wie sehr …»

«Rauchst du noch eine?»

«Die letzte.»

«Zünd sie nicht an der Kerze an.»

«Dann stirbt auch kein Guerillero.»

«Genau.»

«Ein Seemann heißt das, kein Guerillero …»

«Auf jeden Fall stirbt jemand», sagte Larisa.

Nachdem Tony die Kerze ausgeblasen hatte, schlief sie an seiner Schulter ein. Als sie mitten in der Nacht aufwachten, hatten sie ihre Position nicht verändert. Larisa schlug die Augen auf, und Leben kam in ihren Körper. Tony stellte erleichtert fest, daß er auch funktionierte. Larisa hatte es eilig. Sie war lange abstinent gewesen.

«Wie ist es?»

«Ich koche im eigenen Saft», murmelte sie. «Besser, ich halte mir den Mund zu.»

«Warum?»

«Ich will nicht, daß mir irgendwelche Schweinereien rausrutschen.»

Larisa hatte ein großes Repertoire im Bett, noch aus ihrer Zeit im *Melía*, als sie mit Spaniern ging, die in Havanna den Sex entdeckten. Mittlerweile hatte sie diese Beschäftigung ebenso aufgegeben wie das dazugehörige Vokabular. Einmal hatte sie es bei Tony angewandt, aber sie hatten so lachen müssen, daß sie danach nicht mehr konnten. Jetzt arbeitete sie in diesem staatlichen Lokal und war keine Dollarhure mehr, und er vermißte ihre Ausdrucksweise, die ganzen Schwänze und saftigen Mösen.

«Laß uns die *Melía*-Nummer machen», bat Tony.

«Nein.»

«Dann schrei, daß du kommst…»

«Laß den Quatsch. Eines Tages bittest du mich noch, die Nationalhymne zu singen.»

Später sagte Tony zu ihr:

«Es macht mich an, wenn du so schreist. Du gehst so aus dir raus, daß es fast erschreckend ist.»

«Du gehst aus dir raus wie eine Auster.»

«Das ist das Alter.»

«Du hast bestimmt schon immer geschwiegen wie ein Grab.»

«Wo siehst du dich in dreißig Jahren?»

«Ich weiß nicht. Bei der Hausarbeit. Beim Gießen meiner Marihuanapflänzchen.»

«Wie deine Mama.»

«Nein, ich will nicht so enden wie sie. Meine Mutter ist depressiv. Sogar ihre Katze ist depressiv geworden.»

«Kommt nicht oft vor bei einer Mulattin.»

«Wenn das alles wäre…»

«Was willst du damit sagen?»

«Sie ist die einzige frigide Mulattin, die ich kenne.»

«Du bist wirklich eine miese Tochter. Was erwartest du vom Leben, Larisa?»

«Wenn ich das wüßte, würde ich nicht mit einem Spinner wie dir im Bett liegen.»

Auf einmal war es fünf Uhr morgens. Sie betrachtete ihn lange.

«Habe ich dir schon mal gesagt, daß du echt häßlich bist?»

«Tausendmal. Wegen meiner Nase und so.»

«Eine Boxernase. Wo hast du sie dir gebrochen?»

«In Kigoma.»

«Du sprichst nie über Afrika. Du erzählst immer nur von dem Lastwagen.»

«Das Rad ist über mich drüber gefahren.»

«Über die Nase, nehme ich an.»

«Nein. Das war ein andermal.»

«Du heißt also Eidechse auf kisuaheli?»

«Ja. Und ich hab dir auch von *Dawa* erzählt.»

«Daran erinnere ich mich nicht.»

«*Dawa* ist die Medizin der Kongolesen gegen Kugeln. Die Kugel prallt am Körper ab und fällt auf den Boden.»

«Hattest du dieses *Dawa*?»

«Ja. Aber der Schuß hat mich trotzdem fast den Arsch gekostet.»

Sie lagen auf dem Rücken und quatschten. Sie drehte den Kopf und sagte:

«Jetzt siehst du schön aus.»

«Du hast meine Prostata noch nicht gesehen.»

«Es ist seltsam mit dir. Manchmal siehst du hübsch aus und dann wieder sehr häßlich.»

Tony legte den Kopf auf ihre Brust. Larisas Herz schlug schnell. Als er auf dem Boden des Bootes gelegen hatte, hatte er den Herzschlag eines Wals gehört, der keuchte wie eine Maschine. Ein Walherz, so stand es in *Selecciones*, hatte die Größe eines Autos.

«Um noch mal auf das Mädchen von Fisher Island zurückzukommen...», sagte sie.

«Wir sind in eine Disko gegangen.»

«Hast du getanzt?»

«Nein. Die Leute da tanzen jeder für sich.»

«Ganz dein Stil.»

«Das ist nicht mein Stil.»

«Ach ja? Du führst nicht, du folgst nicht…», sagte sie nachdenklich.

«Erinnerst du dich, wie wir mal im *Eclipse* waren?»

«Ja.»

«Du hast mir beigebracht, wie man Boleros tanzt. Ich erinnere mich noch genau an das Lied, zu dem wir tanzten.»

«Ja? Was war es denn?»

«*Sag mir Lügen.*»

«Aber damals hast du anders gedacht.»

«Was hab ich denn gedacht?»

«Daß Musik nur dann gut ist, wenn sie deinen Alten nicht gefällt.»

Sie gab ihm einen langen Kuß, aber ohne Zunge.

Als würde sie ihren Vater küssen, dachte Tony. Aber Larissa sagte:

«Weißt du was? Ich hätte alles darum gegeben, wenn ich dich damals gekannt hätte.»

«Wann, damals?»

«Als die Leute noch zusammen tanzten.»

«Das gibt es auch heute noch.»

«Kann ich noch ein bißchen bleiben?»

«In Ordnung. Und heute abend gehen wir tanzen.»

«Ich möchte das Fenster aufmachen.»

«Scheint ein schöner Tag zu werden.»

«Ich mach dir Frühstück.»

«Gehen wir dann ein bißchen raus?»

«Heute ist der 1. Mai.»

«Du willst dir doch nicht diesen Scheißkerl anhören gehen…»

Viele Ereignisse, von denen dieser Roman erzählt, gehören nicht in den Bereich der Fiktion. Die meisten Personen treten unter ihrer wahren Identität auf, nur einige wenige erscheinen unter imaginären Namen und Umständen, die sich ein wenig von den tatsächlichen Gegebenheiten unterscheiden. Die Gründe dafür werden Sie bestens verstehen.

Bei der Rekonstruktion dieser Episoden habe ich mich neben den Zeugnissen verschiedener Protagonisten folgender Quellen bedient: *L'Express*, *Le Monde*, Reuters, *The New York Times*, United Press, *Newsweek*, *Time*, *Life*, France Press, ANSA, EFE, *The Washington Post*, *The Wall Street Journal*, *Prensa Latina*, *Granma*, *Verde Olivo*, *Bohemia*, *El Mundo*, *Carteles*, *Diario de la Marina*, *Revolución*, *El Caimán Barbudo*, *El Habanero*, *El País*, *The Miami Herald*, *Leoplán*, *Clarín*, *Vea y Lea*, *La Nación*, *La Prensa*, *Primera Plana*, *La Opinión*, *Temas y Fotos*, *El Espectador*, *El Mercurio*, *El Universal*, *The Birmingham News*, *U.S. News & World Report*, *The Montgomery Advertiser*, Radio Swan, Radio Reloj, Radio Martí, BBC, Radio Mambí, Radio Para Tí, Radio Amor, Radio El Mundo, *Playboy*, *National Geographic*, *Juventud Rebelde*, *The Village Voice*, *Paris Match*, *Rolling Stone*, *The New Yorker*, *Look*, *Bohemia Libre*, *The Observer*, *Le Figaro*, *The Manchester Guardian* und *Marcha*.

Außerdem zog ich einige von den Protagonisten selbst verfaßte Werke zu Rate, etwa *Mitten im Visier* von Álvaro Prendes, *Memorias de un capitán rebelde* von Jacques Lagas, *El armero del Che* von Antonio Ramos Zúñiga, *Camilo, señor de la Vanguardia* von William Gálvez, *Los que luchan y los que lloran* von Jorge Ricardo Masetti, *El libro de los doce* von Carlos Franqui, *La mujer cubana en el quehacer de la historia* von Laurette Séjourné, *Listen, yankee! The Revolution in Cuba* von C. Wright Mills, *General Panfilows Reserve* von Alexander Bek, *Decision for Desaster*.

The Battle of the Bay of Pigs von Grayston L. Lynch. Sehr hilfreich war die bemerkenswerte Untersuchung über die Bootsflüchtlinge *Adrift: The Cuban Raft People* von Alfredo A. Fernández.

Des weiteren beschäftigte ich mich mit den folgenden Arbeiten und Büchern: *Killing Hope. U.S. Military and CIA Interventions Since World War II* von William Blum, *The Price of Telling the Awful Truth* von Peter Beaumont und John Sweeney, *Flags of Our Fathers. Heroes of Iwo Jima* von James Bradley, *Kubanisches Tagebuch. Bericht von einer Reise* von Ernesto Cardenal, *Guerilla Prince. The Untold Story of Fidel Castro* von Georgie Anne Geyer, *The Cultural Cold War. The CIA and the World of Arts and Letters* von Frances Stone Saunders, *Che. Die Biographie* von Jon Lee Anderson, *The Mission* von Candace M. Turtle, *Recordando al Palédium* von Chico Álvarez, *El candidato blanco y el huracán* von Juan José Arévalo, *Mit dem Schlauchboot über den Atlantik* von Alain Bombard, *Un continente desaparecido* von Gianni Miná, *Cuban Women Now. Interviews with Cuban Women* von Margaret Randall, *La batalla inevitable* von Juan Carlos Rodríguez, *The Bay of Pigs* von Haynes Johnson, *Adiós muchachos! Eine Erinnerung an die Sandinistische Revolution* von Sergio Ramírez, *Diario de la guerra* von Pedro Álvarez Tabio, *La batalla de Guatemala* von Guillermo Torriello, *Cuba Roja* von Román Orozco, *Fidel. A Critical Portrait* von Tad Szulc, *Notas de prensa* von Gabriel García Márquez, *Una guerrilla para el Che* von Humberto Vázquez Viaña, *Episoden aus dem Revolutionskrieg* sowie *Ausgewählte Werke* von Ernesto Guevara, *Frei sein und unabhängig. Journalistische Arbeiten* von Gabriel García Márquez, *Camilo Cienfuegos* von Carlos Franqui, *Secretos de generales* sowie *Fueron barridos* von Luis Báez, *Playa Girón, derrota del imperialismo* von Lisandro Otero u.a., *El barco de la muerte* von José Dausá, *Wings of Denial. The Alabama Air National Guard's Covert Role at the Bay of Pigs* von Warren Trest und Donald Dodd, *Letters and Autobiographical Writings* von C. Wright Mills, *Estirpe sangrienta. Los Somoza* von Pedro Joaquín Chamorro, *Gas sarín, el arma secreta de Pinochet* von Mónica

González, *El dictador* von María Seoane und Vicente Muleiro, *Las islas de la guerra* von Nereyda Estrada und Franklin Castañeda, *Cuba: Mito y realidad* von Juan Clark, *The Caribbean Legion* von Charles D. Ameringer, *La hora final de Castro* von Andrés Oppenheimer, *Cómo se viene la muerte* von Luis Ortega, *Graham Greene. Eine Biographie* von Michael Shelden.

Einige der Kapitelüberschriften stammen aus folgenden Liedern: *Cuando vuelvas (Wenn du zurückkehrst)* (Kap. III) von Agustín Lara; *Sabrá Dios (Weiß Gott)* (Kap. IV) von Álvaro Carrillo; *Me faltabas tú (Du hast mir gefehlt)* (Kap. V) von José Antonio Méndez; *Sigamos pecando (Laß uns weiter sündigen)* (Kap. VIII) von Benito de Jesús; *No me platiques más (Erzähl mir nichts)* (Kap. IX) von Vicente Garrido; *La barca (Das Schiff)* (Kap. XII) von Roberto Cantoral und *Miénteme (Sag mir Lügen)* (Kap. XIV) von Alberto Domínguez.

Danksagung

Ich danke José Ramón Fernández, Ciro Bustos, Rogelio García Lupo, David Viñas, Guillermo Saccomanno, Juan Forn, Lilia Ferreira, Paula Pérez Alonso, Suzzette Kaiser, Mario Quiroga Luco, Sarita Videla, Aníbal Oliveras, Chiqui Lartigue, Betty Elizalde, Juan J. Laborda Ibarra, Fernando Peña, Rosario, Milagros und Amparo Belgrano Rawson, Sergio Polanco, Alberto Díaz, Anabellia Chorny, Mariana Morales, Nicole Witt, Hernán Invernizzi, Daniel Schavelzon, Eduardo Valentino sowie Enrique Domínguez Poblet.

Glossar

Die **Invasion in der Schweinebucht** war ein aus den USA gesteuerter Versuch, mit einem Angriff von Exilkubanern auf die Insel die kubanische Regierung unter Fidel Castro gewaltsam zu stürzen.
Zwischen dem 15. und 19.4.1961 griffen zunächst in den Farben der kubanischen Armee gehaltene Flugzeuge, später auch rund 1500 von der CIA rekrutierte und trainierte Soldaten (zumeist in den USA lebende Exilkubaner) die Insel an; diese Truppen landeten in Booten in der Schweinebucht (span. «Bahía de Cochinos» oder «Playa Girón» im Süden Kubas). U.a. da die erhoffte Unterstützung der Angreifer durch die kubanischen Bevölkerung ausblieb, die Geheimhaltung im Vorfeld nur mangelhaft war und die USA größere Bombardements unterließen, gelang den Invasoren der Angriff nicht. Während in den USA in der Folge einige Verantwortliche ihren Rücktritt erklären mußten (CIA-Chef Dulles), führte die nun offensichtlich gewordene Bedrohung Kubas durch die USA zur Annäherung Castros an die Sowjetunion.

Songtext auf Seite 30:
Mamita, der Bischof ist da,
von Rom ist er gekommen.
Mamita, wenn du ihn sehen könntest,
du wärst vor Entzücken benommen.

Songtext auf Seite 356:
Die Frauen sind ganz übermütig,
wenn sie das Orchester spielen hören,
weil sie wissen, daß sie tanzen werden.
Weil sie wissen, daß sie Spaß haben werden
auf schreckliche Weise.

Salvador Allende Gossens (1908–1973) war Mitgründer der Sozialistischen Partei Chiles und von 1970–1973 Präsident des Landes. Im September 1973 wurde er bei einem Putsch der Armee gestürzt und getötet.

«**Año de la Educación**»: dt.: Jahr der Bildung.

Jacobo Arbenz Guzmán (1913–1971) begann seine Karriere als Offizier und Geschichtsprofessor. Als der Oppositionskandidat bei den guatemaltekischen Wahlen, Juan José Arévalo (s. auch «Juan José Arévalo»), dem regierenden General Francisco Poncez zu gefährlich wurde und dieser ihn verhaften ließ, begann Jacobo Arbenz eine Revolte. Nach der Vertreibung Poncez' wurde Arévalo zum Präsidenten Guatemalas gewählt, Arbenz war Verteidigungsminister. Während seiner eigenen Präsidentschaft seit 1951 versuchte Jacobo Arbenz u. a., die United Fruit (s. auch «United Fruit») zu verstaatlichen, was 1954 zu einem von den USA unterstützten Putsch (s. auch «Guatemalazo») führte. Arbenz ging ins Exil und starb in Mexiko.

Juan José Arévalo (1905–1990) wurde in Guatemala geboren, studierte an der Universität in La Plata (Argentinien), schloß 1934 als Doktor der Philosophie ab und arbeitete als Lehrer. Nach seiner Rückkehr aus dem Exil wurde er im Dezember 1944 zum Präsidenten Guatemalas gewählt, leitete demokratische und soziale Reformen ein und ließ eine neue Verfassung verabschieden. Trotz zahlreicher Versuche, ihn zu stürzen, konnte Arévalo seine Amtszeit beenden; sein Nachfolger wurde 1951 Jacobo Arbenz Guzmán (s. auch «Jacobo Arbenz Guzmán»).

Juan Bosch: Juan Emilio Bosch Gaviño (1909–2001), dominikanischer Schriftsteller, wurde nach der Ermordung des Diktators Trujillo (s. auch «Trujillo») 1963 für ein halbes Jahr Staatschef der Dominikanischen Republik.

Batista: s. «Stenograph».

der **Brite**: Der britische Schriftsteller Graham Greene (1904–1991) ist Autor von Romanen wie *Our man in Havanna*» (1958, dt. *Unser Mann in Havanna*) oder *The comedians* (1966, dt. *Die Stunde der Komödianten*) sowie Dramen. Viele seiner erfolgreichen Bücher wurden verfilmt. Während des Zweiten Weltkriegs war Greene beim englischen Auslandsgeheimdienst beschäftigt.

El Caballo: Kampfname von Fidel Castro.

Camilo: Camilo Cienfuegos Gorriarán (1932–1959) war neben Che Guevara, Fidel Castro und Raúl Castro einer der führenden Revolutionäre Kubas. Er kämpfte seit 1958 im Rang eines *Comandante* in der Rebellenarmee und führte Guerillatruppen im Kampf gegen den kubanischen Diktator Fulgencio Batista y Zaldívar bis zu Batistas Niederlage und Vertreibung. Camilo Cienfuegos starb bei einem mysteriösen Flugzeugabsturz. Cienfuegos ist noch heute in Kuba sehr populär und sein Todestag ein Nationalfeiertag.

Fidel Castro Ruz (geb. 1926) studierte Jura in Havanna und ging nach einem ersten gescheiterten Aufstand gegen den kubanischen Diktator Fulgencio Batista (s. auch «Stenograph») 1955 ins mexikanische Exil. Dort traf er auf Che Guevara (s. auch «Che Guevara») und bereitete mit Kämpfern seine Rückkehr vor. Castro landete 1956 an Bord der *Granma* wieder auf Kuba und begann den Guerillakampf gegen den Diktator. Seit dem Sieg über Batista 1959 ist Castro Regierungschef und seit 1976 auch Staatspräsident Kubas.

Cayo: kleine, flache Sandinsel, im Englischen als «Keys» bekannt.

Chupacabra: Fabelwesen, das Nutztiere heimsucht und tötet.

Cienfuegos: s. Camilo.

Ciudad Trujillo: das heutige Santo Domingo, Hauptstadt der Dominikanischen Republik.

«**El Balneario**»: hier: der Küstenort/die Schweinebucht.

Martín Fierro: *El gaucho Martín Fierro* (*Der Gaucho Martín Fierro*) ist ein episches Gedicht des argentinischen Journalisten José Hernández (1834–1886). Es feiert das Leben der argentinischen Gauchos und gilt als argentinisches Nationalepos.

Fílin: Stilrichtung der kubanischen Musik, in Anlehnung an das englische «feeling».

Gitmo: kubanischer Name für den US-amerikanischen Militärstützpunkt Guantánamo auf Kuba.

Guatemalazo: spanischer Begriff für die Invasion in Guatemala, bei der im Juni 1954 Truppen von Oberst Castillo Armas von Honduras aus in Guatemala eindringen. Präsident Arbenz (s. auch «Jacobo Arbenz Guzmán») mußte daraufhin abdanken. Unter den anschließenden Militärregimes kamen vermutlich mehr als 150.000 Guatemalteken ums Leben.

Guayabera: in der Karibik sehr populäres, kurzärmeliges Hemd für Männer.

Che Guevara (eigentlich: Ernesto Guevara Serna, 1928–1967), argentinischer Arzt, beteiligte sich als Guerilla-Führer am Kampf Castros gegen die Batista-Herrschaft auf Kuba. Nach der Machtübernahme war er 1959–1961 Präsident der kubanischen Nationalbank und von 1961–1965 Industrieminister. Nach Auseinandersetzungen mit Castro ging er 1965 in den Kongo und nach Bolivien, um hier eine Guerilla-Bewegung aufzubauen. Dabei wurde er gefangengenommen, in einer Dorfschule festgehalten, verhört und ohne Gerichtsurteil erschossen. Che Guevara ist noch heute eine Leitfigur revolutionärer Bewegungen.

Happy Valley: hier: Ort in Puerto Cabezas, Nicaragua.

Herbert: Der Korrespondent der *New York Times* Herbert Matthews (1900–1977) berichtete während des Spanischen Bürgerkriegs auf seiten der Republikaner und führte 1957 ein legendäres Interview mit Fidel Castro in der Sierra Maestra, mit dem Castro Gerüchten begegnen wollte, er sei tot und seine Truppe sei zerschlagen. Das Interview, erschienen am 24.02.1957 in der *New York Times*, kann im Internet nachgelesen werden unter: http://www.latinamericanstudies.org/cuban-rebels/matthews.htm.

der **Ire**: John F. Kennedy (1917–1963) war von 1961 bis zu seinem Tod der 35. Präsident der USA. Durch seine bis heute geheimnisumwitterte Ermordung 1963 in Dallas, die zahlreichen einschneidenden weltpolitischen Ereignisse, die in seine Amtszeit fielen (die gescheiterte Invasion Kubas in der Schweinebucht, der Beginn des US-Engagements im Vietnamkrieg, die Kubakrise, die Ankündigung einer baldigen Mondlandung durch die USA und der Bau der Berliner Mauer), seine berühmte Rede vor dem Berliner Rathaus und nicht zuletzt durch sein Verhältnis zu Marilyn Monroe gilt er als einer der bekanntesten Politiker weltweit.

Isla de las Cotorras: heute: Isla de la Juventud.

Kanonenschußzeremoniell der Festung La Cabaña: Bis heute werden am Abend in der Festung La Cabaña Fackeln entzündet, und Soldaten in historischen Uniformen feuern eine Kanone ab, um das Ende des Tages zu verkünden.

«La Noche de los Cocodrilos»: dt.: Die Nacht der Krokodile.

«¿Los negros se van a Marte?»: dt.: Brechen die Schwarzen zum Mars auf?

Liberace: Wladziu Valentino Liberace (1919–1987), US-amerikanischer Musiker und Entertainer.

Isabel Martínez de Perón (geb. 1931 als María Estela Martínez) war

Nachtclubtänzerin und die dritte Frau Juan Domingo Peróns, der 1973 nach seiner Rückkehr aus dem spanischen Exil zum zweiten Mal argentinischer Präsident wurde; seine Frau machte er zur Vizepräsidentin. Nach Peróns Tod 1974 wurde sie zur Präsidentin ausgerufen und regierte bis zu ihrer Verhaftung 1976 durch die argentinischen Militärs. Sie lebt heute in der Nähe von Madrid.

Maximón: populäre guatemaltekische Gottheit, die ihre Ursprünge im vorkolumbianischen Götterglauben und der christlichen Heiligenverehrung hat.

Mayo-Klinik: im 19. Jahrhundert in Rochester (USA) gegründete Klinik, die ab der Jahrhundertwende zum bekanntesten Krankenhaus der Welt und Vorbild moderner Großkliniken wurde, gilt heute als größte privatmedizinische Einrichtung der Welt.

Opa Locka: Stadt in Florida und Name eines Flughafens in Miami.

Orisha: Götter der Santería, hier auch Bezeichnung für kubanische Piloten (s. auch «Santería»).

General Panfilows Reserve: Roman des Schriftstellers Alexander Bek, 1965 auf deutsch erschienen.

«**Paratrúpers a la deriva**»: dt.: abgedriftete Fallschirmjäger.

Pedropanera: Zwischen Dezember 1960 und Oktober 1962 wurden etwa 15 000 kubanische Kinder von ihren Eltern in die USA geschickt. Die Eltern wollten ihre Kinder vor Kommunismus und Atheismus bewahren, nachdem CIA und Kirchenkreise Gerüchte gestreut hatten, die Regierung wolle die Kinder ihren Eltern entziehen und sie gar nach Rußland bringen. Leiter dieser sogenannten Operation Peter Pan (Pedro Pan) war Monsignore Bryan Walsh. Eine «Pedropanera» ist ein Mädchen, das über diese Aktion in die USA gelangte.

Phi Beta Kappa: Name einer traditionsreichen amerikanischen Studentenverbindung.

«**Piloto Frizado**»: dt.: tiefgefrorener Pilot.

Poppy: George Bush sen. (geb. 1924) war von 1989–1993 der 41. Präsident der USA. Entsprechend handelt es sich bei Poppy Junior um George W. Bush (geb. 1946). Dieser verpflichtete sich Ende der 1960er als Pilot bei der Nationalgarde und entging somit einem Einsatz in Vietnam. Seit 2000 ist er der 43. Präsident der USA.

Radhamés: Radhamés Trujillo ist einer der Söhne des dominikanischen Diktators Rafael Leónidas Trujillo y Molina (s. auch «Trujillo»).

Ramfis: Ramfis ist ein Sohn aus der dritten Ehe des dominikanischen Diktators Rafael Leónidas Trujillo y Molina mit María Martínez (s. auch «Trujillo»). Sein Vater ernannte ihn bereits im Alter von sechs Jahren zum Oberst der Armee und mit zehn zum General.

Santería: eine Gruppe synkretistischer Religionen in der Karibik und Brasilien: Der von den Europäern den (west)afrikanischen Sklaven vorgeschriebene Katholizismus vermischte sich mit schwarzafrikanischen Religionen.

Santeros: Anhänger der Santería, s. Santería

Schweinebucht: (span.: «Bahía de Cochinos») Bucht an der Südküste Kubas. Im April 1961 scheiterte hier eine CIA-gestützte Invasion von Exilkubanern gegen die Regierung unter Fidel Castro.

Seminolen: Indianervolk in Nordamerika, das auf dem Gebiet der heutigen US-Bundesstaaten Georgia, Alabama und vor allem Florida lebte.

Sierra Maestra: Name eines Gebirgszugs im Osten Kubas.

Somoza: Anastasio ‹Tachito› Somoza Debayle (1925–1980) war der letzte des Diktatorenclans der Somozas, die seit 1934 das nicaraguanische Präsidentenamt innehatten. Er war seit 1947 zunächst einflußreicher Chef der Nationalgarde; dann auch 1967–1972 und 1974–1979 nicaraguanischer Staatspräsident und bereicherte sich durch die Veruntreuung von Staats- und Hilfsgeldern. Nach einem Putsch der Sandinisten 1979 floh Somoza nach Florida. Er wurde kurz darauf ermordet.

Stenograph: Fulgencio Batista y Zaldívar (1901–1973): Der Sergeant stieg vom Barbier und Stenographen zu einem populären und von den USA unterstützten Offizier auf und war von 1940–1944 gewählter Staatspräsident Kubas. Nach einem Staatsstreich war Batista von 1952 bis Januar 1959 Diktator Kubas mit guten Beziehungen in die USA. Unter seiner Herrschaft wurden etwa 20.000 Menschen gefoltert und ermordet.

Tachito: s. «Somoza».

Trujillo: Rafael Leónidas Trujillo y Molina (1891–1961) wurde nach einem Militärputsch 1930 Staatspräsident (1930–1938, 1942–1952) der Dominikanischen Republik und errichtete ein diktatorisches Regime; auch während der Präsidentschaft seines Bruders Héctor Bienvenido Trujillo y Molina (1952–1960) übte er im Hintergrund die Macht aus.

United Fruit: Die United Fruit Company, 1899 in Boston gegründet, wurde durch den Verkauf tropischer Früchte (hauptsächlich Bananen) in Europa und den USA zu einem international einflußreichen Konzern. Die Obstplantagen der United Fruit liegen vor allem in den Ländern Mittel- und Südamerikas. 1984 wurde United Fruit in Chiquita Brands International umbenannt. Durch seine große Wirtschaftskraft – neben großen Landflächen in Mittelamerika besaß und betrieb der Konzern u. a. auch Radiostationen, Eisenbahnnetze und Handelsschiffe – konnte United Fruit die Geschicke einiger Staaten (z. B. Guatemalas, s. auch «Jacobo Arbenz Guzmán» und «Guatemalazo») mit Hilfe der USA dominieren und beeinflussen.

Vedado: Stadtteil Havannas.

Jorge Rafael Videla (geb. 1925) errichtete als Kopf der argentinischen Militärjunta, die sich 1976 an die Macht putschte, eine blutige Diktatur, der zahlreiche Menschen zum Opfer fielen. Er wurde 1981 als Staatspräsident abgelöst.

Violeta Barrios de Chamorro (geb. 1929) kämpfte nach der Ermordung ihres Mannes, des Journalisten und Verlegers Pedro Chamorro, während der Somoza-Diktatur ab 1979 gegen das Regime ihres Landes und war von 1990 bis 1996 selbst Präsidentin Nicaraguas.

Virginia: In Langley, Virginia, befindet sich der Hauptsitz der CIA.

Orson Welles (1915–1985), US-amerikanischer Regisseur, Schauspieler und Autor, wurde mit dem Hörspiel *War of the Worlds* berühmt (nach dem Roman *Krieg der Welten* von H.G. Wells über den Angriff von Marsbewohnern auf die Erde), das bei seiner ersten Ausstrahlung 1938 an der Westküste der USA für Irritationen sorgte, als zahlreiche Hörer es für eine authentische Reportage hielten. Sein bekanntester Film ist *Citizen Kane* (1941).

Yuma: kubanischer Name für die USA.

Zopilote: dt. «Geier», hier: Spionageflugzeug Lockheed U-2.

Inhalt

Garrapatenango. Eine Einleitung 5

I Die Nacht der Krokodile 23
II Die Hexenmeister von San Antonio 53
III Wenn du zurückkehrst 69
IV Weiß Gott 87
V Du hast mir gefehlt 103
VI Alter, unter dir ist ein Zerstörer 121
VII Der ausländische Presseclub 127
VIII Laß uns weiter sündigen 139
IX Erzähl mir nichts 177
X Cayo Confites 185
XI Karibische Sinfonie 199
XII Auf zu neuen Meeren des Wahnsinns 223
XIII Todesanzeigen 249
XIV Sag mir Lügen 331

Danksagung 376
Glossar 377